rowohlt repertoire
macht Bücher wieder zugänglich,
die bislang vergriffen waren.

Freuen Sie sich auf besondere Entdeckungen
und das Wiedersehen mit Lieblingsbüchern.

Alle **rowohlt repertoire** Titel finden Sie auf
www.rowohlt.de/repertoire

Rechtschreibung und Redaktionsstand dieses Buches
entsprechen einer früher lieferbaren Ausgabe.

Veröffentlicht im Rowohlt Verlag, Reinbek bei Hamburg

Umschlaggestaltung Anzinger und Rasp, München
Druck und Bindung BoD - Books on Demand GmbH,
Bad Hersfeld
ISBN 978-3-688-11694-2

rowohlt repertoire

«Horst betrachtet das Geschehen um Theophanu aus unterschiedlichen Perspektiven. Er läßt Freunde, Ratgeber, Reisebegleiter und Rivalen zu Wort kommen. So gelingt ihm scheinbar ganz nebenbei, die Geschichte jener Epoche mit all den Ränkespielen, konkurrierenden Herrschern und widersprüchlichen Weltsichten erlebbar zu machen.» (Süddeutsche Zeitung)

Eberhard Horst, geboren 1924 in Düsseldorf, studierte Philosophie, Theologie, Germanistik und Theaterwissenschaft und promovierte über Elisabeth Langgässer. Zu seinen bekanntesten Veröffentlichungen zählen «Friedrich der Staufer», «Julius Caesar», «Konstantin der Große», «Die spanische Trilogie» und «Die Haut des Stiers».

Rowohlt Verlag GmbH, Kirchenallee 19, 20099 Hamburg

Kontaktadresse nach EU-Produktsicherheitsverordnung:
produktsicherheit@rowohlt.de

EBERHARD HORST

Geliebte Theophanu

Der Lebensroman einer
deutschen Kaiserin aus Byzanz

Rowohlt Taschenbuch Verlag

4. Auflage September 2010

Veröffentlicht im Rowohlt Taschenbuch Verlag,
Reinbek bei Hamburg, Oktober 1997
Neuausgabe September 2004

Umschlaggestaltung any.way, Cathrin Günther
Abbildung: akg-images
Druck und Bindung CPI – Clausen & Bosse, Leck
Printed in Germany
ISBN 978 3 499 23698 2

Meinen verstorbenen Kölner Freunden
Heinrich Maria Deckstein und Wilhelm Nyssen
gewidmet

INHALT

VIERTER TEIL

FÜNFTER TEIL

ANHANG

Vorwort

Eine Zwölfjährige, noch mädchenhaft unbekümmert, wird aus ihrer vertrauten Umgebung in eine ihr ganz und gar fremde Welt befohlen. Sie ist auffallend schön und klug, wird von den einen geliebt, von anderen als Fremde, zudem nicht Standesgemäße, mit Mißtrauen empfangen. Diese Ambivalenz durchzieht ihr kurzes Leben. Aber sie lernt politisch denken und handeln und bewährt sich unvergleichlich, indem sie im Aufgenötigten ihre Bestimmung erkennt und bis zu ihrem Tode als Einunddreißigjährige unermüdlich verteidigt und vollendet.

Dies ist die Geschichte der byzantinischen Prinzessin Theophanu, vor einem Jahrtausend Handelsobjekt zwischen den Kaisern Ost- und Westroms. Jeder der beiden Herrscher erhoffte sich einen Vorteil, als Theophanu zur Ehe mit dem siebzehnjährigen Otto II., Sohn und Mitkaiser Ottos des Großen, von Konstantinopel nach Rom gebracht wurde.

Durch Theophanu kam griechisch-byzantinische Lebensart in das karge Land zwischen Rhein und Elbe – in der Kunst, in der Bildung, ebenso in der Mode. Die junge Kaiserin herrschte nach dem frühen Malariatod Ottos II. sieben Jahre mit außerordentlichem politischen Geschick und zäher Durchsetzungskraft. Ihrem elfjährigen Sohn Otto III. hinterließ sie ein im Innern wie im Verhältnis zu Rom gefestigtes Kaiserreich, gestärkt in der westlichen Selbstbehauptung gegenüber Byzanz. »Die deutscheste aller deutschen Kaiserinnen« nannte man die Fremde, die »Ausländerin«.

Ihr Grab fand die Byzantinerin, wie sie gewünscht hatte, in Köln, in der Abteikirche des griechischen Heiligen Pantaleon. Als ich zum ersten Mal vor dem Sarkophag Theophanus stand, wurde meine Neugier geweckt, wie meine Beschäftigung mit Friedrich dem Staufer vor dessen Sarkophag im Dom von Palermo begann. Es war merkwürdig, in einer Kölner Kirche das Grab einer offensichtlich hochverehrten Byzantinerin zu finden, noch merkwürdiger, als es das Grab des Staufers Friedrich im sizilischen Palermo war. Nur bedurfte es, anders als bei meiner Biographie über den Stauferkaiser, eines zweiten Anstoßes, vermittelt durch den tausendsten Todestag der im Jahre 991 gestorbenen Kaiserin Theophanu, um ihrer Lebensgeschichte forschend und schreibend näherzukommen.

Die Auskünfte der Quellen, vor allem der Chronisten Thietmar von Merseburg und Liudprand von Cremona, sind eher dürftig, doch stark genug, unsere Phantasie in Bewegung zu setzen. Es geht mir nicht um historische Rekonstruktion. Vielmehr soll eine Geschichte erzählt werden, die Geschichte einer Entwicklung unter bestimmten, nachvollziehbaren Voraussetzungen. Immer anhand des Möglichen soll die romanhafte biographische Erzählung das wenige historisch Abgesicherte mit Leben füllen, soll die emotionale Entfaltung das Erzählte plausibel machen.

Nicht nachweisbar, doch möglich wäre, daß der Chronist Liudprand (der vermutlich um 973 starb) zur Gesandtschaft gehörte, die Theophanu aus Konstantinopel nach Rom führte. Er galt als bester Kenner der Verhältnisse am Bosporus. Liudprands fiktive »letzte Aufzeichnung« erinnert an das ihm bei seiner ersten – vergeblichen – Brautwerbung am oströmischen Kaiserhof Widerfahrene. Ebensowenig nachweisbar, doch naheliegend wäre eine Begegnung Theophanus im Reichsstift Gandersheim mit der Dichterin Roswitha von Gandersheim, deren Todestag ungewiß ist, deren letzte Dichtung jedoch nach dem Tod Ottos I. entstand, zur Zeit von Theophanus Aufenthalt im deutschen Kernland des Reichs.

Solche Begegnungen wie auch die Gestalt der Hofdame Anastasia, die sich in ihren Berichten als Sprachrohr oder

»zweites Ich« Theophanus begreift, entsprechen der inneren Logik des biographischen Romans. Andererseits mußte die Fülle der Namen im Umkreis Theophanus, mußten die zahlreichen Ortswechsel (allein 973 sind dreißig verschiedene Aufenthaltsorte dokumentiert) reduziert werden, damit eine einleuchtende, lesbare Erzählhandlung zustande kommen konnte.

Die Erzählung kann deutlich machen, daß Theophanu nicht nur abstrakte Ideenträgerin war, sondern Mädchen, junge Frau mit Wünschen, Gefühlen, Lebenserwartungen, mit Schwächen und Stärken, mit allem, was Leben ausmacht. Die Byzantinerin überwand ihr Fremdsein, wurde zur »geliebten« Frau und Kaiserin, zur *dilectissima*, die mit bewundernswertem politischen Verstand die deutsch-lateinischen Interessen vorantrieb.

Politisch wie für das Christentum ist die Bedeutung Theophanus, trotz der Bemühungen anläßlich des Jahrtausendgedenkens, noch kaum zureichend bekannt. Die junge Theophanu, die ihren byzantinisch geprägten Glauben, auch die Verehrung des heiligen Nikolaus, in den Westen mitbrachte, wurde zur Mittlerin zwischen den Kulturen des Westens und des Ostens, zu einer Symbolfigur der Ökumene, der Besinnung auf einen gemeinsamen Glauben.

Eberhard Horst

ERSTER TEIL

Es gab einige, die diese Verbindung Ottos II. mit Theophanu zu hintertreiben suchten und rieten, die unerwünschte Braut zurückzuschicken. Aber der Kaiser hörte nicht auf sie und gab Theophanu mit Zustimmung aller Fürsten seinem Sohn zur Gattin.

Thietmar von Merseburg

Sie hatte einen klaren Verstand, war sehr beredt und von ungewöhnlicher Schönheit.

Annalista Saxo

1. *Die Überfahrt*

Sie stand regungslos am Heck, nahe der handgeschnitzten Balustrade, einen Schritt vor ihrem Gefolge, als die Prunkgaleere den Hafen der Kaiserpaläste verließ. Sie dachte schon weiter, erwartungsvoll, während ihre Augen in der Frühsonne mit dem Perlengehänge ihres Kopfschmucks um die Wette glänzten, als sie zurückblickte und die am Ufer Versammelten, die weißen und goldbestickten Fahnen kleiner und kleiner wurden und schließlich entschwanden. Ein Nichts hinter den perlmuttfarbenen Wassern wie die verblassenden grünen Hügel, die Paläste, die vergoldeten Kuppeln und spitzen Türme von Konstantinopel. Bis zum letzten Augenblick wollte sie aufnehmen, sich einprägen, was sie nie wieder sehen würde. Niemand hatte es ihr gesagt, sie wußte selbst oder ahnte, daß es von dieser Fahrt keine Rückkehr gab.

Die Abschiedszeremonien waren ihr lästig. Natürlich war sie erregt, schoß ihr das Blut durch die Adern. So viel Feierlichkeit mit Musikaufzügen und Fahnenschwenken, so viel ihr gewidmete tränenreiche Anteilnahme läßt eine Zwölfjährige, eine *puella*, nicht ungerührt. Sie ließ ihre Kindheit in der Magnaura zurück. Nein, sie weinte nicht. Theophanu weint nicht. Die Nichte des Basileus Johannes Tzimiskes war, wie dessen erste Frau, eine Skleraina, zu beherrscht, zu stolz, ihre Gefühle zu verraten.

Die byzantinische Prinzessin, die am Morgen eines der ersten sonnenklaren Januartage des Jahres 972 auf dem mit Teppichen ausgelegten Achterdeck der Staatsgaleere stand, war nicht unvorbereitet. Seit fast einem Jahr war sie ausersehen, die Gemahlin des siebzehnjährigen Otto, des Sohnes und Mitkaisers Ottos des Großen, zu werden. Sie hatte die deutsche Sprache gelernt, was ihr leichtfiel. Doch unterhielt sie sich lieber in ihrer Sprache mit Erzbischof Gero von Köln und Liudprand von Cremona, den Gesandten des westlichen Kaisers, die beide Griechisch verstanden. Nach monatelangen, von Bischof Liudprand jahrelang wiederholten, oft beschämenden Verhandlungen war das Ehebündnis zustande gekommen, und die beiden Kirchenmänner begleiteten die Braut mit ihrem Gefolge auf dem langen Weg nach Rom.

Sollten die klugen Bischöfe geglaubt haben, auf dem Schiff, in weniger zeremoniösen Gesprächen, der zwölfjährigen Byzantinerin mit der Nachsicht des Alters begegnen zu müssen, so lernten sie das Staunen. Aufgewachsen im Kaiserpalast, hatte Theophanu eine Ausbildung genossen, von der Fürstenkinder anderer Länder nur träumen konnten.

Ihr Wissen, ihre Intelligenz hinderten sie nicht, widerspruchslos einzuwilligen in ihre aus politischen Gründen beschlossene Heirat. Das war üblich, entzog sich jeder Frage. Sie gehorchte, wie man einem gottgegebenen Gesetz gehorcht. Oder gab es in ihrem Gehorsam verschwiegene Bruchstellen, an denen sich ihr Eigensinn behauptete? Blieb ihre Ergebenheit ungeschmälert, nachdem die Türme von Konstantinopel am Horizont versunken waren und ihre Augen nichts mehr fanden, was Macht über sie hatte? Niemand merkte ihr an, wohin ihr Denken trieb, ob sie das ihr Befohlene jetzt noch als Ehre oder als bloße Pflichtübung empfand.

Theophanu wandte sich zurück, nickte hinüber zu den Gesandten des Westkaisers, die beide ihr Vater hätten sein können. Wie wird das sein, wenn ich eine der euren bin, im fremden Land? Ihr Gefolge, von ihr selbst ausgewählt, wich zur Seite, als sie nach einer knappen Bemerkung mit ihrer Hofdame Anastasia die Holztreppe hinunterstieg in ihre mit Seidentüchern ausstaffierte Kammer. Sie wollte den Kopfschmuck, den ihrer grazilen Mädchenfigur zu schweren, lästigen Prunkmantel ablegen, wollte, leichter gekleidet, mit dem Schiff vertraut werden, ehe Gero und Liudprand mit der Unterrichtung über das Land im Westen und den ihr fremden Kaiserhof fortfuhren.

Einiges hatte man ihr schon gesagt, doch nicht, daß sie Gegenstand eines politischen Handels war. Der Westkaiser Otto der Erste suchte durch die byzantinische Heirat seines Sohnes und Mitkaisers die Anerkennung seines römischen Kaisertums, eines Titels, den allein der in Konstantinopel residierende oströmische Kaiser beanspruchte. Einzig er, der Basileus, verstand sich seit Konstantin und Justinian als der von Gott auserwählte Kaiser der Römer. Für Byzanz gab es nur einen *imperator Romanorum*. Der aber erwartete nichts Geringeres als den Verzicht des Westkaisers auf territoriale Ansprüche in Süditalien, auf die dortigen byzantinischen Themen Apulien und Kalabrien. Otto schien zum Verzicht bereit zu sein, weil ihm und seiner Dynastie durch die eheliche Verbindung ein dauerhaftes Unterpfand zufiel.

Zwei Füchse bedienten sich der Zwölfjährigen als Köder. Eilig hatten es beide, mehr noch als Otto der Erste der Basileus Johannes Tzimiskes. Zwei Jahre zuvor war er durch seine Palastrevolution und die Ermordung seines Vorgängers Nikephoros Phokas zur Macht gelangt. Jetzt drohten ihm selbst innere wie äußere Gefahren. Er brauchte den Waffenstillstand in Süditalien, Versöhnung mit dem Westkaiser, um Aufstände in Kappadokien niederzuschlagen und um mit ungeteilter Kraft die über die Donau drängenden Russen zu bekämpfen. Der Fürst Svjatoslav von Kiew hatte die Bulgaren unterworfen und mußte vertrieben werden, ehe er mit seinen barbarischen Reiterscharen gegen Konstantinopel vorrücken konnte.

Zum Westen hin wollte der Basileus Tzimiskes den Rücken freibekommen. Die ideologischen Vorbehalte seines Vorgängers Nikephoros Phokas schob er beiseite. Tzimiskes nahm in Kauf, daß mit der Zuführung der byzantinischen Braut die Anerkennung des Westkaisers einherging. Der ehemalige General kalkulierte nüchtern. Die militärischen und politischen Verhältnisse zwangen ihn zum raschen Handeln. Hätte er sonst eine so kostbare Fracht im Januar der tage-, ja wochenlangen Meeresfahrt ausgesetzt? Jeder Seefahrer konnte davon berichten, wie in den ersten Wochen des Jahres der von den thrakischen Bergen herabstürmende kalte Nordostwind das Marmarameer und die Ägäis unsicher macht. Kein Naukleros, der sein Schiff nicht irgendwann einmal mit zerfetzten Segeln oder gebrochenem Mast in die nächste Hafenbucht steuerte, falls er sie erreichte.

Tzimiskes berief sich auf die Wetterpropheten, die sturmfreie Tage vorausgesagt hatten, und zunächst trübte kein Wölkchen die Fahrt. Im offenen Meer hatten die Ruderer auf den langen Bänken im Schiffsbauch die Riemen beigelegt. Der vom Festland herabkommende Wind füllte die purpurnen Lateinersegel, trieb die Galeere gefahrlos über das Marmarameer nach Westen.

Manchmal, wenn sie sich unbeobachtet glaubte – eine allzu naive Vorstellung –, ging Theophanu über den Laufsteg zum Vorderschiff und konnte sich nicht sattsehen an den Delphinen, die vor dem Bug die Fahrrinne kreuzten und im Bogen hochschnellten. Sie schlug die Hände zusammen, schrie gegen den Fahrtwind: Thálatta, Thálatta. Thálatta, das Meer, rief Theophanu, nachdem die letzten Möwen mit heiserem Kreischen das Schiff verlassen hatten und sich ringsum nur noch die unendliche, leicht gewellte Wasserwüste ausdehnte. Es war ihre erste Meeresfahrt.

Tzimiskes hatte befohlen, auf der Fahrt durch das griechische Meer bis hinüber nach Tarent, dem letzten byzantinischen Hafen, bei den größeren Inseln zu ankern und die Prinzessin zu kurzen Aufenthalten an Land zu führen. Abschiednehmend sollte sie die Größe des byzantinischen Reichs erkennen, um mit gestärktem Selbstbewußtsein in ihre neue Welt zu ziehen.

Ein Geschwader der schnellen flachen Dromonen war vorausgefahren, um an jeder der vorgesehenen Stationen den Besuch anzukündigen. Und wie empfänglich waren die Inselbewohner in der stilleren Jahreszeit für einen Besuch, der sie zudem teilhaben ließ an den glanzvollen Ereignissen des Reichs.

Inseln, deren Namen Theophanu durch Erzählung und Mythen vertraut waren, stiegen aus dem Meer, nahmen Gestalt an. Theophanu wollte alles genau wissen, jeden Inselnamen. Mit der Entfernung von Konstantinopel wuchs ihre Neugier, ihre Ungeduld. Von ihren Begleitern schickte sie Akritas zum Schiffsführer, Auskünfte über die Windverhältnisse, die Geschwindigkeit, das Messen der Geschwindigkeit einzuholen. Unbekümmert unterbrach sie in der Dämmerung des zweiten Tages Liudprands Ausführungen über den Hof des Kaisers Otto. Wann werden wir in Mytilene sein? Morgen, bei günstigem Wind und wenn kein Sturm aufkommt. Liudprand war die Strecke einige Male gefahren. Er kannte die tückischen Wetterumbrüche. Er wußte, was der Prinzessin verborgen blieb, daß die wiederholten Unterbrechungen der Meeresfahrt auch vorsorglich befohlen waren. Man konnte nicht wissen, ob die Prinzessin die Schiffsreise vertrug, das Schwanken bei bewegter See. Wie würde sie sich verhalten, wenn unvorhergesehen der scharfe Nordoststurm über das Meer heranrollte, mit seinen Brechern zuschlüge und das Schiff, das Prunkschiff des Basileus, zu zerschlagen drohte? So war es doppelt vorteilhaft, in Reichweite schützender Hafenbuchten zu fahren oder dort zu ankern, um der Prinzessin eine Rast an Land zu gönnen.

Unbehelligt passierten sie das Marmarameer und den schmalen Hellespont. Erst mit dem Erreichen der offenen Ägäis trieb der Wind auf und drückte gegen Steuerbord, daß die Galeere unter dem plötzlichen Zugriff ächzte. Aber das quittierte der Naukleros mit einem Lächeln. Der Nordwind pfiff in den Rahen und Gaffeln und spannte die roten Segel zum Zerreißen, doch er jagte das Schiff pfeilgerade in die vorgesehene Richtung nach Süden, immer in Sichtweite des asiatischen Festlandes. Ehe das Schiff in einen der tödlichen Wirbel geraten konnte, erreichten sie die Buchtöffnung zwischen dem Festland und der Insel Lesbos, und in rasender Fahrt steuerte der Naukleros in die Bucht im Schutz der phrygischen Berge.

Keinen Aufenthalt erwartete Theophanu sehnsüchtiger als die Insel Lesbos. Sie war froh, nach ihrer ersten Sturmerfahrung auf dem freien Meer Land unter die Füße zu bekommen. Aber das war ein äußerlicher, trivialer Grund. Im Innersten bewegte sie der Gedanke, den Ort kennenzulernen, von dem ihre Begleiterin, die ein Jahrzehnt ältere Anastasia, so viel erzählt hatte. Noch einmal, schon in der Dämmerung, während die Galeere im beruhigten Wasser an der Inselküste entlangfuhr, wollte sie von Anastasia hören, was der Grieche Longos in seiner Erzählung von Daphnis und Chloe geschrieben hatte: »Mytilene auf Lesbos ist eine große und prächtige Stadt, von Kanälen durchzogen, durch die das Meer hereinströmt, und geschmückt mit Brücken aus glattem, weißem Gestein.« Am liebsten zitierte Anastasia die Dichterin Sappho, die in einem Landhaus bei Mytilene oder Eressos, wie man auch sagte, gelebt und dort junge Mädchen unterrichtet hatte. Als die Galeere, von fast geräuschlosen Ruderschlägen vorwärtsgetrieben, Mytilene näher kam, erinnerte sie Theophanu an einen Vers der Sappho: »Espere, pánta phéreis... Abendstern, alles bringst du uns wieder, was die schimmernde Morgenröte zerstreute.«

Weiß der Himmel, woher Anastasia, seit frühester Kindheit der Prinzessin deren Vertraute und Lehrerin, die Dichtungen kannte. Wer am Hof von Byzanz wußte noch, daß Lesbos einmal die Insel der Dichter war? Nahezu vergessen waren ihre Namen, vergessen wie die Tempel der antiken Götter, die in den Boden sanken oder Steine zum Bau der christlichen Kirchen lieferten.

Theophanu war erschrocken, als sie hörte, daß die Gedichte der Sappho aus der noch unerlösten vorchristlichen Zeit stammten. Wie vertrug sich das Anhören solcher Verse, das Gefallen an ihnen, mit ihrer Orthodoxie? Was würden die Bischöfe dazu sagen? Aber sie war klug genug, um zu begreifen, daß sich die Menschen in ihrem Menschsein um kein Jota verändert hatten, so daß ein Vers der Sappho über ein Jahrtausend und mehr Bestand haben konnte, weil er in sich stimmig und schön war.

Ja, es schmeichelte ihr sogar, von Anastasia zu hören, sie gleiche der Dichterin, die nach der Überlieferung von kleiner, schlanker Statur war, im dunkelhäutigen Gesicht mandelgroße klar- und weitblickende Augen. Anastasia verschwieg, daß jemand die Lyrikerin mit der Nachtigall verglichen hatte, dem kleinen Vogel im grauen Federkleid, doch mit »mißgestalteten Flügeln am winzigen Körper«.

Auf Lesbos fuhr Theophanu im Wagen des kaiserlichen Statthalters ein Wegstück landeinwärts, und ihr Entzücken fand kein Ende, als sie die von Longos geschilderte Natur entdeckte: Kornfelder, Weiden mit grasenden Herden, grünes, zu den Bergen ansteigendes Hügelland, mannshohe Rebstöcke, immergrüne Myrten, Gärten mit Granatäpfeln, Feigen, Apfel- und Birnbäumen, endlose Reihen von Olivenbäumen, aus deren Früchten das begehrte Öl der Insel gepreßt wurde. Theophanus Verhältnis zur Natur war unbefangen, unbelastet. Anastasia sagte ihr, sie verhalte sich nicht anders als die Mädchen von Lesbos, die zu Lebzeiten der Sappho in deren Schule auf ihre Hochzeit und ihre Aufgaben in der Gesellschaft vorbereitet wurden.

Theophanu hörte diese Schilderungen gerne, obgleich ihre Neugier ziemlich unbefriedigt blieb. Eindringlich wurde ihr statt dessen – mitunter bis zum Überdruß – vor Augen gehalten, daß sie auf dem Weg zu ihrer eigenen Hochzeit war. Ach, Anastasia, was erwartet uns in diesem fremden Land, unter fremden Menschen?

Liudprand und noch emsiger Gero von Köln nutzten jede ruhigere Stunde auf See oder an Land, die Byzantinerin mit ihren künftigen Aufgaben als Gattin des jungen Kaisers Otto vertraut zu machen. Liudprand von Cremona, erfahren in griechischer Literatur, in byzantinischer Lebensart, auch in byzantinischer Eitelkeit, nahm die geschickt geplanten Aufenthalte gelassen hin. Theophanus Ausflüge in die griechische Vergangenheit würden ihr vergehen, sobald sie dem lateinischen Kaiserhaus angehörte. Um so mißtrauischer reagierte Gero. Die Prinzessin, sagte er zu Liudprand, beschäftigt sich zu sehr mit dem, was sie zurücklassen sollte.

Gero war zwei Jahre zuvor gegen den Willen des Kaisers Otto zum Erzbischof von Köln gewählt worden. Seine Mission als Brautwerber empfand er als Zeichen von Versöhnung und neuerworbener Ehre, das den aufrechten, aber auch starrköpfigen Westfalen um so pflichteifriger machte. Er wollte dem Sohn und Mitkaiser seines Auftraggebers eine Braut ohne Tadel zuführen, ohne die ihn störende Rückbindung an deren Herkunft. Byzanz blieb ihm fremd, unzugänglich, auch nach der Beendigung seiner Gesandtschaft. Im Grund lief ihm das doch ehrende Unternehmen zuwider. Erst recht ahnte er, wie schwierig es nach seiner Rückkehr in Rom sein würde.

Es blieb dabei: der byzantinischen Prinzessin haftete ein untilgbarer Makel an. Sie war keine dem kaiserlichen Bräutigam ebenbürtige Braut. Sie war nicht als Tochter eines regierenden Basileus im kaiserlichen Purpurzimmer geboren, keine Porphyrogenneta. Ja gewiß, Theophanu stammte aus hochadeligem Haus, war durchaus eine Clarissima als Tochter des Konstantinos Skleros, dessen Schwester Maria der Basileus Johannes Tzimiskes zur Frau genommen hatte, da er das Heer befehligte und noch nicht auf dem Purpurthron saß. Eine Clarissima auch mütterlicherseits; ihre Mutter Sophia Phokaina war eine Nichte des vor drei Jahren ermordeten Basileus Nikephoros Phokas. Komplizierte Verhältnisse, wenn man bedenkt, daß die Mitglieder von Theophanus Mutterfamilie gegen Tzimiskes revoltieren. Aber der Basileus Tzimiskes traute der jungen, klugen Theophanu zu, daß sie als künftige Herrin des lateinischen Westens auch byzantinische Interessen wahren würde.

Das Nachdenken über die verwickelten Verhältnisse treibt dem Erzbischof Gero den Schweiß auf die Stirn. Er will nichts wissen von Byzanz, verdrängt das ihm am Hof von Konstantinopel Widerfahrene oder überläßt das Aufschlüsseln Liudprand. Doch er sinnt Tag und Nacht darüber nach, was er in Rom der nicht erfüllten Erwartung des kaiserlichen Hofes entgegenhalten könnte. Wird man ihm das Scheitern seiner Mission anlasten? Wird man die nicht purpurgeborene Prinzessin zurückschicken? Das Schlimmste, unausdenkbar die Folgen, auch für ihn, der ja eben erst die Gunst des Kaisers zurückgewonnen hat.

Ihm mißfällt der Einfluß der Hofdame Anastasia Dalassena, die ihrer Schutzbefohlenen auf der Insel das griechische Erbe schmackhaft macht. Erregt, mit groben Worten tadelt er die Fürstin, nicht Theophanu, das würde er nicht wagen. Er findet es der zur Kaiserin des Westens erkorenen Prinzessin unwürdig, daß sie dem bukolischen Inselleben, dem griechischen Theater und dem nahegelegenen Haus des Menandros mit den Mosaiken seiner dreisten Komödien mehr Aufmerksamkeit widmet als den Kirchen des wahren Glaubens.

Aber Gero irrt. Der Kirchenmann ahnt nicht im geringsten, was die zwölfjährige Byzantinerin im Innersten bewegt. Es ist alles andere als ein Rückfall, ein Verharren in der alten Welt, eher ein Abschiednehmen, gemischt mit einem Anflug von mädchenhafter Unbekümmertheit, bisweilen von Übermut. So streng, wie sie pflichtgemäß bei ihren öffentlichen Auftritten erscheinen mußte, so beherrscht, eingeschnürt in ihren bodenlangen steifen Schmuckmantel, war Theophanu nicht. Und natürlich betete sie in den Kirchen. Vor den heiligen Ikonen steckte sie ihre Kerzen auf, und vor dem Bild der Theotokos, der Gottesgebärerin, flehte sie um Hilfe, damit sich die in sie gesetzten Erwartungen erfüllen mochten. So hatte sie es gelernt.

Das Abschiednehmen wiederholte sich von Insel zu Insel, von Küste zu Küste. Schrittweise, von Tag zu Tag mehr, entfernte sich Theophanu von ihrer Herkunft. Sie wuchs in die ihr bestimmte Rolle hinein, lernte unangestrengt, gewann im Umgang mit den Menschen aus der anderen Lebenswelt innere und äußere Sicherheit.

Zunächst fuhren sie südwärts zur Insel Chios, der felsigen Insel des blinden alten Homer. Bei der Zufahrt in der Morgenfrühe schlug ihnen der Duft der Zitrushaine entgegen. Wie bei jeder Landung verlief das anfangs immer sehr förmliche Zeremoniell. Der Empfang durch den Präfekten, die Nobilitäten und Beamten, durch die hohe Geistlichkeit, die Mönche und viele Schaulustige. Nur die Kinder, ungewohnt festlich in ihren hellen Tuniken, ungelenk ihre Blumenkränze schwenkend und schrill singend, verlockten Theophanu und die Versammelten zu einem Lächeln. Hymnische Gesänge und Flötenspiel begleiteten die Prinzessin auf dem Weg zu ihrem Quartier im von hohen Zypressen umgebenen Palast des Präfekten.

Wie gut waren die Aufenthalte gewählt. Mit jeder Insel prägte sich ihrem Gedächtnis ein Stück Byzanz ein. Am Ende trug Theophanu die Inselnamen mit sich wie Perlen, aufgereiht an einer goldenen Schnur: Lesbos, Chios und jenseits der wilden Ägäis Euboia, am kalkweißen Tempelfelsen von Sunion vorbei im Saronischen Golf die friedliche Insel Salamis, die so viel Kriegsschrecken gesehen hatte. Ein Ruderschlag hinüber nach Piräus Athen, aber ja, ein Pflichtgang der byzantinischen Prinzessin hinauf zur Akropolis und die üblichen Prozessionen zu den orthodoxen Heiligtümern.

Der Naukleros, nicht weniger als seine hohen Gäste, atmete auf, als sie, weiterfahrend bei halbwegs günstigem Wetter, die den Stürmen ausgesetzte Insel Kythera passiert und die südlichen bergigen Landzungen der Peloponnes umschifft hatten. Und noch einmal Byzanz, noch einmal die im Frühjahrssonnenlicht schimmernde byzantinische Perlenkette, ungetrübt der Glanz jeder Perle, geschützt vor den rauhen Winden des Ionischen Meeres: die Inseln Zakynthos, Kephallonia, Ithaka, Korfu.

Der Februar ging dem Ende zu. Das Meer um die Inseln war beruhigt. Bis in die Schiffskammern am Heck drang die Stimme des Paukators, der die Ruderer antrieb. Im hellen, schon frühjahrswarmen Sonnenschein steuerte die Prunkgaleere von Hafen zu Hafen, immer empfangen oder geleitet von Fischerbooten, manche mit Blumengirlanden.

Die kurzbemessenen Aufenthalte auf den letzten Inseln vor der Überfahrt nach Tarent weckten in Theophanu ein Gefühl nie zuvor so intensiv gekannter Heiterkeit. Sie fühlte sich wohl, und zwischen Empfängen und Pflichtübungen verblieb genug Zeit, aufzunehmen, was ihr gefiel: die weißblühenden Mandelbäume und die wildwachsenden Hyazinthen, den Duft der Pinien, der Orangen- und Zitronenhaine, das um die Felsbrocken rankende duftige Gesträuch von Myrte und Lorbeer.

Zakynthos vor allem erinnerte sie an ihre Kindheit, an die Sommeraufenthalte in den väterlichen Gärten am Ostufer des Bosporus.

Sie erlaubte sich die Erinnerung, sprach davon zu Anastasia, als sie in der Dämmerung des ersten Abends auf Zakynthos zur Kirche Aghios Athanasios gingen. Aber sie erinnerte sich ohne Wehmut. Sie suchte auch nicht Zuflucht in ihrer Erinnerung aus Angst vor der Zukunft, vor allem Ungewissen und dem von den Bischöfen nicht Gesagten. So viele Fragen blieben offen.

Nur ein einziges Mal während der wochenlangen Reise von Insel zu Insel verfiel sie einer unstillbaren Mutlosigkeit, Verzweiflung. Das war bei der Überquerung der Ägäis, als sie Chios zurückgelassen hatten und lange Stunden orientierungslos in der Nachtschwärze umhertrieben, ausgesetzt der sturmgepeitschten See, gejagt von unsichtbaren Kräften.

Das Schiff hob und senkte sich, die Brecher schlugen hart auf die Deckplanken. Den Schiffsgästen war geraten worden, ihre Kammern nicht zu verlassen. Theophanu lag hilflos auf ihren Seidenkissen, ihr war sterbenselend vom Schwanken des Schiffs, vom schauerlichen Sturmgeheul, und in einem Anfall von verzweifeltem Trotz beklagte sie ihr Schicksal: Ich will nicht mehr, ich will zurück, oder tötet mich. Weder ihre Dienerin Eudokia noch der zur Wache befohlene Akritas wußten zu helfen. Die in der Nebenkammer schlaflos liegende hellhörige Anastasia kam, wischte ihr mit einem feuchten Tuch den Schweiß aus dem Gesicht. Als Theophanu versuchte aufzustehen, Luft zu holen, erbrach sie sich und spie Verdauungsreste auf den Boden, würgte gelbgrüne bittere Galle heraus, ehe ihr Anastasia einen Napf vor den Mund halten konnte. Um nicht auszugleiten bei der unablässigen Schlingerbewegung des Schiffs, hielt sie sich krampfhaft an einem der Bettpfosten fest. Anastasia legte die Zitternde wieder auf ihr Lager und blieb bei ihr in der Nacht, in der nicht einer auf der Galeere Ruhe fand.

Das Unwetter war plötzlich aufgekommen, mit sanften, dann rasch härter gegen die Segel klatschenden und aufheulenden Sturmböen, die von Norden, von den thrakischen Bergen herabfegend, über die Schiffe in der Ägäis herfielen wie ein Rudel Wölfe über eine Herde Schafe. Der Himmel verfinsterte sich schlagartig, und schon beim hastigen Kappen der Segel stürzte ein Mann in die brodelnde See. Von den Begleitschiffen, ihnen sonst in der Nacht durch Lichter und Lichtsignale verbunden, fehlte jede Spur.

Der Bischof Liudprand, mit der Literatur der Alten vertraut, hätte der Prinzessin sagen können, daß Boreas, der in den thrakischen Bergen hausende Windgott, mit wilder Kraft herabstürmte, die von ihm begehrte athenische Königstochter Oreithyia zu rauben. Liudprand kannte seinen Ovid. In den *Metamorphosen* des Römers hatte er gelesen, wie Boreas, als sein Werben und Schmeicheln nichts halfen, wutschnaubend und dröhnend über die Ägäis hereinbrach, seinen Mädchenraub mit Sturmgewalt zu vollenden. Aber Liudprand wagte nicht, auch später nicht, als sie das Kap Matapán passiert hatten und der Windgott besänftigt die Segel streichelte, Theophanu die Legende von Boreas und Oreithyia zu erzählen.

Das Schiff war gerettet. Die Sturmschäden konnten im nächsten windgeschützten Hafen behoben werden. Alle auf dem Schiff fühlten sich wie von einem quälenden Druck befreit, als sie die Ägäis und nach weiteren Tagen, nach der Umschiffung der Peloponnes, das Ionische Meer hinter sich ließen. Keine Gefahr mehr, keine Sturmgewalt, kein Boreas. Die Seeleute sangen, als hätte es niemals einen mörderischen Sturm gegeben, keinen Toten beim Segelkappen. Theophanu, die hörte, wie der Schiffsführer die Männer anbrüllte, weil ihr rauher Gesang die hohen Gäste stören würde, befahl ausdrücklich das Weitersingen.

Theophanu hatte die furchtbaren Schrecken der Nacht in der Ägäis überwunden. Sie war mit sich und dem ihr aufgenötigten Schicksal versöhnt. Auf Korfu, der letzten byzantinischen Insel, deren blumenreiche Vegetation und deren mildes Licht eher zum Bleiben verlockten, drängte Theophanu Skleraina zur Einhaltung der vorgeschriebenen Termine. Sie selbst verlangte die zeitige Überfahrt nach Tarent, denn ihr und ihrem Gefolge stand noch der Landweg durch Kalabrien bevor, bis zum Empfang in Benevent, wo die Beauftragten des Kaisers sie erwarteten, um sie nach Rom zu führen. Auf Korfu dachte sie an den Basileus Tzimiskes, an ihren Vater Konstantinos Skleros und an Byzanz ohne Vorbehalt, ohne den Beigeschmack einer über ihren Kopf hinweg ausgehandelten, ihr auferlegten Pflichtübung. In merkwürdiger Umkehrung sehnte sie sich nach Rom, dem Ort ihrer Trauung mit dem fremden Kaiser.

2. *Liudprands letzte Aufzeichnung*

Nicht Pflichtvergessenheit, sondern eine meinen Körper schwächende Krankheit hält mich im Kloster der Fratres Benedikti von Montecassino zurück. Gero sagte beim Abschied, ich solle zufrieden sein, die Prinzessin sei in guten Händen, im Schutz des kaiserlichen Gefolges werde sie in der ersten Aprilwoche über die Via Appia in Rom einziehen. Der Erzbischof von Köln hat gut reden. Wie kann ich zufrieden sein, wenn mir auf halbem Weg von Benevent nach Rom diese Recreatio befohlen wird? Die Ärzte duldeten nicht länger, daß mir ein erbärmliches Seiten- und Bruststechen das Sitzen im Sattel, jede Bewegung unerträglich macht. Ließen nur die Schmerzen nach.

War es Genugtuung, die ich in Geros blauen Augen zu entdecken glaubte, weil er in Rom allein den Triumph des Brautwerbers auskosten darf? Ich irre mich. Er ist redlich, offen, viel zu bieder für Hintergedanken. Dankbar war er in Tarent, als der byzantinische Gubernator seinem Ärger über die versöhnliche Geste seines Basileus Luft machte und ich Geros wütende Replik durch eine geschickte Wendung milderte. Sah doch der Gubernator in der Heirat ein Versagen der byzantinischen Politik, ein sträfliches Nachgeben. Er haßt den Kaiser Otto. Man wird mir nicht übelnehmen, wie ich im stillen die Wut des Byzantiners genoß.

Gero wird den Gubernator bald vergessen. Doch in Rom wird *er* verantworten müssen, daß er dem jungen Kaiser Otto nicht die purpurgeborene Prinzessin Anna, sondern die Nichte des Tzimiskes zuführt. Mit meiner Unterstützung würde er sich wohler fühlen. Das weiß ich.

In Konstantinopel profitierte er von meinen Erfahrungen am byzantinischen Kaiserhof, auch wenn es ihm in seiner naiven Selbstgewißheit schwerfiel, sich dies einzugestehen. Die Unbeholfenheit Geros beobachtete ich, der zwei Jahrzehnte Ältere, nicht ohne Schadenfreude. Äußerten sich so versteckte Rachegefühle? Schließlich hat man nicht mir, sondern ihm, dem Kölner, die Einholung der Braut überantwortet. Wollte man mich übergehen, zum Gehilfen herabsetzen, weil meine Brautwerbung vor vier Jahren mißlang? Aber, mein Gott, der hochgepriesene Kölner Erzbischofsstuhl steht dem Kaiser näher als mein Bischofssitz in Cremona.

Was ich erhofft, aber nicht erwartet hatte, war der Abschiedsbesuch der Prinzessin. Sie kam selbst herauf, schon im grünen Reisekleid, das lange schwarze Haar gebunden, von einer Lederkappe gehalten, und sie fragte nach meinem Befinden. Undenkbar der Vorgang in Konstantinopel. Wäre mir ähnliches am byzantinischen Hof nur ein einziges Mal widerfahren, würde ich anders denken über den Basileus und seine Kreaturen.

Mir lag auf der Zunge, Theophanu an das ganz und gar andere Verhalten ihres Großvaters Leon Phokas zu erinnern. Ich unterließ die Bemerkung, denn Leon Phokas, der Bruder und Hofmarschall des ermordeten Basileus, war nach dem Umsturz verhaftet und auf die Insel Kalonymos deportiert worden. Ungewiß sein Schicksal; man sagt, er sei geblendet worden.

Ich weiß auch nicht, ob Theophanu an der Verwandtschaft ihrer Mutterseite hängt. Mich irritiert, daß die Zwölfjährige so willig dem Heiratsbefehl des Tzimiskes folgte, des Mannes, der den Nikephoros Phokas ermordete und der die nun ihrerseits revoltierende Sippe der Phokades einkerkern ließ. Nicht das geringste Anzeichen von Bedenken, Widerstand oder gar Trauer bei der Prinzessin. War es kindlicher Gehorsam, mädchenhafte Unbekümmertheit, daß sie den Wechsel so schnell vollzog? Manchmal, wenn ich sie in den letzten Tagen beobachtete, dachte ich: Sie hat etwas von einer bindungslosen Abenteurerin, die ihr Gesicht mit Lust gegen den Wind hält. Man kann nicht in sie hineinschauen wie der Anatom in einen toten Körper, den er mit dem Messer öffnet. Wie auch? Sie ist lebendig, jung, anmutig und liebenswert wie niemand unter den Byzantinern, die ich kennenlernte. Vor ihr versagt mein Sarkasmus.

Auf dem Schiff, sooft sie mich rufen ließ zur Unterrichtung über alles Wissenswerte ihrer zukünftigen Lebenswelt, war ihr keine Gemütserregung anzumerken, eher eine Mischung aus Neugier und Einverständnis. Wie auch immer, ich wagte nicht zu fragen, wollte nicht ihr vergelten, wie ihr Großvater mich vor vier Jahren mit Unehren empfing und schmachvoll behandelte.

Er war es doch, der mich und meine zweimal zwölf Begleiter, erschöpft wie wir waren nach wochenlangem mühsamen Ritt, vor den Toren Konstantinopels im strömenden Regen warten ließ, der uns dann eine Herberge zuwies, wo es kein Wasser gab, keine menschenwürdigen Schlaflager, ein offenes Gebäude, das Hitze wie Kälte und Regen hereinließ. Ich erkrankte schwer, litt unter einem Dauerdurchfall, mußte aber jederzeit auf den Beinen sein, wenn die Herren Gastgeber riefen. Schon beim ersten Disput stritten wir zornig um den Titel meines Kaisers Otto, den der Hofmarschall Leon Phokas geringschätzig bloß König der Franken nannte.

Der Hofmarschall war das Sprachrohr seines Bruders, sein Kuropalates und Logothet, wie die Byzantiner sagen. Was für ein komisches Brüderpaar, dem ich nach stundenlangem Warten im Palast zugeführt wurde: neben dem hochgewachsenen Leon der zwergenhafte Nikephoros, kurzbeinig, darüber ein aufgeschwemmter Bauch; auf den schmächtigen Schultern ein dicker Kopf und ein von langen, ungepflegten Haaren umrahmtes Schweinsgesicht. Der Zwerg soll in seinen sechs Regierungsjahren ein tüchtiger Herrscher Ostroms gewesen sein? Die wahren Herrscher saßen, niedriger als er, zu seiner Linken, zwei kleine Kaiser sozusagen, wie er in prunkvollen, doch alten, schon übelriechenden Gewändern. Es waren die Kinder des verstorbenen Basileus Romanos, Stiefsöhne des Nikephoros, der zu seiner Legitimierung die Witwe des Romanos geheiratet hatte.

Nach Anna, der gerade fünfjährigen Tochter des Basileus Romanos, um derentwillen ich als Brautwerber gekommen war, hielt ich vergeblich Ausschau.

In Nikephoros Phokas lernte ich einen eitlen Prahler und Heuchler kennen. Er protzte mit seiner militärischen Stärke, und er ließ keine Gelegenheit aus, mich zu demütigen. Ich habe alles, Wort für Wort, in meinem Bericht an den erhabenen Kaiser Otto aufgeschrieben: wie der Byzantiner mich als Spion beschimpfte, wie er mir, dem Boten des Kaisers, an seiner Tafel nur den fünfzehnten Platz gönnte, einen Platz ohne Tischtuch, wie er mir ein anderes Mal befahl, in einem Gasthaus mit seinen Dienern zu speisen, mir dann wiederum von seiner Tafel Leckerbissen schickte, einen fetten Bock, köstlich gewürzt mit Knoblauch, Zwiebeln, Porree und mit Fischlake übergossen.

Wechselbäder von Gunst und Schmach, wobei die schändliche Behandlung überwog. Man sperrte mich ein, stellte Wachen auf, ließ mich hungern und dürsten, und ich schrieb an die Wand des verhaßten Hauses:

> Aus Ausonien kam ich Liudprand von Cremona
> Nach Konstantinopel aus Liebe zum Frieden,
> Gefangener war ich hier vier Sommermonate lang.

Ja, ja, ja, dazu allein war ich nach Konstantinopel gekommen, gesandt von meinem Kaiser Otto, nicht weniger erwünscht von Nikephoros Phokas, um durch die byzantinische Ehe den Frieden zwischen Ost- und Westrom zu sichern. Nicht von Theophanu war die Rede, sondern von Anna, der fünfjährigen Tochter des Basileus Romanos, denn natürlich drängte mein Kaiser auf die Ehe mit einer ebenbürtigen Kaisertochter. Ich sagte es Nikephoros Phokas ins Gesicht: Wenn es deine Absicht ist, die Prinzessin Anna dem Mitkaiser und Sohn meines Herrn zur Gemahlin zu geben, so sollst du mir dies eidlich bezeugen, und ich werde durch Eid die Gegengabe meines Kaisers bestätigen, wie er ja schon, von mir beraten, ganz Apulien dir überlassen hat.

Er lachte, bis ihm das Wasser aus den Schweinsaugen rann. Mir überlassen? *Wir* haben deinen Kaiser Otto mit seinen Sachsen, Franken, Bayern, Schwaben und Italern verjagt, als er Bari in Süditalien erobern wollte. Wie schamlos von deinem Herrn, mit Feuer und Schwert in mein byzantinisches Reichsgebiet Apulien einzufallen.

Ich blieb nicht stumm, erwiderte ohne Zögern: Was du byzantinisches Reichsgebiet nennst, gehört in Wirklichkeit zum Königreich Italien, erst recht, nachdem die sizilischen Sarazenen aus Apulien und Kalabrien vertrieben sind.

Eines Tages ließ er mich in den kaiserlichen Tierpark führen, auf seine kindische Art prahlend, dort würde ich ganze Rudel der seltenen, in unseren Ländern unbekannten Waldesel sehen. Beim Anblick der grasenden Tiere kam mir ein Sibyllenspruch in den Sinn, wonach der alte und der junge Löwe gemeinsam den Waldesel besiegen. Die Griechen deuten das als Sieg des griechischen und des lateinischen Kaisers über den König der Sarazenen. Aber ich dachte an eine andere, viel zutreffendere Auslegung. Demnach würden der alte Löwe und sein Junges, nämlich meine Kaiser Otto, Vater und Sohn, durch nichts als durch ihr Alter verschieden, den störrischen Waldesel Nikephoros Phokas verjagen.

So zogen sich die Wochen, Monate hin, mit erhitzten Disputen, Verunglimpfungen, launischen Torturen, flüchtigen Gnadenbeweisen. Ich notierte schon, wie meine Gesundheit schweren Schaden litt. Wo anders als in Konstantinopel finde ich die Ursache meiner Krankheit, die mich zum Aufenthalt im Kloster der benediktinischen Brüder zwingt? Bettlägerig nahe dem Fenster mußte ich sehen, wie die Prinzessin mit ihrem Gefolge ohne mich weiterzog, talwärts reitend zwischen den blühenden Mandelbäumen.

Ich muß nicht wiederholen, was ich vor vier Jahren meinem Schreiber diktierte. Aber es soll mir vor Augen bleiben, zu meiner Rechtfertigung, weshalb nicht die Prinzessin Anna, sondern Theophanu, die Nichte des Tzimiskes, auf dem Weg nach Rom ist.

Es ist alles anders gekommen, als von meinem Kaiser und mir erwartet. Bis zuletzt hielt mich der Basileus Nikephoros hin, spielte er Katz und Maus mit mir. Sollte ich nicht erfreut sein über die Beseitigung des Mannes, der mich zum Narren machte und mich quälte?

Seine Forderungen schraubte er höher und höher, verlangte schließlich die Freigabe von Ravenna und Rom und aller Länder von dort bis nach Konstantinopel, eingeschlossen die schon byzantinischen Themen Apulien, Kalabrien, Lukanien. Das nenne ich Größenwahn.

Was die Prinzessin Anna betrifft, so ließen die Byzantiner, nachdem ich den Ärger wie die Hitze und den Durst nicht länger ertragen konnte und mehr tot als lebendig um Entlassung bat, die Katze aus dem Sack. In Gegenwart des Nikephoros und seines Bruders Leon erklärte mir der Oberkämmerer Basilius mit hochgezogenen Augenbrauen in seinem feisten Gesicht, wir sollten doch wissen, daß es gegen den Brauch des Kaiserhauses verstoße, die im Purpurzimmer geborene Tochter eines purpurgeborenen Kaisers dem Herrscher eines fremden Volkes zur Gattin zu geben.

Lächerlich, dieser Kult mit dem Purpur. Wenn ich Purpur höre, werde ich selbst rot bis hinter die Ohren, nicht aus Scham, sondern aus Zorn. Als ich endlich die Erlaubnis zur Abreise erhielt, erdreistete sich ein simpler Zöllner, mir fünf Mäntel aus kostbarem Purpur wegzunehmen. Die Mäntel hatte ich gekauft, um sie als Geschenke mitzunehmen. Unwürdig, so hieß es, sei der Kaiser Otto, seien die Italer, Sachsen, Franken, Bayern, Schwaben, ja alle fremden Völker, sich mit Purpurmänteln zu schmücken.

War denn der Basileus Nikephoros allein würdig, den Purpur zu tragen? Oder machte ihn gar der Purpur würdig? Ich antworte mit einem Vers des Boethius, dessen Schrift vom »Trost der Philosophie« ich mit mir trage:

Ob mit tyrischem Purpur stolz sich schmückte
Nero, allen verhaßt blieb er dennoch
mit seinem Schwelgen in Grausamkeiten.

Kein Purpur vermag die Schurkereien eines Schurken zu überdecken. Man verlange von mir nicht, den Nikephoros würdig oder gar ehrwürdig zu nennen. Und hat er nicht, um nach byzantinischem Recht als Basileus anerkannt zu werden, die Witwe seines Vorgängers Romanos geheiratet, dieselbe Frau niederer Herkunft, der man neben anderen Bosheiten nachsagt, sie habe ihren Mann, den Basileus, vergiftet? Soll Nikephoros als einziger nicht gewußt haben, was man in Konstantinopel an jeder Ecke erzählte?

Ich weiß, man mag mir jetzt entgegenhalten, dieser häßlichste Mann, der je die oströmische Kaiserkrone trug, habe für Byzanz mehr geleistet als Romanos, er habe genug gebüßt durch seine eigene Ermordung in jener Dezembernacht 969, bei der seine Basilessa wiederum ihre Hand im Spiel hatte. Sie war die Geliebte des Thronräubers Tzimiskes, der sie nur darum nicht zur Frau nahm, weil der Patriarch von Konstantinopel seine Zustimmung verweigerte und verlangte, daß er die Basilessa vom Hof verbannte.

Ich schäme mich, ihren Namen auszusprechen. Sie nannte sich Theophano, Gottes Schein, Gottes Abglanz. Mit ihr jedoch hat unsere Theophanu, wie wir sie lateinisch nennen, so wenig gemein wie Feuer mit Wasser. Die Prinzessin Theophanu ist anderer Art. Wenn ich jetzt, während ich dies diktiere, die unter dem Purpur ausgeheckten Verbrechen bedenke, so bedauere ich nicht mehr, daß unsere Theophanu keine Purpurgeborene ist.

Natürlich ist der Basileus Tzimiskes klüger als der starrköpfige Nikephoros. Er handelt sich den Frieden im Westen ein, Versöhnung mit dem Kaiser Otto, indem er dessen Heiratswunsch erfüllt, und das, ohne eine byzantinische Sitte zu verletzen. Es ist nicht statthaft, die Tochter eines Basileus einem ausländischen Herrscher zur Frau zu geben. Aber Tzimiskes erliegt seinem Wunschdenken, wenn er glaubt, die

Prinzessin Theophanu, weil sie gehorsam und seine Nichte ist, werde am Kaiserhof der Ottonen nichts anderes im Kopf haben als seine byzantinischen Interessen. Soviel konnte ich auf dem Schiff, auf der langen Reise hierher, von ihrem Wesen erfahren. Die junge Theophanu ist nicht nur die untadelige Clarissima, sondern die beste Braut des Kaisers Otto, obwohl sie ihn noch nicht kennt, noch nicht einmal gesehen hat.

Sagte ich, daß man nicht in sie hineinschauen kann? Manchmal dachte ich, daß sie wie der absolute Neubeginn ist, eben aus dem Mutterleib entlassen, die Nabelschnur durchschnitten. Eine kindliche Losgelöstheit entdeckte ich in ihr. Ich sah, wie sie nach unserer Lektion zum Vorderschiff lief, nur noch die Meeresfahrt zu genießen, wie sie, als uns in der Ägäis der Sturm überraschte, rückhaltlos klagte, wie sie auf den Inseln, die wir zur Rast besuchten, ausgelassene Freude empfand beim Anblick der Naturschönheiten und der Verteilung von Geschenken an die Kinder, die mit Blumenkränzen zu ihr kamen.

Es war freilich nicht die naive Kindlichkeit, die sie bewegte, denn sie hat ihre Kindheit zurückgelassen, eine zwölfjährige frühreife junge Frau mit ihrer schönen mittelgroßen Gestalt, gebildet, willensstark und durchaus selbstbewußt. Aber sie richtet sich ganz und gar, mit allen Sinnen, auch mit ihrem Verstand, auf das Neue, in das sie hineinbefohlen wurde. Ich sage: hineingeboren wie durch eine zweite Geburt. Sie ist nicht mehr das Geschöpf des Tzimiskes.

Könnte ich doch den Reitern, der Kolonne mit Wagen und Tragtieren auf dem Weg nach Rom, beladen mit der überreichen byzantinischen Mitgift, nachschreien: Unternehmt alles, damit die Prinzessin Theophanu in Ehren aufgenommen wird.

Leicht hält man sich nach einiger Erfahrung auf seinem Gebiet für unersetzlich. Nackenschläge, unvermeidbar, wenn man nicht zum Kriecher werden will, scheinen die Selbsteinschätzung nicht zu mindern, eher zu bestätigen. Bin ich so? Bin ich der einzige, der den byzantinischen Kaiserhof gut genug kennt, um die Prinzessin gegen alle Einwände zu verteidigen? Aber Gero, der anfangs so unbeholfen, steif und förmlich auftrat, gewann Theophanus Vertrauen, gewann es von Tag zu Tag mehr. Er wird in Rom ihr bester Anwalt sein.

Was ist mit den kaiserlichen Abgesandten, die uns in Benevent empfingen, auf nicht mehr byzantinischem, sondern langobardischem Boden? Ob Bischof Dietrich von Metz, der Vetter des Kaisers und sein Beauftragter, Theophanu so verbunden bleibt, wie er sie mit schmeichelnden griechischen Worten begrüßte? Ich kenne mich aus mit übertriebenen Elogen und will für den breitschultrigen Dietrich keine Hand ins Feuer legen.

Mir gefiel übrigens dieser Schachzug des Kaisers, die Wahl Benevents im langobardischen Besitztum in Süditalien zum Ort der offiziellen Übergabe der Braut und der Entlassung des größeren byzantinischen Gefolges. Jedermann kennt die traditionelle Verknüpfung der langobardischen Königskrone mit dem römischen Kaisertum. Deutlicher hätte der Kaiser Otto nicht zeigen können, wie selbstverständlich er als König der Langobarden süditalisches Territorium beansprucht, wie er nicht weniger rechtmäßig die römische Kaiserkrone trägt. Mancher aus dem byzantinischen Gefolge wird Benevent zähneknirschend verlassen haben.

Ich vermerke das wegen der mir in Konstantinopel zugefügten Widerwärtigkeiten nicht ohne Genugtuung. Alles Zähneknirschen kann die durch die Eheverbindung geschaffenen Tatsachen nicht mehr umstoßen. Auch der empörte Gubernator in Tarent mußte sich schließlich der Entscheidung seines Basileus beugen und uns mit der Prinzessin beherbergen. Und als erster bekam der Gubernator zu spüren, wie die Prinzessin Theophanu ihren Willen durchzusetzen und zu befehlen verstand.

Wem bringt die byzantinische Ehe mehr Gewinn, dem Basileus Tzimiskes oder meinem Kaiser Otto? Mir, der ich ungewollt zum Zuschauer der Ereignisse wurde, fällt es nicht schwer zu sagen: dem Kaiser Otto und mehr noch seinem siebzehnjährigen Sohn. Das sollte in Rom und am Kaiserhof von den Angehörigen der kaiserlichen Familie, von den Klerikern und Fürsten niemand vergessen.

3. In Rom. Erster Bericht der Anastasia D.

Endlich in Rom, wohin ja, wie man hier sagt, alle Wege führen. Endpunkt der aus den fernen Provinzen kommenden Heeres- und Pilgerstraßen. Wie schnell lernten wir, was in diesem den Römern gefälligen Spruch an tieferer Bedeutung steckt. Römischer Stolz macht Rom zum Mittelpunkt der Welt, noch immer, obwohl es längst woanders das glanzvolle imperiale Neue Rom gibt. Stupide Überheblichkeit will nicht wahrhaben, daß mit Konstantin die Kaiserstadt, die Hauptstadt des Imperiums, vom Tiber an den Bosporus wechselte. Wie könnte ich das, aus Byzanz kommend, als geborene Dalassena, als Begleiterin Theophanus und – wie ich ohne Scheu sage – deren engste Vertraute auch nur einen Tag vergessen? Seit wir in Rom eingezogen sind, vergeht kein Tag, an dem ich nicht Lust verspürte, den Römern eine Lektion zur Geschichte des Imperiums zu erteilen.

In Wahrheit kann ich nur Theophanu von den römischen und griechischen Kaisern erzählen, sofern das nicht gründlicher der Erzbischof Gero besorgte oder Liudprand von Cremona, der krank in Montecassino zurückblieb. Die Bischöfe sind keine Römer, aber doch dem Westkaiser verpflichtet. Unterwegs beschuldigte mich Gero, die Prinzessin zu oft an Byzanz zu erinnern und zu wenig vom Reich des Kaisers Otto zu sprechen. Was weiß ich schon davon? Und ist es nicht wichtiger, unter dem Ansturm des Neuen ein Stück Byzanz festzuhalten? Wir sind keine Barbaren, die auf Befehl verleugnen, was gestern war.

Es lag auch nicht nur an mir. Ich folgte der Aufforderung meiner Herrin Theophanu. Ihre Stimme summt mir noch in den Ohren. Anastasia, erzähl mir von den Griechen, von Byzanz, wie Kaiser Konstantin seine Stadt gründete, die Landgrenze mit den Auguren abschritt, wie Justinian seine Gesetze sammelte, wie er die Hagia Sophia errichten ließ.

Wißbegierig, gelehrig war schon das Mädchen, das ich in der Magnaura kennenlernte, als man mich, die Dalassena, der ein Jahrzehnt jüngeren Skleraina mit dem vielbewunderten Namen Theophanu zur Seite gab. Unsere Väter achteten auf den Adelsrang unserer Familien, obwohl Theophanu als Nichte des Basileus eine Vorzugsstellung einnahm. Zuerst fielen mir ihre großen, fiebrig glänzenden Augen auf und wie sie ihre Lehrer in der Palastschule oder mich mit den unmöglichsten Fragen traktierte. Aber jetzt, wo sie wußte, was sie am Ziel unserer Reise erwartete, schien sie nach Wissen zu verlangen wie nach einem Schutzpanzer, den sie anlegte, um Sicherheit zu gewinnen, um sich nicht wehrlos auszuliefern.

Als unser Wagen kurz vor Rom über das Basaltpflaster der Via Appia rumpelte und die übermüdete Theophanu aus ihrem Halbschlaf aufschreckte, fragte sie mich: Ist es wahr, Anastasia, daß der Kaiser Justinian die Tochter eines Bärenführers geheiratet hat, die Schauspielerin Theodora? Eine dumme Frage. Natürlich wußte sie selbst die Antwort, wußte sie auch, wie sich die nicht standesgemäße Theodora in ihrer Rolle als Basilessa bewährt hat. Aber was ging in ihrem Kopf vor? Das hätte ich gerne gewußt.

Wir sind in Rom, nicht mehr in Byzanz, sagte ich, als wir die antiken Grabmonumente seitlich der Via Appia passiert hatten und uns dem Stadttor näherten. Kuriere waren vorausgeritten, unsere Ankunft zu melden, und der Stadtpräfekt hatte den Römern Beine gemacht. Da standen sie nun an beiden Straßenseiten, Scharen von Zivilisten, Abordnungen der Stände, der Schulen, Kleriker, Ordensleute, Soldaten in Reih und Glied, von Offizieren in farbigen Umhängen zu Willkommensrufen angefeuert, daß es uns dröhnend in die Ohren ging.

Wir waren solchen Empfang gewöhnt, doch stärker als anderswo schlug uns hier blanke Neugier entgegen. Was dachten sie wohl? Was erwarteten sie aus Byzanz? Ich hatte immer gehört, die Römer seien Besucher aus entlegenen Provinzen und fernsten Ländern gewöhnt, solche Besuche würden sie nicht unbefohlen aus ihren Häusern locken. Aber wir wußten es ja, der Erzbischof Gero hatte es oft genug gesagt, die byzantinische Prinzessin als auserwählte künftige Kaiserin des Westreichs war eine Besonderheit, eine Attraktion selbst für die verwöhnten Römer.

Wir wußten, was uns erwartete, und doch ärgerte ich mich, weil sich die Neugier der Römer so aufdringlich und grobschlächtig zeigte, weil ihnen jegliche Heiterkeit zu fehlen schien. Wie heiter waren doch die Empfänge auf den Inseln gewesen. Die Römer stierten uns an wie eines der sieben Weltwunder. Ich ärgerte mich für Theophanu, die den Leuten freundlich zunickte, selbstsicher, gar nicht mehr mädchenhaft. Erst jetzt begreife ich, was wir dem Verhandlungsgeschick des Basileus Tzimiskes verdanken: zugesichert das byzantinische Hofgefolge, groß genug, daß man nicht den deutschen und römischen Dienstleuten ausgeliefert war; unangetastet die in der Wagenkolonne mitgeführte Fülle an Gefäßen, Geräten, an Alltags- und Prunkgewändern, an kostbaren Seidenstoffen, die Theophanu so sehr liebt, an Gold und Schmucksachen jeder Art.

Byzanz entließ uns überreich und einer künftigen Kaiserin würdig. Niemand sollte Grund haben, dem oströmischen Kaiserhof Geiz oder Schlimmeres vorzuwerfen.

Angenehmer waren die offiziellen Begrüßungen, nur schrecklich ermüdend. So viele Empfänge, so viele Zeremonien, an denen wir teilnehmen mußten. So viele neue Gesichter, mit denen sich hohe Titel und unaussprechliche Namen verbanden, weit mehr, als wir von Gero und Liudprand gehört und uns eingeprägt hatten.

Eines muß ich nun doch meinen Notizen, wer immer sie lesen mag, anvertrauen, denn ich will nicht dem Verdacht der Ungerechtigkeit ausgesetzt sein. Die deutschen Fürsten, die

Mitglieder der Kaiserfamilie – ich rätsele immer noch, wer mit wem verschwägert oder sonstwie verwandt ist –, nahezu alle besitzen mehr Anstand, Höflichkeit, bessere Lebensart, als man uns von ihnen erzählt hat.

Wir gewannen Freunde, noch ehe wir dem kaiserlichen Vater Otto mit seiner Gemahlin Adelheid und dem nun schon mit Theophanu vermählten jungen Kaiser Otto vorgestellt wurden. Den uns vertrauten Bischof Liudprand vermißten wir. Aber Erzbischof Gero, trotz seiner früheren Vorhaltungen, erwies sich im entscheidenden Augenblick als bester, verläßlicher Helfer.

Der Sachse Willigis, der Berater des jungen Kaisers, als Erzkaplan und Kanzler der wichtigste Mann am Hof, versicherte uns seiner Freundschaft. Er gehört zu den Männern, auf deren Wort man bauen kann. Und ohne Scheu zeigte uns der auch Otto genannte Sohn Liudolfs von Schwaben, der Enkel des Kaisers und seiner ersten Gemahlin Edgitha von England, seine Zuneigung. Er ist der Stiefneffe und gleichaltrige Freund des jungen Kaisers, lebhaft, großherzig, einfach liebenswert. Vielleicht liegt es an seiner Jugend, seinem unverstellten Wesen, daß er, wo immer er auftritt, Sympathie auslöst.

Wir brauchten Freunde, denn wir wußten längst, daß bis zur kaiserlichen Krönung und Hochzeit nicht alles zu unseren Gunsten stand. Über gutwillige, vielleicht auch böswillige Zuträger, von denen genug an den Türen lauschen, hatten wir Beunruhigendes erfahren. Demnach gab es unter den hochadeligen Männern einige, die dem Kaiser einzureden versuchten, Theophanu sei eine unerwünschte Braut seines Sohnes. Der Basileus Tzimiskes habe dem Westkaiser die purpurgeborene Kaisertochter Anna vorenthalten und an deren Stelle seine Nichte gesandt. Theophanu müsse zurückgeschickt werden. Jetzt verstand ich den Erzbischof Gero, seine Besorgnis, die in Rom einem hartnäckigen Einstehen für die Braut Theophanu wich.

Man schämte sich nicht, den Kaiser allen Ernstes zu bedrängen, er solle die Prinzessin wie ein unwillkommenes Geschenk zurückweisen, ihre Rückreise samt Begleitung veranlassen. Wir waren empört, wir zitterten der ersten Begegnung mit der kaiserlichen Familie entgegen.

Ich ertappe mich dabei, immerfort *wir* zu sagen, weil ich gewohnt bin, für Theophanu mitzudenken, mitzufühlen. Aber hat sie das noch nötig? Seit unserem Einzug in Rom verhält sie sich wie ausgewechselt, selbstsicher (ich notierte das schon), ihrer Erwählung voll bewußt, ohne dabei etwas von ihrer mädchenhaften Anmut einzubüßen. Sie strahlte, als sie den genannten Männern vorgestellt wurde, dem jungen Kanzler Willigis, dem achtzehnjährigen Otto, der sie als Freund ihres künftigen Gemahls begrüßte. Nur gegenüber dem älteren Bischof Dietrich von Metz, dem Vetter des Kaisers, der uns seit dem Empfang in Benevent zur Seite steht, bleibt eine gewisse Distanz, was nicht allein an ihr liegt. Aber Dietrich von Metz verteidigt uneingeschränkt die byzantinische Heirat, wie man sie hier am Hof nennt.

Meiner Theophanu schien das Gerede der Zuträger weniger auszumachen als mir. Wußte sie mehr als ich? Wußte sie, daß der alte wie der junge Kaiser mit ungeteilter Zustimmung die Clarissima Theophanu als künftige Kaiserin erwartet und jeglichem Geschwätz eine Abfuhr erteilt hatten? Meine Befürchtung war unbegründet. Wer das Einverständnis der beiden Kaiser auch nur im geringsten angezweifelt hatte, mußte seit der ersten Begegnung Theophanus mit der kaiserlichen Familie, erst recht seit der Krönung und Hochzeit gründlich belehrt sein.

Es war nicht nur der offizielle Vertrag, der ihr die kaiserliche Würde ein für allemal sicherte, sondern sie selbst, der Liebreiz ihrer Person, ihre erste Begegnung mit den beiden Kaisern. Ich übertreibe nicht.

Die Philosophen sagen, das Erkennen gehe durch die Sinne, durch Sehen, Fühlen, Hören. Der erste, ganz von den Sinnen bestimmte Eindruck entscheidet, immer, auch wenn uns das nicht bewußt ist. Eben darum scheint mir Theophanus erster Auftritt vor den Herrschern in Rom so wichtig gewesen zu sein. Sie war wie geschaffen für eine solche erste Begegnung mit ihrer Zukunft. Ich ahnte es. Nein, ich wußte es. Meine

Theophanu, die zarte Theophanu, hatte gesiegt, noch ehe ihr die Krone auf den zierlichen Mädchenkopf gesetzt wurde.

Gemeinsam mit dem Erzbischof von Chalzedon, dem stillen, doch hartnäckig auf jedes Jota des Heiratsvertrags achtenden Gesandten des Basileus, durfte ich Theophanu durch den Saal des Kaiserpalastes zum kaiserlichen Thronsitz führen, gefolgt von Gero von Köln und Dietrich von Metz. Nur zuletzt, wie es die Zeremonie vorschreibt, trat ich zur Seite, um Theophanu dem Erzbischof von Chalzedon zu überlassen, der die Prinzessin dem Kaiser Otto übergab.

Alle Umstehenden hatten nur Augen für Theophanu, als sie sich der kaiserlichen Familie näherte. Soviel Erhabenheit, umglänzt von Gold und Seide, ist man bei den Sachsen und Franken nicht gewohnt. Wahrhaftig schritt sie königlich in ihrem perlenbesetzten Schmuckmantel und der goldbestickten Haube zum Thronsitz der beiden Herrscher und der Kaiserin Adelheid. Das herabfallende schwarze Haar umrahmte ihr Gesicht, das beherrscht war von den großen, zielstrebig blickenden Augen. Sie war ausgeruht. Ihre natürliche Schönheit hatten wir nur durch ein wenig Schminke hervorgehoben, um ihre bei Aufregung übliche Gesichtsblässe zu überdecken. Als der alte Kaiser Theophanu umarmte und sie mit einem zufriedenen Lächeln seinem Sohn und dann seiner Gemahlin zur Umarmung überließ, wußte ich, es war alles gewonnen.

Warum notiere ich das alles, Satz für Satz? Weil Tzimiskes mir aufgetragen hat, zu berichten, wie Theophanu am Hof des Westkaisers aufgenommen wurde und wie sie sich als byzantinische Prinzessin behauptet? Das reizt mich zu kaum mehr als zu einer knappen Berichterstattung. Es ist wohl eher meine eigene Neugier, die nach Bestätigung sucht oder nach neuer Erkenntnis. Ich habe Augen, ich beobachte, ich versuche das Beobachtete festzuhalten. Das ist alles. Die Nähe zu Theophanu, ihr Vertrauen und mein Vertrautsein mit ihr erlauben mir Einblicke wie niemandem sonst. Wer anders als ich kennt ihre Wünsche, ihren Eifer, ihre Ungeduld? Wie sie mit dem Fuß aufstampfte, als die Kammerfrau nicht schnell genug das Schmuckgehänge brachte. Wie sie den Kopf hob, ihre Mundwinkel verächtlich zuckten, als einer der Höflinge sie zu lange anstarrte, ehe er die Knie beugte.

Aber das sind nur mir sichtbare Interna, Reste ihres kindlich trotzigen Verhaltens. Sie mußte sich immer durchsetzen. Nichts fiel ihr in den Schoß, trotz ihrer reichen Begabung, ihrer auffallenden Lieblichkeit. Auch jetzt weiß sie selbst nur zu gut, daß ihr der Geruch der zweiten Wahl anhaftet, der nicht im Porphyrsaal geborenen Kaisertochter. Sie spürt, welcher Wind ihr deswegen entgegenweht, auch wenn sie nun triumphieren kann – und wehe dem, der sie mißachtet. Zu ausgeprägt ist ihr Selbstbewußtsein, für manchen unter den Deutschen und Lateinern die pure Arroganz, die doch nichts anderes ist als ihr Selbstschutz.

Ich habe mit eigenen Augen gesehen, wie sie hingebungsvoll das Wohlwollen des als streng geltenden, in Gefühlssachen zurückhaltenden väterlichen Kaisers aufnahm, wie sie sich der etwas matronenhaft herablassenden Kaiserin Adelheid zuneigte, wie sie mit ungehemmter Offenheit ihrem künftigen Gemahl begegnete. Der wirkte, anders als sie, unruhig, nervös, schien – wie er nahezu gleich groß vor ihr stand – jünger, unfertiger als sie zu sein, obwohl er fünf Jahre älter ist. Sein kurzgeschorener Backenbart konnte nicht die Röte verdecken, die in sein Gesicht schoß. Aber er besitzt ja ohnedies eine leicht gerötete Hautfarbe, weshalb man ihn *rufus*, den Rotgesichtigen, nennt.

Wir sahen ihn nicht mehr bis zum Tag der Krönung und der Hochzeit. Um so öfter zeigte sich die Kaiserin Adelheid. Sie half uns bei den Vorbereitungen zur Feier der Osterliturgie und zu den Hochzeitsfeierlichkeiten am Sonntag nach Ostern. Zuerst gefiel uns ihre Fürsorge, die wir dankbar annahmen. Es war doch und ist noch immer eine andere, fremde Welt, in der wir heimisch werden mußten. Am ehesten von uns findet sich Theophanu zurecht. Aber ich verrate nichts Unbilliges, wenn ich sage, daß ihr in den letzten Tagen die schwiegermütterliche Fürsorge lästig wurde.

Man sagt, die Kaiserin Adelheid habe großen Anteil an den Entscheidungen ihres Gemahls und noch stärker beeinflusse sie ihren einzigen Sohn. Er hänge allzu lange schon am mütterlichen Rockschoß. Man sagt das, schreibe ich, weil ich niemanden denunzieren will. Doch bemerkte ich ja selbst, wie sich Mutter und Sohn gelegentlich durch ermunternde oder ablehnende Blicke verständigten und wie bereitwillig er Wünsche der Kaiserin erfüllt. Wie soll das weitergehen, wenn die ersten Wochen des vermählten Paares vorüber sind?

Im Hinblick auf die Zukunft beobachte ich das Verhalten der Kaiserinmutter nicht unbesorgt, weil ich Theophanus Eigensinn kenne und Schwierigkeiten befürchte.

Wir wissen, was Adelheid dem deutschen König eingebracht hat und wohin ihr Ehrgeiz zielt. Adelheid stammt aus dem burgundischen Königshaus und war in erster Ehe mit dem frühverstorbenen König Lothar von Italien verheiratet. Bischof Liudprand hat uns in Konstantinopel erzählt, wie der König Otto, selbst verwitwet nach dem Tod seiner Gemahlin Edgitha von England, mit reichen Geschenken um die Hand der zwanzigjährigen Königswitwe Adelheid anhielt, wie sie in Pavia mit großem Aufwand Hochzeit feierten – und das aus gutem Grund. Durch die Heirat erwarb der deutsche König die langobardische Krone, mit deren Besitz – wie man im Westen sagt – der Anspruch auf die Kaiserkrone verbunden ist.

Die Kaiserin Adelheid scheint nicht vergessen zu wollen, wie sehr ihr Gemahl ihr für die Krönung zum römisch-deutschen Kaiser Dank schuldet. Ihres italischen Erbes wegen, doch nicht nur deswegen, genießt sie bei einer Reihe von Bischöfen und Adeligen hohes Ansehen. In allen italischen Belangen gilt sie als wichtigste Ratgeberin des Kaisers. Und nun wendet sich ihr politischer Ehrgeiz ihrem Sohn zu, und sie glaubt, die junge landfremde Theophanu ebenso in ihrem Sinne anleiten zu müssen. Nur unterliegt sie, was Theophanu anbetrifft, einer argen Täuschung. Wer wüßte das besser als ich.

Hätte Theophanu noch einer Festigung ihres Selbstbewußtseins bedurft, wäre diese in Krönung und Hochzeit am Sonntag nach Ostern zu sehen. Ist sie eine andere geworden? O nein, es sei denn für Außenstehende und im Rahmen offizieller Anlässe. Das aber ist gut so, weil mancher meinte, er habe leichtes Spiel, sich bei der jungen Kaiserin einzuschmeicheln.

Theophanus Rangerhöhung erforderte, daß ihre Krönung der Hochzeit in der Peterskirche vorausging. Ihr Gemahl war bereits fünf Jahre zuvor zum Kaiser gekrönt worden, zwölfjährig, so daß es zwei Westkaiser gibt, den ersten und den zweiten Otto. Als wir in Konstantinopel davon hörten, spotteten wir. Das hatte man unseren byzantinischen Gepflogenheiten nachgemacht: ein Hauptkaiser, der noch zu Lebzeiten seinen designierten Thronfolger zum Mitkaiser salben läßt. Aber die Krönung erfolgte nicht ohne Grund. Wir hörten nämlich, daß dem jungen Otto die Kaiserkrone aufgesetzt wurde, damit er durch seine Ranghöhe bei der Werbung um die byzantinische Braut im besten Licht stehe. Auch diese Auskunft wollte uns zum Lachen reizen, obwohl uns gesagt wurde, es sei eine Ehre und diene dem Frieden, wenn der Westkaiser um eine byzantinische Prinzessin werbe.

An manche Bräuche hierzulande werden wir uns gewöhnen müssen. Bei der feierlichen Eheschließung in der Petersbasilika erklärte der junge Kaiser Otto, er sei dem Ratschlag seines Vaters und der Großen des Reichs gefolgt und er berufe sich auf den Apostelfürsten Petrus, um mit dem Segen des Papstes Johannes XIII. und der Hilfe Christi die Byzantinerin Theophanu zur Gattin zu nehmen. Nicht die umständlichen Floskeln gefielen uns, jedoch wie der junge Kaiser gelobte, er werde seine sehr geliebte Gattin Theophanu an seiner Herrschaft teilhaben lassen. Aber wird der junge Otto auch weiterhin dem Ratschlag seines Vaters folgen?

Wie ich es auch wende, das Merkwürdige ist seit dem Sonntag nach Ostern Realität. Im westlichen Kaiserreich herrschen zwei Kaiser und zwei Kaiserinnen, noch nicht einmal durch Länderteilung auf die Trennung ihrer Herrschaft bedacht, zwei kaiserliche Paare, nach Charakter und Temperament weiter auseinander als nach Jahren.

4. *Die Morgengabe. Zweiter Bericht der Anastasia D.*

Gestern, bei einem unserer Ausritte in die Campagna, dachte ich im stillen: Wer uns sehen, erst recht hören könnte, wie wir unbeschwert, ja ausgelassen miteinander umgehen, müßte uns für einen verschworenen Freundeskreis halten. Freunde sind wir in den letzten Wochen in Rom geworden, Theophanu, immer im Mittelpunkt unserer Unternehmungen, der junge Kaiser Otto und sein ebenso junger Stiefneffe gleichen Namens, Willigis, der Berater des Kaisers, Gero von Köln, unser Begleiter seit Konstantinopel, der unser Vertrauen gewann, der Fürst Niketas Kurkuas, Neffe des Tzimiskes und von ihm Theophanu als Adjutant zur Seite gegeben, nach der Überwindung seiner Sprachschwierigkeiten ständig in unserem Kreis.

Keine Frage nach Rang und Herkunft, schon gar nicht an diesem frühsommerlichen Tag, als wir uns den Albaner Bergen näherten, erhitzt vom Ritt unter der steigenden Sonne. Ich schaute hinüber zu Otto, der dem neben ihm reitenden Niketas Kurkuas eifrig zuredete und mit der Hand nach einem der Aquädukte zeigte, die frisches Wasser von den Bergen herab zu den römischen Thermen führen.

Der junge Kaiser ist nicht mehr unsicher, fahrig, wie bei der ersten Begegnung. Es gefällt ihm, sein reiches Bildungswissen zu demonstrieren. Will er uns zeigen, daß die Kaiser aus dem Land jenseits der Alpen nicht mehr roh und ungebildet sind? Ich denke so und weiß ja, wie gut er selbst sein Latein beherrscht und wie belesen er ist. Doch werde ich mich hüten, einen der Freunde oder ihn zu fragen, ob es stimmt, was man sagt, daß sein kaiserlicher Vater weder schreiben noch lesen gelernt hat, ein *illitteratus*, im Gegensatz zu ihm. Eine solche Frage, obendrein noch mit einem Hauch byzantinischer Überheblichkeit oder Spott versehen, würde er mir nie verzeihen. Er ist schnell gereizt.

Nein, wir dürfen ihn nicht beschämen, weder ihn noch die kaiserliche Familie oder die Fürsten und Adeligen am Hof. Ich machte Theophanu darauf aufmerksam. Manches, was uns in Byzanz selbstverständlich erscheint, wirkt in dieser schlichteren Lebenswelt prahlerisch. Das beginnt schon bei der Kleidung. Wer in seidenen Gewändern daherkommt, erregt leicht den Neid derer, die sich in Wolle und Leinen kleiden.

Wir alle im Gefolge Theophanus tragen bessere Gewänder, geschmeidigeres Schuhwerk, als es am deutschen Kaiserhof üblich ist. Theophanu liebt kostbare, verzierte Kleidung, auch bei unwichtigen Anlässen oder unseren Ausritten. Was willst du, sagte sie mir, ihre Augen zum Himmel erhoben, wir haben unsere eigenen Vorräte an Textilien, Seidenstoffen, Lederzeug, Schmuck jeder Art mitgebracht. Befinden sich nicht Leder- und Textilhandwerker, Schneider und Goldschmiede in meinem Gefolge? Soll ich mich anders kleiden, anders verhalten, weniger gepflegt sein als in der Magnaura von Konstantinopel? Du wirst es erleben, man wird hier am Hof in Rom und bald in den deutschen Kaiserpfalzen von uns lernen, und lernen kann man nur, wenn die bessere Lebensart gezeigt wird.

Zumindest einer hat in den letzten Tagen eifrig gelernt. Der junge Kaiser läßt in der Wahl seiner Kleidung eine auffallende Sorgfalt erkennen, und er läßt seine Haare bürsten. Wie ich ihn gestern bei unserem Ausritt beobachtete, dachte ich: Er wird doch nicht konkurrieren wollen mit dem stets vornehm gekleideten und manierlich auftretenden Niketas Kurkuas? Die beiden unterhielten sich vortrefflich. Sie riefen Theophanu irgendeine Frage zu, die sie schnell und lachend beantwortete.

Theophanu ritt neben Willigis und Gero, während mir Ottos junger Stiefneffe, der Jüngste unseres Kreises, als Begleiter diente, lebhaft wie immer. Unsere Kaiserin scheint glücklich zu sein, sagte er mir in unverblümter Direktheit. Und fortfahrend, nach einem kurzen Blick zu Theophanu, mehr zu sich selbst als zu mir redend: Als ich sie zuerst sah, glaubte ich einer Maske zu begegnen, aber jetzt so gelöst, wie befreit von unsichtbaren Fesseln. Woher kommt das? Ob das die Morgengabe bewirkte? Er lachte vor sich hin.

Mich beschäftigten andere Dinge. Außerdem ermüdete mich der Ritt in der Sonne, und ich sehnte mich nach dem Bergsee mit dem schattigen Wald, auf den wir zuritten. Nur zerstreut hörte ich, was mein Begleiter mit dem hellen Knabengesicht sagte, horchte aber auf, als er von der Morgengabe sprach. Dieses schöne Wort, das wir in Byzanz nicht kennen, bezeichnet die Gabe, die der Ehemann seiner Gemahlin am Morgen nach der Hochzeitsnacht überreicht oder zusichert.

Wir hatten ja schon bei der festlichen Hochzeit in der Peterskirche gehört, was der junge Kaiser seiner Braut zum Geschenk machte. Ich muß es wiederholen, festhalten, wie der Kaiser in seiner Schenkungsurkunde dreimal seine »sehr geliebte Braut« anredete. Es war Theophanus vollendeter Triumph, ihr Triumph allein, weil der Kaiser seine Zuneigung bezeugte und allen, die in Theophanu die unerwünschte Braut sahen, eine Abfuhr erteilte. Jeder der Anwesenden war Zeuge dessen, was im feierlichen lateinischen *tonus rectus* vorgetragen wurde. Das Gehörte aber, abgesehen von der formalen Umkleidung und der so absichtsvoll betonten Anrede, war nichts anderes als der von beiden Seiten lange ausgehandelte und von Erzbischof Gero in Konstantinopel mit Zustimmung des Basileus Tzimiskes vereinbarte Ehevertrag. Ich sagte das meinem Begleiter, nun selbst durch seine Unbekümmertheit zu einem Lächeln gereizt.

Wem anders als Tzimiskes verdankt Theophanu, verdanken wir einen Ehevertrag, der als erste hochzeitliche Gebietsschenkung die Provinz Istrien und die Grafschaft Pescara mit ihrem Hafen an der Adriaküste nennt. Wir wußten, daß der

Basileus seine Nichte Theophanu nicht ungesichert preisgibt, hatten es nun jedoch verbrieft und gesiegelt. Ich jubelte, als ich es hörte: Theophanus künftiger Besitz, noch auf italischem Boden, sichert die Land- und die Seeverbindung zur byzantinischen Heimat.

Alle anderen Theophanu zugesprochenen Besitztümer liegen im Land nördlich der Alpen. Wir kennen sie noch nicht, auch nicht dem Namen nach, aber es sollen ertragreiche Landstriche und Güter sein, Zeichen der kaiserlichen Großzügigkeit: die Provinzen Walcheren und Wichelen mit der Abtei Nivelles, von den kaiserlichen Gütern Boppard, Thiel, Herford, Tilleda, dazu Nordhausen aus dem Besitz der verstorbenen Kaiserin Mathilde, der Großmutter des jungen Kaisers.

So viele Ländereien und Güter sollen Theophanus Eigentum werden, und ich habe mir aufgeschrieben, wie die Verfasser der Urkunde Theophanus Verfügungsgewalt bis ins einzelne geregelt haben, mit der Gründlichkeit der Deutschen, die sich so anders darstellt als in unserer Rechtssprache. Aber es weckt auch Verständnis für Heimat, wie uns Willigis sagte, wenn es heißt, alles Genannte sei nun Theophanu zu eigen, »zusammen mit Burgen, Häusern, Knechten und Mägden, Gebieten, Feldfluren, Weinbergen, Wiesen, Wäldern, soweit sie sich erstrecken auf Ebenen wie im Gebirge, mit Gewässern und Flußläufen, Mühlen, Fischereien, allen Dingen, die zu den genannten Höfen oder Provinzen oder der Abtei ungeschmälert gehören«. Wer aber diese Heiratsschenkung mißachte und ihr zuwiderhandele, der soll zur Strafe nicht weniger als tausend Pfund besten Goldes zahlen.

Ob die Morgengabe Theophanu glücklich macht, wie der schwärmerische Otto ihrem Verhalten abzulesen glaubte, besser gesagt, wonach er mich und sich selbst befragte? Ich gab ihm eine ablenkende Antwort. Was hätte ich antworten können, ohne ihn zu verletzen? Die Deutschen sind Meister der Gründlichkeit, ich sagte das schon, so sehr, daß sie nicht vergaßen, in winzigen Partikeln der Heiratsurkunde ihre Vorbehalte zu kennzeichnen. Vorbehalte gegenüber der Byzantinerin im Vergleich zur Heiratsurkunde der Kaiserinmutter

Adelheid. Offenbar hatte man nicht mit unseren Rechtsberatern gerechnet, deren Argusaugen nichts entgeht. Theophanus versprochener Verfügungsgewalt, sagten sie, seien rechtliche Grenzen gesetzt und ihre persönliche Rechtsstellung gelte mehr der Mutter des künftigen Thronerben als ihr selbst, trotz der liebevollen Anrede, die uns so sehr entzückte.

Noch etwas muß ich hinzufügen, und man halte das nicht für eine byzantinische prunkverliebte Marotte. Meinen und stärker noch Theophanus Unwillen erregte nicht das Gehörte und Gelesene, sondern die Form der Heiratsurkunde.

Wir fanden es ärgerlich, geradezu herablassend, wie der jungen Kaiserin statt einer angemessenen, kunstvoll geschriebenen, ausgeschmückten Urkunde ein dürftiges, zudem noch mit Korrekturen versehenes Pergament ausgehändigt wurde. Dies bewirkte einen der seltenen, dafür aber um so heftigeren Zornesausbrüche Theophanus. Als der Kaiser davon hörte, schickte er sofort Willigis und beeilte sich, selbst zu kommen, seine Gemahlin zu besänftigen. Die Eile, sagte er, Theophanu möge verzeihen, man habe in der Kanzlei bis zuletzt die beste, ihrer würdige Formulierung erwogen (ich konnte ein Lächeln nicht verbergen, als ich das hörte), und sie werde zu ihrer, seiner geliebten Gemahlin und Kaiserin, vollen Zufriedenheit eine Prunkurkunde erhalten, eine Ausfertigung auf Purpurgrund. Die Kalligraphen seien beauftragt, Willigis könne das bestätigen.

Wir haben keinen Grund, die Zusicherung des Kaisers anzuzweifeln. Er scheint in den letzten Wochen, mit der wachsenden Zuneigung zu seiner Gemahlin, innerlich gefestigt und entschlußfreudiger geworden zu sein.

Und Theophanu? Ist sie zufrieden, glücklich, wie sie nach der Hochzeit, nach dem Versprechen ihres Gemahls zu erkennen gibt, wie wir es in den letzten Tagen und gestern erst recht bemerkten? Was ist Glück? Doch mehr als die kurze Aufwallung eines Gefühls. Am ehesten läßt es sich ablesen von den Gesichtern der Kinder. Wie oft sahen wir ihr Glücklichsein in ihren Augen aufscheinen, wenn sie mit den Fähnchen in ihren kleinen Händen die Prinzessin begrüßten. Ich sage mir: Glück bewahrt einen Rest des Paradieses, aufschimmernd für einen Augenblick, der verblaßt, sobald wir ihn festhalten wollen. Nicht greifbar mit der Zange unseres Verstandes. Und doch vorhanden in der restlosen Übereinstimmung mit uns selbst und der uns umgebenden Welt und einer Handvoll Freunden, in deren Mitte wir ausreiten in die Campagna.

Gibt es nicht den vollkommenen Gleichklang zwischen Mann und Frau, wenn sich ihr Begehren erfüllt? Die Verschmelzung von Zärtlichkeit und Lust. Ob Theophanu in ihrer Brautnacht etwas wie Glück empfunden hat? Ich wagte nicht zu fragen, auch nicht andeutungsweise, trotz unseres Vertrautseins in vieler Hinsicht. Der intime Bereich sollte intakt bleiben, ihr unbeschädigtes Geheimnis. Nun weiß ich inzwischen, daß das Wort Defloratio eine öffentliche Angelegenheit umschreibt, einen Staatsakt, dessen Vollzug drei Tage nach der Hochzeit dem Ehevertrag erst volle Gültigkeit verleiht. (Auch das ein uns Byzantinern unbekanntes Beispiel deutscher Gründlichkeit.) Ich sah die zufriedenen Gesichter der kaiserlichen Notare, als die Kammerfrau nach der Brautnacht das Laken mit den kleinen Blutflecken vorzeigte.

Theophanu war nicht unvorbereitet. Niemals hätten wir sie unwissend ihrem ersten ehelichen Beischlaf überlassen. Aber das erkläre noch nicht, ob sie bei ihrer zarten kindlichen Statur fähig war, ihre Defloratio nicht nur als die von ihr erwartete Pflicht zu ertragen. Die Erwartungen, die den kaiserlichen Zeugungsakt zu einem rechtsverbindlichen Vorgang machten, sind hochgesteckt. Das wissen wir, und das kam in der Heiratsurkunde deutlich zum Ausdruck. Nur kann die höchste kaiserliche Erwartung nicht überdecken, daß der Zeugungsakt unvollkommen bliebe ohne die menschlichste von Gott geschenkte irdische Lust. Man sagt doch, in ihr spiegele sich die himmlische Lust des Schöpfers.

Ich muß Theophanu nicht befragen, am wenigsten, um meine Neugier zu befriedigen. Ihr Verhalten, in den letzten Tagen ermuntert durch Ottos Zuneigung, seinen zärtlichen Umgang mit ihr, spricht verständlich genug.

Aus vielen Gründen war es gut, auf den raschen Aufbruch nach der Hochzeit zu verzichten. Die Wochen in Rom, sind es sechs oder sieben seit den ersten Apriltagen?, fast zwei Monate an einem Ort, gaben uns die beste Gelegenheit zur Gewöhnung an die neuen Verhältnisse, eine Art Zwischenstation, eine Lernstation. Das betrifft uns alle im Gefolge Theophanus, doch sie selbst besonders. Man soll nicht denken, daß die aus Staatsgründen befohlene Hochzeit ohne ein Minimum an menschlicher Zuneigung vollendet würde. Aber Zuneigung kann wachsen mit dem Kennenlernen.

Für uns das Schönste, mitzuerleben, wie die Unsicherheit bei der ersten Begegnung allmählich überwunden wurde. Unsicherheit am Anfang auch bei Theophanu, obwohl sie nach außen selbstbeherrschter als ihr künftiger Ehemann auftrat, für manche ungerührt, verborgen hinter einer Maske, wie es dem jungen Otto erschien. Aber das ist vorbei. Ich muß es wiederholen, weil wir alle an ihrem Glücklichsein teilnehmen, mehr noch, weil unsere eigene Zukunft mit der ihren unlösbar verknüpft ist. Man soll doch nicht ernsthaft glauben, daß wir unsere byzantinische Herkunft, den Ort, wo wir herkommen, aufwuchsen, leichten Herzens aufgeben wie abgetragene Kleider. Aber unsere Freude ist Theophanus Freude, unsere Ungewißheit in allem, was die Zukunft im fremden Land bringen wird, ist die Ungewißheit Theophanus.

Wird verständlich genug, wie sehr mich Theophanus Zufriedenheit erfreut? Manchmal, im Kreis der Freunde, bei unseren Ausritten in den letzten Tagen, entdeckte ich wieder in Theophanus Gesicht die ungebrochene Freude, die sie als Kind zeigte, wenn wir hinausfuhren zum Haus ihres Vaters am grünen Ufer des Bosporus.

Zwischenstation, Lernstation, sagte ich und sehe für Theophanu (und für uns) keine bessere Gelegenheit, hier in Rom, am neutralen Ort sozusagen, über das erste Bekanntwerden hinaus jene Personen kennenzulernen, die ihr auf Lebenszeit die nächsten sind. Ob sie der dauerhaften Gunst der Kaiserinmutter Adelheid gewiß ist? Da stoßen zwei zu gegensätzliche, zu festgefügte und selbstbewußte Charaktere aneinander. Vor allem wird Theophanu, wie ich sie kenne, jeden Versuch schwiegermütterlicher Einflußnahme abwehren.

Adelheid, von der man sagt, sie berate ihren Sohn selbst in Kleiderfragen, soll unzufrieden über Theophanus aufwendige und kostbare Kleidung sein. Nicht aus Neid, sondern aus religiösem, zur Askese neigendem Antrieb bemängelt sie, was in ihren Augen als Luxus erscheint. Sie umgibt sich gern mit Klerikern, bevorzugt solche, die der benediktinischen Reformbewegung nahestehen. Sie unterstützt die Cluniazenser, deren Abt Majolus gelegentlich am Hof weilt und als ihr einflußreichster geistlicher Berater gilt. Schwerlich wird Theophanu dem Frömmigkeitseifer ihrer Schwiegermutter folgen wollen.

Den wenigsten Grund zur Sorge bereitet uns das Verhalten des kaiserlichen Vaters Otto. Wir sahen ihn selten in den letzten Tagen, weil ihn die Vorbereitungen unserer Abreise beschäftigen. Er am allerwenigsten wird Theophanu seinen Willen aufzwingen, ob in religiösen oder humanen und familiären Angelegenheiten. Er ist auch nicht der Mann, der Gefühle zur Schau trägt. Doch keine Begegnung, an der ich teilnehmen darf, bleibt ohne einen Theophanu zugedachten Sympathieerweis.

Kein Zweifel besteht über seine Vertragstreue, seine Zuverlässigkeit auch in der Erfüllung mündlicher Absprachen. Das gesteht man ihm selbst in Konstantinopel zu. Ist es nicht bemerkenswert, wie Theophanus Ehegatte in der Hochzeitsurkunde bekennt, er sei dem Ratschlag seines kaiserlichen Vaters gefolgt, was besonders der reichen Morgengabe gilt? Die von unseren Ratgebern festgestellten Mängel werden korrigiert, spätestens nach der Geburt des ersten Kindes, sagte uns Willigis lächelnd. Er muß es wissen als deutscher Kanzler, dem jungen Kaiser seit der gemeinsamen Erziehung eng verbunden. Er hat die Heiratsurkunde mitverfaßt und beglaubigt.

Willigis stellte Theophanu einen jungen Mönch vor, Gerbert von Aurillac, der zur Herstellung der von Theophanu mit Recht erwarteten Prunkurkunde die Verbindung mit der Malschule von Tours aufnehmen wird. Dieser schmalwüchsige Asket mit brennenden Augen war nach mathematischen und naturwissenschaftlichen Studien in der Mark Spanien nach Rom gekommen. Der Papst Johannes XIII. hatte ihn dem alten Kaiser empfohlen, dessen Gunst der junge Gelehrte rasch gewann. Ich sah in den letzten Tagen mehrmals den schätzungsweise Fünfundzwanzigjährigen, der einfacher Herkunft ist, aber etwas von einem genialen wissenschaftlichen Eiferer hat. Er soll demnächst die Domschule von Reims leiten. Wir werden mit diesem Gerbert rechnen müssen, und wenn er Theophanu dienlich ist, wie es scheint, wird er unser Gefallen finden.

Nein, wir sind nicht leichtsinnig und nehmen ernst, was Theophanu zugemutet wurde. Aber wir haben Anlaß, unsere Bedenken abzuschütteln. Wie wäre auch Theophanus Auftreten denkbar ohne ihre ungetrübte Zuversicht im Hinblick auf die Festschreibung ihrer Rechte.

Mit gleicher Zuversicht sehen wir unserem Aufbruch entgegen, unserer Reise über die Alpen nach Deutschland. Jetzt ist es an der Zeit, unseren Aufenthalt in Rom zu beenden. Etwas wie Überdruß oder Leerlauf bei den täglichen Verrichtungen stellt sich ein, wenn uns vorläufige Aufgaben zu lange festhalten. Wenn schon Lernzeit, dann sollte ihre Frist begrenzt sein. Gnadenfrist nannte es der junge Otto freundlich spöttelnd, als wir gestern davon sprachen. Er holte sich einen Verweis von Willigis. Der Ausdruck sei unangebracht, ob Otto die Rückkehr nach Deutschland so schrecklich finde? Ach, ja, parierte Otto mit dem unschuldigen Nicken des Mißverstandenen, unser sächsischer Lehrmeister Willigis versteht keinen Scherz.

Natürlich steckt in Ottos Scherz ein Körnchen Wahrheit. Man hat uns deutlich genug gesagt, daß die Reise, der lange Weg nach Norden, über die schneebedeckten Alpen und bis in die Herzmitte Deutschlands, teils zu Pferd, teils im Wagen, nicht ohne Strapazen verlaufe.

Wegen der Überquerung der Alpen ließ der alte Kaiser den Romaufenthalt bis zur zweiten Maihälfte verlängern. Aber Raststätten unterwegs, in Ravenna, Brescia, Pavia, Mailand und am See von Como, werden unsere Reise erleichtern, so daß wir die Alpenpässe in der günstigen Reisezeit, Ende Juli oder im beginnenden August, erreichen und wohlbehalten nach Sankt Gallen und in die sommerwarme Rheinebene kommen.

Wir werden uns, auch das wissen wir längst, nicht nur auf der Reise, sondern in den deutschen Ländern bis hinauf nach Sachsen an wechselnde Aufenthalte gewöhnen müssen. Es gebe Lieblingsorte des Kaisers, sagte man uns, das im Nordosten des Reichs gelegene Magdeburg und Quedlinburg, während die Kaiserin Adelheid ihren Hof in Pavia, der Hauptstadt ihres langobardischen Erbes, vorziehe. Aber es gibt kein festes kaiserliches Domizil, nichts mit der Magnaura von Konstantinopel Vergleichbares. Dennoch, fügten Willigis oder Erzbischof Gero oder andere mit den Verhältnissen Vertraute stets beschwichtigend hinzu, werde es Theophanu in den kaiserlichen Pfalzen, wo immer der Hof weilt, an keinerlei Annehmlichkeiten fehlen.

Ersetzt das die Palasthügel von Konstantinopel mit ihren goldschimmernden Kuppeln, mit dem Blick auf das blaue Meer und dem milden Wind, der durch die Orangengärten und Oleanderhaine weht?

Uns erwartet – das kann die beste Empfehlung nicht verhehlen – die Mühsal des reisenden Kaiserhofs, häufiger Ortswechsel und das rauhere, wetterwendische Klima des deutschen Nordens. Werden wir uns doch eines Tages zurücksehnen nach Konstantinopel?

Bin ich skeptisch, ein wenig, so Theophanu zuliebe, die mir anvertraut ist. Nichts wünsche ich inniger als ihr Wohlbefinden, wie sie es gestern bei unserem Ausritt zeigte, wie es uns allen erging, als wir nach der Campagna die Hügel voll violetter und blauer Disteln erreichten und das trockene Rauschen des Windes, der durch Farnkraut und niederes Gehölz fuhr, uns alle Erdenschwere vergessen ließ und heiter stimmte.

5. Der lange Weg nach Deutschland

Die Quartiermacher waren vorausgeritten. Es war alles nach bewährter Weise vorbereitet. Aber welch ein Aufwand nach fünf Jahren in Italien, nach den vielen bequemen Monaten in Rom. Die riesige Kolonne an Wagen, Maultieren, Pferden, die sich noch vor dem Einfall der Sommerhitze in Bewegung setzte, beförderte ja nicht nur die kaiserliche Familie, begleitet von Fürsten und Bischöfen, von den Scharen der Bediensteten, dazu die kaiserliche Kanzlei mit ihren Schreibern und sämtlichen Utensilien, die zum Regieren, zu Interventionen notwendig waren. Die Verpflegung für Menschen und Tiere mußte gesichert sein, genug an Vorräten mitgeführt werden, falls die Versorgung an den Orten unterwegs nicht ausreichte. Hinzu kam Theophanus eigener byzantinischer Hofstaat und alles an Bekleidung und Materialien aus Konstantinopel Mitgebrachte.

Ein Truppenkontingent sorgte für den Schutz der Reisenden. Räuberische Überfälle oder Beutelschneiderei in den Herbergen brauchten sie nicht zu fürchten. Aber es blieb genug Unberechenbares. Auf dem langen, an Strapazen reichen Weg, bei der stets gefährlichen Überquerung der Alpen war man gegen menschliche Schwächen, gegen Krankheiten so wenig geschützt wie gegen Wetterumbrüche und Naturgewalt.

Die altrömischen Kaiser befragten die Auguren nach dem rechten Zeitpunkt ihres Aufbruchs und gutem Gelingen. Die deutsch-römischen Kaiser beteten mit ihrem Gefolge das Itinerarium, das liturgische Reisegebet. Bei den Wechselfällen jeder Reise brauchten die Mächtigen den Schutz der Götter oder des einen Gottes. *Non accedet ad te malum, et plaga non appropinquabit tabernaculo tuo.* Was der Psalmist versprach, erhofften die Reisenden. Kein Unglück trifft dich, und kein Übel naht deinem Zelt, denn Gott befiehlt seinen Engeln, dich zu schützen auf allen deinen Wegen.

Die Kaiserin Adelheid hatte Theophanu den Reiseweg in groben Umrissen beschrieben, die geplanten Tagesstrecken, die zu längerer Rast vorgesehenen Orte geschildert. Sie hatte Theophanu, mit kritischem Blick auf deren seidenen Umhang, zu praktischer, wetterfester Lederkleidung geraten. Ein überflüssiger Ratschlag, denn Theophanu war bei ihren Ausritten in die Campagna stets in Wildleder gekleidet. Ihr und ihrer Leute Vorrat an verschiedenartiger Bekleidung übertraf bei weitem den von den Deutschen mitgeführten Kleiderfundus. In den Kästen der Transportwagen lagen die Einzelstücke griffbereit, zum Auswechseln je nach Wetterlaune.

Nach wenigen Tagen, vollends nach den ersten zwei Wochen, waren Theophanu und ihre Leute eingeübt. Die Lust des Unterwegsseins hatte sie gepackt. Das Wetter blieb frühsommerlich mild, und wohltuend spürten sie auf ihren verschwitzten Gesichtern den Regen, der sie in der Romagna überraschte, als sie das Bergland zurückließen und in die südliche Ebene des Po kamen.

Es gab Überraschungen der angenehmsten Art. In Ravenna, in den Mosaikbildern der Kirche San Vitale, begegneten Theophanu und ihre Gefolgsleute ihrer eigenen Welt. Nicht Italien, Langobardien, noch weniger Schwaben oder Sachsen umgab sie, sondern Byzanz, verloren und wiedergefunden in den leuchtenden Mosaikbildern des Kaisers Justinian, der Kaiserin Theodora, begleitet von ihrem höfischen Gefolge. In Theodora, die einen mit Perlen verzierten goldenen Pokal in den Händen hielt, erkannte Theophanu sich selbst, spiegelbildlich sozusagen, ihre eigene zukünftige Erscheinung. Den Altersunterschied vergessend, entdeckte die Zwölfjährige ihr eigenes Wunschbild und das ihr schon jetzt Ähnliche im schmalen Gesicht Theodoras, im Ausdruck der weitgeöffneten Augen und in der hoheitsvollen Körperhaltung. Die junge Byzantinerin empfand ein von Bewußtheit und Wunschvorstellung zugleich bestimmtes Gefühl der Identität mit der Kaiserin Theodora. Das Mosaikbild überwältigte Theophanu mit solcher Macht, daß ihr unbedeutend erschien, was man von Theodora erzählte. Geschwätz, das sie nicht berührte, auch wenn sie gehört hatte, daß Theodora als Tochter eines Bärenwärters im Schaustellergewerbe aufgewachsen und als junges Mädchen in schamlosen Farcen aufgetreten sei.

Gültigkeit besaß allein, was Theodoras Bild mit dem Nimbus auf Goldgrund bezeugte, deckungsgleich mit dem, was man von ihr als würdiger Basilessa wußte. Das konnte niemand anzweifeln, das mußten, wenn auch widerstrebend, die ärgsten Feinde ihr zugestehen.

Noch lange stand das Mosaikbild Theophanu vor Augen, selbst in Pavia, wo ihr im Königspalast, dem Erbsitz Adelheids aus deren erster Ehe, die Bedeutung Langobardiens für das Reich zum ersten Mal bewußt wurde und wo sie die Kirche San Michele besuchte, die Krönungskirche der langobardischen Könige. Nur wer die Krone der Langobarden trug, konnte nach alter Tradition in Rom zum Kaiser gekrönt werden, sagte ihr Willigis.

In Pavia erfuhr Theophanu vom Tod des Bischofs Liudprand, der nach seiner schweren Erkrankung sein Bistum Cremona nicht mehr erreicht hatte. Theophanu hörte von Liudprands Studium an der Hofschule von Pavia und von seiner dortigen Tätigkeit als Diakon im kirchlichen Dienst. Das interessierte sie, weil sie Liudprand als ersten Würdenträger des lateinischen Kaiserhofs kennengelernt hatte. Ein imponierender Mann, der seine Belesenheit in der frühen Literatur zitierfreudig und aktuell vorzubringen wußte. Er kannte seinen Terenz, seinen Ovid und Martial, erst recht Augustinus und Boethius, der in Pavia, im Kerker, seinen »Trost der Philosophie« geschrieben hatte und in der Stadt am Tessin, wie Augustinus, sein Grab fand.

Theophanu mochte den über fünfzigjährigen Bischof Liudprand, mit dem sie auf dem Schiff in ihrer Sprache offen reden konnte, der Byzanz kannte wie kein anderer aus dem Westen und als bester Mittler zwischen Ostrom und Westrom galt. Sie nahm ihm nicht übel, daß er als Gesandter des lateinischen Kaiserhofs für seinen Kaiser zunächst um die purpurgeborene Prinzessin Anna geworben hatte, als niemand an sie, Theophanu, dachte. Liudprand, wäre er nach Rom gekommen, hätte sie und die ihr bestimmte Ehe mit dem jungen Kaiser Otto gegen jeden Quertreiber verteidigt, nicht anders als Erzbischof Gero. Dessen war sie sich gewiß.

So viele Ereignisse hatten sich zwischen Theophanus Abschied von Bischof Liudprand in Montecassino und ihrem Aufenthalt in Pavia geschoben. Wie weit lag Byzanz zurück. Vergangenheit, nur noch durch Erinnerung belegt, fast so wie das Mosaikbild in San Vitale.

Noch auf dem Weiterritt, als sie Pavia längst verlassen hatten, dachte Theophanu an Liudprand, an Byzanz, sprach sie über das ravennatische Mosaikbild mit Anastasia, deren Ebenbild sie ja auch in der älteren Hofdame neben Theodora zu erkennen glaubte. Was immer ihr Interesse weckte, ein Gedanke, ein Bild, die Begegnung mit einer Person, hielt sie hartnäckig fest. Aber sie war zu jung, zu selbstbewußt, zu sehr ihrer Zukunft entgegengewandt, um der Vergangenheit nachzutrauern. Das Wort Melancholie galt für sie nicht.

Als die kaiserliche Reisekolonne nach einem Atemholen am freundlichen See von Como bergaufwärts zog und die Paßhöhe des San Bernardino erreichte, wußte Theophanu, daß der trennende Übergang sie ganz persönlich betraf. Den gewaltig aufgetürmten Alpenblock aus Stein und Eis empfand sie als natürliche Sperre, die ihr endgültig die Rückkehr verwehrte. Es war nicht die mühsame Alpenüberquerung, die man ihr vorhergesagt hatte. Die Wetterverhältnisse blieben freundlich. Der kalte Bergwind erfrischte sie. Sie fühlte sich frei, erleichtert, wie auf dem Schiff, als sie am Bug stand und ihr Gesicht gegen den Wind hielt. Doch jetzt war es nicht mehr die Erwartung, die sie erregte und in eine Art Freudentaumel versetzte, sondern die Gewißheit der eigenen Entscheidung für den ihr befohlenen und nicht mehr umkehrbaren Weg.

In der Augustmitte erreichten sie Sankt Gallen. Den aus dem Süden Kommenden öffnete sich eine andere, eine neue Welt. Man war klug genug, im weiträumigen Kloster eine mehrtägige Rast einzulegen, Theophanu und ihrem Gefolge vor der Weiterreise rheinabwärts etwas Zeit zur Eingewöhnung zu gönnen. Für Theophanu war in Sankt Gallen der Übergang vollzogen, abgeschlossen. Sie fühlte sich aufgenommen in jenen Sprachraum, in dem sie heimisch werden sollte. Sie war wißbegierig und hatte sich vorgenommen, ihre Deutschkenntnisse durch ständige Übung zu erweitern. Anders als am exklusiven Hof von Konstantinopel, so hatte man ihr gesagt, würde sie schon in Sankt Gallen mit den einfachen Leuten sprechen können, den Landleuten, den Fischern, die vom nahen Bodensee ihre Fänge zum Kloster brachten. Gelegenheiten gebe es reichlich.

Solche Gelegenheiten, wenige, kamen später. Zunächst, schon beim Willkommensgruß des Abtes Notker, hörten die Gäste das im Kloster gesprochene Latein. Schließlich war Sankt Gallen ein Bildungskloster, ein Gelehrtenkloster. Einer der Mönche, Ekkehard Palatinus, hatte den jungen Kaiser seit dessen zehntem Lebensjahr unterrichtet, mit ihm Vergil und Cicero, Ovid und Horaz gelesen. Entsprechend, einen Vers von Vergil parodierend, wie es die Lateiner liebten, begrüßte der schnell herbeigerufene Ekkehard seinen einstigen Schüler:

> Venisti tandem, tua que exspectata parenti
> Vicit iter durum pietas?
> (Bist du endlich gekommen? Hat deine vom Vater
> erwartete Treue überwunden den mühevollen Weg?)

Beide lachten, umarmten sich, höchst lebendig im mittaghellen Empfangssaal des Klosters, nicht in der mythischen Unterwelt, und der hochgewachsene Ekkehard, der sich in der Kutte Benedikts geradezu elegant bewegte, glich in nichts dem leidgeprüften, gebeugten Anchises, der seinen verlorengeglaubten Sohn Aeneas wiedersah. Aber die Begrüßungsszene hatte verständige, das Wiedersehen mitfeiernde Zuschauer,

Theophanu und die dem jungen Kaiserpaar vertrauten Freunde, auch Erzbischof Gero und Dietrich von Metz, ehemals Schüler des Klosters, etwas zurückhaltender als die anderen, weil er sich als junger Bischof bei einer Klostervisitation mit dem Regelbuch in der Hand unbeliebt gemacht hatte.

Visitationen und hohe Besuche blieben den Mönchen im Gedächtnis, schon deswegen, weil etwas von der Außenwelt die klösterliche *stabilitas loci* öffnete und dem Klosteralltag Abwechslung brachte. Ekkehard erzählte Theophanu, wie Otto der Große bei einem früheren Besuch in der Klosterkirche während des Stundengebets den Stock, auf den er sich stützte, fallen ließ, um die Zucht der betenden Mönche auf die Probe zu stellen. Jedoch nicht einer der Mönche hob den Kopf von seinem Psalterium. Der junge Otto aber, als er davon hörte, habe gesagt, ihn wundere es, daß der Stock hinfallen konnte, wo sein kaiserlicher Vater doch die Herrschaft so kräftig festhalte und ihm, seinem Sohn, nicht ein kleines Stück abgebe. Die sarkastische Bemerkung sei wohl hinfällig, fügte Ekkehard versöhnlich hinzu, nach der Kaiserkrönung und der glücklichen Heirat Ottos.

In Sankt Gallen sah es allerdings nicht aus, als bemühe sich Otto so intensiv wie sein Vater um die Regierungsgeschäfte. Er war umtriebig, fand Ruhe nur in der Bibliothek und im Skriptorium, wo Ekkehard ihm und Theophanu am Schreibpult die Pergamentblätter, an denen er arbeitete, zeigte. Man rühmte Ekkehard Palatinus ja nicht nur wegen seiner Redekunst, als Lehrer und kluger Ratgeber. Er war ein Meister der Schreibkunst, unübertroffen seine verzierten Initialen, seine in Gold gehaltenen Großbuchstaben. An anderen Pulten, nahe den Fenstern, durch die das helle Tageslicht einfiel, standen Miniaturenmaler und Kopisten, mit dem Abschreiben wertvoller Codices beschäftigt, dazu einige von Ekkehards Schülern, die das Buchstabenzeichnen lernten. Sie hoben ihre Köpfe, neugierig herüberblickend, um die Byzantinerin zu sehen und den jungen Otto, den Rufus.

Die Bibliothek im Obergeschoß betrat Otto allein. Er hatte den Abt Notker gebeten, der Bibliothekar möge ihm die verschlossenen Türen aufschließen. Dem jungen Kaiser konnte der Zutritt zu den Bücherschätzen nicht versperrt bleiben. Er mußte aber einen Vorbehalt hören. Scherzend sagte ihm der Abt, auch ein so mächtiger Räuber wie er dürfe die Bibliothek nicht ausplündern. Das war nicht grundlos gesagt, denn zum Lesen blieb viel zuwenig Zeit, und Otto nahm nun doch einige der prächtigen Bücher mit und versprach, sie bald zurückzugeben.

Der alte Kaiser drängte zum Aufbruch. Er hatte sich kaum am wißbegierigen und geselligen Umgang seines Sohnes und Theophanus mit den Mönchen beteiligt. Es war ihm lästig, die lateinisch geführten Gespräche jedesmal von Adelheid übersetzen zu lassen. Zudem spürte der Sechzigjährige in allen Gliedern die Anstrengungen der letzten Jahre. Wichtiger war es, die wenigen ruhigen Tage in Sankt Gallen zu nutzen, um mit dem Kanzler Willigis die kommenden Aufgaben und den ersten Hoftag nach fast sechsjähriger Abwesenheit vorzubereiten.

Noch einmal ließ der Kaiser auf der Bodensee-Insel Reichenau eine kurze Rast einlegen, offensichtlich Theophanu zuliebe. Die Mönche im Inselkloster sprachen griechisch, und Vorgaben der byzantinischen Kirchenarchitektur, die Abt Heito als Gesandter Karls des Großen von einer Byzanzreise mitgebracht hatte, waren im Bau der Abteikirche zu erkennen. Für den Neubau der Kreuzbasilika habe der Bauherr Heito die Anregung von der architektonischen Anlage der Apostelkirche in Byzanz übernommen, sagte Abt Ruodman, der Theophanu durch die Abteikirche führte. Ob sie sich an die Apostelkirche in ihrer Heimatstadt erinnere? Und ob sie in der Wiederholung des Raumgedankens eine gelungene Adaption sehe?

Aber Theophanu nahm solche Hinweise, gutgemeinte Aufmerksamkeiten, anders als Niketas Kurkuas, Anastasia Dalassena und ihre übrigen Gefolgsleute, nur noch entfernt wahr. Sie wollte keine zu eindringliche Erinnerung aufkommen lassen, keiner Wehmut Vorschub leisten. Über das, was man ihr zeigte, staunte sie nicht mehr als über die unerwartet üppige Vegetation, die noch im Spätsommer strotzenden Blumen- und Fruchtgärten auf der Reichenau und rund um den Bodensee. Nichts hielt Theophanu länger in Bann. Sie freute sich geradezu, als die Weiterreise befohlen wurde und die kaiserliche Reisegesellschaft weiterzog. Es dauerte ihr viel zu lange, bis sie mit der kaiserlichen Familie nach mehreren kurzgehaltenen Etappen in der Septembermitte in die rheinische Pfalz von Ingelheim einzog.

Nach Ingelheim war eine Synode der kirchlichen Würdenträger des Reichs einberufen worden. Schon unterwegs, an einem der letzten Rastorte in Franken, hatte der alte Kaiser Theophanu zu sich gebeten und ihr eröffnet, in Ingelheim erwarte sie neben ihrem Gemahl die erste Repräsentationspflicht in Deutschland. Als junge, persönlich noch unbekannte Kaiserin werde sie der Neugier zahlreicher Erzbischöfe, Bischöfe und Prälaten ausgesetzt sein. Aber er wisse ja, wie sehr sie darauf brenne, ihrer Aufgabe gerecht zu werden.

Der Kaiser hätte das nicht zu sagen brauchen. Aber daß er ahnte oder erkannte, wie sehr sie nach Bewährung drängte, erfreute Theophanu. Überhaupt hatte sich zwischen dem Kaiservater und der jungen Theophanu eine merkwürdige Beziehung herausgebildet. Obwohl der Kaiser am ehesten Grund gehabt hätte, über die nicht wunschgemäße byzantinische Heirat verärgert zu sein, obwohl seine rauhere Lebensart dem byzantinischen verfeinerten Intellekt der Schwiegertochter widerstrebte, war sein Verhältnis zu ihr von wachsender Zuneigung gekennzeichnet. Genaugenommen war es eine beiderseitige Sympathie, die Theophanus Gefühl der Zugehörigkeit zur kaiserlichen Familie stärken, ihre Position am Hof festigen half.

Sie brenne darauf, sich zu bewähren, hatte der alte Kaiser gesagt und ihr die Bewährung zugetraut. Das entsprach ihrem eigenen, innersten Wollen, ihrem unverhohlenen Ehrgeiz. Dieser zielte schon über die Synode von Ingelheim hinaus und war von härterer Prägung, als man ihrem Alter zubilligte. Aber galt sie nicht, wo immer sie nach ihrer Abreise aus Konstantinopel auftrat, die Reisende auf dem Schiff, auf den Inseln, dann in Rom, Ravenna, Pavia, Sankt Gallen, als die bewunderte, kluge, schöne byzantinische Prinzessin von mädchenhafter Anmut? Ein Etikett, das ihr anhaftete, untilgbar in den Augen der anderen, auch nach ihrer Kaiserkrönung und Hochzeit in Rom. Wahrscheinlich war der alte Kaiser der einzige am Hof, der Theophanus Ehrgeiz und ihre Fähigkeit zum politischen Handeln erkannte.

6. *Wechselfälle von Frömmigkeit*

Es war Spätherbst geworden. Die Felder waren abgeerntet. In den Kellern der Weinbaudomänen reifte der junge Wein. Der Kaiser, der Löwe, wie ihn sein Sohn nannte, liebte die herbstliche Jahreszeit, und er fühlte sich in seiner Sprachheimat wohler als im fernen Italien. Wie anders, seinem eigenen rauheren Temperament gemäßer, empfand er den von den Taunusbergen im Nordosten über den Rhein herabwehenden erfrischenden Wind.

Von Ingelheim war die kaiserliche Reisegesellschaft über die grünen Hügel zum nahen Mainz geritten – ein Weg von kurzer Dauer, und der mit jedem Aufbruch verbundene Aufwand hätte sich ohne einen besonderen, verpflichtenden Grund kaum gelohnt.

Aber in Mainz, in der Klosterkirche von Sankt Alban, lagen zwei Söhne und eine Tochter des Kaisers begraben, Stiefgeschwister des jungen Otto: der vierzigjährig als Erzbischof von Mainz gestorbene Wilhelm, außerehelicher erstgeborener Sohn, dessen Mutter eine kriegsgefangene slawische Adelige war, und die Geschwister Liudolf von Schwaben und Liudgard von Lothringen, beide aus Ottos erster Ehe mit Edgitha von England.

Wie hätte der Kaiser auf dem Weg zur Pfalz von Frankfurt, wo er mit der Familie Weihnachten feiern wollte, ohne Aufenthalt an der Grabstätte seiner Kinder vorüberziehen können, ohne dort zu beten. Er hielt sich nicht für besonders fromm, schon gar nicht im Vergleich mit Adelheid. Aber der Zusammenhalt seiner Familie war ihm wichtig. So freute er sich täglich mehr, Liudolfs achtzehnjährigen Sohn Otto in seiner Nähe zu haben und zu sehen, wie der nach ihm benannte Enkel mit seinem gleichnamigen Sohn und mit Theophanu freundschaftlich verbunden war. Vor allem lag dem alten Kaiser daran, Theophanu in die familiäre Zusammengehörigkeit einzubeziehen. Er bat die Schwiegertochter, ihn nach Sankt Alban zu begleiten.

Bei jeder Gelegenheit hatte er Theophanu beobachtet. Er wollte wissen, ob seine Entscheidung richtig war und die byzantinische Heirat seines Sohnes hielt, was er sich von ihr versprach. Der Frieden in Süditalien war gesichert, einstweilen jedenfalls. Für Otto stand außer Frage, daß Byzanz durch die Heirat sein und seines Sohnes Kaisertum wie die weströmischen Ansprüche auf süditalisches Territorium anerkannt hatte. Jetzt mußten die christlichen Kaiser nicht mehr gegeneinander kämpfen. Gemeinsam konnten sie die muslimischen Sarazenen zurückschlagen, die von Sizilien heraufdrängten, Landräuber, die Kalabrien und Apulien bedrohten.

Aber Italien war fern, fast schon außerhalb seiner auf das Nächstliegende gerichteten Überlegungen. Würde sich die Byzantinerin unter den hiesigen Verhältnissen bewähren? Deren erste Erprobung erfüllte den alten Kaiser mit Genugtuung. Er konnte beobachten, wie sich die junge Theophanu in Ingelheim bei den kirchlichen Würdenträgern durch Anmut und Klugheit, nicht weniger durch ihr Vertrautsein mit aktuellen Fragen allseitiger Beliebtheit erfreute.

Mit Zufriedenheit bemerkte er Theophanus Anteilnahme an einem seiner Herzensanliegen, der Missionierung im Norden und Osten des Reichs. In Ingelheim hatte der Kaiser der Gründung eines Missionsbistums für die in Mecklenburg lebenden Abodriten zugestimmt und dessen kirchliche Obrigkeit dem Erzbistum Hamburg-Bremen überlassen. Die Entscheidung müsse ihm schwergefallen sein, sagte ihm Theophanu, wo er doch die Mission aller Slawenvölker jenseits von Elbe und Saale seinem Erzbistum Magdeburg überantwortet habe. Den alten Kaiser bewegte diese schlichte, doch zutreffende Erkenntnis, die Theophanu einem Gespräch mit Erzbischof Adalbert von Magdeburg verdankte. Die Gründung des Erzbistums Magdeburg als Zentrum der Slawenmission war sein, des Kaisers, Werk, durch die Synode von Ravenna in seiner Gegenwart beschlossen und vor vier Jahren, 968, vollzogen. Wie von ihm gewünscht, hatte Papst Johannes XIII. dem Abt Adalbert von Weißenburg, dem ehemaligen Notar der königlichen Hofkanzlei, das Pallium verliehen, die weiße Schulterbinde mit den sechs schwarzen Kreuzen.

In Magdeburg, der Stadt an der Elbe, hielt sich der Kaiser am liebsten auf. In der Kirche des ebenfalls von ihm gegründeten Klosters der Benediktiner hatte seine erste Gemahlin Edgitha ihr Grab gefunden. Er empfand es als seinen ureigenen Auftrag, daß von diesem Ort die Mission der Slawenvölker ausgehen sollte. Es war seine Art, den Glauben zu bezeugen, seine Art der tätigen Frömmigkeit. Er hoffte auf Theophanus Verständnis für eine Frömmigkeit, die sich nicht darin erschöpfte, rote Seidenschuhe zu tragen wie der Basileus, der im Gefühl, heilig zu sein als einzig von Gott Erwählter, Genüge fand. Er, der erste Kaiser Otto, wollte sein Erwähltsein durch Handeln rechtfertigen.

Als der Kaiser in der Klosterkirche von Sankt Alban auf seinem Lederkissen kniete, blinzelte er hinüber zu Theophanu und der neben ihr knienden Adelheid. Wer kann schon in einen anderen Menschen hineinkriechen, seine innersten Beweggründe aufdecken. Unser Begreifen ist auf das Äußere, das Sichtbare angewiesen. Manchmal wirkte die Byzantinerin arrogant, doch das mochte an ihrem Anderssein liegen, an der Art, wie sie sich kleidete, ihren Perlenschmuck trug, wie sie sich bewegte, wie sie sprach oder schwieg. Äußerlichkeiten, gewiß, mitgebracht aus Byzanz. Wo ist die Grenze zwischen dem Außen und dem Innen? Gibt es sie überhaupt?

War Theophanu fromm? Sie verehrte die Theotokos, die Gottesgebärerin. Man sagt, an keinem Bild der Gottesmutter gehe sie vorüber, ohne zu beten oder Kerzen aufzustecken. Wie sehr freute sie sich, als sie von Erzbischof Gero hörte, seine

Bistumsstadt Köln bewahre die Reliquien eines der großen Heiligen ihrer griechischen Heimat, Panteleimon, den man hier Pantaleon nenne; eine Abtei und Kirche in Köln, gestiftet von Erzbischof Bruno, dem verstorbenen Bruder des Kaisers Otto, trage den Namen des heiligen Arztes aus Nikomedien.

Theophanu freute sich, denn sie selbst verehrte Pantaleon wie die griechischen Märtyrer Kosmas und Damian und den heiligen Nikolaus aus Myra. In der ungeteilten religiösen Verehrung blieb ihr ein Stück Heimat erhalten. Anderes wird sie vermissen: die der sinnlichen Erfahrung des Heiligen so unvergleichlich dienenden Bilder, die Ikonen, die orthodoxen Gesänge und die weihrauchduftenden Zeremonien, die feierliche heilige Liturgie, die sie als junge Prinzessin in der Hagia Sophia, der Kathedralkirche des Patriarchen, und in der Palastkirche von Konstantinopel miterleben durfte.

Sie hatte den festen Willen, sich den neuen Verhältnissen in jeder Weise anzupassen. Das fiel ihr leicht gemeinsam mit ihrem Gemahl, der nicht nur das Bett mit ihr teilte, sondern auch die geistigen Interessen, und der voll Neugier ihre Eigenart aufnahm. Die Eingewöhnung erleichterten ihr die neugewonnenen Freunde, deren Verläßlichkeit sie schätzte, so Kanzler Willigis und der andere junge Otto, der mitgegangen war zur Sankt-Alban-Kirche, um am Grab seines Vaters Liudolf von Schwaben zu beten. Theophanu war nicht etwa abhängig vom Beistand anderer. Ihr Selbstbewußtsein verschrieb ihr Zurückhaltung. Aber wer könnte leben, auf Dauer, ohne Zuspruch und Bestätigung, ohne spürbare familiäre Nähe oder Gemeinschaft mit gleichgesinnten Freunden?

Manchmal dachte sie in den letzten Tagen und Wochen, Gemeinsamkeit im Denken, in der Gesinnung, in allen Bereichen der Lebensanschauung sei ausschließlich eine Frage der Generationszugehörigkeit. Kaum jemand von ihren und ihres siebzehnjährigen Gemahls Freunden und Beratern zählte mehr als dreißig Jahre. Sie wunderte sich, wie schnell sie das Vertrauen des alten Kaisers gewann, wie ihre eigenen Ansichten in zentralen Bereichen denen des sechzigjährigen Schwiegervaters nahestanden oder sich annäherten.

Das Verhältnis zu Adelheid war anders, schwieriger, wechselnd zwischen bemühtem Wohlwollen und mancherlei Zeichen von Abneigung, beiderseitigem Unverständnis und bloßem Verschiedensein. Anastasia, immer auf Theophanus Wohl bedacht, hatte sie schon in Rom gewarnt, auf das Überhandnehmen der schwiegermütterlichen Fürsorge hingewiesen. Es blieb ja nicht aus, war fast naturbedingt. Die vierzigjährige Adelheid mußte in Theophanu die ihrer fraulichen Obhut anvertraute junge Prinzessin sehen, unerfahren in fremder Umgebung. Nur hatte die Kaiserin die Selbstbehauptung ihrer Schwiegertochter unterschätzt. Dann – und das verschärfte ihr Verhältnis – schien Adelheid zu bemerken, wie ihr Sohn ihrem Einfluß zu entgleiten drohte. Das äußerte sich in belanglosen Verhaltensweisen, die sich rasch summierten, in der Wahl der Kleidung, in Ottos geistiger Interessenverlagerung, angeregt durch die gebildete Theophanu und ihre Begleiter.

Wer sah, wie die beiden Kaiserinnen in der Sankt-Alban-Kirche während des Gottesdienstes nebeneinander knieten, hätte sie für Mutter und Tochter halten können, die Mutter noch im Knien etwas größer als die zierliche Tochter, deren Eigenwille allerdings durch ihre reichgeschmückte Kleidung auffiel. Gemeinsam schlugen sie das Kreuzzeichen. Sie beteten das gleiche lateinische Credo vom Glauben an den einen Gott, vom Glauben an die erwartete Auferstehung der Toten und das Leben der zukünftigen Welt. *Et exspecto resurrectionem mortuorum. Et vitam venturi saeculi.*

Mit den gleichen Worten bekannten sie den einen Glauben, der alles Trennende überwindet, bekannten sie das Verbundensein der Lebenden und Verstorbenen, der Alten und der Jungen, ihr eigenes Verbundensein vor dem Altar. Ob sie, die ungleichen Kaiserinnen, daran dachten? Gelegentlich oder zur Stunde, in der Grabkirche Wilhelms und der Kinder Edgithas?

Aber das war ihr Problem, das nicht tilgbare Bewußtsein ihrer Verschiedenheit bis in ihr Frömmigkeitsleben hinein. Um ein Haar wäre es zwischen beiden in Ingelheim zum offenen Streit gekommen, hätte nicht Majolus von Cluny beschwichtigend eingegriffen.

Auf Visitationsreise zu einigen Prioraten, die dem Klosterverband von Cluny zugehörten, konnte Abt Majolus an der Synode von Ingelheim teilnehmen. Majolus zählte über sechzig Jahre, ein zäher, schmalgewachsener Asket, der nicht selten seine Abtzelle im burgundischen Cluny verließ. Aber er reiste anspruchslos, von wenigen Fratres begleitet, wo mancher Abt mit fürstlichem Aufwand und bewaffnetem Gefolge unterwegs war. Außerdem ging es dem Abt im schwarzen Habit allein darum, die cluniazensische Reform von Kloster zu Kloster zu tragen, den Klosterverband zu stärken.

Die Cluniazenser planten nichts weniger als eine radikale geistliche Erneuerung angesichts des sittlichen und religiösen Verfalls, der sich zunehmend unter Klerikern und Mönchen ausbreitete und die römische Kurie nicht verschonte. Selbst Prälaten und Bischöfe verfielen dem Ämterkauf und der einträglichen Verschacherung von Pfründen oder lebten jedermann ersichtlich im Konkubinat. Woher, wenn nicht aus der Mönchszelle, sollte die Erneuerung kommen? Wie sein Vorgänger Odo hoffte Majolus auf die Reform durch strenge Befolgung der Regel des Vaters Benedikt und die Intensivierung der Liturgie. Vor allem aber sollten die mit Cluny verbundenen Klöster ihr monastisches Leben selbst bestimmen, unabhängig von den örtlichen Bischöfen und allein dem Papst verantwortlich.

Für Majolus war es ein Glücksfall, in Adelheid seine treueste Anhängerin zu finden. Durch sie, die in ihm ihren Freund und geistlichen Berater sah, fand Majolus jederzeit Zugang am Hof. Das war ihm wichtig, denn der alte Kaiser beanspruchte »nächst Gott« die Entscheidungsgewalt in zentralen kirchlichen Fragen des Reichs. Natürlich erhoffte sich Majolus, über Adelheid das Wohlwollen des Kaisers für die Reformpläne zu erlangen.

In der Lombardei, um Pavia und am See von Como, gab es dank Adelheids Unterstützung cluniazensische Priorate, und dort, auf dem Reiseweg nach Norden, hatte Theophanu zum ersten Mal von der geistlichen Reform erfahren. Beim Besuch der klösterlichen Gottesdienste, bei der feierlichen, durch

Psalmensingen ausgedehnten Liturgie fand sie sogar Anklänge an die byzantinische Liturgiefeier, was sie wie jede in ihr wachgerufene Kindheitserinnerung erfreute. So jedenfalls, als Adelheid in Pavia von Cluny und Abt Majolus sprach, nahm Theophanu das Mitgeteilte dankbar auf. Sie lernte, wollte kundig werden.

In Ingelheim änderte sich etwas, so schien es, an ihrem Verhalten. Den Hintergrund bildeten die Gespräche der Synodalen. Die Kirchenmänner nutzten die Zusammenkunft mit dem nach sechs Jahren zurückgekehrten Kaiser. Sie sprachen ja nicht nur über die Missionierung im Norden und Osten des Reichs, über die Zuteilung der Missionsbereiche. Es gab genug zu erörternde, dem Kaiser vorzulegende Fragen. Vielleicht weil religiöse Themen in der Luft schwebten, fühlte sich Adelheid ermutigt, ihren Frömmigkeitseifer auf Theophanu zu übertragen.

Theophanu reagierte mit instinktiver Abwehr des als aufdringlich empfundenen Bekehrungseifers. Sie hatte sich entschuldigen lassen, als Adelheid zu einer nachmittäglichen religiösen Übung, geleitet von Abt Majolus, einlud. Bei der Begegnung der Kaiserinnen am Abend, im Kreuzgang der Pfalz, kam es zu einem heftigen Wortgefecht, ausgelöst durch Adelheids Vorwurf, Theophanus Entschuldigungsgrund sei doch nur ein allzu durchsichtiger Vorwand, um der Einkehrstunde fernzubleiben. Sie habe es nicht nötig, widersprach Theophanu, ihre Frömmigkeit zur Schau zu stellen. Ein Wort gab das andere. Offensichtlich entlud sich angestauter Groll, von dem niemand etwas ahnte, der die beiden Kaiserinnen während der Gottesdienste einträchtig nebeneinander knien sah.

Im Kreuzgang standen sie sich gegenüber, die fast um Kopfhöhe größere Adelheid mit der Überlegenheit der Älteren, Theophanu mit ihren kleinen geballten Fäusten. Anastasia flüsterte ihr zu, sie möge sich zurückhalten. Eine peinliche Situation, weil Majolus, die schwarze Kapuze über den Kopf gezogen, vorüberging, auf dem Weg zur Komplet. Adelheid rief ihn an, bat um seine Hilfe. Majolus benötigte keine Aufklärung. Ihm war längst bewußt, daß das gespannte Verhältnis der beiden Kaiserinnen nichts mit seiner Person zu tun hatte. Er streckte den beiden die Hände hin, die Rechte mit dem glitzernden Abtring zu Adelheid. Majolus rettete die Situation, indem er das nächstliegende Argument vorbrachte und das Wort des Herrn von den »vielen Wohnungen in meines Vaters Haus« zitierte.

Bei den kirchlichen wie den weltlichen Oberen gab es nicht nur Anhänger Clunys. Auch das war Theophanu in Ingelheim zugetragen worden. Nicht wenige Bischöfe mißtrauten der Reform, weil sie den Klöstern und selbst dörflichen Pfarrstellen die bischöfliche Gewalt entzog. Stimmen wurden laut, die das Heraufkommen eines bischofsfreien theokratischen Reichs befürchteten. Schön und gut, dachten manche am kaiserlichen Hof und unter den weltlichen Oberen, kein Gläubiger wird die Notwendigkeit der immerwährenden christlichen Reform leugnen. Aber tendiert nicht der cluniazensische Ordensverband in seiner geistlichen und weltlichen Eigenmacht und der zunehmenden Ausbreitung, weltlich gesprochen, zu einem Staat im Staate?

Wegen solcher Einwände war es für den Abt Majolus mehr als hilfreich, der Unterstützung der Kaiserin Adelheid gewiß zu sein. Und er wußte seinen Einfluß am Hof zu nutzen.

Theophanu, in ihrem Frömmigkeitsleben geprägt von ihrer byzantinischen Herkunft, stand der von den Mönchen ausgehenden religiös-sittlichen Reform keineswegs fern. Zudem bewunderte sie die aristokratische Erscheinung des Majolus. Sie folgte ihrem Impuls, in der Zuneigung zu dem ihr vertrauten Frömmigkeitskult wie in der Ablehnung aller Bigotterie. Die eigentümliche Verknüpfung von religiöser und politischer Macht war ihr unvertraut. Wie schwierig war es, die innerste Meinung des alten Kaisers über Majolus und die Cluniazenser auszumachen. Oder doch nicht?

Ottos Kernländer Sachsen und Franken schienen den schwarzen Mönchen von Cluny versperrt zu sein. Es gab andere klösterliche Zentren von bemerkenswertem, bis ins nördliche Sachsen ausgedehntem Einfluß, das schwäbische Hirsau, Einsiedeln im Alpenland. Aber sie waren nicht Cluny.

Theophanu hätte erfahren, falls sie darum bemüht gewesen wäre, daß die stärkste Ansammlung von cluniazensischen Prioraten in den Ländern lag, die der Kaiserin Adelheid nahestanden, in Burgund, Langobardien, weitverstreut in Frankreich, vereinzelt in Lothringen. In Burgund, Adelheids Herkunftsland, regierte ihr Bruder Konrad mit seiner Gattin Mathilde, beide glühende Verehrer von Cluny. Langobardien war Adelheids ureigenes, von ihrem ersten Mann König Lothar von Italien hinterlassenes Erbreich mit ihrem geliebten Pavia. Adelheids Tochter aus der ersten Ehe, Emma, herrschte mit dem französischen König Lothar in Frankreich.

Es kam Theophanu nicht in den Sinn, nach der Verbreitung von Cluny zu fragen. Warum auch? Sie wußte nichts von den eingewurzelten Strukturen, vorgeprägt bis in die kirchlich-staatlichen Verflechtungen. Die ottonische Familienpolitik. Sie würde später damit zu tun haben. Einstweilen bemerkte Theophanu nicht mehr als das ihr Zugetragene.

Die Menschen in ihrer Nähe interessierten sie. Jeder einzelne. Nicht nur die kaiserliche Familie, in die sie unfreiwillig-freiwillig hineingeraten war, ihr junger kaiserlicher Ehemann, noch ganz im Schatten des übermächtigen Vaters, liebenswert, das mußte sie zugestehen, aber noch sprunghaft, beeinflußbar, leicht reizbar.

Mit jedem Gesicht in ihrer neuen Umgebung verband sich eine Geschichte, mit dem für immer entrückten Liudprand von Cremona, den sie vermißte, mit Erzbischof Gero, inzwischen weitergereist nach Köln, mit Dietrich von Metz, von dem ihr gesagt wurde, er sei ein Vetter des alten Kaisers, mit dem Kanzler Willigis und dem jungen Liudolf-Sohn Otto, den vertrautesten Gesichtern unter vielen.

Neue Gesichter mußte sie sich in Ingelheim einprägen. Zumindest drei der anwesenden Kirchenfürsten weckten ihr Interesse: Erzbischof Adalbert von Magdeburg, der zum ersten Mal von seinem jungen Erzbistum und der Stadt an der Elbe berichtete, der Lieblingsstadt des alten Kaisers und dem fernen Ziel der kaiserlichen Reisegesellschaft; Bischof Pilgrim von Passau, der erst seit einem Jahr die Mitra trug, ein dem

Kaiser ergebener Phantast, wie Theophanu gleich bemerkte, den sie trotzdem mochte, weil er von kühnen Plänen zur Ungarnmission sprach. Aus dem entgegengesetzten Westen Erzbischof Adalbero von Reims, auch er ein Wunschbischof des Kaisers, der von Lothringen als dem ererbten Zankapfel zwischen Frankreich und Ottos Reich sprach, obwohl doch die Königshäuser einander verwandtschaftlich nahestanden.

So viele Namen schwirrten durch Theophanus Kopf. Ihr Gemahl lachte, weil sie, wenn die beiden allein waren, mit einem Eifer ohnegleichen ihr Gedächtnis trainierte. Nicht nur zum Behalten der zahlreichen fremden Namen, zungenbrecherisch selbst für die sprachenbegabte Theophanu. Sie verteilte nach ihrem ersten Eindruck rigoros Sympathie oder Antipathie, erbat im gleichen Atemzug von Otto, der die Kirchenmänner ja kannte, Bestätigung oder Korrektur. Ein Spiel, das sie liebte wie irgendein Ratespiel oder, besser gesagt, wie das Schachspiel, das sie aus Konstantinopel mitgebracht und dessen vertrackte Züge sie Otto gelehrt hatte.

Sie selbst mußte wiederum lernen, daß das Schachspiel der Lebenden, das Mattsetzen des einen Königs durch den anderen, des einen Fürsten durch den anderen, zum gefährlichen, ja todbringenden Spiel ausarten kann.

Sie lernte, daß allein der alte Kaiser die Figuren setzte und vorrücken ließ in die Positionen seiner Wahl. Erst recht die Mitraträger. Er, als der »Gesalbte des Herrn«, beanspruchte die Entscheidung über die Besetzung der Bischofsstühle im Reich, »nächst Gott« und dem Papst in Rom, wie man zu sagen pflegte.

Aber auch der Papst war seine Kreatur. Hatte der Kaiser nicht die Römer schwören lassen, keinen Papst zu wählen ohne seine oder seines Sohnes Zustimmung? Nachdem die Römer den ungeliebten Johannes XIII. vertrieben, mißhandelt, eingekerkert hatten, verhängte der nach Rom zurückgekehrte Kaiser über die heilige Stadt ein furchtbares Strafgericht. Der Kaiser garantierte den Schutz des Papstes und erntete Dank in der Sanktionierung seiner staatlich-kirchlichen Wünsche. Das war, wie die Slawenmission, seine Art der tätigen Frömmig-

keit. Die Reformpläne der Cluniazenser konnten ihm nur lästig sein.
Noch einmal hatte Erzbischof Gero vor seiner Abreise Theophanu von seinem Kölner Vorgänger Bruno erzählt, der in der Abtei Sankt Pantaleon südwestlich vor der Stadtmauer Kölns begraben sein wollte. Der mit Worten eher zurückhaltende Gero geriet ins Schwärmen, als er den Kaiserbruder lobte. Wie kein anderer habe Bruno sein geistlich-weltliches Doppelamt verwaltet, als Metropolitanbischof von Köln und als Herzog von Lothringen. Wohlbedacht habe Otto seinen jüngsten Bruder in das eine wie das andere Amt berufen. Nur Bruno schaffte es, Lothringen dem Reich unangefochten zu erhalten. Ihr kaiserlicher Schwiegervater verdanke ihm unendlich viel. Sie werde mit ihrem kaiserlichen Ehegemahl noch merken, was es heißt, jenseits des Rheins ohne einen Mittelsmann wie Bruno auszukommen.

Gero lud sie ein, nach Köln zu kommen. Er erinnerte sie an die von Bruno gestiftete Abtei, weil sie dort wie nirgendwo sonst ihrer Heimat nahe sei. Allein Köln bewahre und verehre in Sankt Pantaleon einen Megalo-martyr, wie man ihn in Byzanz nenne.

Ja gewiß, sie würde nach Köln kommen, später, viel später. Der Kaiser wünschte, zunächst in der Pfalz von Frankfurt das Weihnachtsfest zu feiern. Dann erwartet sie mit der kaiserlichen Familie die lange Reise zu Pferd und im Wagen nach Quedlinburg, nach Magdeburg.

Erinnerungen und vorauseilende Gedanken, die Theophanu während der Liturgiefeier in Sankt Alban bewegten. Jetzt knieten sie und ihre kaiserlichen Verwandten in der Grabkirche Wilhelms, des erstgeborenen Kaisersohnes. Ihm hatte der Kaiser ein Jahr nach Brunos Wahl zum Erzbischof von Köln das mindestens ebenso wichtige Erzbistum Mainz übergeben. Andere Kirchenfürsten gehörten ehemals der kaiserlichen Hofkapelle an. Gab es im Reich einen einzigen Mitraträger ohne Ottos Wissen, ohne seine Zustimmung?

Was für ein Mann, dieser alte Kaiser. Woran denkt er? Was rührt ihn, von dem man sagt, er habe seinen außerehelichen

Sohn mehr geliebt als die ihm von Adelheid geborenen Kinder Otto und Mathilde?

Theophanus sensiblem Augenmerk war nicht entgangen, auch nicht in der Sankt-Alban-Kirche, wie der Kaiser sie beobachtete. Sie war nicht weniger darauf aus, herauszufinden, was der Schwiegervater an ihr schätzte. Etwas von ihrer schon ziemlich ausgeprägten fraulichen Eitelkeit trieb sie an. Aber sie wollte nicht nur sich selbst bestätigt, geachtet, geliebt wissen. Sie wollte den Kaiser kennenlernen.

Eine Sekunde lang begegneten sich ihre Blicke. In seinem männlich gehärteten Gesicht unter dem ergrauten vollen Haar bemerkte sie zum ersten Mal Anzeichen von Müdigkeit, Angestrengtheit. Schwerfällig erhob er sich vom Kirchenstuhl, ein Mann von mittlerem Wuchs, breitschultrig, eher zur Jagd tauglich als zu feinen intellektuellen Gesprächen.

Aber wie dumm, ihm mangelnde Wissensbildung vorzuwerfen oder ihn deswegen gar zu unterschätzen. Geschwätz, wie so manches am Hof, das Anastasia oder sonstwer ihr zutrug. Es war nicht seine Schuld, daß er erst nach dem Tod seiner ersten Gemahlin lernte, was ihm in jungen Jahren nicht gegönnt gewesen war, Lesen und Schreiben. Er versteht kein Latein? Kein Griechisch? Nun gut, so sprechen wir in seiner Sprache miteinander.

Ein Löwe sei er, sagte in Sankt Gallen sein Sohn von ihm, ein mächtiger Löwe, der sein erbeutetes Reich mit ganzer Kraft beherrsche, *firmissime*. Kraftvoll wirkt der alte Kaiser noch immer. Wie in seinen besten Jahren sitzt er fest im Sattel. Aber ist er nicht auch ein Fuchs, dessen Schlauheit die klügsten Männer am Hof und die Mächtigen im Reich in den Schatten stellt? Theophanu wußte längst, daß alle Entscheidungen in seiner Hand lagen, und sie sah keinen Grund, seine Entscheidungen, soweit sie ihr zugänglich und ihrem Begreifen faßbar waren, nicht gutzuheißen.

7. *Tod und Leben. Dritter Bericht der Anastasia D.*

Vor drei Tagen, an einem der schönsten frühsommerlichen Junimorgen, verließ uns Niketas Kurkuas. So war es aus Konstantinopel verlangt worden. Nach Theophanus erstem Jahr in Franken und Sachsen erwartet der Basileus Tzimiskes einen persönlichen Bericht. Niemand ist für diesen Auftrag besser geeignet als der Neffe des Basileus.

Uns fehlt Niketas Kurkuas, denn Theophanus kleiner byzantinischer Hofstaat schrumpft von Tag zu Tag mehr. Am kaiserlichen Hof wird man den Fürsten weniger vermissen. Er verhielt sich still, ein Schweiger wohl deswegen, weil ihm das Sprechen der fremden Sprache noch immer schwerfiel. Nur mit dem jungen Kaiser unterhielt er sich lebhaft, natürlich auch mit Theophanu und wenn wir unter uns waren.

Eindringlich rieten wir ihm ab, allzu aufwendig und luxuriös gekleidet (wie er es liebte) zu reisen. Zwar schützt ihn ein kleiner bewaffneter Trupp vor Wegelagerern, seine Begleiter verfügen über die nötigen Ausweise zur Aufnahme in den kaiserlichen Pfalzen und Klöstern, doch weiß der Himmel, welche Gefahren unterwegs von der Elbestadt Magdeburg nach Süden lauern, im waldreichen Bergland, bei der Überquerung der Alpen und hinab nach Ravenna, auf der Schiffsreise durch die Adria, die Ägäis. Wenn die Reise gut verläuft, wird Niketas in der ersten Septemberhälfte, unbelästigt von den frühen Herbststürmen, den Hafen am Bosporus erreichen.

Und wir, die Zurückgebliebenen? Wäre nicht doch der eine

oder andere von uns Byzantinern gerne mitgereist? Sicherlich nicht Akritas, der den Fürsten bis zu dessen Rückkehr im nächsten oder übernächsten Jahr vertritt. Akritas Anhänglichkeit an Theophanu läßt keine eigenen Wünsche aufkommen. Doch für niemanden sonst, noch nicht einmal für mich selbst, könnte ich die Hand ins Feuer legen.

Heimweh überfiel mich in den letzten Tagen in Magdeburg, dazu eine Müdigkeit und Unlust nach dem vielen Herumreisen, ungewohnt für jemanden, der sich in den Gärten des Kaiserpalastes am Bosporus wohl fühlte. Plötzlich war es da, das nicht mehr fortzujagende Gefühl des Fremdseins im fremden Land. Alles bisher Erlebte bekommt einen negativen Beigeschmack. Müssen wir denn – sage ich mir beispielsweise – von einer Grabstätte zur anderen gehen?

In Mainz führte man uns zur Grabkirche der verstorbenen Kinder des alten Kaisers Otto. Erspart blieb uns, einstweilen, die Reise nach Köln, um der Einladung Geros zum Grab des Kaiserbruders Bruno in Sankt Pantaleon zu folgen. Aber kaum in Quedlinburg angekommen, standen wir in der Pfalzkapelle auf dem Burgberg vor den Gräbern des Königspaars Heinrich und Mathilde, der Eltern des Kaisers. In der Domkirche von Magdeburg, für die der Kaiser aus Italien Säulen und Kapitelle hat herbringen lassen, suchten wir, kaum vom Reisestaub befreit, das Grab seiner ersten Gemahlin Edgitha auf. Die Deutschen scheinen eine Vorliebe für Grabbesuche zu haben. Wollen sie das zu Lebzeiten ihrer Toten Versäumte nachholen?

Ich weiß, ich urteile ungerecht. Theophanu dürfte nicht erfahren, was ich denke. Sie ist der neuen Lebenswelt am Kaiserhof (soll ich sagen, ihrem zweiten Leben?) nähergerückt als wir alle. Nur noch Äußerlichkeiten, so scheint es, erinnern an ihre Herkunft, ihr auffallender, nach Laune gewählter perlenbesetzter oder seidig glänzender Umhang, ihre großen goldenen Ohrringe, ihre nach byzantinischer Art leicht getönte Hautfarbe.

Jetzt ist es nicht mehr, wie am Anfang, der Traum vom fernen Reich im Westen, dessen Kaiserin sie werden soll, sondern die blanke Realität, die Vollendung. Keiner weiß besser als ich, mit wieviel innerer Kraft und Beharrlichkeit Theophanu den Wandel von der byzantinischen Prinzessin zur Kaiserin vollzogen hat.

Die ungewohnte Winterkälte, als wir im Januar von Frankfurt aufbrachen, bekümmerte sie nicht. Schon vor der Abreise, bei unseren Schlittenfahrten in die Taunusberge, erinnerte ihr Verhalten an die frühen Jahre, an unsere Schiffsreise von Insel zu Insel. Ihr noch einmal unbekümmert gezeigter kindlicher Eifer, ihre Begeisterungsfähigkeit. Das hatte sie nicht verlernt. Ich staunte. Nur begeisterten sie jetzt nicht die von der Frühlingssonne hervorgelockten Blumen, Oleander und immergrüne Myrten, sondern der weiße Schnee, die herabfallenden Flocken, die sich auf unsere Pelze legten.

Das naßkalte Winterwetter fand ich abscheulich, während sie neben mir im Schlitten vor Vergnügen schrie und ihr Gesicht hochhielt, um die leichten Schneeflocken von den Lippen abzulecken, wie es die Kinder hier machen. Anastasia, hast du das je erlebt? Die Hügel ringsum weiß, die Dörfer, Hütten, alles wie schlafend unter dem unendlichen weißen Tuch. Die hohen Bäume mit den von der Schneelast herabgedrückten Zweigen.

Auf unserer Fahrt ostwärts über die deutschen Mittelgebirge mußten die Wagenräder oft mit den Schneekufen vertauscht werden. Fast lautlos glitten wir über die verschneiten Wege. Ach ja, es gab für uns alle, nicht nur für Theophanu, unvergeßliche Augenblicke während der Fahrt. Nie zuvor Gesehenes, Erlebtes, wenn die Sonne durch die Waldschneisen und das Geäst der hohen Bäume schimmerte, wenn der Schnee auf den Zweigen glitzerte.

Aber ich kann nicht vergessen, wie sehr uns die wochenlange Fahrt anstrengte, wie uns an manchen Tagen der scharfe eisige Höhenwind frieren ließ, selbst unter unseren Pelzen und schweren Decken. Wir zitterten vor Kälte.

Öfter als geplant mußten wir eine Rast einlegen. Den alten Kaiser, dem man eine robuste Natur nachsagte, plagte ein unvorhergesehener Schwächeanfall, verbunden mit Erbrechen. Die Hofärzte verlangten kürzere Tagereisen, längere Aufenthalte. Sie verschrieben heiße Umschläge und die üblichen herzstärkenden Heilmittel. Wir alle empfanden die Abende in den vom prasselnden Holzfeuer erwärmten Quartieren als Wohltat, erst recht, wenn wir zwei, drei Tage am Ort blieben. Der Kaiser überwand seine Schwäche ohne größeres Aufhebens. Nur die Kaiserin Adelheid und Theophanu (mehr als ihr Gemahl) zeigten sich besorgt, trotz der bald wiedergewonnenen Vitalität des Kaisers.

Ich erlebte das alles ganz nah, fühlte mich einbezogen, nahm jede Äußerung wahr, jede leise oder laut ausbrechende Gefühlsbewegung, obwohl ich nicht zur kaiserlichen Familie gehöre. Sie alle sehnten sich nach Magdeburg, Quedlinburg, wo zu Ostern dieses Jahres 973 ein Hoftag einberufen war. Nicht nur ich war überglücklich, als wir in der ersten Märzwoche das freundliche Saaletal und dann Magdeburg erreichten.

Wie üblich waren Kuriere vorausgeritten, unsere Ankunft zu melden. Am südlichen Stadttor von Magdeburg empfing uns Erzbischof Adalbert, der schon im Herbst unter besseren Wetterverhältnissen aus Ingelheim zurückgekehrt war. Die Namen der flüchtig vorgestellten Prälaten und weltlichen Oberen hörte ich nur mit halbem Ohr. Erst am folgenden Tag, ausgeruht, begegnete ich mit ganzer Bewußtheit den Personen wie den Örtlichkeiten am Elbeufer. Theophanu erging es nicht anders.

Ein Gesicht unter vielen prägte sich ein und nahm Theophanu nicht weniger als mich gefangen. Eine Begegnung von kurzer Dauer, als Erzbischof Adalbert den jungen Vojtěch von Libice aus dem Fürstenhaus der Slavnikiden vorstellte. Der Erzbischof sagte, er habe dem Fürsten, der seit vier Jahren in der Magdeburger Domschule studierte, bei der Firmung seinen eigenen Namen Adalbert gegeben.

Es war nicht nur die ausdrückliche Empfehlung des Erzbischofs, die uns spontan für den siebzehnjährigen Vojtěch einnahm, sondern die Ähnlichkeit mit dem gleichaltrigen Liudolf-Sohn Otto. Ähnlich die mittelgroße Statur, das volle Blondhaar, die blauschimmernden Augen. Nur die Gesichtszüge etwas weicher und das Benehmen verhaltener, aber doch von gleicher vertrauenerweckender, ja heiterer Selbstsicherheit. Wir scherzten später, nannten Vojtěch den geistlichen Zwillingsbruder des weltlichen Liudolf-Sohnes Otto.

Wir glaubten Erzbischof Adalbert aufs Wort, der Theophanu sagte, Vojtěchs verläßliche Freundschaft sei ihr gewiß und werde sich noch bewähren. In den wenigen Tagen in Magdeburg begegneten wir dem jungen Slavnikiden nur noch einmal, nach dem festlichen Gottesdienst zur Palmweihe am Sonntag vor Ostern. Im Altardienst gehörte er zu den Akoluthen, die den Erzbischof begleiteten.

Schon am ersten Tag der Karwoche sah man uns über die regennassen Straßen nach Quedlinburg ziehen. Ich stöhnte, innerlich. Nein, ich hatte mich noch immer nicht an den reisenden Hof gewöhnt.

Unterwegs fragte ich Theophanu, warum uns der alte Kaiser unmittelbar vor dem Hoftag in Quedlinburg zum weiter östlich liegenden Magdeburg bringen ließ. Sie lachte nur. Versteh doch, Anastasia, der Kaiser wollte nach der jahrelangen Abwesenheit zuerst in seine Lieblingsstadt einziehen. Er wollte in der von ihm gestifteten Kathedrale an der Grabstätte seiner ersten Gemahlin sein. Du kennst ihn zu wenig, um zu wissen, was ihm politisch und familiär als das Wichtigere erscheint. Er will uns einbeziehen in das, was für ihn selbstverständlich ist.

Ja gewiß, die selbstverständliche, die erwartete Präsenz des Kaisers, der kein Konstantinopel, keinen zentralen Palast besitzt. Ich fürchte, wenn erst der Enthusiasmus des Anfangs verflogen ist, wird sich Theophanu an härtere Bedingungen ihres Kaiserinseins gewöhnen müssen. Bin ich nun von uns beiden allein die realistisch Denkende?

Im Rückblick auf die vergangenen drei Monate verstehe ich sogar, warum es den Kaiser so sehr nach Magdeburg drängte. Niemals sind es aneinandergereihte Zufälligkeiten, die unseren Lebensgang bestimmen. Wir sind nicht geboren, um uns

zufriedenzugeben mit dem oberflächlich Sichtbaren. Es gibt diese eigenartigen Fügungen, deren Hintersinn wir später, viel später, wenn überhaupt, erkennen. So gewinnt der beschwerliche Umweg über Magdeburg seine Bedeutung – eine Vorahnung, ein Geschenk? –, weil der alte Kaiser noch einmal, ein letztes Mal, in seiner Lieblingsstadt residieren wollte.
In Quedlinburg erwartete uns, verbunden mit der Feier des Osterfestes, ein Hoftag, ein Reichstag, der allein dem Triumph des Kaisers diente. Ich kann es nicht anders sagen. Die im großen Saal der Königsburg nahezu vollzählig versammelten Großen des Reichs bestätigten die Erfolge des Kaisers Otto und ehrten ihn durch reiche Geschenke.

Wir sahen dem alten Kaiser im Purpurmantel auf seinem erhöhten Prunkstuhl die Freude des in seine Königspfalz Zurückgekehrten an. Er wirkte nicht mehr rauhbeinig und kurz angebunden. Freundschaftlich sprach er mit dem Böhmenherzog Boleslaw und dem gleichnamigen, selbstsicher auftretenden Sohn des Polenfürsten Mieszko. Der Kaiser dankte den Herzögen für die Förderung der Mission in ihren Ländern, die Gründung der Bistümer in Prag und schon vor einigen Jahren im polnischen Posen.

Wir staunten über die Vielzahl der Gesandten, solche aus Ungarn, Bulgarien, aus dem nördlichen Dänemark und dem fernen süditalischen Benevent. Am meisten wunderten wir uns über deren auf den Tag genaues Eintreffen nach mitunter wochenlangen Anreisen.

Byzantinische Gesandte überbrachten Grüße des Basileus Tzimiskes und eine persönliche Botschaft für Theophanu mit der Bitte um Entsendung des Fürsten Niketas Kurkuas im frühen Sommer. Waren Tzimiskes meine Berichte zu karg? Aber Theophanu sagte, er habe meine knappen Mitteilungen gelobt. Nichts anderes war mir aufgetragen worden.

Draußen in der Natur herrschte mildes frühlingshaftes Wetter. An den Büschen, den Sträuchern wölbten sich die Knospen, gaben die ersten Blüten ihre Farben preis. Vorüber waren Kälte und Frost, die Härten des Winters. Vom Burgberg herab sahen wir das zarte Grün der Buchenwälder.

Das ist unser Osterwetter, sagte uns die Äbtissin Mathilde, die Schwester des jungen Kaisers, als wir sie in ihrem Frauenkonvent besuchten und sie uns die von der aufsteigenden Frühjahrssonne geweckte Tallandschaft zeigte. Offensichtlich gewohnt, Zusammenhänge aufzuschließen, erklärte sie uns, hier im rauheren, wetterwendischen Norden habe man eine vielleicht weniger spirituelle und mehr naturverbundene Beziehung zum Osterfest als in Byzanz. Dort spreche man vom Paschafest, hier im Land von Ostern, und das Fest der Auferstehung des Herrn gelte auch der wiedererwachten, wiederaufblühenden Natur. *Mors et vita duello*, Tod und Leben im Kampf, jedoch erfüllt von der jährlich aufs neue bezeugten Gewißheit des siegenden Lebens und des auferstandenen *victor rex*, des Siegerkönigs. Beides müsse man hier in eins sehen.

Wieder hatte ich Grund zur Verwunderung, als ich hörte, was die achtzehnjährige Äbtissin sagte. So jung noch, schien sie in ihrem Amt auf Lebenszeit gefestigt zu sein, weniger beeinflußbar als ihr fast gleichaltriger Bruder Otto, im selben Jahr geboren, er im Januar, sie im Dezember. Ihr strenges, schönes Gesicht löste sich in Theophanus Gesellschaft. Sie verhielt sich lebhaft, heiter, den weltlichen Angelegenheiten vertraut und in keiner Weise bigott.

Sie fragte Theophanu, ob sie sich wohl fühle, ob sie die lange, beschwerliche Winterfahrt durch das Bergland, die häufigen Ortswechsel gut überstanden habe. Sie selbst verabscheue die ständige Reisepflicht des kaiserlichen Hofes und liebe die ihr zur Pflicht gewordene *stabilitas* des Ortes. Von der Beweglichkeit des Hofes profitiere sie jedoch. Wenn es die Reichsgeschäfte erlauben, komme der Kaiser mit ihrer Mutter, ihrem Bruder jährlich nach Quedlinburg, um mit ihr gemeinsam die Ostermesse zu feiern. Ob man am byzantinischen Hof auch den familiären Zusammenhalt achte? Mit glänzenden Augen hörte Theophanu die jugendliche Äbtissin reden. Solche Fragen, ein so offenes Reden eines Mitglieds der kaiserlichen Familie, hörte sie zum ersten Mal.

Ich merkte gleich, Theophanu und ihre Schwägerin verbindet eine beiderseitige Sympathie. Vielleicht deswegen, weil auch die Äbtissin Mathilde sehr jung, elfjährig, ähnlich meiner Theophanu, zu ihrer Aufgabe befohlen wurde.

Mich bewegte, wie sie der ein wenig kleineren Theophanu die Hand mit dem schweren Äbtissinring auf die Schulter legte und sagte, ihre Großmutter, die Königin Mathilde, deren Name sie trage, habe das Nonnenkloster gestiftet. Die enge Bindung an die kaiserliche Familie bedinge auch die Ernennung der Äbtissin durch den Kaiser Otto. Sie habe nie an der Richtigkeit ihrer Berufung gezweifelt.

Mors et vita. Tod und Leben. Immerzu mußte ich in den letzten Wochen, den Tagen und Wochen nach dem Abschied von Quedlinburg daran denken. *Mors et vita.* In der herben Sprechweise der Äbtissin Mathilde kam das Unversöhnliche beider Begriffe zum Ausdruck. Das Kleinstwort *et* mit den simplen Buchstaben *e* und *t*, von einem Windhauch wegzublasen, hält die gegensätzlichsten Begriffe mühsam, doch unstreitig zusammen. Das Zusammengehörende der kreatürlichen Wirklichkeit. War es das, weshalb uns der alte Kaiser zu den Gräbern führte, zuletzt in Quedlinburg zur Grabstätte seiner Eltern Heinrich und Mathilde?

Nirgendwo ist mir dieser Zusammenhalt so bewußt geworden wie hier im Sachsenland, ausgelöst durch die Begegnung mit der Äbtissin von Quedlinburg. Wir lernten etwas uns Unbekanntes kennen, begreifen, auch Theophanu, die so viel Klügere als ich.

Jetzt, im Juni, wo das Jahr schon zur Sonnenwende ansteigt, habe ich gut reden. Aber etwas bahnte sich an in Quedlinburg, vollends nach unserer Abreise, das uns über das hier so greifbare Sterben und Wiederaufblühen der Natur hinaus die Zusammengehörigkeit von Tod und Leben vor Augen hielt.

Von Quedlinburg reisten wir in der zweiten Aprilhälfte nach Merseburg. Wir saßen nicht mehr, in unsere dicken Pelze gehüllt, im holpernden Wagen, sondern im Sattel unserer Pferde, kräftiger Reittiere. Deren samtbraunes, gut gestriegeltes Fell glänzte in der Morgensonne. Die spürbare animalische Wärme, die ruhige Gangart der Pferde, überhaupt der ganze über mehrere Tage verteilte Ritt tat uns gut. Niemand drängte zur Eile. Im Gegenteil. Es dürfe keine Wiederholung der Strapazen der Winterreise geben, hatte Kaiserin Adelheid den Quartiermeistern befohlen. Wir wußten, sie war um den alten Kaiser besorgt, obwohl ihm der winterliche Schwächeanfall kaum noch anzumerken war.

Uns weniger Reisegeübte erfreuten die kürzeren Tagesstrecken. Wir genossen den Ritt durch das mit dem frühen Jahr erwärmte Land. Fast vergnügt folgten wir den Windungen des in voller Blüte stehenden Saaletales.

Wir kamen von Norden, wo die Saale nur ein Wegstück flußabwärts in die mächtigere Elbe mündet, von Magdeburg kaum weiter entfernt als ein halber Tagesritt. Dem Erzbistum Magdeburg hatte der Kaiser das kleinere Bistum Merseburg untergeordnet. Aber er liebte auch Merseburg, den zweiten Grenzort, den er zur Missionierung der jenseits von Elbe und Saale lebenden Slawen bestimmt hatte. Wir merkten, wie wohl er sich in seiner Pfalz am linken Saaleufer fühlte. Er scherzte mit den Gesandten aus Afrika, die nun verspätet eingetroffen waren und ihm mit tiefen Verbeugungen ihre Geschenke überreichten. Wir alle waren heiter gestimmt wie selten in den vergangenen Wochen.

Das Fest der Himmelfahrt des Herrn, das auf den strahlenden ersten Maitag fiel, feierten wir vereint mit der kaiserlichen Familie, mit Bischof Giselher von Merseburg und allen geistlichen und weltlichen Fürsten, die uns seit dem Hoftag in Quedlinburg gefolgt waren. Auch Erzbischof Gero von Köln befand sich in unserer Mitte. Wir waren vollzählig wie in den römischen Tagen, was uns das Leben in der Fremde erleichterte.

Ich kann nicht sagen, was den Kaiser veranlaßt haben mag, so bald mit uns allen, seinem gesamten Gefolge, nach Memleben aufzubrechen. Erst nachträglich gewinnt der Aufbruch, der uns überraschte, seine volle merkwürdige Bedeutung. Etwas schien ihn anzutreiben, eine innere Unruhe, zur Pfalz von Memleben zu gelangen, wo sein Vater, König Heinrich, gestorben war. Es war ja kein weiter, kein anstrengender Ritt nach Westen, unter der Maisonne vom frühen Morgen bis zum Abend, dem Dienstagabend vor dem Pfingstfest.

Was am Mittwoch, dem siebten Maitag 973, geschah, will ich so genau wie möglich notieren. Ich war Zeuge der Ereignisse, die unserem Leben (wie gewohnt spreche ich für Theophanu und ein wenig für mich) eine endgültige Bestimmung gaben, früher als erwartet.

Mit den ersten aufmunternden Vogelstimmen, noch in der Morgendämmerung, feierten wir in der Pfalzkapelle die Laudes, die morgendlichen Lobgesänge, und die heilige Messe. Uns vorweg war der alte Kaiser schon seit der nächtlichen Matutin in der Kapelle. Wir erlebten ihn hellwach, erfrischt wie wir alle an einem so verheißungsvollen Tag. Später verteilte er, wie üblich bei seinen Pfalzbesuchen, Spenden an die Armen. Anschließend ruhte er kurze Zeit, während wir uns mit den Örtlichkeiten vertraut machten. Zum Mittagsmahl erschien er pünktlich und gab sich überaus munter. Gesprächiger als sonst, versicherte er Willigis, wie zufrieden er mit den Reichsgeschäften sei.

Dann aber, nach dem Mahl, als wir in der Pfalzkapelle zur Vesper versammelt waren und das Magnificat sangen, sahen wir, wie den Kaiser eine jähe Unruhe, eine Schwäche, eine Ohnmacht befiel. Die Umstehenden stützten ihn, setzten ihn nieder. Er schlug die Augen auf und verlangte nach der heiligen Wegzehrung. Noch am selben Ort, ehe wir die ganze Tragweite des Geschehens begriffen, verschied der Kaiser in seinem einundsechzigsten Lebensjahr.

Während ich die Ereignisse festzuhalten versuche, nach mehr als einem Monat wieder in Magdeburg, denke ich daran, wie ruhig, ohne jegliche Aufregung, die Trauertage in Memleben verliefen. Die Kaiserin Adelheid wachte neben ihrem aufgebahrten Gemahl, zog sich aber bald zurück, ohne ein Wort zu sprechen. Noch in der Nacht wurde der Verstorbene, nach der Entnahme der Eingeweide, mit den üblichen Spezereien einbalsamiert. Ich hörte kein Klagegeschrei, wohl aber bei der Leichenfeier am nächsten Morgen, wie sehr der alte Kaiser bei den kleinen wie den großen Leuten beliebt war.

Nach der Totenmesse, in einem Übergang vom verstorbenen zum lebenden Kaiser, dem wir nicht im geringsten die rasche Improvisation anmerkten, traten die anwesenden Fürsten, einer nach dem anderen, vor das junge Kaiserpaar. Sie huldigten dem ja schon zum Kaiser gekrönten jungen Otto und Theophanu, gelobten Treue, Beistand gegen alle Widersacher. Während Otto seine innere Erregung kaum verbergen konnte, nahm Theophanu die ja auch ihr zugedachten Reden wie abwesend und mit bleichem Gesicht entgegen.

ZWEITER TEIL

Dilectissimae coniugi nostrae THEOPHANU coimperatrici augustae nec non imperii regnorumque consorti.

Unsere geliebteste Gattin THEOPHANU Mitkaiserin und Augusta, Teilhaberin der Herrschaft im Kaisertum und über Königreiche.

Widmung Ottos II.
in einer Urkunde
vom 29. April 974

8. *Familiäre Verhältnisse (I)*

Sie waren wieder unterwegs, fuhren und ritten mit dem kaiserlichen Hof von der Elbe zum Rhein, über zwei Wochen auf denselben Straßen, die sie in umgekehrter Richtung im Winter passiert hatten. Dieselben Quartiere in den Pfalzen, in denen sie, müde vom Tagesritt, Ruhe fanden. Tagsüber dieselbe teils bergige, teils wiesenflache Landschaft, doch nicht mehr winterlich schneebedeckt – keine Schneelast auf den Zweigen, kein Frost –, sondern erwärmt von der Junisonne, mit einem satten Grün die Augen erfreuend.

Ein Grün in allen Schattierungen. Die kleinen wildwüchsigen Auen des Saaletals, die hellen Wiesenteppiche, gesprenkelt mit gelben und weißen Blumen, das mit der Entfernung wechselnde dunklere Grün der Wälder an den Hängen des Thüringer Berglandes. Es war Theophanus erster Frühsommer in ihrem kaiserlichen sächsisch-thüringischen Kernland.

In der zweiten Junihälfte dieses erwartungsvollen Jahres 973 sollte in Worms ein Reichstag stattfinden. Nachdem in Memleben nur ein Teil der weltlichen und geistlichen Fürsten anwesend gewesen war, wollte sich das junge Kaiserpaar in Worms den Herzögen, Bischöfen, Prälaten aus dem Westen und Süden des Reichs präsentieren, deren Treueid entgegennehmen.

Worüber sprachen sie unterwegs? Anastasia setzte im Gespräch fort, was sie von Zeit zu Zeit aufschrieb, nicht nur wegen der vom Hof in Konstantinopel erwünschten Kurzberichte, sondern aus eigenem Antrieb. Sie war so sehr auf die Sammlung bestimmter Ereignisse fixiert, daß sie geradezu als Theophanus zweites Gedächtnis gelten konnte. Sie erinnerte Theophanu an Memleben, an Magdeburg. Wie gut, vom Himmel geschickt, sei die Anwesenheit Geros von Köln gewesen. Es sei doch ein gutes Omen, daß der Kölner Erzbischof gemeinsam mit Erzbischof Adalbert von Magdeburg dem Verstorbenen die feierlichen Exequien halten konnte. Gottgewollt die Rückkehr des alten Kaisers in sein Land, sein Weg von Quedlinburg nach Merseburg und nach Memleben, bis er im Magdeburger Dom neben seiner ersten Gemahlin sein Grab fand.

Und Adelheid? Die Kaiserin schwieg, hielt sich auffallend zurück. Bei der Totenmesse im Dom sah man sie ungebeugt an der Seite ihres in ihren Augen immer noch knabenhaften, hilfebedürftigen Sohnes und ihrer Tochter Mathilde, der jungen Äbtissin, die aus Quedlinburg gekommen war.

Außerhalb der kirchlichen oder anderer offizieller Anlässe zeigte sie sich selten. Aber es fiel auf, daß sie die Gesellschaft der einige Jahre älteren Herzoginwitwe Judith von Bayern bevorzugte. Judiths vor achtzehn Jahren gestorbener Gatte Heinrich, der rebellische Bruder des alten Kaisers, war im Kloster Niedermünster bei Regensburg beigesetzt. Um für dieses Frauenkloster eine Gunst zu erbitten, hatte sie sich in Merseburg eingefunden. Otto erfüllte den Wunsch seiner Schwägerin. Aber niemand ahnte in diesen Tagen in Merseburg, daß Judith, unterstützt durch die Fürsprache Adelheids, eine der letzten Schenkungen des Kaisers erhielt.

Der familiäre Zusammenhalt. Theophanu erinnerte sich beim gemeinsamen Mahl nach der Totenfeier an die Worte der Äbtissin Mathilde. Eine weitläufige Verwandtschaft mit geschwisterlichen oder angeheirateten Verzweigungen nach Bayern und Schwaben, Burgund, Lothringen und Frankreich. Doch selbst die in Magdeburg versammelten Trauergäste bewegten unterschiedliche eigene oder ererbte Interessen. Nur die energische, übermächtige Persönlichkeit des alten Kaisers hatte den politisch wirksamen Zusammenhalt garantieren, abweichende Tendenzen seiner besseren Einsicht gefügig machen können, sogar gegen den eigenen Bruder Heinrich.

Vielleicht deswegen, weil Theophanu in ihm das Machtbewußtsein und die politische Kraft erkannte, bewunderte sie den alten Kaiser. Er sei ihr ans Herz gewachsen, sagte sie nach dem Mahl der Äbtissin Mathilde, ohne daran Anstoß zu nehmen, daß sie eine ihr fremde, sehr gefühlsbetonte deutsche Redewendung benutzte.

Der Tod des einen hatte viele Verwandte zusammengeführt, für Theophanu teils noch unbekannte Gesichter. Nach Mathilde hatte sie eine zweite Äbtissin kennengelernt, Gerberga, vom verstorbenen Kaiser vor sechzehn Jahren zur Äbtissin des Kanonissenstifts Gandersheim berufen. Noch einmal wurde Theophanu der familiäre Zusammenhalt bewußt, das Netzwerk, weitgespannt bis in die hohen klerikalen und klösterlichen Ämter. Gerberga war die Nichte des alten Kaisers, die Tochter seines Bruders Heinrich und Judiths von Bayern. Sollte sie darum für ihr Amt weniger geeignet sein?

Das Zusammentreffen mit der zwei Jahrzehnte älteren Gerberga war nicht so unmittelbar herzlich wie die erneute Begegnung mit Mathilde. Aber es gefiel Theophanu, daß die hochgebildete Äbtissin griechisch mit ihr sprach. Gerberga lud die junge kaiserliche Verwandte ein, nach Gandersheim zu kommen. Sie habe durch Anastasia von Theophanus Verehrung der griechischen und lateinischen Dichtkunst erfahren. In ihrem Stift werde sie eine lateinisch schreibende einheimische Dichterin finden, die Kanonissin Roswitha, deren Ausbildung in den Fächern des Triviums, also in Grammatik, Dialektik und Rhetorik, sie für einige Zeit übernommen hatte. Theophanu werde sich wundern, wie sehr Roswitha und Gandersheim, obwohl den äußeren Zeitläufen entzogen, mit dem Geschehen im Herrscherhaus und in der Christenheit vertraut seien. Vor allem jedoch beweise Roswitha mit ihren Sprechstücken und Epen, wie leichtfertig das Vorurteil sei, hierzulande gebe es keine literarische Kunst. Gerberga warb mit einer Überzeugungskraft, der sich Theophanu nicht entziehen konnte.

Auf dem Weg nach Worms erinnerte sich Theophanu der Einladung Gerbergas. Sie beriet sich mit Anastasia, fragte Otto, ob es möglich sei, nach Gandersheim abzuzweigen, im Stift der verwandten Äbtissin einen Ruhetag einzulegen. Aber sie ließ sich auf einen späteren, günstigeren Besuchstermin vertrösten.

Theophanu mußte nicht lange überredet werden, um die Notwendigkeit der kaiserlichen Präsenz in Worms einzusehen. Ja, ihr eigener Ehrgeiz trieb sie an, rechtzeitig in der Junimitte in der Pfalz von Worms einzutreffen, zur Eröffnung des Reichstags, der die süddeutschen Fürsten, Bischöfe, Erzbischöfe einen Monat und zehn Tage nach dem Tod des alten Kaisers zusammenführte.

Den in Worms Versammelten begegnete Theophanu mit der ihr eigenen Mischung aus Neugier, Offenheit und unverhüllter Intelligenz. Otto hatte sie über einige Fürsten und deren Einfluß auf die Reichspolitik informiert. Sie lernte ihre fürstlichen Verwandten kennen, die dem schwäbischen und bayerischen Familienzweig angehörten, die Herzogin Hadwig von Schwaben mit ihrem vierzig Jahre älteren Gatten Burchard und den Herzog Heinrich von Bayern, dem man Scharfzüngigkeit nachsagte, der jedoch neben seiner Schwester eher still wirkte.

Hadwig und der zweiundzwanzigjährige Heinrich waren jüngere Geschwister der Äbtissin Gerberga. Fast ein Grund zur Freude, weil sich im Gespräch rasch eine Verbindung ergab. Zudem mußte Theophanu an das von den Mönchen in Sankt Gallen Gehörte denken. Die Abtei verdankte der schwäbischen Herzogin selbstlose Förderung der vielfältigen klösterlichen Aufgaben. Hadwig war es auch, die durch ihre Fürsprache Ekkehard Palatinus als Lehrer des jungen Otto, ihres Vetters, an den Hof brachte. Sie sprach selbst griechisch, besser, ungezwungener als ihre Schwester Gerberga. Und sie erklärte Theophanu nicht ohne Stolz, sie habe schon als Kind das Griechische gelernt, denn sie habe einen byzantinischen Prinzen, den späteren Basileus Romanos, heiraten sollen.

Das blieb mir erspart, sagte Hadwig, ihren Redeschwall mit einem ironischen Lächeln beendend. Theophanu wisse doch, wer Romanos war.

Ja, ja, aber ich war drei, als er starb.

Vergiftet, meine Liebe, vergiftet von seiner Ehegattin, die ihm drei Kinder geboren hatte, eine Tavernenbesitzerin, die sich als Basilessa Theophano nannte.

Gerüchte, nichts als Gerüchte, Halbwahrheiten, sagte Theophanu, kleinlaut geworden.

Ich weiß doch, unsere Theophanu hat, trotz der merkwürdigen Namensgleichheit, mit der Basilessa, die ja vom Hof verbannt wurde, nicht das geringste gemein. –

Instinktiv fühlte Theophanu, wie die für einen Augenblick aufscheinende Verständigung, fast schon Übereinstimmung, zerbrach. Oder war sie vorgetäuscht gewesen, von Anfang an? Selbst die letzte Erwiderung Hadwigs, vielleicht begütigend gedacht, aber wie von oben herab zu einem Kind gesprochen, enthielt einen Stich und entzweite die nicht nur dem Alter nach ungleichen Frauen.

Über Zuträger hatte Theophanu von Spannungen zwischen dem Königshaus und den beiden süddeutschen Herzogsdynastien erfahren, familiären Spannungen, die auf die Vätergeneration zurückgingen. Gegen den verstorbenen alten Kaiser hatte sich noch vor seiner Kaiserkrönung dessen jüngerer Bruder Heinrich erhoben, der selbst nach der Königskrone strebte und mit Ottos Feinden paktierte. Triebfeder der Revolte, so empfand Theophanu das Gehörte, war eine Mischung aus Bruderneid, Ehrgeiz und eigensinnigen Machtplänen. Noch als König schlug Otto die Revolte nieder und übergab seinem reuigen Bruder nach dessen Treuegelöbnis das Herzogtum Bayern.

Theophanu war gewarnt. Die familiären Spannungen seien nicht aus der Welt. Es sei zu befürchten, daß der alte Streit nach Heinrichs frühem Tod von seinem gleichnamigen Sohn und Nachfolger im Herzogtum Bayern, von seiner Tochter Hadwig, auch von seiner Witwe Judith von Bayern erneut geschürt würde.

Zunächst sah Theophanu, mehr dem Optimismus ihrer jungen Jahre anhängend, keinen Grund zur Besorgnis. Sie wußte, es gab Zweckbündnisse, gemeinsam zu erfüllende Notwendigkeiten, die auch den familiären Zusammenhalt sicherten. Sie hatte die Herzoginwitwe Judith kennengelernt, ohne Anlaß zum Argwohn, hatte an deren graecophiler Tochter Gerberga, der Äbtissin, erfreuliche Gemeinsamkeiten entdeckt. Aber jetzt, bei der Begegnung mit Hadwig und deren Bruder Heinrich von Bayern, vor dessen verbissenem Gesichtsausdruck sie erschrak, kam etwas ins Spiel, wovon Theophanu noch nicht wußte, wohin es führen sollte.

Zur gleichen Zeit war hinter ihrem Rücken ein unglaubliches Ränkespiel im Gange, von dem sie und Otto erst später, genau drei Monate danach, in Magdeburg erfuhren. Es ging um den Bischofsstuhl von Augsburg, dessen Inhaber Udalrich, ein verläßlicher Gefolgsmann des Kaisers, im Sterben lag. Bischof Udalrich und Otto hatten als Nachfolger in Augsburg einen ebenso kaisertreuen Mann, den Abt Werinhar von Fulda, vorgesehen.

Das Dreigestirn Burchard, Hadwig und Heinrich, unterstützt von Judith, verfolgte eigene Pläne, die eine Änderung der Machtkonstellation in Süddeutschland bewirken sollten.

Bischof Udalrich starb am vierten Juli. Als Boten dem Kaiser den Udalrichs Händen entfallenen Bischofsstab überbringen wollten, war Otto mit dem Hof nach Aachen abgereist. Der in Worms zurückgebliebene Burchard hielt die Boten von der Nachreise ab. Wenig später ließ Burchard die drängenden Augsburger wissen, gemeinsam mit dem Kaiser habe er als Herzog von Schwaben Judiths Neffen, den Grafen Heinrich, zum Bischof bestimmt. Im August erschien vor dem Domkapitel ein von Burchard gesandter Bote, der angeblich als Beauftragter des Kaisers in dessen Namen die Wahl des Grafen Heinrich verlangte. Das Kapitel fügte sich. Der Neffe Judiths übernahm nach kanonischem Recht das Augsburger Bistum.

Nicht mehr zu ändernde Verhältnisse, herbeigeführt durch eine an Dreistigkeit unüberbietbare Lüge. Otto reagierte empört. Theophanu und Willigis beruhigten ihn. Für die junge Kaiserin war es das erste machtpolitische Intrigenspiel, in das sie hineingeriet, aber auch die erste Bewährungsprobe. Mehr noch als Willigis riet sie zur Nüchternheit. Beschwichtigend sagte sie, der Drahtzieher der Intrige, der siebzigjährige Burchard, sei ein schwerkranker Mann; das sei doch bekannt und habe ihn in Worms zurückgehalten. Der Kaiser müsse vorsorgen, was die Nachfolge im Herzogtum Schwaben betreffe und allein dem Reich diene.

Sie nannte keinen Namen. Aber Otto erriet unschwer, wen Theophanu meinte. Über die Augsburger Bischofswahl wurde nicht mehr gesprochen.

Als Herzog Burchard am elften November starb und die Todesnachricht den Kaiser erreichte, entschied er über Nacht. Die Herzogin Hadwig sollte nicht, wie von ihr und ihren Anhängern erwartet, die Nachfolge ihres Gatten antreten, sondern ihren Alterssitz in Schloß Hohentwiel bei Singen einnehmen. Das Herzogtum Schwaben verlieh der Kaiser seinem gleichaltrigen Neffen Otto, dem Sohn Liudolfs, seinem und Theophanus Freund. Eine Auszeichnung, die Theophanu erwartet hatte und die alle dem Kaiserpaar Nahestehenden erfreute.

Es war vorauszusehen, daß die süddeutsche Dynastie ihre Unzufriedenheit zu erkennen geben würde. Zunächst jedoch plagten den jungen Kaiser und mit ihm Theophanu andere Sorgen. Zwei aufständische lothringische Grafen, die der alte Kaiser nach Böhmen verbannt hatte, waren geflüchtet und zurückgekehrt. Sie hatten sich gewaltsam ihrer beschlagnahmten Güter wieder bemächtigt und mußten bekämpft werden. Zusätzliche Hiobsbotschaften kamen aus Rom und Süditalien. Die Feinde der Ottonen drängten auf gewaltsame Änderung der Machtverhältnisse. Im frühen Herbst führte Otto einen Feldzug gegen den tributpflichtigen dänischen König Harald Blauzahn, der mit Hilfe des Norwegers Håkon in die Elbgrenzländer eingefallen war.

Offensichtlich probten unwillige Vasallen den Aufstand gegen den noch nicht eingeübten jungen Kaiser.

Aber Ostern 974 feiert das junge Kaiserpaar friedlich wie

im vergangenen Jahr auf dem Burgberg von Quedlinburg. Wieder vermittelt die Äbtissin Mathilde ihrer Schwägerin Theophanu die Sicherheit des familiären Aufgenommenseins. Die beiden Frauen verständigen sich mühelos. Nur von der Kaiserinmutter ist kein Zuspruch zu erwarten. Adelheid gibt sich nicht die geringste Mühe, ihren Unwillen über die schwäbische Lösung zu verbergen. Als einzige stört sie den familiären Frieden. Ihre Freundschaft mit Judith und der zurückgesetzten Hadwig steht auf dem Spiel. Oder sitzt ihr Ärger tiefer?

Adelheid läßt sich hinreißen zu der Bemerkung, es sei ihre, Theophanus, Schuld allein, daß ihr leiblicher Sohn gegen ihren Wunsch entschieden habe. Was sonst hätte Otto veranlaßt, nicht Hadwig, sondern dem Enkel der ersten Frau ihres verstorbenen Gemahls das Herzogtum Schwaben anzuvertrauen.

Die Kaiserinmutter scheint zu spüren, wie ihr Einfluß auf den Sohn eine erste verhängnisvolle, ihr Verhältnis zueinander gefährdende Trübung erfährt. Fast schon fühlt sie sich besiegt, unterlegen dem zunehmenden Einfluß der Byzantinerin.

In diesen Apriltagen um und nach Ostern wird Adelheids nur sie erschreckende Ahnung zur Gewißheit. Zum ersten Mal bekennt der junge Kaiser Otto, daß ihm Theophanu nicht nur durch ihre Anmut, Schönheit, Lieblichkeit nahesteht. Er nennt sie öffentlich *dilectissima*, geliebteste Theophanu. Aber er ist auch überzeugt von ihrer Fähigkeit, in den Reichsangelegenheiten richtig zu raten und zu handeln. Ihm ist Gewißheit geworden, wie sehr seine vierzehnjährige Gattin ihm in kritischen Situationen Halt und Kraft zu geben vermag. Otto spricht es aus anläßlich einer Schenkung, die er an einem der letzten Apriltage verfügt, gewidmet »seiner geliebtesten Gattin, Mitkaiserin und Augusta, Teilhaberin an der Herrschaft im Kaisertum und über mehrere Königreiche«.

Fast überschwenglich klingt das. Keine übliche Widmungsformel mutet der Kaiser seiner Theophanu zu. Er schenkt ihr bereits mit der Anrede weit mehr, als sein Vater jemals der Kaiserin Adelheid gewährte.

Theophanu erkennt das politische Gewicht dieser Widmung, ohne erst ihre Berater zu fragen. Willigis wird bei der Formulierung mitgewirkt haben. Aber es ist der Kaiser, ihr Gemahl, der ihr die gegenwärtige Mitherrschaft und ihr zukünftiges Kaisertum garantiert. Endlich, zwei Jahre nach ihrer Heirat, sieht Theophanu die Mängel ihrer Heiratsurkunde getilgt. Unanfechtbar ist ihre Rechtsstellung, ihre nun völlig freie Verfügungsgewalt über die ihr zugesprochenen Güter.

Ende Juni, zwei Monate nach dem Osterfrieden des Kaiserpaares, hatten die inneren, die familiären Gegner ihre Kräfte gesammelt und holten zum Gegenschlag aus. Vergeltung wegen Hadwigs schmachvollem Verlust ihres Herzogtums? Ein Vergeltungsplan ihres Bruders Heinrich von Bayern, weiterreichend, gegen den Kaiser gerichtet zum Machtwechsel im Reich?

Eine Verschwörung war im Gange, die Otto nach seiner schwäbischen Entscheidung einen Augenblick befürchtet hatte, ohne deren Realisierbarkeit zu beachten. Unterdessen liefen die geheimen Vorbereitungen über mehrere Wochen, Monate, bedenkt man die Reichweite der angezettelten Revolte. Berittene Boten mußten weite Strecken bewältigen, um die Mitverschworenen in Süddeutschland, in Böhmen und Polen zu informieren und zu einigen.

Einen der Boten, mit einer Nachricht des Bischofs Abraham von Freising nach Böhmen und Polen unterwegs, hatte der den Ottonen seit langem ergebene Graf Berthold abgefangen. Bertholds Grafschaft lag im bayerisch-thüringischen Grenzgebiet, was ihn gegenüber dem Herzog von Bayern unabhängig machte. Der Graf persönlich erschien in Magdeburg, dem Kaiser die verräterischen Beweisstücke zu übergeben.

Otto verständigte sich mit Willigis, mit Theophanu. Ihren Rat brauchte er, ihnen vertraute er. Adelheid wollte er später unterrichten, sobald die Gegenmaßnahmen vorankamen. Nicht unbekannt war ihm Adelheids Freundschaft mit Bischof Abraham von Freising, ihre Vorliebe für die süddeutsche Dynastie. Wußte sie von den Plänen Heinrichs? War sie beteiligt? Nein, so etwas hätte sie ihm nicht angetan. Aber jetzt stand ihm nicht die Kaiserinmutter, sondern Theophanu am nächsten.

Ihre lakonischen Fragen nach den Urhebern, den Mithelfern, und ihr Zuspruch beruhigten ihn. Die Ernennung seines Neffen, seines und ihres Freundes Otto, zum Herzog von Schwaben sei gerecht. Nicht er, ihr Gemahl, habe den Bruch des familiären Friedens heraufbeschworen. Hatte er nicht vor wenigen Tagen Heinrich seinen teuren Vetter genannt? Nun wisse er eindeutig, wem er vertrauen dürfe.

Ehe Heinrich nach der Krone greifen konnte, vermochten die kaisertreuen Freunde und Ottos zügiges Handeln den Anschlag zu vereiteln.

Die Hauptschuldigen, Herzog Heinrich und Bischof Abraham, mußten sich vor einem kaiserlichen Gericht verantworten. Als Ankläger traten Graf Berthold und Bischof Pilgrim von Passau auf. Bischof Pilgrim brachte weitere Beweise vor. An der Schuld war nicht zu zweifeln. Der verurteilte Herzog Heinrich, den man seit seiner Verschwörung den Zänker nannte, wurde zur Haft nach Ingelheim gebracht, der mitschuldige Abraham von Freising nach Corvey. Andere, unerreichbare Mitverschworene, der böhmische Herzog Boleslaw und Mieszko von Polen, sollten später zur Rechenschaft gezogen werden.

Noch in Magdeburg, vor Ottos Feldzug gegen die Dänen, kam es zwischen ihm und Adelheid zu überaus heftigen Auseinandersetzungen. Beschuldigungen auf beiden Seiten. Die Kaiserinmutter warf Otto vor, seine schwäbische Entscheidung habe den Familienstreit provoziert. Er beschuldigte Adelheid der unzumutbaren Parteinahme in einer Sache, die ihn allein angehe. Undenkbar jemals zuvor bei beiden so gereiztes Auftreten. Nur mühsam beherrschte sich Adelheid, hielt ihr mütterliches Selbstgefühl gegenüber dem aufgebrachten Otto stand. Das Schlimmste für sie war die nicht mehr zu leugnende Entfremdung ihres einzigen Sohnes.

Das Weihnachtsfest feierten sie noch gemeinsam in der Pfalz des sächsischen Pöhlde. Aber Adelheid wollte so bald als möglich den schwierigen Verhältnissen, an denen sie nicht schuldlos war, entkommen. Nur der harte Winter hielt sie von der vorzeitigen Reise nach Süden ab. Im frühen Jahr 975, bei halbwegs günstigen Wetterverhältnissen, brach sie auf nach Pavia, ihrem ererbten Königshof in der Lombardei.

9. Dietrich von Metz. Memorabile Dezember 975

Nachricht aus Pavia. Gute Nachricht zum Jahresende von der Kaiserin. Den Überbringer ließ ich reichlich belohnen, und ich lud ihn zu Tisch. Die Mühsal der Alpenüberquerung, davon weiß ich ein Lied zu singen. Aber zu wissen, daß sich Adelheid an ihrem langobardischen Königshof wohl befindet, ist ein Grund zur Freude. In ihrem Namen sprach ich beim weihnachtlichen Pontifikalamt in der Kathedrale den Dankpsalm.

Gemeinsam mit Abt Majolus, auf den sie hört, hatte ich Adelheid zur Abreise vor der Wintersperre der Alpenpässe gedrängt. Sie brauchte die Ruhe in Pavia, die Gewißheit, von Menschen ihres Vertrauens umgeben zu sein. Am Hof ihres Sohnes und der Byzantinerin ging nicht alles nach ihrem Wunsch. Entscheidungen sind gefallen, die der Intention der Kaiserinmutter entgegenstehen. Das weiß jedermann. Die Zurücksetzung Hadwigs, die voreilige Ernennung des unerfahrenen, unbewährten Liudolf-Sohnes Otto zum Herzog von Schwaben war nur der letzte Schlag, der ihr zugemutet wurde.

Wie sich in diesem und im letzten Jahr das Blatt wendete, will ich nicht einzeln aufzählen. Aber es ist bemerkenswert, wie der Einfluß der Byzantinerin zunimmt, ein in mancher Hinsicht befremdender Einfluß.

Meine Bemerkung mag den wundern, der weiß, daß ich im Auftrag des verstorbenen Kaisers die Prinzessin Theophanu in Benevent in Empfang nahm und nach Rom geleitete. Ich, der vier Jahrzehnte Ältere, stand einer allseits bewunderten byzantinischen Prinzessin gegenüber. Sie wirkte ein wenig entrückt, wie aus einer anderen Welt. An Wohlwollen ließ ich es nicht fehlen, obwohl mir der überreiche Gold- und Perlenschmuck, den sie an den Armen, den Ohren, um den Hals gelegt trug, mißfiel, nicht weniger ihre künstliche Hautfärbung.

Erst später, sooft ich mich am Hof aufhielt, begriff ich: Unter der Maske steckt ein überaus ehrgeiziges Wesen, begabt mit einem genau kalkulierenden, die eigenen Vorteile erkennenden Verstand. Ich wage zu bezweifeln, ob sie dem jungen Kaiser jemals sein wird, was Adelheid dem verstorbenen großen Otto war.

Ich darf wohl fragen, nachdem ich der Familie angehöre, als Vetter des verstorbenen Kaisers, erst recht der kaiserlichen Familie verpflichtet, seit mich der Kaiserbruder Bruno, der zu früh verstorbene Erzbischof von Köln, zum Bischof weihte.

Wieso trägt die Byzantinerin kein Kind aus, einen Sohn und Erben der Ottonen oder wenigstens eine Tochter? Das dritte Ehejahr geht dem Ende zu ohne das geringste Anzeichen einer Schwangerschaft. Darüber spricht man schon am Hof. Ein Erbe, der imstande sein würde, die unsichere Brücke hinüber nach Byzanz zu festigen, war doch der Zweck der Ehestiftung.

Kein Kind, noch kein Erbe, um so mehr mischt sich die junge Kaiserin in die politischen Angelegenheiten ein. Ihrer Intervention vor allem verdankt Willigis seine Berufung auf den Erzbischofsstuhl von Mainz, die Nachfolge des im Januar gestorbenen Erzbischofs Robert. Zugegeben, Willigis ist seit Jahren Ottos engster Berater, Kanzler, vertrauter Freund, ein etwas grobgeschnitzter Sachse, gewiß unbestechlich und bekannt als hartnäckiger politischer Kopf. Otto wird ihn nötig haben als Mainzer Erzbischof und damit als Erzkanzler des Reichs. Nur mißfällt mir gründlich die offene Einmischung Theophanus. Bescheidenheit ist nicht ihre Tugend.

Dem wohl immer noch in Regierungsgeschäften unsicheren, jedenfalls ungeübten Otto scheint die Einmischung zu gefallen. Er hätte sich besser an die Kaiserinmutter gehalten, wie er es früher tat. Aber Adelheid stößt er vor den Kopf, noch und noch. Nur wenige Monate nach der Berufung des Willigis nannte er seine Byzantinerin in aller Offenheit seine Mitkaiserin, *coimperatrix augusta*, ein Titel, auf den Adelheid zu Lebzeiten des ersten Otto vergeblich wartete. Hat der junge Kaiser keine Augen im Kopf, um zu sehen, was er damit anrichtet? Nicht wenige seiner Entscheidungen nenne ich voreilig.

Noch einmal denke ich: Unser Rat, Adelheid möge dem erschütterten Vertrauensverhältnis am Hof entfliehen und in Pavia einige Zeit leben, war richtig. Ihre Botschaft bestätigt meine und des Majolus Empfehlung. Ich empfinde sogar etwas wie weihnachtliche Freude über die glückliche Nachricht aus Pavia, trotz meiner Besorgnis um die Zustände im Reich.

Im übrigen, untätig ist sie keineswegs. In ihrem langobardischen Königreich sorgt Adelheid für die Einhaltung der Verträge von Ravenna, die der verstorbene Kaiser, ihr Gemahl, im Jahre 967 besiegelt hat. Sie nimmt die ihr von Papst Johannes XIII. übertragenen Hoheitsrechte über das ehemals byzantinische Exarchat Ravenna wahr.

Nicht unwichtig scheint mir Adelheids familiäre Verbundenheit mit dem Seestaat Venedig zu sein. Ihre Nichte Waldrada ist seit einigen Jahren dem Dogen Pietro Candiano IV. angetraut. Ja, gewiß, die Umstände der Heirat verliefen ungewöhnlich. Als Bischof darf ich das nicht verschweigen: Pietros Scheidung von seiner ersten Ehefrau und deren Eintritt in das Kloster San Zaccaria. Freiwillig? Befohlen? Ich hüte mich, den Richter zu spielen, das steht mir nicht zu. Andererseits wissen wir von vernünftigen Gesetzen, die Pietro Candiano erließ. Ein Edikt gegen die üble Sklaverei und – was uns zugute kommt – die staatlich gesicherte Regelung des Postverkehrs zwischen Byzanz und den Nordländern.

Die verbesserte Nachrichtenübermittlung wird Theophanu erfreuen. Man sagt, nichts entzücke sie mehr als eine Nachricht aus Byzanz. Sehnsuchtsvoll erwarte sie ihren nach Konstantinopel entsandten Berater, den Fürsten Niketas Kurkuas, zurück. Gegen den Basileus Tzimiskes sollen rivalisierende Kräfte zum Aufstand rufen, trotz der Kriegserfolge des Tzimiskes in Mesopotamien und Syrien.

Byzanz ist fern. Was kümmert mich der Bosporus, wo die näher liegenden italischen Verhältnisse Anlaß zur Sorge bieten. Was Venedig betrifft, ist Adelheid durch ihre Nichte und die territoriale Nähe unmittelbar betroffen.

Wo gibt es den absoluten Frieden? Mit gleicher Post erfuhr ich über einen venetischen Mittelsmann von Widerständen gegen Pietro Candiano, weil er zu prunkhaft lebe und ausländische Söldner in den Dienst genommen habe, zum Schutz gegen rebellierende Adelsfamilien. Für mich liegen die tieferen Gründe auf der Hand. Pietro Candiano hat den Venezianern nicht nur den einträglichen Sklavenhandel verboten, sondern auch die Belieferung der Sarazenen mit Waffen und Holz für den Schiffsbau, um den von Sizilien ausgehenden Raubzügen nach Kalabrien und Apulien Einhalt zu gebieten. Solche Verbote haben die Geschäftemacher noch nie und in keinem Land geduldet.

Weil aber die Sarazenen auch langobardischen Besitz in Süditalien bedrohen, stehen Reichsinteressen auf dem Spiel. Ob Adelheid als Königin Langobardiens zum Verbot der Waffenlieferungen an die Sarazenen beigetragen hat, weiß ich nicht. Aber der junge Kaiser und seine Theophanu werden anerkennen müssen, was sie der politischen Wachsamkeit der Kaiserinmutter verdanken, so schwer es ihnen fallen mag.

Das Merkwürdige ist, daß die ihrem kaiserlichen Sohn entfremdete Adelheid zu dessen und des Reichs bester Sachwalterin in Norditalien wurde. Hätte Otto, hätten wir nur in diesem Unruhejahr eine ähnlich wachsame Autorität in Rom.

Man kann mir entgegenhalten, der junge Kaiser habe genug zu tun, seine Herrschaft im Norden zu festigen. Kriegszüge gegen den Dänenkönig, Vergeltungskämpfe gegen den böhmischen Herzog Boleslaw, gegen Mieszko in Polen binden ihn. Was für ein Jahr der Unruhe. Aber hängt nicht die Ermutigung zu Aufständen, egal wo sie ausbrechen, mit einer spürbaren politischen Schwäche des jungen Kaisers zusammen?

Eine Schande, ein Ärgernis jedem gläubigen Christen sind die Zustände in Rom seit dem Tod des alten Kaisers. Auch unter seiner Herrschaft rebellierten römische Adelsfamilien, gab es Aufstände gegen den Heiligen Stuhl, Verwirrung um die Papstwahl. Doch der Kaiser handelte als Schutzherr der Christenheit. In Rom kehrte er mit eisernem Besen, und er ließ die Römer schwören, ohne seine oder seines Sohnes Zustimmung dürfe kein Papst gewählt werden. Nach seinem Tod, so scheint es doch, kriechen die Revoltierer und Mörder aus ihren Schlupflöchern, herrscht in Rom die Willkür.

Das in Teilstücken Bekannte muß ich wiederholen, aufschreiben, unserem vergeßlichen Gedächtnis einhämmern, weil Gerüchte die Tatsachen längst zu überwuchern drohen.

Wir waren zugegen, als Papst Johannes XIII. in Rom die Ehe des jungen Kaisers Otto mit der byzantinischen Prinzessin segnete. Der Papst stammte aus der kaiserfeindlichen Adelsfamilie der Crescentier, war jedoch seinem kaiserlichen Schutzherrn Otto ergeben, williger Gehilfe bei der Überantwortung der Slawenmission an das Erzbistum Magdeburg. Und er war es, der Adelheid das päpstliche Territorium Ravenna auf Lebzeiten überließ. Nicht lange nach der römischen Hochzeit starb Papst Johannes, und zunächst, nach der Zustimmung des Kaisers zur Papstwahl Benedikts VI., schienen die Verhältnisse in Rom befriedet zu sein.

Die Römer sind unberechenbar, von jeher. Sie nutzen jede vermutete Schwäche der kaiserlichen Autorität aus. Im Untergrund hatten die Crescentier ihre Fäden gesponnen. Nach dem Tod des Kaisers, überzeugt von der mangelnden Durchsetzungsfähigkeit des jugendlichen Thronfolgers, schlugen sie zu. Die Römer hatten ja den Auftritt des siebzehnjährigen, körperlich zarten und in der Herrschaft ungeübten Otto mit seiner noch jüngeren mädchenhaften Theophanu erlebt.

Kurzum, sogleich steckten die Crescentier den legal gewählten Papst Benedikt in den Kerker der Engelsburg und setzten als Gegenpapst den Diakon Franco di Ferruccio auf die Cathedra Petri. Aber Franco, der sich den Papstnamen Bonifaz VII. anmaßte, machte einen großen Fehler. Er befahl eine abscheuliche Untat, die den Zorn selbst der abgebrühten Römer erregte. Er ließ den wahrhaft unschuldigen Papst Benedikt in der Engelsburg erdrosseln.

Nachdem die Mordtat bekannt war, fiel es dem Grafen Sikko, dem kaiserlichen Bevollmächtigten in Rom, leicht, die Zustimmung der Römer zur erneuten Papstwahl im Sinne des Kaisers zu gewinnen. Nur konnte bei der Aufregung in diesen Tagen im vorletzten Sommer niemand verhindern, daß der nach Byzanz geflohene Papstmörder Franco einen Teil des römischen Kirchenschatzes mitnahm.

Was Rom der Christenheit zumutet, haben wir Bischöfe und Kleriker als Last zu tragen. Die furchtbaren Ereignisse in Rom bedrücken uns noch, trotz der Wende zum Guten.

Durch Eilkuriere hatten wir von der rüden Absetzung Benedikts VI. und bald danach von seiner Ermordung erfahren. Ich erinnere mich, wie Adelheid Abt Majolus, der am Hof weilte, bestürmte. Nur er könne als Nachfolger des Apostels Petrus das Ansehen des römischen Pontifex wiederherstellen. Er sei würdig wie niemand sonst.

Wir alle am Hof, auch Otto und seine Theophanu, teilten die Meinung Adelheids. Als sie Majolus ansprach, stand ich neben ihr, unterstützte ich, der nach Jahren älteste kirchliche Würdenträger am Hof, den Antrag der Kaiserinmutter.

Majolus lächelte, sein unnachahmliches Lächeln im asketischen Gesicht. Er verbarg seine Hände in den Falten der schwarzen Mönchskutte und hob seinen Kopf ein wenig, Adelheid anzublicken. Ihr Antrag ehre ihn, doch er könne Cluny nicht gegen Rom tauschen. Die ihm von Gott zugewiesenen Aufgaben seien anderer Natur als die dem Papst auferlegten. Majolus sagte das sanft, doch mit einer Bestimmtheit, die keinen Widerspruch zuließ.

Majolus empfahl den Bischof von Sutri, einen Anhänger der cluniazensischen Reform, merkwürdigerweise auch den Crescentiern verwandt, jedoch ein integrer Diener der Kirche. Dank Abt Majolus kamen die Angelegenheiten unserer heiligen Kirche wieder ins rechte Lot. Unter Aufsicht des Grafen Sikko fand die Papstwahl im Oktober 974 im Lateran statt. Ohne Gegenstimme wurde der Bischof von Sutri gewählt. Er trägt nun schon über ein Jahr den Fischerring. Sein Name Benedikt VII. verbürgt die ungebrochene Kontinuität auf dem Papstthron.

Dürfen wir zufrieden sein? Nein, wir dürfen es nicht. Die böse, jederzeit zur Entflammung fähige Glut schwelt noch unter der Asche, überall im Reich. Der seinen Richtern entkommene Gegenpapst Bonifaz soll in Byzanz die Stimmung gegen das Westreich und den Kaiser Otto schüren. Mit dem gestohlenen Kirchengold, sich unter den Byzantinern Freunde zu verschaffen soll er beschäftigt sein. Ich wüßte zu gern, wie sich der Basileus Tzimiskes verhält, welche Nachrichten der Fürst Niketas Kurkuas vom Bosporus mitbringt, falls er zurückkommt. Was sagt Theophanu? Sie ist doch des Tzimiskes liebste Nichte.

Ich will nicht schwarzmalen. Aber als alter Mann bin ich besorgt und vertraue meine Besorgnis diesem Memorabile an.

Niemand soll später sagen dürfen: Der Bischof von Metz hat alles gewußt, ein Dummkopf, eine Schlafmütze, uninteressiert an den Vorgängen im Reich, am Kaiserhof, allein seine lothringische Pfründe genießend.

Aber was kann ich anderes tun als raten, meine Stimme erheben und da, wo mich ein Auftrag des Kaisers verpflichtet, handeln? Öfter, als es mir selbst, dem Bischof, gefallen mag, werde ich an den kaiserlichen Hof gerufen oder beauftragt, die Interessen des Reichs in Italien wahrzunehmen. Das verpflichtet wiederum, wenn auch von mir nicht gewollt.

Es macht mich unruhig zu sehen, wie dem Reich allerorten die Autorität des Herrschers fehlt. Noch fehlt? Geradezu zwangsläufig, was folgt, wie schon der vermutete Autoritätsmangel geistliche und weltliche Fürsten zur Durchsetzung ihrer eigenen Interessen ermuntert, bis hin zur Rebellion. Autoritätsverlust, weil die Jüngeren offensichtlich, wo es notwendig wäre, ohne die Erfahrungen der Älteren, der Vätergeneration, auszukommen glauben? Oder handelt es sich um ein Naturgesetz, das uns selbst einmal antrieb, vor vielen Jahren, und nach und nach in Vergessenheit geriet, je älter wir wurden?

Fragen, die mich in Verlegenheit bringen, weil mir keine Antwort in den Kopf kommen will. Doch nichts muß ich mehr und inniger wünschen als ein wiedererstarktes Herrscherhaus, das dem Frieden im Reich dient.

10. *Ein Unruhejahr. Vierter Bericht der Anastasia D.*

Gute Nachrichten, schlechte Nachrichten. Etwas geschieht ohne unser Dazutun, hinter unserem Rücken. Wer knüpft die Fäden? Wer läßt sie aus der Hand fallen?

Ich mußte daran denken, als uns in der Mitte dieses Unruhejahres 976 die Nachricht vom Tode des Erzbischofs Gero, unseres Freundes, erreichte. Der Bote aus Köln traf uns im heißen Juli in Bamberg. Er erzählte, der auf alles Gute neidische Teufel habe, wie gelegentlich auch in anderen Fällen, der Äbtissin Gerberga von Köln den Tod Geros vorausverkündet. Die Äbtissin habe das, entgegen ihrem Schweigeversprechen, sofort dem Erzbischof mitgeteilt und sei deswegen selbst vom Teufel in den Tod getrieben worden. Davon rede man in Köln.

Uns nützte die Voraussage nichts. In Windeseile wäre Theophanu nach Köln geritten, den lebenden Gero noch einmal zu sehen, endlich seiner Einladung zum Besuch von Sankt Pantaleon zu folgen. Es war zu spät, zu spät auch, bei der Grablegung anwesend zu sein. Willigis, assistiert von Bischof Dietrich von Metz, hatte das *Requiem eternam* gesungen. Niemand unter den Erzbischöfen des Reichs hätte den Kaiser und Theophanu würdiger vertreten können als Willigis.

Theophanu lächelte, ihr kleines kindliches Lächeln, als sie von der Assistenz des Bischofs von Metz hörte. Da muß der alte Dietrich über seinen Schatten gesprungen sein, sagte sie, als wir allein waren. Dietrich von Metz hatte den Kanzler Willigis wegen dessen niederer Herkunft immer etwas von oben herab behandelt. Außerdem hatte er schon in Rom bemerkt, wie vertraut uns Willigis war, während zwischen ihm und uns, zwischen ihm und Theophanu immer ein Rest von Distanz blieb. Das beruhte auf Gegenseitigkeit.

Ob der Bischof die Ernennung von Willigis zum Erzbischof von Mainz guthieß? Ob er zustimmte, ich meine, aus ganzem Herzen, als Papst Benedikt VII. den Wunsch des Kaisers erfüllte und Willigis den Vorrang vor allen Metropoliten des Reichs einräumte? Theophanu hatte keinen geringen Anteil an der Berufung im vergangenen Jahr.

Wir erinnerten uns an Ereignisse, die sich in der Zeit, als Willigis' Mutter mit ihrem Sohn schwanger ging, zutrugen und die uns erzählt wurden. Die schwangere Landfrau habe im Traum ein Sonnenleuchten aus ihrem Schoß aufsteigen sehen, und in der Geburtsnacht habe auch das Vieh in den Ställen des sächsischen Hofes Nachwuchs zur Welt gebracht. Die Gleichzeitigkeit sollte, so sagte man, die Verbundenheit mit der Hofherrin anzeigen und ein Glückwunsch sein. Ist das nicht mehr als der von Bischof Dietrich vermißte Hochadel?

Wir waren von Ingelheim nach Bamberg gereist, den Main aufwärts, aber nicht den Mäandern des Flusses durch Wiesen, rebenbewachsenes und waldreiches Hügelland folgend, sondern die Wegkürzungen nehmend. Wir durften uns keine Abweichung erlauben. Der Kaiser erwartete uns in Regensburg. Aus der Stadt an der Donau hatte der Kaiser den Herzog Heinrich, der sich dort nach seiner Flucht aus der Pfalz von Ingelheim in Sicherheit wähnte, nach kurzer Zeit vertrieben.

Schon im frühen Jahr war der Herzog Heinrich mit Hilfe von Freunden aus seiner Haft entkommen. Wir nennen ihn nur noch den Zänker. Denn wieder versuchte er Mitverschwörer gegen den Kaiser zu sammeln. Selbst in Sachsen hatte er Verbündete gefunden, ebenso in Bayern, wo der Augsburger Bischof Heinrich mit ihm konspirierte. Aber sein ehemaliger Herzogssitz bot dem Zänker keinen Schutz mehr. Er floh an den böhmischen Herzogshof, und schon Ende Juli zog der Kaiser, zogen bald danach auch wir in Regensburg ein.

»Ehemalig« nannte ich den Herzogssitz des Zänkers. So ist es. Der aufrührerische Bayernherzog konnte sich zwar durch seine Flucht dem Strafgericht entziehen und am Hof des Herzogs Boleslaw von Böhmen Unterschlupf finden. Aber der Kaiser nahm ihm das Herzogtum Bayern endgültig aus der Hand und übergab es dem Schwabenherzog Otto, unserem Freund seit den Tagen in Rom. Ein verkleinertes Bayern, denn Kärnten und die oberitalischen Marken wurden abgetrennt. Otto, der sein zweifaches Herzogtum auch dem Zuspruch Theophanus verdankt, weiß am ehesten, daß die begrenzte Herzogsgewalt dem Reich unter der einen Krone zuträglicher ist.

Mein Gott, wieviel Fragen, wieviel Auseinandersetzungen, die uns nicht zur Ruhe kommen lassen, wo wir doch meinen, zu friedlicheren Aufgaben berufen zu sein. Manchmal denke ich: Was haben wir zu suchen in diesem fremden Land? Noch in Regensburg – der Kaiser war zum Kriegszug gegen die Böhmen aufgebrochen, erfolglos, wie wir nun wissen – hatte ich Theophanu in einer Anwandlung von Unmut zugerufen: So weit mußten wir reisen, um nichts als Kriege und Intrigen zu finden? Meine Theophanu fuhr mich an, mit ungewohnter Schärfe: Hatte ich denn eine Wahl?

Theophanu versteht mich, wie ich sie verstehe. Es war doch nicht nur die Auseinandersetzung mit dem Zänker, die uns in diesen Tagen bewegte.

Wir waren unschlüssig über das Verhalten der Kaiserinmutter Adelheid, die sich nach Pavia zurückgezogen hat. War denn alles so harmlos? Ihre unleugbare enge familiäre Verbundenheit mit der schönen Judith von Bayern, der Mutter des Zänkers? Ihre Freundschaft mit dem aufständischen Abraham von Freising? Sie hätte doch etwas ahnen müssen. Vielleicht sogar duldete sie in ihrer Voreingenommenheit gegen Theophanu die geheimen konspirativen Absprachen. Nein, ich kann, ich darf das nicht denken.

In Pavia setzt sich die Kaiserinmutter unbeirrt für das Reich ihres Sohnes ein, wie uns zuverlässig mitgeteilt wurde. Im August traf sie ein Schicksalsschlag, der unser aller Mitleid weckte. Sie mußte selbst eine Verschwörung in ihrer Nähe erfahren. In Venedig war ihre Nichte Waldrada von Tuszien Grauenvollem ausgesetzt, dem sie, die Gattin des Dogen, allein entkam, verzweifelt am Hof ihrer Tante um Hilfe bittend.

Venezianische Verschwörer hatten die Häuser um den Dogenpalast in Brand gesteckt. Das Feuer sprang über, ergriff den Palast und die Kapelle San Teodoro, zerstörte den Markusdom und dehnte sich aus bis zur Kirche Santa Maria Zobenigo. Der Doge Pietro Candiano, der mit seiner Familie dem Brand zu entkommen suchte, wurde von der Meute niedergestochen. Sein und der Dogaressa Waldrada dreijähriges Söhnchen rissen die Verschwörer aus den Händen der Amme und erwürgten es. Nur Waldrada konnte sich mit wenigen Getreuen retten, nach Pavia.

Als langobardische Königin berief Adelheid Ende Oktober in Piacenza ein Hofgericht ein, Genugtuung für das ihrer Nichte Angetane zu fordern. Der Kaiser und mit ihm Theophanu bestätigten das Vorgehen Adelheids. Wir hörten, daß der Lagunenstaat, besorgt um das Wohlwollen des Kaisers, nach dem Rechtsspruch eine Wiedergutmachung eingeleitet hat, wenigstens vermögensrechtlich zugunsten der Dogaressa Waldrada.

Schlechte Nachrichten, gute Nachrichten. Jetzt, während ich meinen Bericht schreibe, herrscht Frieden, Weihnachtsfrieden, Schneefrieden. Der seidige Schnee, dessen sanftmütiger Flockenfall in den letzten Tagen Schleier vor unsere Augen wehte, deckt nun alles Laute, Aufdringliche, allen Unfrieden. Wir kennen ihn nicht in unserer Heimat, nicht als beständige Winterfreude. Der Schnee läßt uns an seiner Stille teilhaben. Er ist wie ein Bereiten, eine Aufforderung zum Frieden. Kein Poltern und Knirschen der Räder, wenn unsere Wagen, auf Kufen gesetzt, über die Fahrwege gleiten. Nur die Kinder, die auf ihren kleinen Holzgestellen die Hügel hinabrutschen, schreien vor Übermut.

Wir sind in Köln, erstmals in der Bischofsmetropole am Rhein. Theophanu bestand darauf, von Nimwegen kommend, ihr Besuchsversprechen einzulösen, wenn auch nach Geros Tod.

Die heilige Liturgie zum Fest der Geburt des Herrn feiert Köln dreimal, wie es in den römischen Stationsgottesdiensten geschieht. Die Kölner und ihre Oberen wollen Rom nicht nachstehen. Wir nahmen teil an den Eucharistiefeiern, um Mitternacht in der Marienkirche im Kapitol, am anschließenden Hirtenamt in der Stiftskirche der heiligen Caecilia, wohin wir mit dem neuberufenen Erzbischof Warin, der auf einem weißen Maultier ritt, zogen. Müde, doch innerlich ganz wach, knieten wir dann zur Festmesse in der dem heiligen Petrus geweihten Kathedrale.

Es ist unser fünftes Weihnachtsfest im Reich der Deutschen. Weihnachten entspricht dem Wesen dieser Menschen, dem Verlangen, in der frostigen, oft stürmischen Wintermitte, in den Julnächten, wie man hier noch wie in heidnischer Zeit sagt, im Kreis der Familie geborgen zu sein und in den Frieden, den die Engel verkünden, einzustimmen.

Der Aufenthalt in Köln gefällt uns, nicht nur wegen der offenen Lebensart der Einwohner. Wir selbst finden hier etwas wie familiäre Nähe, sichtbare Verbundenheit mit Byzanz, wenn wir die dem heiligen Pantaleon geweihte Abteikirche betreten.

Es gibt Begegnungen, reale wie irreale, die uns aus allen Widerwärtigkeiten herausheben, unverhofft, geschenkt. Alles Befremdende, Störende, Zerstörende scheint mit einem Mal ungültig, unwirksam zu sein. So erging es uns, als wir vor dem Altartisch mit den Reliquien des Märtyrers Pantaleon aus Nikomedien standen. Seine Verehrung ist uns vertraut. Ein Zeitsprung, ein Ortssprung, durch unser Erinnern bewirkt, und wir befinden uns nicht in Köln, sondern in Konstantinopel.

Wir besuchten die klösterlichen Goldschmiedewerkstätten, in denen byzantinische Goldschmiede arbeiten. Sie gehörten, wie von Theophanu ausdrücklich gewünscht, zu unserem Gefolge und waren mit Erzbischof Gero nach Köln gekommen. Von den einheimischen Künstlern seien unsere Kunsthandwerker mißtrauisch aufgenommen, bald jedoch wegen ihrer

Kunstfertigkeit bewundert worden, sagte man uns. Sie gehören zu den Meistern der sakralen Goldschmiedekunst. Aber vor allem sind es profane Goldschmiedearbeiten, die uns entzückten, Ohrgehänge, Perlenschnüre, Schmucknadeln, Fibeln, Armreifen und anderes mehr. Theophanu, die sich selbst gern schmückt, lobte ihre Goldschmiede und versprach ihnen jede notwendige Unterstützung.

Soviel Erinnerung an Byzanz. Noch mehr, weil Niketas Kurkuas seit einigen Tagen bei uns ist, zurückgekehrt aus Konstantinopel. Er trug keine guten Nachrichten in seinem Gepäck, oder doch eine gute, indem er sich selbst ohne Schaden zurückbrachte, schmal geworden und weniger luxuriös gekleidet, als wir es von ihm gewohnt waren.

Niketas war mit seinen zwei Begleitern nahezu drei Monate unterwegs, verzögert durch die ägäischen Herbststürme, die sein Schiff wiederholt in die Inselbuchten trieben. Das kennen wir von unserer eigenen Überfahrt. Den Boreas haben wir zum Überdruß erlebt.

In Venedig ließ der neugewählte Doge den Fürsten Kurkuas zu sich rufen und beteuerte, er, Pietro Orseolo, sei unschuldig an der Ermordung seines Vorgängers Pietro Candiano. Er bedauere die furchtbare Bluttat und hoffe, die Kaiserin Adelheid sei durch die Entschädigung der Dogaressa Waldrada zufriedengestellt und der Kaiser Otto entziehe Venedig nicht seine in gemeinsamen Handelsgeschäften bewährte Gunst. Niketas versicherte Theophanu und dem Kaiser, Pietro Orseolo sei als untadeliger und frommer Mann bekannt. Er habe seiner Wahl zum Dogen zugestimmt, um in Venedig Frieden zu stiften.

Mag die Kaiserinmutter dem Lagunenstaat ihre Aufmerksamkeit widmen. Uns beschäftigen viel mehr, erschüttern wahrhaftig die Vorgänge im oströmischen Kaiserhaus, in unserem Byzanz. Wir waren nicht unvorbereitet, doch nur lückenhaft informiert, erwarteten sehnsüchtig eine verläßliche Auskunft. Es gibt keinen zuverlässigeren Berichter als Niketas. Aber was er ausführlich schilderte, mitbetroffen als Angehöriger der Kurkuas, übertraf unsere bange Erwartung und trieb uns, trieb Theophanu, der sonst so beherrschten, ihre Gefühle verbergenden Kaiserin, die Tränen in die Augen.

Im Frühjahr hatte uns die letzte Botschaft des Basileus Tzimiskes erreicht, abgefaßt in seinem syrischen Feldlager und nach langem Weg zu uns gelangt. Eine nach Kriegserfolgen zuversichtliche Botschaft, politisch gesehen. Tzimiskes schrieb seiner kaiserlichen Nichte, er habe Mesopotamien und Syrien erobert, Städte wie Damaskus, Beirut und Caesarea unterworfen. Nur bereite ihm sein körperliches Befinden Sorgen. Nach wochen- und monatelang durchstandenen Strapazen verspüre er zunehmend Mattigkeit, plagten ihn Fieberschübe. Er werde in Kürze zum Bosporus zurückkehren, leibliche Erholung zu suchen.

Als die Botschaft bei uns eintraf, lebte der Basileus Johannes Tzimiskes nicht mehr. Auf der Rückreise nach Byzanz, Mitte Januar, erlag er seinen Typhusanfällen. So war uns berichtet worden.

Von Niketas hörten wir es anders. Man habe Tzimiskes vergiftet, um seine Rückkehr nach Konstantinopel zu verhindern. Ich fragte vorwitzig, wer sich hinter dem »man« verberge, und holte mir ein für Niketas typisches gnädiges Lächeln. Es sei doch bekannt, daß einem einzigen Mann in Byzanz jedes Mittel recht gewesen sei, den erfolgreichen Basileus vom Purpurthron fernzuhalten, für alle Zeit. Ein einziger Mann, einflußreich genug, im Hintergrund seine Fäden zu ziehen, gegen Tzimiskes, den er selbst auf den Thron gesetzt hatte, eine Verschwörung anzuzetteln: der Großkanzler, der Lakapenen-Bastard Basileios.

War es die Rache des Bastards, ungeeignet für die höchste Würde, aber mit Macht ausgestattet, um seiner Enttäuschung über den nicht willfährigen Basileus Ausdruck zu verleihen? Enttäuschung, weil Tzimiskes eigene Wege ging, weil er die Privilegien des hohen Adels, ja seiner eigenen Familie beschnitt? Weil er zur Versöhnung mit dem römischen Westreich Zugeständnisse machte, bereit, mit der Tradition zu brechen und den Westkaiser anzuerkennen?

Natürlich ist Theophanu, ist uns allen die Legitimität und

Würde des Kaisers Otto als *imperator Romanorum* selbstverständlich. Wäre es anders, wir blieben keinen Tag länger an seinem Hof. Ich dachte, als Niketas von den Machenschaften des Großkanzlers erzählte, wie weit Theophanu, wie weit wir mit ihr von Byzanz schon abgerückt waren.

Der Tod des Tzimiskes hat Ostrom in den Bürgerkrieg gestürzt. Mit besorgtem Blick auf Theophanu ergänzte Niketas, er könne nicht verschweigen, daß Theophanus Verwandte väterlicher- und mütterlicherseits den gewaltsamen Parteienstreit antrieben – gegeneinander. Die väterliche Familie, angeführt von Bardas Skleros und ihrem Vater Konstantinos, habe die Staatsgewalt im Sinne des Tzimiskes retten wollen. Die Skleroi seien jedoch durch Bardas Phokas von Theophanus Mutterseite vertrieben worden. Das weiß ich, sagte Theophanu, die wortlos zugehört hatte, davon hat mir mein Vater geschrieben.

Was wir nicht wußten: Die Skleroi wie die Phokades hatten ihre Kräfte vergeblich angestrengt. Niketas sagte das mit verächtlichem Spott. Warum? Jetzt sitze der neunzehnjährige Basileios II., legitimer Sohn und Nachfolger des Kaisers Romanos, auf dem Purpurthron, neben ihm sein jüngerer, schwächlicher Bruder Konstantinos. Doch Basileios sei nur ein Handlanger des Lakapenos-Bastards, der über jegliche Regierungsgewalt verfüge.

Es war ein langer vorweihnachtlicher Abend, als uns Niketas von den Ereignissen in Konstantinopel berichtete, ein Winterabend, an dem das Holzfeuer im Kamin seine nach Harz duftende Wärme verbreitete und wir uns in der Kölner Pfalz am Rhein geborgen fühlten. Noch in Abwesenheit des Kaisers, den wir erwarteten, hörten wir Niketas' ersten Bericht, mit uns der Erzkanzler Willigis, zu Regierungsgeschäften aus Mainz gekommen, unser Schwaben- und Bayernherzog Otto, der Weihnachten mit der Kaiserfamilie feiern wollte, auch Akritas, Armenier wie der Fürst, an dessen Stelle er Theophanu mit unauffälliger Bereitschaft diente.

Wir schwiegen, bis Niketas sich nochmals zu Wort meldete. Er beschwor uns, nicht zu denken, die Vorgänge in Byzanz seien gefahrlos für den Westen. Als ein Kurkuas sei er selbst in Konstantinopel mehrere Wochen festgehalten worden, doch nach Klärung der Verhältnisse zugunsten des Basileios und des Großkanzlers habe man ihn reisen lassen. Er könne bezeugen, wie der exkommunizierte und aus Rom entflohene Mörderpapst Bonifaz seine Hetztiraden gegen den Westen verbreite und Gehör finde. Unruhen, Verschwörungen in Rom, im Westreich würden von den führenden Adeligen am Bosporus mit unverhohlener Genugtuung begrüßt.

Was für ein Jahr, was für ein Unruhejahr, in dem die Verschwörer regieren und das Handeln erzwingen! Sehnen wir uns noch immer zurück nach Byzanz, indes uns hier überall, im Westen wie im Osten, Verräter, Mitläufer, aber auch verläßliche Freunde begegnen?

Mein Blick streifte Willigis und den jungen Otto, die beide mit gespannter Aufmerksamkeit Niketas zugehört, sogar für eine Weile das Trinken aus ihren mit Rheinwein gefüllten Bechern vergessen hatten. Ich dachte bei mir, ohne zu wagen, den Gedanken in der Runde auszusprechen: Wie trefflich war doch die kaiserliche Entscheidung, nach der Willigis das Amt des Erzkanzlers und Otto sein zweifaches Herzogtum übernahmen – eine Entscheidung, die Theophanus Anwesenheit zu rechtfertigen hilft, ja, uns die mögliche Wendung zum Guten weist.

11. Traumbilder wahrnehmen (I)

Die frühesten Träume, an die sie sich erinnerte, waren kindliche Wunschträume, nichts Außergewöhnliches für ein mit Phantasie begabtes Mädchen. Ganz selten plagten sie Angstträume, wenn ihr am Tag zuvor von wilden, zähnefletschenden Ungeheuern oder teuflischen Geistern erzählt worden war. Der im Traum gesteigerten, drohend näherrückenden Gefahr entging sie jedoch durch irgendwelche im letzten Augenblick auftauchende Retter, deren Gesichter sie nicht erkennen oder im nachhinein nicht erinnern konnte.

Theophanu vertraute Anastasia das Erinnerte an, nachdem sie von einem merkwürdigen Traum gesprochen hatte – nach langer Zeit ihr erster Traum, dessen Zustandekommen sicherlich mit der Rückkehr des Fürsten Niketas Kurkuas aus Byzanz und mit seinem ausführlichen, durch Genauigkeit um so schrecklicheren Bericht zusammenhing.

Es war alles etwas verdreht in ihrem Traum. So konnte sie sich an keine reale unerklärliche Krankheit in ihren Kinderjahren erinnern, wie sie im Traum vorausgesetzt war, an keine Fieberanfälle, Atemnot, schwere Herzkrämpfe, an keine Ärzte, die ratlos an ihrem Bett standen. Das müßte sie doch wissen, erläuterte sie Anastasia mit dem Anflug eines Lächelns, ihre Kindheit liege doch zum Vergessen noch nicht lange genug zurück.

Aber die Krankheit war im Traum auslösendes Moment. Ihr Vater Konstantinos hatte sich wegen seiner und der Ärzte

Ratlosigkeit mit dem Kind auf den Weg zu einem heilkundigen Anachoreten gemacht. Der wohnte jenseits des Bosporus im karstigen Hügelland östlich von Chalzedon.

Sie träumte von der Überfahrt über den Bosporus, bei der es aufgeregt zuging, weil der Bootsführer, ein junger bartloser Armenier, die Strömung unterschätzt hatte. Das Fährboot drohte abzutreiben. Wie von fern hörte die kleine Theophanu lautes Kommandorufen und Peitschen auf die Rücken der Ruderer klatschen. Sie war in Decken gehüllt und blickte mit glasigen Augen in den hellen Frühlingshimmel. Dann sah sie, wie sich ihr Vater über sie beugte, ihr sagte: Hab keine Angst, es wird alles gut.

Aber es war nicht ihr Vater Konstantinos, sondern der Basileus Johannes Tzimiskes, der ihr Mut zusprach. Sie erkannte seine rauhe Stimme, sein hartes Kriegergesicht, obwohl er den silberbestickten Rock ihres Vaters trug und dessen Reisekappe, an der Hand den väterlichen Goldring. Der andersgesichtige, der robuste Tzimiskes zog behutsam die Decke glatt, gebärdete sich wie ihr Vater. Dennoch fand sie die Symbiose von Vater und Onkel, dem fünf Jahre jüngeren, nicht im geringsten verwunderlich. Nur wunderte sie sich über die eigene Geduld, ja Schläfrigkeit, wo sie doch sonst ihre Ungeduld kaum zügeln konnte.

Am jenseitigen Ufer trug man sie zu einem Wagen, und wieder war es ihr Vater mit dem Tzimiskes-Gesicht, der die Träger zur Sorgfalt anhielt und der schließlich unter der schützenden Wagenplane neben ihr saß. Sie konnte nicht sprechen, fühlte sich aber glücklich oder zufrieden. Auf der Fahrt blickte sie durch die hintere Öffnung und sah die Landschaft, die gleichen Bäume wie auf der anderen Uferseite, die den Weg säumten, die zurückblieben, hochgewachsene Zypressen, ausladende Johannisbrotbäume, nach Harz duftende grüne Terebinthen und Judasbäume mit purpurfarbenen Blütenbüscheln.

Dann fielen ihr die Augen zu. Sie sah noch, blinzelnd, wie die Vaterhand mit dem Goldring ein feuchtes Tuch auf ihre Stirne legte und die Tzimiskes-Augen sie besorgt anblickten. Ein angenehmes Gefühl, das sie mitnahm in ihren Schlaf, aus dem sie erst erwachte, als der Wagen über einen steinigen Weg rumpelte und vor einem Hügel anhielt.

Als die erzählende Theophanu eine Pause machte, sagte Anastasia etwas verstört, es sei ihr unbegreiflich, warum nicht die Mutter ihr krankes Töchterchen begleitet habe. Die Fürstin Sophia Phokaina sei doch eine fürsorgliche Mutter gewesen.

– Niemand in Konstantinopel hat je etwas anderes von Sophia Phokaina behauptet. So jedenfalls erinnere ich mich. –

– Aber Anastasia, es war ein Traum. Er ist fast schon zu Ende. Ein Ende, bei dem ich ratlos oder, besser gesagt, verwirrt aufwachte. –

Am Hügelabhang, versteckt in einem Kiefernwäldchen, lag die Behausung des Anachoreten, der angeblich über Heilkräfte verfügte. Kam der Fürst Konstantinos mit seiner kranken Theophanu angemeldet oder unangemeldet? Das blieb unklar. Aber jetzt war es nicht der Vater, der auf die an einen Erdwall geschmiegte, primitive Unterkunft zuging, sondern der Basileus Tzimiskes in ganzer Statur, sogar mit seinen roten Stiefeln.

Der Traum endete so schnell wie rätselhaft. Der Anachoret trat heraus, sein Gesicht fast ganz überdeckt vom verwilderten Haar- und Bartwuchs, ein furchterregender Waldteufel. Mit einem Knüppel verjagte er den Basileus, ohne daß dieser die geringste Gegenwehr wagte. Den Wagen mit den Fuhrleuten, sich selbst als krankes Mädchen sah die Träumende nicht mehr. Theophanu blickte Anastasia fragend an, holte sich aber nur eine mißgelaunte Antwort.

– Wieso verjagt der Einsiedler den Basileus Tzimiskes? Wir wissen doch, daß Tzimiskes den Anachoreten Gutes erwies. Wie kann man nur seine Verdienste auf so rüde Weise mißachten?

Anastasia reagierte verärgert, weil es ihr schwerfiel, Rätselhaftes zu ertragen, und weil sie schon in Byzanz gewohnt war, der jüngeren Theophanu fragliche Sachen zu erklären. Jetzt empfand sie selbst Ratlosigkeit, obwohl sie Theophanu daran erinnerte, daß der Basileus Tzimiskes den auf dem heiligen

Berg Athos ungebunden lebenden Anachoreten zu ihrer ersten Regel verhalf, um den Streit unter den Einsiedler-Mönchen über deren Lebensart zu beenden, ein Friedensstifter.

Sie redeten bis in die Nacht hinein hin und her und wußten doch genau oder ahnten zumindest: Nicht von Tzimiskes oder von Konstantinos Skleros handelte der Traum, sondern allein von Theophanu.

Man mußte als Außenstehender nicht in Theophanus Innerstes eindringen, um den Schlüssel zu ihrem Verhalten, ihrem Traum zu finden. Wie ein Mosaik, Steinchen für Steinchen, fügte sich alles in diesen späten Dezembertagen des Jahres 976 zu einem Bild. Ob sie sich selbst der letzten Konsequenz dieser Zusammenfügung bewußt war, bleibt ihr eigenes Geheimnis.

Am ehesten hätte die Theophanu nächststehende Anastasia sagen können, unabhängig vom Traum, was alles in diesen Tagen zusammentraf und verständlicherweise nicht ohne Wirkung blieb.

Der Bericht des aus Byzanz zurückgekehrten Fürsten Niketas Kurkuas vermittelte etwas Endgültiges, den unwiderruflichen Abschied von Johannes Tzimiskes. Was Theophanu schon vorher wußte, gewann jetzt erst, durch das mündliche Zeugnis, durch das Hören der Begleitumstände und Folgen, seine volle Realität. Zu den sie angehenden Ereignissen gehörte auch die im gewaltsamen Parteienstreit offen ausgetragene Feindschaft ihrer väterlichen und mütterlichen Familienzweige. Aber merkwürdig war, wie wenig sie die Entzweiung der Skleroi und der Phokades berührte, obwohl sie ihren Vater Konstantinos mochte, kindlich verehrte. Als wichtiger, folgenschwerer empfand sie den Tod des Basileus Tzimiskes.

Zwölfjährig war sie dem Befehl des Tzimiskes zur Ehe mit dem jungen Westkaiser Otto gefolgt. Es gab für sie keine Widerrede. Mit ungeteilter Bereitschaft erfüllte sie das ihr Aufgetragene, den Wechsel von Ostrom an den römisch-deutschen Kaiserhof.

Der Basileus, ihr Onkel, hatte ihr von Zeit zu Zeit, wenn ihn seine weit nach Osten führenden Kriegszüge nicht hinderten, eine Botschaft und mitunter kleine, leicht transportable Geschenke wie Perlen oder Spezereien gesandt. Theophanu freute sich jedesmal wie ein unverhofft beschenktes Kind. Aber ihre Freude galt nicht so sehr den Geschenken, vielmehr dem Zeichen des Verbundenseins mit ihrer familiären, dynastischen Herkunft. Das war nun zu Ende. Mit dem Tod des Herrschers ergab sich zugleich die Gewißheit des endgültigen Abschieds von ihrer Heimat. In diesen letzten Dezembertagen 976 endete der Prozeß der Abnabelung von ihrem Mutterland Byzanz.

Nur wenige Tage nach der Rückkehr des Fürsten Niketas Kurkuas traf auch der Kaiser in der Pfalz von Köln ein. Mit dem Erzkanzler Willigis, der den Kaiser so brennend erwartete wie Theophanu, waren ungelöste militärische und politische Fragen zu beraten. Im Osten des Reiches war die erste Strafexpedition gegen den böhmischen Herzog Boleslaw gescheitert, und dies verlangte einen späteren erneuten Einsatz. Im Westen drohte der Krisenherd Lothringen wieder Feuer zu fangen. Der zur Kaiserfamilie gehörende Bischof Dietrich von Metz schien nicht den geringsten Einfluß zu haben. Oder wollte er ihn nicht geltend machen? Die Präsenz des Kaisers im Westen, in Köln, erwies sich als notwendig, um die dem Reich feindliche Entwicklung auf der linken Rheinseite zu beobachten und im Keim zu ersticken.

Theophanu war längst mit dem reichspolitischen Geschehen vertraut, fähig mitzuberaten, und Otto suchte ihren Rat. Er liebte ihre spontane Urteilskraft, die sich abhob von der unbeweglichen, phantasielosen Beflissenheit der Kanzleiberater, die alles Heil von der Regularität erwarteten.

Etwas anderes, intim Persönliches begann sich im Verhalten Theophanus nach der Rückkehr des Kaisers abzuzeichnen. Wer sie beobachtete, genau beobachtete, hätte in ihrer Beziehung zum Ehegatten eine Veränderung bemerken können, ein Mehr an Zuneigung, ja an Zärtlichkeit bei der sonst eher beherrschten, in Gefühlsäußerungen zurückhaltenden Theophanu.

Es liegt nahe, Theophanus Verhalten aus ihrem nun konsequent vollzogenen Abschied von Byzanz abzuleiten. Erst nach dem Abbruch der letzten Brücke, die sie mit ihrer Herkunft verband, schien sie tauglich zu sein zur Erfüllung dessen, was von ihr erwartet wurde und dessen Ausbleiben ihr bereits mitleidiges oder auch hämisches Gerede eintrug. Genau nach vier Jahren und acht Monaten ihrer Ehe empfing sie von ihrem kaiserlichen Gatten ihr erstes Kind.

Bis zur Mitte des neuen Jahres blieb Theophanu im Westen, meist in Niederlothringen an der Seite Ottos. Im Wechsel von Utrecht und Nimwegen bis hinunter nach Diedenhofen in der Nähe von Metz, dann hinüber zum Rhein, zu den Pfalzen von Mainz und Ingelheim, war es für die schwangere siebzehnjährige Theophanu ein nicht immer angenehmes Hin und Her.

Nahezu an jedem Ort, zumal in Nimwegen und Diedenhofen, ging es darum, den Hochadel auf die Interessen des Reiches einzustimmen. Vor allem mußte verhindert werden, daß König Lothar von Frankreich, der schärfste Gegner der kaiserlichen Reichspolitik, Niederlothringen usurpierte. König Lothar war Vetter des Kaisers und Gatte von Emma, der Tochter der Kaiserinmutter Adelheid aus deren erster Ehe, was die menschliche wie die politische Konstellation um so delikater machte. Einstweilen jedenfalls gelang dem Kaiser eine Lösung der linksrheinischen Probleme, indem er, beraten von Willigis und Theophanu, seinen Vetter Karl von Frankreich zum Herzog von Niederlothringen ernannte. Der vierundzwanzigjährige Karl war zwar der jüngere Bruder König Lothars, doch mit ihm verfeindet.

Auseinanderklaffende Interessen, offene und versteckte Machtspiele, Intrigen. Es ist hier nicht anders als in Byzanz, wir hätten in Konstantinopel bleiben sollen, sagte Anastasia in einem Anfall von Reisemüdigkeit und Ärger über so viele bedrückende Fragen, und sie holte sich einen vernichtenden Blick aus den dunklen Augen Theophanus. Das war am ersten Abend in der Pfalz von Nimwegen, wo sie Ende März, vor der Weiterreise rheinaufwärts nach Köln, einige Tage der Ruhe verbrachten. Keine der beiden Frauen bemerkte den Wechsel in ihrem Rollenspiel. Nicht mehr Theophanu bedurfte des Zuspruchs, sie war sich ihrer Bestimmung sicher wie nie zuvor.

Schon in Nimwegen hatten die Ärzte die Schwangerschaft der Kaiserin bestätigt. Sie hatten zur Schonung geraten, meinten, die körperlich zarte Theophanu solle die im hohen Sommer oft überhitzte Rheinebene meiden. Die Empfehlung entsprach Theophanus eigenen Wünschen. Sie fieberte ihrer Entbindung entgegen, wollte aber an der Seite Ottos bleiben. Sie begleitete ihn auf der Reise nach Diedenhofen, kürzte dann die Aufenthalte in der Rheinebene ab, um bald durch das an Wäldern reiche und schattige mitteldeutsche Hügelland über Fulda nach Magdeburg zu gelangen.

Im September 977 konnte sie in der Nähe von Passau, der Bischofsstadt an der Mündung der Flüsse Inn und Ilz in die Donau, den Kaiser zum Sieg über den böhmischen Herzog Boleslaw beglückwünschen. Wenige Tage danach ergab sich das von Heinrich dem Zänker besetzte Passau.

Ottos Glückwunsch galt seiner Gattin, die in diesen Tagen ihr erstes Kind gebar, eine Tochter, die nach familiärem Brauch den Namen ihrer väterlichen Großmutter Adelheid erhielt. Kein Sohn? Kein Erbe? Es war nur ein Augenblick der Verstimmung, ein schnelles Vorüberhuschen von enttäuschter Erwartung angesichts der glücklich überstandenen Geburt und des winzigen Kindes in Theophanus Armen.

DRITTER TEIL

Die Zeit der Gandersheimer Nonne und Dichterin Roswitha war ja auch die Zeit der Kaiserin Theophanu. In den Klöstern war die Lektüre der antiken Dichtung vorherrschend. Aber nicht, wie sie übernommen wurde, so etwa die Dramen des Terenz, ist entscheidend, sondern wie man die Motive verändert findet ... Reife der Antike und Maß deutscher Frühe treffen (in der Dichtung Roswithas) ineinander; tändelnde Fröhlichkeit trifft sich mit königlicher Haltung. Und dichterisch erscheint vor allem der dramatische Sinn für seelische Umschläge und Lebenswendungen.

Konrad Weiß: *Deutschlands Morgenspiegel*

12. *Familiäre Verhältnisse (II)*

In Byzanz war alles einfacher, überschaubarer, die Herrschaft konzentriert auf dem Palasthügel von Konstantinopel. Der Basileus herrschte mit unbedingter, ja göttlicher Vollmacht, wo der Westkaiser seine Macht ständig beweisen mußte und Stützen seiner Herrschaft unter den nächsten Verwandten suchte. Aber auch die Familienverhältnisse schienen am Bosporus weniger kompliziert, nicht so unübersichtlich verzweigt und kaum, wie hier im Westreich, in ein Netz machtpolitischer Abhängigkeiten eingesponnen. Oder war das Einbildung, Täuschung, verklärte Erinnerung an ihre Kindheit? Vergaß sie, was Niketas ihr vor drei Monaten berichtet hatte vom Intrigenspiel um den Purpurthron, der Feindschaft zwischen den Skleroi und den Phokades?

Solche Fragen, solche widersprüchliche Gedanken marterten Theophanu, spukten ihr durch den Kopf, grundlos, wie sie sogleich dachte, als sie mit ihrem Hofstaat an einem der letzten Märztage 978 den Burgberg von Quedlinburg hinaufritt, um mit dem Kaiser und dem Hof Ostern zu feiern.

In Nimwegen hatte sie Anastasia, die unerlaubt Byzanz gegen den Westen ausspielte, eine Abfuhr erteilt. Sie wird doch nicht selbst wankelmütig werden, sich zurücksehnen nach Byzanz, jetzt, nach der Geburt ihres ersten Kindes? Und wenn es so wäre, niemals hätte sie ihr Schwachwerden zugegeben.

Die Märzsonne spielte auf ihrem noch winterblassen Gesicht. Sie wird Henna auflegen, nur wenig, um nicht ihr

Fremdsein, ihr Anderssein zu sehr hervorzuheben. Sie will alles richtig machen, nicht aus Schwäche, sondern aus ihrer Entschiedenheit. Niemand, noch nicht einmal die Kaiserinmutter, soll ihr sagen müssen, daß sie die Gattin des Kaisers Otto ist, die Teilhaberin seiner Herrschaft, *consors imperii*, und als solche aufzutreten habe.

Die Märzsonne hatte die Bauern auf die Felder gelockt, wo der Wald gerodet war oder von Natur zurückwich. Die Landleute eilten herbei, standen am Wegrand, tiefgebeugt, die Wollmützen in den Händen, als die von Magdeburg kommende Wagen- und Reiterkolonne vorüberzog. Und Theophanu grüßte, winkte den Leuten zu, wie es hier, aber nicht in Byzanz üblich war. Sie will nicht mehr Byzantinerin sein, sondern die deutsch-römische Kaiserin. Ihre ungewohnte Leutseligkeit nahm Otto, der neben dem Herzog von Bayern und Schwaben in der Nähe Theophanus ritt, mit Erstaunen wahr.

Theophanu freute sich auf die Begegnung mit der Äbtissin Mathilde, auf das Wiedersehen mit der Schwägerin. Schon zweimal konnte sie in Quedlinburg Ostern feiern. Diesmal wird es ein besonderes Fest der Auferstehung des Herrn sein.

Sie wird ihrer Schwägerin ihre erstgeborene Tochter zeigen, die sanfte kleine Adelheid, die im gepolsterten Wagen, von der Amme betreut, zufrieden schlafend ihrem künftigen Zuhause entgegenfährt.

An den ihr fremden Brauch der Trennung vom Kleinkind wird Theophanu sich gewöhnen müssen. Aber der schon für die Erwachsenen anstrengende häufige Ortswechsel bei jedem Wetter wäre schädlich für das Kind. Es soll an einem festen Ort aufwachsen, in der Obhut der verwandten Äbtissin Mathilde die beste Erziehung genießen.

Ihr erstes Ostern in Quedlinburg hatte Theophanu als Familienfest in Erinnerung, unvergeßlich für die mit den dortigen Bräuchen damals unvertraute Byzantinerin. Üblicherweise verbrachte das Kaiserpaar die Ostertage im Kreis von Verwandten in einer der kaiserlichen Lieblingspfalzen in Sachsen oder Franken. Ein Familientreffen, zu dem man im Frühlingsmonat ungehindert durch Eis und Schnee von fern her anreiste. Aber damals, vor fünf Jahren, lebte der Kaiservater Otto noch.

Nach einem halben Jahrzehnt, so schien es Theophanu, hatte sich eine Welt verändert. Im versteckten oder offenen Streit hatte sich der familiäre Zusammenhalt als brüchig erwiesen. Die dem jungen Kaiser verbundene Familie war geschrumpft. Nur wenige Verwandte fanden den Weg zur Königspfalz von Quedlinburg, feierten in der Kirche des heiligen Servatius die Osterliturgie und saßen neben dem Kaiserpaar an der mit Birkengrün und Osterblumen geschmückten Tafel im großen Saal. Zu den Treuesten gehörten, neben einigen Freunden und Gästen, die Äbtissin Mathilde und Otto von Bayern und Schwaben, der Kaiserneffe, der im Kampf gegen den Zänker und dessen Mitverschworene nicht von der Seite Ottos wich. In beider Nähe vergaß Theophanu ihr Fremdsein.

Worüber sprach die Tischgesellschaft? Es gab Erfreuliches wie die natürlich beredete Geburt der kleinen Adelheid. Aber der Kaiser dankte auch seinem Neffen für die Waffenhilfe. Das lag nahe, wie die Genugtuung darüber, daß der ehemalige Bayernherzog beim Versuch der erneuten Revolte kläglich gescheitert war.

Auf dem Hoftag in Magdeburg, unmittelbar nach Ostern, sollte über den Zänker Heinrich – immerhin Ottos Vetter – eine harte, doch gerechte Strafe verhängt werden. Der Zänker sollte enteignet und fern von Bayern, in Utrecht, der Aufsicht des Bischofs Folkmar übergeben und in strenger Haft gehalten werden. Nicht anders sollte es seinen Bundesgenossen ergehen, dem erst vor kurzer Zeit ernannten Herzog Heinrich von Kärnten und dem dritten Heinrich, dem Augsburger Bischof.

Unter den Kaiserfreunden herrschte Zustimmung, auch darüber, daß Herzog Boleslaw von Böhmen in Magdeburg zur Unterwerfung erscheinen würde. Für die Reichspolitik ein erfreuliches, ein hoffnungsvolles Ende der Unruhen im Südosten.

Theophanu zeigte sich weniger zufrieden. Sie fragte sich,

wie wohl der verstorbene Kaiservater gehandelt hätte. Später, als sie mit Otto allein sprach, wies sie auf Versäumtes in der jüngsten Vergangenheit hin. Man hätte von vornherein schärfer durchgreifen sollen. Schon die Wahl Heinrichs, des Neffen der Herzogin Judith, zum Bischof von Augsburg hätte der Kaiser nicht hinnehmen dürfen. Sie selbst habe die Folgen der betrügerischen Bischofswahl unterschätzt, obwohl sie wie jedermann am Hof die Intrige erkannte. So müßten sie beide lernen, die Instrumente der Macht scharf zu erhalten und, wenn nötig, ohne Skrupel zu gebrauchen.

Otto zögerte einen Augenblick, sagte, mehr erstaunt als entschieden: Wir leben nicht in Byzanz. Wir sind angewiesen auf die Zustimmung der Fürsten, auf den Hoftag.

Diejenige, die dieses kurze Gespräch wie die Tischreden eher als Demütigung empfunden hätte, die Kaiserinmutter Adelheid, traf später in Quedlinburg ein. Von Pavia kommend, hatte sie auf ihrem langen Reiseweg ihre Schwägerin Judith von Bayern, die nun im Kloster Niedermünster bei Regensburg lebte, besucht. Ein Freundschaftserweis, denn weder Judith, die Mutter des Zänkers, noch deren Tochter Hadwig, die sich nach dem Verlust ihres Herzogtums schmollend auf den Hohentwiel zurückgezogen hatte, fanden es ratsam, in Quedlinburg zu erscheinen.

Die Kaiserinmutter blieb nur kurz im Kloster Niedermünster. Obwohl mit ihren siebenundvierzig Jahren älter als jeder ihrer Begleiter, fühlte sie sich gesund und genug bei Kräften, um zur Eile anzutreiben.

Von der Niederwerfung der gegen ihren Sohn gerichteten Revolte wußte Adelheid. Vorwürfe plagten sie oder, besser gesagt, Unsicherheit über ihr eigenes Verhalten, das beim ersten Aufstand Heinrichs zu Mißdeutungen Anlaß gab. Behauptungen, sie sei eingeweiht gewesen, empfand sie als unwürdige Angriffe auf ihre Integrität. Sie hatte nichts anderes im Sinn, als an der familiären Beziehung zu Judith, zu Hadwig, ja auch zu Herzog Heinrich festzuhalten. Eine gewachsene Bindung kann man nicht auf bloßen Verdacht hin aufgeben. So glaubte sie an die Rechtmäßigkeit ihres Verhaltens, obwohl sie sich eingestehen mußte, daß Heinrichs Aufstand gegen Gesetz und Moral verstieß.

Der Empfang in Quedlinburg verlief nach einem Moment des Zögerns, einem Anhauch von Ungewißheit, herzlicher denn je zuvor. Als jeder der Beteiligten merkte, wie sein Wille zur Überwindung der Mißverständnisse und seine Zuneigung erwidert wurden, war der Bann gebrochen. Zuerst umarmte und küßte die Äbtissin Mathilde ihre Mutter, gefolgt von Otto. Selbst zwischen Theophanu und Adelheid kam es zu einer für alle Anwesenden unerwartet rührenden Begrüßung.

Als Königin Langobardiens hatte Adelheid in Pavia den Interessen des Reichs gedient, die beste, zudem erfolgreiche Sachwalterin ihres kaiserlichen Sohnes. Das war Otto nicht entgangen. Ein nicht unbedeutender Grund, vergangene Querelen ruhen zu lassen.

Die Kaiserinmutter wiederum entdeckte in der Geburt des ersten Kindes ihres einzigen Sohnes einen Grund zur Freude. Daran dachte sie, als sie Theophanu umarmte. Töricht, sich weniger zu freuen, weil es ein Mädchen war, und ihrer Schwiegertochter vorzuwerfen, keinen Sohn geboren zu haben. Ihr genügte die Erkenntnis, daß der Schoß der zarten Byzantinerin zum Gebären taugte, was ja einige Leute bezweifelt hatten. Adelheid war neugierig auf das kleine Wesen, das ihren Namen trug.

Das Töchterchen Adelheid in seiner hölzernen Schaukelwiege zog nicht nur die Aufmerksamkeit der Kaiserinmutter und der Anwesenden auf sich. Es wirkte unbewußt, sanft lächelnd und ohne ein einziges Wort zu sprechen, als verbindendes, versöhnendes Element. Man sollte das Versöhnung stiftende, die Familie verbindende Kindgeschenk nicht unterschätzen. In ihm steckt ein Keim von Hoffnung; es verbürgt eine Realität über der gemeinen Realität, wenn auch auf begrenzte Zeit.

Was den Erwachsenen zur Realität reichte, zeigte sich bald und ließ die schöne Übereinstimmung an der Wiege der kleinen Adelheid vergessen.

Der Abt von Cielo d'oro in Pavia und die Bischöfe Benedikt

von Acqui und Odelrich von Cremona, der Nachfolger Liudprands, wandten sich in einer strittigen Angelegenheit an Theophanu und baten um Vermittlung. Zuständig für Bittgesuche im italischen Bereich wäre Adelheid gewesen. Doch die Kirchenoberen vermuteten in Theophanu die einflußreichere Instanz. Adelheid fühlte sich zurückgesetzt, in ihrer Ehre gekränkt. Sie beschuldigte Theophanu der Amtsanmaßung, mußte sich dann von ihrer Schwiegertochter ebenso scharfzüngig sagen lassen, sie irre sich in der Schuldzuweisung und möge den Abt und die Bischöfe fragen, warum sie die langobardische Königin übergangen hätten.

Mißtrauen war gesät und fand in diesen Tagen in Quedlinburg und Magdeburg neue Nahrung durch wachsende Spannungen zwischen dem Kaiserhof und Westfranken.

Am französischen Königshof braute sich etwas zusammen, dessen unabsehbare Folgen Adelheid ihrem Sohn beschwörend vor Augen hielt. Sie erinnerte an die Zeiten Brunos von Köln, des Herzogs von ganz Lothringen, und der Königin Gerberga von Frankreich, der Geschwister des verstorbenen Kaiservaters, die den Frieden mit Westfranken garantiert hatten. Warum mißlang Otto die Fortführung des von der Vaterfamilie begründeten Werks? Wie konnte er nur, fragte Adelheid, dem Prinzen Karl, dem jüngeren Bruder des Königs Lothar und mit ihm bis aufs Blut verfeindet, das Herzogtum Niederlothringen anvertrauen! Otto wisse doch, daß die Ernennung Karls das französische Königspaar unnötig verärgern müsse.

Adelheid reagierte verstimmt, weil ihr eine schreckliche Zerreißprobe zugemutet wurde. Sie war ja nicht nur die Mutter Ottos, sondern ebenso die Mutter Emmas, der Gemahlin des Königs Lothar.

Otto handelt unüberlegt, planlos, dachte sie, ohne die reichspolitische Voraussicht seines Vaters. Mit einer bloß herausfordernden, mehr der Selbstbestätigung als einer haltbaren Lösung dienenden Ernennung macht man keine Politik. Es heißt doch, der Karolinger Karl sei für das Herzogsamt ungeeignet.

Das familiäre Netzwerk! Mit einem Mal empfand Adelheid, die in allen Krisen an der Seite ihres Gemahls stand, die verwandtschaftlichen Bindungen als lästig. Mal halfen sie in glücklicher Übereinkunft ein gemeinsames Ziel erreichen, mal wurden sie zum Hemmschuh, verhinderten den Fortschritt nach Maßgabe des politisch Notwendigen durch Rücksichtnahme, Abhängigkeiten jeglicher Art. Oder, möglicherweise das schlimmere Übel, es suchte sich irgendein verborgener Bazillus im Zerreißen der familiären Bindung auszutoben, der Haßgefühle erwachen ließ, befreit von zu langer Unterdrückung, zu langem Eingepreßtsein im familiären Gehäuse.

Adelheid wußte sich keinen Rat. Natürlich blieb sie ihrem Sohn verbunden. Das stand außer Frage. Doch niemand konnte ihr verwehren, an ihre Tochter Emma und deren Gemahl König Lothar zu denken. Eine zweite Verwandtschaft schnürte das Familienband noch enger. Lothar wie auch Karl waren Söhne der Gerberga, die ihr kaiserlicher Bruder Otto mit dem Karolinger Ludwig vermählt hatte. Demnach waren die verfeindeten Brüder Vettern des jungen Otto. Die Kaiserinmutter erinnerte ihren Sohn daran. Ich will nicht, sagte sie ihm ins Gesicht, daß Machtansprüche die Familie zerstören, Haß säen zwischen meinen leiblichen Kindern. Als Otto aufschaute, fügte sie schnell hinzu, eine Vorliebe für Westfranken sei ihr fern, doch man könne vorgegebene Verflechtungen nicht mit dem Schwert zerschlagen.

In ihrem Verhältnis zu Theophanu war Adelheid gespalten, mehr denn je. Einerseits beneidete sie die Byzantinerin, deren Unabhängigkeit, verbunden mit einem geschärften Auffassungs- und Denkvermögen, sie zu erstaunlichen Urteilen befähigte. Doch genau dies, Unabhängigkeit und Unkenntnis der tieferreichenden familiären Zusammenhänge, so vermutete Adelheid, drohte gefährlich zu werden, je stärker Theophanus Einfluß die Entscheidungen Ottos mitbestimmte.

Die herzliche Begrüßung in Quedlinburg geriet nicht in Vergessenheit, auch nicht das für den Augenblick versöhnende erstgeborene Kind, das Adelheid täglich besuchte oder von der Amme bringen ließ. Die Kaiserinmutter wie Theophanu bemühten sich um Freundlichkeit. Aber in ihrem Umgang blieb ein Rest von Unsicherheit, Nichtverstehen, ein beiderseitig unausgesprochenes Mißtrauen.

Im Mai, nach einem unbeständigen April, bei reisegünstigem, frühsommerlich erwärmten Wetter, zog der Hof nach Westen. Trotz Anzeichen einer erneuten Schwangerschaft nahm Theophanu die Anstrengungen der Reise auf sich. Der kleine Hofstaat reiste über die bekannten Wege zum Rhein und zur Maas und rastete in den Theophanu vertrauten Pfalzen. In der zweiten Junihälfte erreichte das Kaiserpaar das am weitesten westlich gelegene Reiseziel Maastricht, zog aber bald weiter, in einem Tagesritt, nach Aachen.

Ottos Absicht lag auf der Hand. In Niederlothringen wollte er durch seine kaiserliche Präsenz der Wahl Karls zum Herzog Nachdruck verleihen. Ihm zugetragene Warnungen über Truppensammlungen des Königs Lothar an der Grenze zum Hennegau schlug Otto in den Wind. Er vertraute darauf, daß der König von Frankreich genug mit seinen eigenen Landesfürsten zu tun habe.

Der Kaiser irrte, merkte nicht, wie ihn seine Täuschung in eine Falle lockte. Auf einem Hoftag in Laon hatte König Lothar seinen Landesfürsten einen Feldzug gegen Niederlothringen schmackhaft gemacht, auch dem mächtigen Herzog Hugo Capet, einem der kaiserlichen Verwandten im Westen. Hugo Capet, dessen Mutter eine zweite Schwester des verstorbenen Kaisers war, zählte wie Lothar zu den Vettern Ottos.

Was nun folgte, war eine Demütigung sondergleichen des dreiundzwanzigjährigen Kaisers, allein für Chronisten und Geschichtenerzähler eine fette, mundgerecht servierte Beute.

Während der mit dem Hof angereiste Kaiser über keinen zum Kampf gerüsteten militärischen Schutz verfügte, rückte ein massives französisches Heeresaufgebot gegen Aachen vor. Als Otto das Unglaubliche erfuhr, blieb ihm nichts anderes übrig als die überstürzte Flucht mit der schwangeren Theophanu nach Köln, einem sicheren Ort.

König Lothar besetzte mit seinen Truppen die Kaiserpfalz Aachen – für den Karolinger ein Triumph, den er mit dünkelhafter Selbstüberschätzung auskostete. Eine für den kaiserlichen Hof vorbereitete Mahlzeit überließ er den Troßknechten. Die Pfalz gab er zum Plündern frei, und den Franzosen fielen die in der Eile zurückgelassenen Reichsinsignien in die Hände. Um dem Schimpf die Krone aufzusetzen, ließ der französische König den von Karl dem Großen auf dem Giebel der Pfalz angebrachten Adler, der nach Westen blickte, nach Osten richten, gegen das Kernland des Kaisers.

Was bezweckte der französische König mit seinem dreisten Gewaltstreich? Weder Otto noch Theophanu, noch deren Berater fanden eine befriedigende Antwort. Trieb ihn Rachedurst wegen der Ernennung des Herzogs Karl zum Feldzug? Oder beanspruchte König Lothar für sich das karolingische Erbe? Das eine wäre kleinlich, das andere absurd. In der Pfalz von Köln war es Theophanu, die ihren aufgebrachten Gemahl zur Geduld mahnte. Und gewiß würde ein bald einzuberufender Reichstag die Wiederherstellung der kaiserlichen Ordnung fordern und einen Gegenschlag legitimieren.

13. Dietrich von Metz. Memorabile Dezember 978

Was erwartet man von mir? Parteinahme für die eine oder die andere Seite? Stillschweigende Duldung der Vorgänge in Westfranken oder Verrat? Ich höre gut genug das Flüstern der Zuträger. Verrat... was für ein Wort, mir, dem Bischof von Metz, zugemutet! Diese unerhörte Vorstellung ließe sich mit einem Federstrich ad absurdum führen. Verraten könnte ich nur, was ich weiß oder wußte.

Es wäre mir gewiß zu lästig, einzelne Ereignisse des zu Ende gehenden Jahres festzuhalten, noch einmal zu erinnern, wäre ich nicht Vorwürfen mangelnder Hilfeleistung oder gar der Mitwisserschaft ausgesetzt.

Die Wahl des jungen Karolingers Karl zum Herzog von Niederlothringen habe ich mitgetragen, ja sogar begrüßt. Das kann mir niemand absprechen. Aber ich wußte, daß die Ernennung den König von Frankreich, Karls älteren Bruder Lothar, bis aufs Blut reizt. Damit endet schon mein Wissen. Was König Lothar auf seinem Hoftag in Laon plante und durchsetzte, blieb mir so unbekannt wie sein Rachezug gegen Aachen, von dem ich erst nach dem Überfall erfuhr.

Mich wundert nur, daß mein Confrater Adalbero, der Erzbischof von Reims, den Ahnungslosen spielt. Er hätte doch eher als ich wissen müssen, was König Lothar im Schilde führte. Laon, ein Tagesritt von Reims entfernt, gehört zu Adalberos Erzbistum, und der französische König war es doch, der Adalbero vor einem Jahrzehnt die Kathedra von Reims übergab. Ja gewiß, auf ausdrücklichen Wunsch des verstorbenen Kaisers, meines Onkels. Ich will Adalbero, der sich des kaiserlichen Vertrauens erfreut, nicht vorschnell verdächtigen. Nur scheint es mir ebenso unangebracht, mich, den Bischof von geringerem Einfluß, dessen Bistum außerhalb der territorialen Grenzen Franziens liegt, der Parteinahme zu bezichtigen.

Natürlich bin ich Moralist, weil die Verhältnisse nicht sind, wie sie sein sollten, weil sie nicht sind – sage ich als Bischof und Theologe –, wie der Schöpfer sie haben wollte. Ebendarum unser ruheloses Herz, wie es Augustinus nannte: *inquietum est cor nostrum* ... Die uns angeborene innere Unruhe, erst recht im Blick auf die menschlichen und die großen machtpolitischen Verhältnisse wo auch immer. Aber man darf von mir nicht erwarten, daß ich zur Änderung der Verhältnisse Gewalt und Zwang gutheiße, am allerwenigsten die Rache, die doch nur um ihrer selbst willen genossen wird und neue Gewalt sät.

Ich bin ein alter Mann, zähle weitaus mehr an Jahren als der Kaiser und seine Byzantinerin zusammen. In meinem Alter neigt man zur Besonnenheit und verabscheut blindes Drauflosschlagen. Das ist kein Zeichen von Schwäche. Solche Beharrlichkeit, wenn ringsum Ungestüm vorschnell nach Gewalt verlangt, setzt Stärke voraus.

König Lothars Überfall auf Aachen war kindisch, ein Spektakel ohne Erfolg, sehen wir vom kurzweiligen Triumphgeschrei der Militärs ab. Lothar muß auf seinem Hoftag in Laon miserable Berater gehabt haben. Sein schlechtester Ratgeber war gewiß sein Kanzler Ascelin, den Adalbero vor einem Jahr zum Bischof von Laon weihte, ein eitler Besserwisser, viel zu jung, zu selbstbezogen, um politisch vorausschauend zu denken.

Hätte Lothar mich gefragt, ich hätte ihm mit aller mir verfügbaren Überredungsgewalt abgeraten. Nichts, aber auch gar nichts nützte ihm der billige Triumph, den wehrlosen Kaiser Otto aus Aachen verjagt zu haben, ein Possenspiel, das den Kaiser auf Rache sinnen ließ. Wir wissen es nach den Ereignissen, die in der zweiten Hälfte dieses Jahres ihren Lauf nahmen und die ich im innersten Herzen verdamme.

Otto hatte nichts Eiligeres zu tun, als schon im Juli einen Reichstag in Dortmund einzuberufen, um die Fürsten für einen Kriegszug gegen König Lothar zu gewinnen. Nicht zu Unrecht erklärte er, es sei seine kaiserliche Pflicht, die Reichsordnung zu sichern und jede mutwillige Störung zu bestrafen. Er brüstete sich, niemand solle ihm nachsagen, er sei ein Schwächling. Er bekenne sich zu seiner Aufgabe, ein Exempel zu statuieren.

Ich war nach Dortmund gereist, denn die Interessen Niederlothringens standen auf dem Spiel. Unversehens geriet ich in eine teuflische Verstrickung, in ein Labyrinth, aus dem ich verzweifelt herauszukommen suchte. Gott möge mir verzeihen. Hätte ich nicht meinem Gewissen folgen müssen, raten müssen, auf Gewalt, auf einen Rachezug zu verzichten? Wahrscheinlich – denke ich jetzt, am Jahresende – wäre dies sogar die politisch klügere, ja wirkungsvollere Entscheidung gewesen, eine Bestrafung des Königs von Franzien durch Nichtbeachtung, durch Verzicht auf den von ihm erwarteten Gegenzug des Kaisers.

Ähnlich, wenn auch aus anderen Gründen, bat mich Adelheid, gegen einen Rachezug zu stimmen. Die Kaiserinmutter beschwor mich unmittelbar nach unserer Begrüßung, ihr und ihrer Tochter Emma, der Gemahlin des Königs Lothar, zuliebe mäßigend auf ihren kaiserlichen Sohn einzuwirken. Ich müsse doch am ehesten wissen, wie sehr Otto auf Ratgeber hört. Sie war erregt wie nie zuvor. Ob ich denn ganz vergessen hätte, daß ich einmal ihr und ihres verstorbenen Gemahls treuester Gefährte gewesen sei? Ob ich denn verantworten könne, ihren Sohn in jeder Weise dem Einfluß der Byzantinerin zu überlassen?

Von erneuten Unstimmigkeiten zwischen der Kaiserinmutter und ihrer Schwiegertochter hatte ich gehört. Und schon dies wäre Anlaß genug, die Partei Adelheids zu ergreifen. Gott weiß, wie sehr mich Adelheids flehentliches Ersuchen bewegte.

Meine Lage war mehr als schwierig. Mich plagten Gewissensbisse im Hinblick auf Ottos geplanten Rachezug; sie steigerten sich unerträglich, vermehrt durch Adelheids Bitten. Ich muß nicht wiederholen, wie sehr ich mich nach dem Tode des alten Kaisers, meines Onkels, seiner von den Erben so leicht mißverstandenen Gemahlin verbunden fühlte.

Aber selbst wenn ich dem Wunsch der Kaiserinmutter entsprochen und in der Reichsversammlung meine Stimme gegen den Feldzug erhoben hätte, es wäre vergebliche Mühe gewesen. Zudem verpflichtete mich die Treue gegenüber meinem Landesherrn, dem Herzog Karl, dessen Ernennung ich selbst empfohlen hatte. So wenig Otto die Schmach des Überfalls hinnehmen konnte, so wenig konnte ich mit dem Kaiser dulden, daß König Lothar gegen Gesetz und Recht Niederlothringen besetzt hielt.

Ich unterstützte den Feldzug, stellte ein kleines Kontingent von Panzerreitern, als das kaiserliche Heer am ersten Oktobertag gegen das Königreich Frankreich vorrückte.

König Lothar war nach Paris geflohen, zu seinem Schwager Hugo Capet, und mit ihm sein Kanzler Ascelin von Laon. Dessen Bischofsstadt Laon besetzte ich mit meinen Reitern, verbot jedoch die Plünderung. Der Kaiser zog mit dem Reichsheer, an die dreißigtausend Bewaffnete, nahezu ohne Widerstand gegen Paris. In Reims nahm er die Gelegenheit wahr, den heiligen Remigius zu verehren, in Soissons betete er am Grab des heiligen Medardus. Otto befahl seinen Truppen, Kirchen und Klöster zu schonen. Jedoch Lothars Königspfalzen Attigny und Compiègne gab er zur Zerstörung und Plünderung frei.

Auch die Umgebung von Paris überließ der Kaiser drei Tage lang den Plünderern und Brandschatzern, ehe er befahl, in die Stadt einzuziehen. Nur hatte er nicht mit dem Widerstand der französischen Verteidiger gerechnet. Es gelang ihm nicht, auf das linke Seineufer überzusetzen, wo sich der Herzog Hugo Capet mit seinen Truppen postiert hatte. Otto begnügte sich damit, seine Krieger auf den Montmartre zu führen und sie mehrmals ein kräftiges Halleluja anstimmen zu lassen, daß es den Einwohnern in den Ohren dröhnte.

Das wenigstens verriet mehr Witz und Intuition als das ganze Unternehmen gegen König Lothar von Frankreich und den Herzog Hugo Capet.

Dem Kaiser blieb nichts anderes übrig, als den Rückzug zu befehlen, um seinen Truppen das Überwintern im fremden Land zu ersparen. Nachdem jedoch Paris den Belagerern eine eiserne Faust entgegengestreckt hatte, erfolgreich, fühlten sich die französischen Truppen gestärkt. Sie verfolgten das sich zurückziehende kaiserliche Heer. Es kam zu Gefechten, sogar zu einer schweren Niederlage, als der kaiserliche Troß sich anschickte, die Aisne, die nach sturmgepeitschten Regengüssen das Uferland überschwemmt hatte, zu überqueren.

Obwohl ich selbst beteiligt war, notiere ich die Geschehnisse widerwillig und nicht ohne Trauer. Die Ehre des Kaisers war wiederhergestellt. Doch um welchen Preis! Bei genauem Hinsehen erwies sich sein Gegenschlag als ein Schlag ins Wasser.

Die so kräftig aufgetriebenen Wellen werden sich glätten mit der Zeit. Man ist schon dabei, Möglichkeiten einer friedlichen Regelung der beiderseitigen Interessen zu erkunden. Otto begrub seinen Plan, den Herzog Karl zum König von Frankreich krönen zu lassen. Ich gestehe, daß ich selbst bei der Besetzung von Laon mit diesem Gedanken gespielt hatte. Einen Augenblick lang faszinierte mich die Vorstellung, die französische Königsherrschaft in der Hand des kaisertreuen Herzogs Karl zu wissen.

Noch einmal frage ich mich in diesen nachweihnachtlichen Tagen, wo alle Anzeichen auf Ausgleich und Versöhnung hindeuten: Wem bin ich, der Bischof von Metz, verpflichtet? Meinem Gewissen, meinem Bischofsamt? Dem Herzog Karl von Niederlothringen? Dem Kaiser und mit ihm seiner Gemahlin? Der Kaiserinmutter Adelheid, gewiß am schwächsten nach Macht und Einfluß?

Man nennt mich einen Fuchs, ohne zu wissen, was mich im Innersten bewegt, was mich peinigt, herausfordert und schließlich handeln läßt. Was ist es, was unser Handeln bestimmt? So dumm, jedem unserer Schritte Eigennutz und Eitelkeit zu unterstellen, kann nur ein verbohrter Ignorant urteilen.

Ich wußte doch, daß der gekränkte Otto schlecht beraten war, ahnte, daß sein Rachezug zu keiner dauerhaften Lösung der Reichsprobleme führen würde. Ich hatte auch nicht vergessen, wie sehr die Kaiserinmutter unter der Entwicklung der Verhältnisse litt, als sie mich inständig bat, den Kriegszug gegen ihren Schwiegersohn und ihre Tochter Emma zu verhindern. Sie hatte ein Recht, gerade mich zu bitten, denn schon meine Bischofsweihe durch den Kaiserbruder Bruno, den Erzbischof von Köln, verpflichtete mich dem alten Kaiser und nach dessen Tod seiner Gemahlin. In meinem Alter wechselt man nicht mehr die Pferde, nach Sieg gierend um jeden Preis. Adelheid bin ich mehr verbunden als dem jungen Kaiserpaar. Und doch schlug ich mich auf die Seite des jungen Kaisers.

Die Kaiserinmutter hat sich für eine Weile an den Königshof von Burgund zurückgezogen. Von Quedlinburg kommend, begleitet von ihrer Tochter, der Äbtissin Mathilde, reiste sie im frühen Herbst durch das Elsaß, um einer Einladung ihres Bruders Konrad zu folgen. Ich hatte auf ihren Besuch in Metz oder wenigstens auf ein Grußzeichen gehofft, vergeblich. Aber ich kann ihr nicht verdenken, daß sie, durch die Entscheidung von Dortmund zutiefst verletzt, nur noch Zuflucht bei den ihr treuen nächsten Verwandten sucht.

Erfreulich scheint mir, daß sie zuvor in Besançon der Herzogin Beatrix begegnete, der Nichte des alten Kaisers, die seit einigen Monaten als Witwe des Herzogs Friedrich von Oberlothringen für ihre Söhne das Herzogtum verwaltet. Die noch junge Beatrix hält sich tapfer und umsichtig an die von ihrem Gemahl vorgegebene Verbindung mit dem Kaiser, anders als ihr kaiserfeindlicher Bruder Hugo Capet. Sie jedenfalls besitzt die seltene Gabe, ausgleichend zu wirken. Nichts Besseres als Ermutigung durch ein solches Beispiel brauchte Adelheid.

Ob sie in Lyon, am Hof ihrer Kindheit, bei ihrem königlichen Bruder, einen angemessenen Zuspruch fand, vermag ich nicht zu sagen. Ich hörte jedoch, König Konrad sei um Vermittlung bemüht. Sicherlich wird er seine um einige Jahre ältere Schwester nicht ungetröstet entlassen. Zudem hörte ich, daß Abt Majolus, als er vom Aufenthalt Adelheids am Königshof in Lyon hörte, schnellstens aus Cluny dorthin eilte, um seiner Gönnerin beizustehen.

Hoffnung ist angezeigt nach dem unergiebigen kriegerischen Hin und Her, nach der Auseinandersetzung zwischen dem Kaiser und König Lothar, nach dem Bruch zwischen der Kaiserinmutter und ihrem Sohn. Es wird Zeit nötig sein, Geduld, um die Schäden zu heilen.

Und Theophanu, unsere Byzantinerin? Ich habe sie fast aus den Augen verloren, obwohl sie jede Entscheidung Ottos mitträgt und manche unter ihrem Einfluß zustande kam. Das ist kein Geheimnis.

Verwunderlich ist, wie sie, die in Byzanz verwöhnte Prinzessin, die nicht endenden Härten ihres neuen Lebens an der Seite des Kaisers auf sich nimmt. Andererseits bezweifele ich, ob ihr nach dem Tode des Basileus Tzimiskes unter den neuen Herrschern am Bosporus ein besseres Leben vergönnt wäre. Ihr leiblicher Vater Konstantinos Skleros und dessen Bruder Bardas Skleros, der sich usurpatorisch zum Kaiser ausrufen ließ, kämpfen vergeblich um die Macht. Verglichen mit dem anhaltenden Krieg um die Vorherrschaft in Ostrom blieb der Feldzug nach Paris ein begrenztes und zwangsweise zur besseren Einsicht führendes Kräftemessen.

In unserem Westreich herrscht Weihnachtsfrieden. Das Kaiserpaar feiert Weihnachten in der Pfalz von Frankfurt. Ich ließ durch Boten meinen Gruß überbringen, bestärkte Otto in seinem Friedensangebot an König Lothar, nachdem Lothar nun auf die Besetzung Niederlothringens verzichtet.

Die junge Kaiserin ließ ich ausdrücklich grüßen. Niemand soll mir mangelnde Bereitschaft zur Verständigung nachsagen. Die Byzantinerin wird lernen, sich den hiesigen Verhältnissen anzupassen. Erstaunlich genug ihr Lernwille. Ich wußte auch, daß sie hochschwanger aus Aachen fliehen mußte. Man hatte mir gesagt, die achtzehnjährige Theophanu habe die so erschreckend erzwungene Flucht, ihren kurzen Aufenthalt in Köln und dann die Geburt ihres zweiten Kindes mit beispielhafter Tapferkeit bewältigt.

Zur Geburt hatte sie sich mit ihrem kleinen Hofstaat im Juli zurückgezogen in die Abtei Sankt Gertrudis von Nivelles in Brabant. Nivelles gehört zu den der Kaiserin als Hochzeitsgabe zugesprochenen Besitztümern, zu ihrem kaiserlichen Wittum, wie man im Deutschen sagt. Dort, im flämischen Niederland südlich von Brüssel, fühlte sie sich in Sicherheit, und ihr Gefühl trog sie nicht.

Sie hatte sich und dem Kaiser einen Sohn gewünscht, aber sie gebar eine Tochter, die auf den Namen von Theophanus Mutter Sophia getauft wurde. Ich notiere das mit einem Lächeln, weil der Byzantinerin, die so entschieden deutsch-römische Kaiserin sein will, nun doch in der Namensgebung ihrer zweiten Tochter ein Stück ihrer Herkunft erhalten bleibt.

14. *In Gandersheim.*
Fünfter Bericht der Anastasia D.

Hätte mir jemand in Konstantinopel vorausgesagt, an das Leben im rauhen Land zwischen Elbe und Rhein würde ich mich gewöhnen, ausgelacht hätte ich ihn. Heute, nach mehr als sieben Jahren im Westreich, würde ich nicht mehr abschätzig über die Frage nach unserer Ausdauer lachen.

Als uns gestern die milde, frühherbstliche Sonne nach draußen lockte, scherzten wir über die Siebenzahl. Keine fetten Jahre, weiß Gott, nicht geeignet, uns zum Genuß zu verführen. Otto von Schwaben und Bayern, für einige Tage in unserer Gesellschaft in der Abtei, versuchte wieder einmal unser Hiersein als so selbstverständlich wie Morgen und Abend darzustellen. Ihr wißt doch, sagte er, mich unbekümmert von der Seite anblickend, daß jeder Mensch nach sieben Jahren mit Haut und Haar ein anderer ist, ganz und gar erneuert. So seid Ihr nun, wie Theophanu und alle ihre Gefolgsleute, die mit uns durch den Klostergarten gehen, zumindest mit den Körpern hier im Westen heimisch geworden.

Wir haben uns eingerichtet, aber gewöhnen heißt noch nicht lieben. Immer noch sitzt mir im Ohr, was mir Theophanu erbost zurief, als ich wagte, meinen Ärger über die Verhältnisse, in die wir hineingeraten waren, zu äußern: Hatte ich denn eine Wahl? Noch weniger als Theophanu konnte ich, konnten wir alle, ihre Begleiter, frei entscheiden, als wir unsere Schiffsreise in eine ungewisse Zukunft antraten.

Wer dies liest, soll mich nicht mißverstehen. Bei allen Begleitern Theophanus, insbesondere bei mir, war es letztlich nicht Vasallengehorsam, was uns an der Seite der Prinzessin ausharren ließ, sondern Zuneigung. Im Grunde entsprach es unserem eigenen Willen, mit Theophanu nach Rom zu reisen, in ihrem, der künftigen Westkaiserin, Hofstaat zu dienen. Nur schließt dies nicht aus, daß ich gereizt sein kann, manchmal, und an unsere Herkunft denke, wenn das Befremdende überhandnimmt.

Etwas hat sich geändert. Am Anfang, auf dem Schiff, in Rom, war ich diejenige, die Theophanu Mut zusprach. Der Basileus hatte mir aufgetragen, sie in ihrer Würde als byzantinische Prinzessin zu bestärken, und ebenso, ihr die Pflichten als Westkaiserin vor Augen zu führen. Es ist fast so, als sei mein Auftrag beendet. Theophanu bedarf nicht mehr meiner Hilfe. Sie ist selbständig geworden, mir vorausgeeilt, schon abhanden gekommen. Bin ich noch ihr Gewissen, ihr zweites Ich?

Ich denke, nach einem Grund für Theophanus Wandel muß ich nicht lange suchen. Wo der Vogel seine Jungen zur Welt bringt, sagt man in unserer Familie, ist sein Nest. Theophanu hat ihr Zuhause gefunden, endgültig und dreifach besiegelt. Drei Kinder gebar sie ihrem kaiserlichen Gatten. Dem Rhythmus der Jahre entsprechend folgte der im frühen Herbst 977 erstgeborenen Adelheid 978 die so muntere Sophia und in diesem Jahr, vor gerade zwei Monaten, die kleine Mathilde, die ihren Namen nach der Großmutter Ottos erhielt. Zur Geburt Mathildes nahm eines der kaiserlichen Güter nicht weit von Gandersheim die Gebärende auf.

Jetzt wird Theophanu nicht mehr fragen, wobei já ein noch so geringer eigener Vorbehalt mitschwang: Hatte ich denn eine Wahl? Wenn ich sehe, wie sie mit ihren Kindern umgeht, wie sie an der Seite Ottos steht, ihn berät, mitentscheidet, und wie sie sich gegenüber den Wortführern des Reichs und der kaiserlichen Kanzlei behauptet, so sind Zweifel an ihrer Entschiedenheit unerlaubt.

Den Spöttern, die hinter Theophanus, hinter unserem Rücken tuschelten, die in der jahrelangen Kinderlosigkeit der

Byzantinerin ein böses Omen zu sehen glaubten, hat sie gehörig Bescheid gegeben. Aber das wissen wir doch, wie die Widersacher der byzantinischen Heirat von Anfang an ihr Feuer schürten. Sie sind nicht ausgestorben. Die nicht verborgenen Spannungen zwischen der Kaiserinmutter Adelheid und Theophanu riefen sie wieder auf den Plan.

Natürlich gab es ebenso Spannungen zwischen Otto und Theophanu, als sie die zu milde Bestrafung der schwäbischen und bayerischen Verschwörer tadelte. Wen wunderte es, daß die Kaiserinmutter ihren Einfluß geltend machte, ja nochmals im Falle Westfrankens zugunsten ihrer Tochter Emma, der französischen Königin, ihren Sohn bestürmte.

Manche sagen, Otto hänge noch zu sehr am Rockschoß seiner Mutter. Aber welch ein Konflikt, in den sie ihren Sohn versetzte! Adelheids Parteinahme für ihre Verwandten im Süden des Reichs und in Westfranken machte sie zur Fürsprecherin der Dezentralisation. Schon deswegen erweist sich Theophanus anderslautender Rat als unentbehrlich. Sie jedenfalls argumentiert, wenn immer sie gefragt wird und mitberät, zum Wohl des *ganzen* Imperiums unter dem einen Kaiser. Mit ihr im Bunde sind keine Geringeren als der Erzkanzler Willigis und der junge Herzog Otto.

Vor einem Jahr hat sich die Kaiserinmutter nach Pavia zurückgezogen, enttäuscht, weil sie den Kriegszug gegen ihren Schwiegersohn König Lothar nicht verhindern konnte. Wir glaubten, ihr Rückzug habe Otto befreit und innerlich gefestigt. Aber dann kam es wieder zur heftigsten Auseinandersetzung zwischen Otto und der schwangeren Theophanu. Er schrie sie an, mit hochrotem Kopf, sie verstehe seine Lage nicht, sie allein trage die Schuld an Adelheids Abreise. Er benahm sich wie ein Rasender. Ich verließ eiligst das Zimmer, wartete im Vorzimmer, falls Theophanu mich rufen sollte.

Bei Otto war es nichts anderes als ein Ausbruch seiner innersten Unzufriedenheit. Sein Zorn über etwas, was ausweglos zu sein schien und ihn quälte, entlud sich hemmungslos. Ich bemerkte, wie er schließlich zur Ruhe kam und wie er noch am selben Abend Theophanu mit hingebungsvoller Zärtlichkeit umwarb. Man müßte blind sein, um seine reuige und, wie wir hoffen, nun beständige Zuneigung nicht zu sehen.

Offensichtlich entdeckt der Kaiser von Tag zu Tag mehr, was ihm Theophanu bedeutet, als Ratgeberin von untrüglichem politischen Verstand und erst recht als junge Mutter ihres und seines dritten Kindes.

Schrieb ich nicht, Theophanu sei mir abhanden gekommen? Wahrhaftig, was könnte ich, lebte Tzimiskes noch, ihm berichten? Doch nur, daß seine Nichte sieben Jahre und sechs Monate nach unserer Ankunft in Rom und nach der Geburt ihres dritten Kindes das ihr Aufgetragene als Kaiserin des Westreiches besser erfüllt, als jede einheimische Prinzessin es vermöchte.

Mitunter fällt es sogar mir schwer, ihren Gedanken und Vorstellungen zu folgen. Von Byzanz hat sie sich weiter entfernt, als ich ihr je zugemutet hätte. Vielleicht trug der Tod des Tzimiskes dazu bei, die Verbindung mit Byzanz abzuschneiden oder verkümmern lassen.

Niketas berichtete uns nach seiner glücklichen Rückkehr aus Konstantinopel von der wahrscheinlichen Ermordung des Tzimiskes. Der Tod des Basileus entzweite Theophanus Vater- und Mutterfamilie, die Skleroi und die Phokades, die im fernen Anatolien mit ihren Truppen gegeneinander kämpfen. Spärliche Nachrichten erreichen uns auf langen Umwegen. Unbestimmt der gegenwärtige Stand. Jedoch mit Gewißheit festigte sich auf dem Palasthügel von Konstantinopel die neue Herrschaft. Niketas sagte uns, der Verdacht, Anstifter des Mordes an Tzimiskes zu sein, falle allein auf den Großkanzler, denselben, der sogleich für die Inthronisation der Söhne des Romanos sorgte, der legitimen Ostkaiser, die nun als Basileios II. und Konstantin VIII. am Bosporus herrschen.

Ich notiere das kommentarlos. Doch mich befremdet, daß Theophanu unseren Akritas nach Byzanz entsandte, eine Grußbotschaft und Geschenke für die jungen Kaiser im Gepäck.

Meinen bescheidenen Einwand, mein Erinnern an Tzimiskes, an ihren Vater, von dem sie stets gut sprach, wies Theophanu entrüstet zurück. Sie zog die Augenbrauen hoch, schaute mich mit ihren großen Augen erstaunt an.

– Was willst du, Anastasia, die Kaiserin des Westimperiums hat für geregelte Beziehungen mit dem Ostreich einzustehen. Außerdem habe ich als Kind mit dem gleichaltrigen Konstantin und dem etwas älteren, lebhafteren Basileios in den Gärten am Bosporus gespielt. Das weißt du doch.

Hier in Gandersheim, in diesen späten Septembertagen, wo die Natur noch einmal ihre Fülle preisgibt, setze ich dem Gedanken, Theophanu um meine Entlassung zu bitten, keinen Widerstand mehr entgegen. Theophanu selbst besitzt mehr, als ich ihr noch geben könnte. Sie am ehesten wird mich verstehen.

Vor zweieinhalb Jahren, im frühen Sommer 977, als wir ein paar Tage in Diedenhofen nördlich von Metz weilten, lernte ich den Grafen Gotfried von Namur kennen. Mein Blick fiel auf ihn, als Dietrich von Metz den niederlothringischen Grafen dem Kaiserpaar mit besonderer Herzlichkeit vorstellte. Das hätte mich eher abschrecken müssen. Mein Mißtrauen gegenüber Bischof Dietrich wog schwerer als seine übertriebene Freundlichkeit. Ein listiger alter Mann, so schien es mir, der ein undurchsichtiges Spiel treibt, obwohl er im Konflikt um Niederlothringen seine Treue zum Kaiserhaus bewies.

Ich vergaß meine Vorbehalte, nachdem mir Gotfried von Namur als Tischherr zugewiesen wurde. An der langen Tafel saß ich neben ihm. Nicht ein Wort fiel über den Bischof, über die Ernennung Karls zum Herzog von Niederlothringen, über die Reichspolitik. Neugierig fragte der Graf nach Byzanz, nach den Verhältnissen am Bosporus, nach dem Stand der Bildung und Erziehung und weiter, ob wir Byzantiner (er lächelte bei der nicht selten spöttisch gebrauchten Bezeichnung) uns nicht gelegentlich zurücksehnten nach Konstantinopel.

Ein nicht nur gutaussehender, sondern feiner, gebildeter Herr, dachte ich, der eine Dame nach höfischer Sitte zu unterhalten weiß.

Später, in Frankfurt, begegneten wir uns erneut, und der Graf, ein paar Jahre älter als ich, begrüßte mich jovial, nahezu familiär, was mich ärgerte. Oder doch nicht? Natürlich wußte ich, daß er sich im Feldzug gegen König Lothar bei der Einnahme von Laon und Soissons bewährt hatte. Inzwischen galt er als bester Vertrauensmann des Kaisers in Niederlothringen. Das hörte ich von Willigis. Es gefiel mir.

In der Pfalz von Frankfurt saßen wir wiederum an der Abendtafel nebeneinander. Bis heute weiß ich nicht, ob durch Zufall oder durch den Grafen veranlaßt. Nach dem Mahl fragte er mich unvermittelt, ob ich sehr an Byzanz hänge oder mir ein Leben anderswo, beispielsweise in Niederlothringen, vorstellen könne. Ich sagte: Anderswo lebe ich bereits. Er lachte: Nein, nein, nicht im Hofstaat der Kaiserin, sondern in Niederlothringen, in einer Grafschaft an der Maas. Das war deutlich genug. Ich meinte, niemals würde es mir einfallen, meine derzeit schwangere Theophanu zu verlassen. Er werde warten, gab er unbeirrt zurück und nahm meine Hand, als wäre schon ein Bund besiegelt.

Tausend Gedanken schossen mir durch den Kopf, in Frankfurt und erst recht in den letzten Tagen hier in der Abtei von Gandersheim. Wir sind von Magdeburg herübergekommen, auf Umwegen, die uns südwärts bis zum thüringischen Saalfeld führten. Bekannte Wege, dem grünen Saaletal folgend, durch eine Landschaft, die unseren Atem erfrischte und unser Herz erfreute, wären wir nur weniger reisemüde.

Ich schreibe *wir* (wie stets in meinen Berichten), müßte jedoch Theophanu aussparen, denn sie zeigte sich unermüdlich, wo wir in ihrem kleinen Gefolge die Zunge hängen ließen und jede abendliche Rast herbeisehnten. Wie unsinnig, den Riesenumweg durch die thüringischen Wälder zu nehmen, wo doch der günstigere Weg über Quedlinburg nach Gandersheim geführt hätte. Aber es war Theophanus Wunsch, dem Kaiser, der mit dem Hof weiter nach Süden zog, möglichst lange nahe zu bleiben, ehe sie sich nach Gandersheim begab.

Ich denke, ihr Wunsch entsprach dem beiderseitigen Willen

zur Versöhnung, nachdem es in Magdeburg wieder zwischen Otto und Theophanu zum Streit gekommen war, ausgelöst durch eines jener barbarischen Urteile, die ich nie begreifen werde. Ein nordthüringischer Graf namens Gero war aus undurchsichtigen Gründen denunziert worden. Der Graf galt als untadelig und kaisertreu, doch das Gericht verurteilte ihn zum Zweikampf, der zu seinen Gunsten ausging. Dennoch ließ der Kaiser den Grafen durch den Henker enthaupten, ein aus Schwäche oder aus einer Laune verhängtes Unrechtsurteil, das bei uns allen Entsetzen auslöste, ausgenommen Erzbischof Adalbert von Magdeburg, dessen Begründung allein der Himmel weiß.

Der am Tag der Urteilsvollstreckung aus Regensburg angereiste Herzog Otto teilte unseren Abscheu. Er bestärkte Theophanu, die nach Rechtfertigung des Gesetzesbruchs verlangte. Als sie den Kaiser ansprach, antwortete er gereizt, schreiend, er sei von Verrätern umgeben, er müsse sich seiner Haut wehren. Ich verließ den Raum, hörte ihn weiter cholerisch schreien und schämte mich seinetwegen.

Mein Gott, dachte ich, ob alle Männer hier im Land so grob reagieren, wenn sie, in die Enge getrieben, sich eines nicht wiedergutzumachenden Fehlers bewußt werden?

Man muß mir nicht sagen, wie dumm es war, wie voreilig, so zu denken. Es gibt Gegenbeispiele: den Erzkanzler Willigis, dessen Besonnenheit manchen Schaden verhinderte, unseren Freund, den Herzog Otto, und den mit ihm nach Magdeburg gekommenen Grafen Berthold vom Nordgau, der den ersten Verrat des Zänkers aufgedeckt hatte. Andere Namen könnte ich hinzufügen. Auch, wie wir sein Verhalten kennen, Gotfried von Namur.

Und der Kaiser? Ich wich ihm aus, als ich ihn verstört, seine Augen wischend, nach der Auseinandersetzung mit Theophanu sah. Die Verlegenheit, irgend etwas Erklärendes sagen zu müssen oder mich brüsk stehen zu lassen (was nicht seine Art ist), wollte ich ihm ersparen.

Bald nach dem Vorgefallenen, noch in Magdeburg, ließ sein und Theophanus Verhalten die Bereitschaft erkennen, über solchen Vorgängen nicht das Gemeinsame zu vergessen. Doch anders als früher äußerte sich Theophanu mir gegenüber mit keinem Wort, auch nicht nach der Verabschiedung Ottos und hier in Gandersheim.

Die Äbtissin empfing uns, wie man Freunde empfängt. Sie, die zwei Jahrzehnte ältere Kanonissin im schwarzen Wollhabit, umarmte Theophanu mit ungehemmter Herzlichkeit. Sie sprach Griechisch (ein etwas steifes, unmelodisches Schulgriechisch, doch immerhin!), begrüßte auch mich in unserer Sprache, was mich verwirrte. Soviel Entgegenkommen hatte ich nicht erwartet. Noch auf dem Herweg hatte ich geglaubt, Theophanu warnen zu müssen. Die Äbtissin sei die Schwester der verbitterten Herzogin Hadwig und des Zänkers, der in Utrecht seine vom kaiserlichen Gericht verhängte Strafe abbüßte. Theophanu möge auf einen zurückhaltenden Empfang gefaßt sein.

Theophanu wußte es besser. Vergiß nicht, sagte sie mir, die Einladung der Äbtissin, eine mir wiederholt zugebrachte Einladung nach Gandersheim. Du warst nicht weniger interessiert als ich, der Einladung zu folgen und die im Kanonissenstift lebende Dichterin Roswitha kennenzulernen, die uns Gerberga so eifrig empfahl. – Ja gewiß, doch das war vor dem Verrat und der Bestrafung des Zänkers, dachte ich im stillen.

Es kam anders. Das gebe ich zu, widerstrebend, denn zu meinem Leidwesen ertappe ich mich bei unzutreffenden Voraussagen. Schon bei der Begrüßung der Äbtissin schmolz meine Besorgnis dahin wie Wachs in der Sonne.

Außerdem halten wir uns nicht zum eigenen Vergnügen in Gandersheim auf, obwohl uns – sogar Theophanu – einige Tage der Ruhe willkommen sind. Ein anderer, notwendiger Anlaß führte uns her. Nach der Geburt von Theophanus drittem Kind finden wir es an der Zeit, den Kleinkindern das Heranwachsen wohlbehütet an einem festen Ort zu sichern. Die schon energisch strampelnde eineinhalbjährige Sophia soll mit ihrer Amme der Obhut der Äbtissin Gerberga anvertraut werden. Die erstgeborene Adelheid lebt bereits in Quedlinburg im

Kloster der Äbtissin Mathilde, der Schwester des Kaisers. Die jüngstgeborene so winzige Mathilde, die noch bei uns ist, werden wir in nächster Zeit ihrer Taufpatin zuführen, der Äbtissin von Essen, der Schwester des Herzogs Otto, des Kaiserneffen, den wir gern am Hof sehen.

Das nenne ich klug vorgesorgt. Drei der Kaiserfamilie eng verbundene, durch Schenkungen reich ausgestattete Klöster, geeignet, den kaiserlichen wie anderen hochadeligen Töchtern die beste Erziehung zu gewähren. Es sind keine Klöster im Sinne der strengeren, benediktinischen Observanz, sondern Kanonissenstifte. Deren Insassen verpflichten sich oder sind seit Kindesalter verpflichtet zur Befolgung solcher Vorschriften, die der sinnvollen Ordnung des gemeinsamen Lebens und des Gottesverdienstes dienen, ohne das Gelübde zu lebenslanger Weltabgeschiedenheit abzulegen.

Die Äbtissinnen, die uns freundlich gesinnte Mathilde in Quedlinburg und ebenso Gerberga, wie wir in den vergangenen Tagen sahen, werden über die verwandtschaftliche Zuneigung hinaus den Kindern eine schulische, literarische Bildung vermitteln, die im Westreich zur Seltenheit gehört. Natürlich gefiel mir, was ich zu meinem Erstaunen erfuhr. Gerberga selbst hat die Kanonissin Roswitha unterrichtet, obwohl ein wenig jünger als ihre Schülerin, mit der sie Werke der mir vertrauten antiken Schriftsteller las. Die Dichterin Roswitha dankte der Äbtissin durch manche ihren Dichtungen vorangesetzte Widmung.

In guter Gesellschaft wird Sophia, werden die drei Kinder Theophanus heranwachsen. Das tröstet mich, bedenke ich die Mühsal der Reisen des kaiserlichen Hofs von Pfalz zu Pfalz, Aufbruch und Fahrt bei jedem Wetter, wie es die kaiserliche Präsenz im Land zwischen Elbe und Rhein verlangt. Das separate Reisen mit dem kleinen Hofstaat der Kaiserin zu deren eigenen Gütern zwischen dem thüringischen Tilleda und der im äußersten Westen gelegenen niederlothringischen Abtei Nivelles macht die Strapazen nicht geringer. Ich selbst gäbe viel darum, wenigstens zeitweise von den Reisepflichten befreit zu sein.

15. *Theophanu und die Dichterin*

Eine so vollzählig versammelte Kommunität hatte das Refektorium lange nicht mehr gesehen. Blieb sonst manche Kanonissin aus echter oder angeblicher Unpäßlichkeit fern und ließ sich in der Kammer von ihrer Dienerin auftischen, so wollte an diesem Sonntag keine der sechzig Kanonissen das Festessen zu Ehren der Kaiserin versäumen.

Schon vor einigen Jahren hatte eine beträchtliche Schar von Nonnen, die sich der strengeren Regel Sankt Benedikts verpflichtet fühlten, das Kanonissenstift verlassen und die Klausur im nahen Marienkloster vorgezogen. Also boten die Tischreihen an der linken und rechten Seite des Refektoriums genug Plätze, auch für das Gefolge der Kaiserin.

So wenig wie möglich wollte Theophanu ihre Teilnahme an der sonntäglichen Mittagstafel hervorgehoben wissen. Keine Sonderstellung, hatte sie der Äbtissin Gerberga nahegelegt, weil sie doch im kaiserlichen Familienstift eingekehrt sei. Sie weile als Gast in Gandersheim und wünsche, als solcher mit ihrer Begleitung von der Kommunität aufgenommen zu werden. Ihr genüge das Zeremoniell der ersten Begrüßung bei ihrem Eintreffen. Wir leben nicht mehr in Byzanz, hatte sie mit einem Seitenblick auf Anastasia betont, Gerbergas Umarmung, die Sympathiebekundungen der Kanonissen seien ihr lieber als die in Byzanz üblichen Demutsgesten.

Aber als Theophanu, geführt von der Äbtissin, begleitet von Anastasia, das Refektorium betrat, erhoben sich alle Anwesenden von ihren Holzbänken, und der Tisch am Kopfende, wo sie mit Gerberga Platz nahm, war mit Herbstastern und immergrünen Zweigen geschmückt. Eine Novizin brachte ihr ein mit warmem, nach einer Rosenessenz duftendem Wasser gefülltes Becken, in das sie ihre Hände tunkte. Die Äbtissin selbst trocknete mit einem weißen Tuch die Hände der Kaiserin, wie es bei einem hohen Tischgast der Brauch war.

Die Blicke aller Anwesenden richteten sich auf die neben der stattlichen Äbtissin stehende kleinere, überaus zarte, dunkelhaarige Byzantinerin. Eine Kostbarkeit, ein Juwel, so wirkte sie in ihrer farbigen, goldbesetzten Seidenkleidung neben den Kanonissen, die ihre schwarze Kukulle trugen.

Alle standen sie noch stumm an ihren Tischen, als die Äbtissin mit geschulter, herber Stimme das *Benedicite* intonierte und die Kommunität den Segenswunsch wiederholte. Eine Schola griff den angestimmten Ton auf. *Oculi omnium in te sperant, Domine, et tu das illis escam in tempore opportuno.* Aller Augen warten auf dich, Herr, und du gibst ihnen Speise zur rechten Zeit. – Weiche, hohe Sopranstimmen, die das Tischgebet aus feierlichem Anlaß im Wechsel mit der Kommunität sangen.

Nach dem Segen der Äbtissin setzten sie sich, während Novizinnen fast geräuschlos Vorspeisen und Krüge mit Wein und Wasser hereintrugen und man sich, immer noch schweigsam, an den Tischen durch Fingergesten verständigte, um zu Getränken und zu einer der opulenten Vorspeisen zu gelangen.

Gerberga flüsterte der ihr zur Rechten sitzenden Kaiserin zu, wie von ihr gewünscht werde sie eine der üblichen Tischlesungen hören. Heute lese die Lektorin den Prolog einer Verslegende, einer Märtyrergeschichte, nach einer wahren Begebenheit von der Kanonissin Roswitha in Dialogform geschrieben. Theophanu habe die Dichterin ja schon beim Begrüßungsempfang kennengelernt. Die mehr als vierzigjährige Roswitha sitze am Tisch der älteren Kanonissen.

Beim Vorübergehen hatte Theophanu die Dichterin schon gesehen, ihr zugenickt. Am Vormittag hatte sie ihr durch Anastasia ausrichten lassen, nach der Vesper erwarte sie die Dichterin in der Bibliothek zu einem Gespräch. Sie schulde ihr Dank für ihre Versepen, die *Gesta*, die sie den Taten der beiden Kaiser, des verstorbenen und des lebenden Otto, ihres Gatten, gewidmet habe.

Inzwischen war die Lektorin zur Lesekanzel am unteren Ende des Speisesaales gegangen, und die Äbtissin gab mit einem Silberglöckchen das Zeichen zur Aufmerksamkeit. Solche Tischlesungen waren für Theophanu nichts Neues. In Gandersheim wie in Quedlinburg, in allen monastischen Gemeinschaften gehörte die mittägliche Lectio zur Regel. Aber Theophanu horchte auf, als die Lektorin begann:

Die Leiden des heiligen Pelagius, der zu unseren Zeiten in Cordoba die Märtyrerkrone empfangen hat:

> Im Westen erstrahlt die leuchtende Zier der Welt,
> eine erhabene Stadt, von ihren Bewohnern gepflegt.
> CORDOBA heißt sie, glanzvoll auf dem Erdenrund
> bekannt durch Schönheit und Reichtum,
> am meisten berühmt durch ihre Gelehrten.
> Einst war sie dem Christenglauben treu ergeben,
> ihre Kinder trugen das weiße Kleid der Taufe.
> Kriegerische Macht überwältigte die Bürgerwehr.
> Der Irrtum gottloser Lehre breitete sich aus,
> zum Schaden für das rechtgläubige Volk.
> Denn so war es: Mit ungeheurer Wucht griffen
> die Sarazenen die ruhmreiche Stadt an.
> Gewaltsam machten sie sich das Königreich untertan,
> löschten sie das Lebenslicht des Königs,
> der vordem im Namen Christi gerecht regierte.

Theophanu, schon aufmerksam geworden durch die Rede von »unseren«, den gegenwärtigen Zeiten, schaute Gerberga fragend an, als sie von den *Saraceni* hörte. Darum also ging es. Sie wußte zu gut, daß die muslimischen Sarazenen nicht nur Spanien beherrschten, sondern eroberungssüchtig nach Kalabrien und Apulien drängten. Ihre Okkupationsversuche zwangen die Christenkaiser im Westen wie in Byzanz gleicherweise zur Gegenwehr, wollten sie verhindern, daß den italischen Süden ein ähnliches Schicksal erwartete wie Spanien.

Als aber das gläubige Volk endgültig besiegt war,
erhob der barbarischen Eindringlinge Anführer,
ein böser, gottloser Mann, Beuteanspruch
auf das gesamte hispanische Reich. Im Christenland
siedelte er seine gottlosen Gesellen an,
zahlreiche Feinde holte er in die trauernde Stadt.
Nach barbarischem Brauch mischte er Ungläubige
unter die Einwohner, sie zu überreden,
ihr Vätererbe aufzugeben, Heiligtümer zu schänden
und nach heidnischer Sitte zu leben.
Aber, geleitet von Christus, dem Hirten, widerstand
eine gläubige Schar dem Tyrannen, gelobte,
lieber zu sterben als den Glauben zu verraten.

Wieder, ehe die Lektorin nach einem Atemholen fortfuhr in der Verslegende, erklang das Silberglöckchen, von der Äbtissin kräftig geschüttelt, das Ende der Lesung anzeigend. Man durfte reden, anders als in den strengeren Monasterien, und sogleich zog durch den Saal mit dem Duft der hereingetragenen Speisen ein aufmunternder Redeschwall.

– Von Pelagius war noch keine Rede, sagte Theophanu, zu Gerberga gewandt, während ihr eine Dienerin Wein einschenkte und eine andere gefüllte Täubchen, gedünsteten Fenchel und andere Gaumenfreuden vorlegte. Man darbte nicht im Stift der reichen Adelstöchter. Erst recht achtete man die Regula Benedicti, nach der Gäste aus vollen Töpfen zu bewirten seien. Von der üppigen Festtafel profitierten alle Teilnehmenden, nicht nur die am Tisch der Äbtissin sitzenden. Aber Gandersheim war kein Schlemmerhaus wie manches Stift und Kloster an anderen Orten. Dafür sorgte die Äbtissin.

– Die Fortsetzung der Lectio, morgen, übermorgen, wird von Pelagius handeln, erwiderte Gerberga auf Theophanus Einwand. Aber sie könne die in bestem Latein verfaßte Geschichte des Märtyrers selbst lesen oder die Szenenfolge von der Dichterin erfahren.

Theophanu nahm sich vor, Roswitha zu befragen. Zudem wollte sie hören, wieso jemand im abgeschiedenen Tal von

Gandersheim wisse, was vor kurzer Zeit in der fernen Stadt Cordoba geschehen war.

Die Lesung sei klug gewählt, sagte Theophanu. Sie bedauere, daß den Kaiser andere Pflichten verhinderten, hier zu sein und die Lektionen zu hören. Was in Spanien zu nicht mehr umkehrbaren Verhältnissen geführt habe, könne ebenso dem italischen Süden drohen.

Unwillkürlich dachte sie an ihre Landung in Tarent, wie sie vor mehr als sieben Jahren zum ersten Mal süditalischen Boden betrat, wie sie wohlbehütet im großen Gefolge durch das apulische Bergland über Venosa, die Heimatstadt des Dichters Horaz, nach Benevent zog.

– Werden die beiden unerfahrenen Ostkaiser, abgelenkt von ihren Machtkämpfen, bereit sein, Kalabrien, Apulien vor dem Ansturm der sizilischen Sarazenen zu schützen? Wer verteidigt unsere Ländereien im Süden, Capua, Benevent? Irgendwann, sobald die Verhältnisse im Norden geordnet sind, wird der Kaiser über die Alpen nach Rom und weiter nach Süden ziehen. Er muß jeder Aggression die Stirn bieten. Was nützt ein Imperator, der sein Land den Beutegeiern preisgibt? –

Gerberga erschrak, als sie Theophanu reden hörte, mehr zu sich selbst als zur Äbtissin. Es ging ihr doch nicht um die Sarazenen, um deren Bekämpfung in Süditalien. Die Lesung hatte sie aus literarischen Gründen ausgewählt. Sie wollte Theophanu vorführen, wie die Fähigkeit zur dichterischen Formgebung, zu Versepen und dialogisierten Geschichten nicht nur griechischen und römischen Autoren vorbehalten war, sondern hier im geringgeschätzten Norden eine Meisterin fand.

Etwas Stolz war mit im Spiel, denn Gerberga hatte die Kanonissin Roswitha zum Schreiben ermutigt.

Theophanu erwartete keine Antwort. Auch ohne Anastasia, die ihr einen unzufriedenen Blick zuwarf, wußte sie, daß sie ihr Tischgespräch in eine andere, freundlichere, weniger komplizierte Richtung lenken sollte. Von niemandem sonst hätte sie eine stumme oder wörtliche Mahnung hingenommen. Fast belustigt nickte sie Anastasia zu. Die Kaiserin – das sagte ihr Nicken, ihre Blickverständigung – weiß, was sich gehört. Sie

wird durch ihr heiteres Benehmen der gastlichen Äbtissin danken und allen an den langen Tischen sitzenden Gästen zum Vorbild dienen.
Als ihr am Nachmittag in der Bibliothek die Kanonissin Roswitha gegenübersaß, sagte Theophanu, sie habe einige ihrer Schriften, ihrer dramatischen Dichtungen, gelesen, empfohlen von der Äbtissin Gerberga. Sie lese nicht so passioniert wie der Kaiser, der entliehene Bücher auf seinen Reisen mit sich führe, zum Ärger der Klosterbibliothekare. Nein, nicht alles habe sie gelesen, aber die Dialogstücke über Theophilus und den Eremiten Abraham, einige Szenen des Pafnutius-Stückes, und sie kenne die den Kaisern gewidmeten Verse.

– Die Frau Kaiserin hat gut gewählt, erwiderte Roswitha. In den gelesenen Stücken kommt zum Ausdruck, was ich zu sagen wünsche. Die *Gesta Ottonis* gehören zu meinen letzten Schriften. Aber ich weiß nicht, ob mein mangelndes Wissen, meine ungeschickte Sprache dem Lob der Kaiser genügen. –

Theophanu winkte ab. Rhetorische Bescheidenheitsfloskeln mochte sie nicht. Außerdem wußte sie, daß die blasse, kränklich wirkende, offenbar zu wenig den Ausgang, den Garten nutzende Kanonissin ihr starkes Selbstbewußtsein durchaus nicht immer versteckte. *Ego clamor validus Gandersheimensis*, ich der kraftvolle Ruf von Gandersheim, hatte sie in einer Vorrede zu den Dramen geschrieben. Theophanu gefiel die Offenheit, Kühnheit, mit der die Dichterin ihren Anspruch meldete. Sie nahm sich vor, unumwunden zu fragen, und erwartete unumwundene Antworten.

– Was hat dich zum Schreiben gebracht? Du warst doch erst um die zwanzig, als deine ersten Legenden entstanden.

Roswitha hätte sagen können, die Kaiserin sei gegenwärtig auch noch keine zwanzig, noch nicht halb so alt wie sie. Das wagte sie nicht. Sie antwortete wie gefragt.

– Zuerst war es Übung. Nachahmung der römischen Autoren, wozu mich meine Lehrerin aufforderte. Es gab ja keine einheimischen Vorbilder. Ich versuchte Heiligenlegenden in Verse zu setzen, erbaulichen Lesestoff, der bei unseren Tischlektionen Gefallen fand. Dann verlangte die Äbtissin von mir, die Vorlagen auszuformen, Dialoge zu schreiben, Szenen zu verbinden zu einer Handlung. –

– Und woher nahmst du deine Vorlagen? –

– Aus den lateinischen Büchern, auch aus den griechisch-byzantinischen Legenden. Ich las sie in lateinischer Übertragung. –

– Legendenstoffe? Das klingt harmlos und wahrhaft erbaulich. In Wirklichkeit sprengen deine Legendenstücke das erbauliche Muster. Du schilderst, wie der Vikar Theophilus sich dem Teufel verschreibt, samt allen Folgen. Dein Abraham- und auch dein Pafnutius-Stück handeln, wie man es auch deuten mag, von Unzucht, von Freudenhäusern, Prostituierten. Bei Pelagius, so hörte ich von Anastasia, rückt der Verführungsversuch zur widernatürlichen Liebe in den Vordergrund. Weißt du, daß der Abt Odo von Cluny im Traum ein schönes Gefäß voll Schlangen sah und darin erkannte, was die Dichter ihren Lesern vorführen? –

– Das weiß ich. Auch Abt Majolus lehnt die angeblichen Verführungskünste der Dichter ab. –

– Was schließt du daraus? –

– Nichts. Das sind Mißverständnisse. –

– Du scheinst dir deiner Sache ziemlich sicher zu sein. Deine Kritiker sagen, du hättest zu viele der frivolen Komödien des Terenz gelesen. –

– Auch Erzbischof Bruno, der Bruder des Kaiservaters Otto, las mit Vorliebe seinen Terenz. Seine Lieblingslektüre, wie man sagt. –

– Davon weiß ich. Deine Äbtissin hat mich unterrichtet. Du siehst, ich spreche nicht unvorbereitet mit dir. Ich will dir nicht schaden, nur meine Neugier befriedigen. Es kommt mir so unglaublich vor, in Gandersheim einer Dichterin zu begegnen. So viele Jahre liegt es zurück, daß mir Anastasia von der Dichterin Sappho erzählte. –

– Ich danke der Kaiserin. Mit der Griechin Sappho, von der mir die Äbtissin Gedichte zeigte, will ich mich nicht vergleichen. –

– Wieder deine Bescheidenheit? Aber lassen wir das. – Du

nanntest den Erzbischof Bruno. Deine von dir verehrte Äbtissin sagte mir auch, der Kölner Erzbischof habe Terenz nicht wegen des Inhalts seiner Komödien gelesen, sondern wegen der Wortwahl und des eleganten Stils. –

– Gibt es da einen Unterschied? Die Trennung erinnert mich an die Spitzfindigkeit der Sophisten. –

– Und wie erklärst du deine eigene Vorliebe für den Komödienschreiber Terenz? –

In Roswithas Gesicht kam Bewegung, Farbe. Sie fühlte sich angesprochen von der Kaiserin, von der nicht nur wohlwollenden, sondern gebildeten, belesenen Gesprächspartnerin, obwohl sie von sich behauptete, wenig zu lesen. Mit einem Mal wich von Roswitha jegliche Unsicherheit. Wie wäre es, wenn sie der Kaiserin sagen würde, was sie bewegte? Wie müde, erschöpft sie sich fühlte, von Tag zu Tag mehr. Wie ihr nichts mehr einfalle, ihr Schreiben an ein Ende angelangt sei, ihr Werk abgeschlossen.

Ihr Werk? Was ist schon ihr Schreiben, ihr *ingenioli*, ihr Talentchen, was ist sie selbst, verglichen mit der jungen Kaiserin, die ihr gegenübersitzt, die drei Kindern das Leben schenkte und mit ihrem Kaisergemahl das Imperium regiert, zu anstrengenden Ortswechseln gezwungen, während sie geborgen im Tal von Gandersheim lebt und schreibt.

Theophanu wurde unruhig. Sie war es nicht gewohnt, daß man Antworten hinauszögerte.

– Ich habe dich nach Terenz gefragt. –

– Verzeiht. Ich dachte an die Gunst der Frau Kaiserin, die nach meinen Werken fragt. Was den Terenz betrifft, so habe ich keine Skrupel, ihn zu lesen und in meinen Werken nachzuahmen. Doch von Vorliebe, wie bei anderen, sogar frommen Leuten, die sich genießerisch den Komödien widmen, kann bei mir nicht die Rede sein. –

– Du widersprichst dir. –

– Ich sehe keinen Widerspruch, denn ich las den Terenz, um ihn zu widerlegen. Ich ahmte ihn nach, um mit seinen Mitteln, in seiner Darstellungsweise Gegenstücke zu seinen verderblichen, lasziven Komödien zu verfassen. –

– Das mußt du mir erklären. –

– Wo Terenz die Unzucht schamloser Frauen und Männer darstellt, darin Genüge findet, gehe ich einen Schritt weiter, indem ich den Sieg der christlichen Glaubenskraft hervorhebe. –

– Du machst die Abgründe der Menschen drastisch sichtbar, in jedem deiner Dramen, die ich las, in fast allen, wie mir gesagt wurde. Woher weiß das alles die ohne Mann in der Geborgenheit des Stifts lebende Kanonissin? Müßte dich nicht das Schamgefühl davon abhalten, solche Verwerflichkeit vorzuführen? –

– Jeder kann in den Heiligen Schriften, beim Propheten Hosea und anderswo, nachlesen, was den Menschen antreibt. Scham befällt mich allerdings, wenn sich meine Phantasie ausmalt, wozu Menschen fähig sind. –

– Du gibst zu, daß du dich auf ein gefährliches Spiel einläßt? –

– Die Frau Kaiserin spricht wie der Abt Majolus. Aber meine Dramen handeln von Bekehrung und Gnade. Die Theologen würden sagen: von Sünde, Reue und Erlösung durch die Gnade. Die einfachen Elemente der Heilsgeschichte. Wie kann ich von Bekehrung sprechen, ohne die Abgründe von Schuld, den Sturz in die Gottesferne vorzuzeigen? So geschehen beim Teufelspakt des Theophilus. Der Priester Theophilus wird gerettet wie die Dirne Maria, die der Eremit Abraham im Freudenhaus bekehrt. –

– Gut. Das sind Legendenstoffe. Da mag es verzeihlich sein, daß die von dir gewollte Allegorie zwar einleuchtet, aber ziemlich überspannt sichtbar wird. Terenz macht das bei seinen Themen, in seiner Darstellungsweise besser. –

– Meine Unbeholfenheit, verglichen mit Terenz, habe ich nie geleugnet. Doch zu keiner Zeit dachte ich daran, aus Angst vor Tadel aufzuhören, von der Gnade Gottes, von seinen Heiligen zu schreiben. –

– Was bist du nun: bescheiden oder – was ich an dir bewundere – außerordentlich selbstbewußt? ...

Roswitha schwieg. Sie fühlte sich keineswegs bewundert, sondern bloßgestellt, in die Enge gedrängt, und wußte nicht, wie sie parieren sollte. Erlöst nahm sie das Weiterfragen der Kaiserin auf, den Themenwechsel.

– Aber wie kamst du auf Pelagius? Kein Legendenstoff, sondern ein nahes, gegenwärtiges Thema. Die Prologverse erinnerten mich an aktuelle Ereignisse. –

– Pelagius kam als Geisel nach Cordoba, an den Hof des Kalifen Abderrahman II. Als der Kalif den schönen jungen Fürstensohn zur Unzucht verführen wollte, schlug Pelagius ihm mit der Faust ins Gesicht. Daraufhin ließ der Kalif seine Geisel von einem Felsen hinabschleudern in den Fluß und – nachdem Pelagius den Sturz ohne Schaden überlebte – enthaupten. Diese wahre Geschichte des Pelagius, den die Christen in Spanien als Wundertäter verehren, berichtete mir ein Augenzeuge. –

– Ein Mann aus Cordoba kommt nach Gandersheim, um dir die Märtyrergeschichte zu berichten? –

– So war es nicht. Ich hörte die Geschichte von Bischof Recemund von Elvira, den der Nachfolger des genannten Kalifen von Cordoba zu einem Hoftag nach Frankfurt gesandt hatte. Auch ich war dort, zwanzigjährig, als Begleiterin meiner Äbtissin. Wegen der Begegnung mit dem Bischof von Elvira und weil ich Gandersheim nur ganz selten verließ, behielt ich den Zeitpunkt, das frühe Jahr 956, im Gedächtnis. –

– Der spanische Bischof Recemund ist mir nicht unbekannt, dem Namen nach. Er muß ein kluger Mann, ein aufrechter Christ gewesen sein. Bischof Liudprand von Cremona verehrte ihn. Der Bischof von Cremona, du weißt das sicherlich, gehörte zur kaiserlichen Gesandtschaft, die mich auf der langen Reise von Konstantinopel nach Italien begleitet hat. –

– Davon hat mir die Äbtissin erzählt. Als ich seinen Namen hörte, erinnerte ich mich, daß ich auch Liudprand auf dem Hoftag in Frankfurt sah. Er trug noch keinen Bischofsring, sondern war Diakon der Kirche von Pavia. –

– Hast du ihn gesprochen? –

– Ich wagte nicht, ihn anzusprechen, obwohl er oft neben Bischof Recemund stand und mit ihm sprach. –

– Aber Recemund hast du angeredet. –

– Meine Äbtissin hat den spanischen Bischof auf meine Heiligenlegenden aufmerksam gemacht, und er bat mich zu sich, um mir von Pelagius zu erzählen. –

– Du hast mein Erinnern an Liudprand geweckt. Dafür danke ich dir. Noch vor Rom, im Kloster von Montecassino, mußten wir ihn krank zurücklassen. Sein Tod, von dem ich später erfuhr, schmerzte mich. In Byzanz war Liudprand der beste Mittelsmann des Westkaisers. Auch mir halfen seine Erfahrungen, half mehr noch sein Verständnis für die junge Byzantinerin. –

– In Frankfurt lobte man Liudprands Kunst der Vermittlung und seine Vertrautheit mit den Verhältnissen in Byzanz. Doch mich interessierte mehr, daß man von ihm als Kenner der römischen Dichter sprach, der Werke von Terenz, Horaz, Vergil, Ovid und anderer. –

– So sind wir wieder bei Terenz angelangt. Liudprand verweist in seinem Recemund gewidmeten Werk über die Taten der Kaiser und Könige mehrfach auf die von dir genannten Dichter, auf keinen so oft wie auf Terenz. Am Anfang schreibt Liudprand, lahm werde der Geist, der sich immerzu mit den Lehren der Akademiker, der Peripatetiker und Stoiker beschäftigt, wenn er nicht beim wohltuenden Lachen der Komödien oder einer Heldengeschichte Vergnügen findet. Ich zitiere aus dem Gedächtnis. Aber eines halte ich für gewiß. Liudprand hätte, wären ihm deine Dialogstücke bekannt gewesen, das eine oder andere Stück als ebenso wohltuend hinzugezählt...

Das Gespräch zwischen der Kaiserin und der Dichterin ging dem Ende zu. Viel Zeit, mehr als von ihr vorgesehen, schenkte Theophanu der Kanonissin Roswitha. Das wurde ihr bewußt, als Anastasia an der Eingangstüre zur Bibliothek erschien und sich wortlos so postierte, daß sie in Theophanus Blickfeld stand. Ihre Mahnerin, ihr zweites Gewissen.

Theophanu war ganz entspannt, fühlte sich geradezu erholt. Das Gespräch hatte ihr eine andere Welt als die alltägliche eröffnet, eine Welt, der sie in ihrer Mädchenzeit näher war. Wer wüßte das besser als Anastasia? Sie fragte sich, ob sie nicht Unwiederholbares versäumte, wenn sie vor lauter Pflichten, Kaiserin-Pflichten, ihren Blick nur noch starr auf das Nächstliegende richtete. Oder will sie das, will das ihr Ehrgeiz? Wie nie zuvor beneidet sie den Kaiser, der sich Zeit nimmt für seine Bücher, für Gespräche, die nichts mit dem Regieren zu tun haben.

Aber sie muß lernen. Sie ist nicht in ihre Aufgaben hineingewachsen wie ihr Gemahl, und sie kam als Fremde in ein ihr fremdes Land. Längst hat sie gelernt, dieses Land zu lieben, die Menschen, die ihr anvertraut sind. Merkwürdig, wie ihr am Ende des Gesprächs mit Roswitha solche Gedanken durch den Kopf gehen. Wie nur selten empfindet sie eine von ihrem Gegenüber ausgehende Bereicherung.

– Du wirst immer meiner und des Kaisers Gunst sicher sein, sagte sie, als sie sich erhob und der Kanonissin Roswitha, die ebenfalls aufstand, mit einem gelösten Lächeln zunickte, um dann sehr schnell, gefolgt von Anastasia, die Bibliothek zu verlassen.

16. Die Stetigkeit der Liebe

Selten genug, aber doch von Zeit zu Zeit trennten sie sich. Die weiträumig verteilten, oft nach mühsamen Ritten zu bewältigenden Regierungsaufgaben des Kaisers forderten nicht immer Theophanus Anwesenheit. Kriegszüge zur Sicherung des Imperiums im Westen wie im Osten, jenseits der Elbe, waren ohnedies keine Frauensache. Theophanu konnte ihren Pflichten gegenüber ihren Besitztümern zwischen Elbe und dem fernen Niederrhein nachgehen; oder ihre Niederkünfte und die Sorgen für die neugeborenen Kinder bestimmten ihre Aufenthaltsorte, führten sie nach Gandersheim, Quedlinburg oder zu den Pfalzen an ihren Reisewegen.

Die kurzzeitigen Trennungen schienen dem Kaiserpaar gutzutun. Ihr Zusammenleben entging der lähmenden Gewohnheit, wie bei Liebenden, deren Zusammenfinden sich nach Trennung und Wiedersehen stets aufs neue steigert.

Aber konnte man bei Theophanu und Otto im wörtlichen Verständnis von Liebenden sprechen? Ihre Vereinigung war von den Mächtigen befohlen worden, ehe der Kaisersohn Otto seine junge Braut von Angesicht sah. Eine Gelegenheit, vor der Eheschließung von der Schönheit seiner Braut entzückt und von ihrem Glanz gebannt zu sein, wie es Horaz in einem Carminum den Liebenden zuschreibt, gab es nicht. Liebe aber – das mußte Theophanu nicht erst bei den römischen Dichtern nachlesen – hatte die griechische Dichterin Sappho in einem ihrer unvergeßlichen Verse »das Schönste auf dieser dunklen

Erde« genannt. Die Verse der Sappho hatte Anastasia ihr wiederholt zitiert, und sie bestätigten doch nur, was Theophanu fühlte.

Zu denken, die Siebensachen des Herzens hätten die junge Theophanu ungerührt gelassen, wäre ein Trugschluß.

Gewiß bewegte sie zuerst kaum mehr als die Pflichterfüllung, vage verbunden mit dem Reiz eines in der Ferne liegenden Abenteuers, das sie erwartete. Sie nahm begierig auf, was Liudprand und Gero ihr von ihrem künftigen Gemahl erzählten. Ein Rest von Ungewißheit blieb. Doch schon die erste Begegnung in Rom und diese eine ihr zugedachte Anrede *dilectissima*, geliebteste Theophanu, ließen sie innerlich jubilieren, denn beides überstieg die ihnen abverlangte bloße Pflichtübung.

Dann schienen irgendwelche Hemmnisse der vollendeten ehelichen Vereinigung im Wege zu stehen, über fünf lange Jahre. Warum das Versagen gegenüber den Erwartungen? Ein Menschenherz läßt sich nicht mit dem Seziermesser öffnen. Vielleicht verweigerte etwas in ihr genau dies, das Erwartete, weil sie nicht nur Mittel zur Zeugung von kaiserlichem Nachwuchs sein wollte.

Wenn nach mehr als fünf Jahren die erste Tochter Adelheid geboren wurde und in Jahresabständen Sophia und Mathilde folgten, so spricht dies wahrhaft für eine nun doch erfüllte Eheverbindung. Etwas Merkwürdiges, offensichtlich weder von Theophanu noch von Otto oder von anderen aus ihrer Umgebung Vorausgesehenes, allenfalls Erhofftes, war geschehen. Merkwürdig auch deswegen, weil beide im Laufe der Jahre genug Gelegenheit fanden, die Schwächen des Partners zu erkennen. Vielleicht gaben sogar die Schwächen und deren beiderseitiges Ertragen Anlaß, ihre Verbindung zu festigen und das Miteinander zu einer Liebesbeziehung wachsen zu lassen.

So jedenfalls zeigte sich jedem unvoreingenommenen Beobachter nach einem Jahrfünft das enge Verhältnis des kaiserlichen Ehepaares, ein Verhältnis, von dem jeder wußte, daß es als pures Zweckbündnis begründet worden war.

Die Stetigkeit ihrer Liebe festigte sich, erhielt Auftrieb bei jedem Wiedersehen. Theophanu erwartete ihren Gemahl mit gleicher Ungeduld, wie er sie begehrte. Ihr noch immer mädchenhaft wirkender Körper, alle ihre Sinne verlangten nach Zärtlichkeit, nach Vereinigung mit ihrem so leicht erregbaren Gemahl. Wie hätte es anders sein können bei ihrer Art zu leben, zu denken und zu empfinden?

Nach ihrem Aufenthalt in Gandersheim blieb Theophanu im sächsischen und nordthüringischen Kernland. Pflichtbesuche führten sie nach Bothfeld, Tilleda und zum südlicher gelegenen Saalfeld, wo sie in der Oktobermitte 979 ihren Gemahl erwartete. Sie fühlte sich heimisch im waldreichen mitteldeutschen Bergland, freute sich, als sie durch das gewundene Saaletal ritten, das letzte Wegstück flußaufwärts, gesäumt von den seitlich ansteigenden Mischwäldern, die ihre frühen Herbstfarben zeigten. Eine Landschaft, ganz und gar ungleich der Landschaft ihrer Kindheit.

Theophanus Erinnerung an Byzanz blieb ohne Wehmut, anders als bei Anastasia, die seit einiger Zeit wiederholt die nördlich rauhen Wetterverhältnisse und die Reisemühen beklagte. Eher, sagte sie Theophanu unumwunden, könne sie das mildere Klima im westlichen Elsaß ertragen. Theophanu ahnte, daß sie die vertrauteste, liebste Begleiterin nicht mehr lange an ihrer Seite würde halten können – eine Vermutung, die ihr durch den Kopf ging, aber bald von glücklicheren Gedanken verscheucht wurde.

Sie dachte an die Tage in Gandersheim, an die gute Obhut ihrer Kinder, wollte Otto jede Einzelheit berichten, auch von ihrer Begegnung mit der Kanonissin Roswitha erzählen. Es sei undenkbar, belehrte Anastasia sie, daß der literarisch so sehr interessierte Kaiser die seinem Vater und ihm selbst gewidmeten Versepen der Dichterin, die eine oder andere der Legenden nicht kenne. Eine Dichterin sei in Sachsen doch *rara avis*, ein seltener Vogel, und genieße schon deswegen größte Aufmerksamkeit.

Anastasia mochte ja recht haben. Es eilte Theophanu auch

nicht mehr mit dem Erzählen, als sie den von Regensburg kommenden Otto in Saalfeld empfing. Das Glück des Wiedersehens, des Sichwiederfindens, obwohl sie keine zwei Monate getrennt gewesen waren. Sie staunte selbst, wie jedes Wiedersehen ihre intellektuelle Überlegenheit verdrängte, wie sie Ottos Sichbehaupten durch befehlsgewohntes, oft gereiztes Schreien vergaß. Das alles konnte sie nicht mehr entzweien. Wer die beiden von nahem sah, mußte sie – bei allem dem Kaiserpaar zustehenden Respekt – als Liebende erkennen. Etwas von ihrem Glück las man in ihren Gesichtern, ihren Augen.

Nach ihrem ersten nächtlichen Beischlaf ließ Theophanu der Gedanke an die Erwartung eines Sohnes, eines Kaisererben, nicht mehr los. Kein Wort davon kam über ihre Lippen, weil sie befürchtete, das Aussprechen würde ihre Ahnung zunichte machen.

Sie ließen sich Zeit, fühlten sich unbeschwert, fast so wie vor siebeneinhalb Jahren in Rom. Theophanu erinnerte Otto daran, als sie mit kleinem Gefolge durch den Herbstwald oberhalb des Saaletals ritten.

Aber es war doch anders damals. Das wußte sie, noch ehe sie von ihrer Erinnerung sprach. Die Verantwortung für das Imperium lag auf den kräftigen Schultern des Kaiservaters. Er und die Kaiserin Adelheid duldeten, daß ihr Sohn und sie, die Byzantinerin, eine Weile von Pflichten entlastet blieben. Es war Frühling, als sie ausritten zu den Albaner Bergen. Nun, im Herbst 979, fehlte von ihren damaligen Begleitern der verstorbene Gero von Köln, fehlten Willigis und der Herzog Otto, die den Kaiser in Magdeburg erwarteten.

Theophanu mußte sich an neue Gesichter in ihrer Umgebung gewöhnen. Doch wenigstens Niketas Kurkuas, unverändert in seinen Manieren, seiner eleganten Kleidung, und Anastasia vermittelten ihr ein Gefühl von Vertrautheit, von Kontinuität.

Sie begleitete ihren Gemahl bis zur Pfalz von Allstedt, auf halbem Weg nach Magdeburg, wohin der Kaiser Anfang November weiterzog, um von dort einen Feldzug gegen die wieder aufständischen Slawen zu unternehmen. Theophanu und noch mehr ihre Gefolgsleute und Anastasia erfreuten die über den November ausgedehnte Rast in Allstedt und das Versprechen, man werde Weihnachten in der Pfalz von Pöhlde feiern. Das brachte zumindest dem Hofstaat der Kaiserin eine ruhigere Zeit. Man konnte manches auf den Reisen Versäumte nachholen, Kleidung und Gerätschaften pflegen. Und Pöhlde lag nicht allzu weit nach Westen, auf bekannten Wegen über Tilleda, Nordhausen zu erreichen.

Aber ganz so still, ohne aufregende Ereignisse verlief der November in Allstedt keineswegs. Größtes Aufsehen erregte der Besuch eines Benediktinermönches, der in der letzten Novemberwoche, begleitet von einigen kaiserlichen Reitern, der Kaiserin gemeldet wurde. Er nannte sich Johannes Philagathos und war auf dem Weg zum Kaiser, den er in Magdeburg treffen sollte. Empfohlen durch Willigis und den bisherigen italischen Kanzler Gerbert, der zum Bischof von Tortona berufen worden war, war der Benediktinermönch von Otto zum Leiter der italischen Kanzlei ernannt worden.

Die Empfehlung stützte sich auf die Vertrautheit des aus Rossano an der Südküste Kalabriens stammenden Philagathos mit den italischen Verhältnissen, besonders jedoch auf seine vielgelobte griechische Bildung und seine Weltgewandtheit. Eigenschaften, die Otto für den noch nicht dreißigjährigen Kalabresen einnahmen, die aber nicht unbedingt zu den mönchischen Primärtugenden gehören.

Philagathos war kein Mönch nach dem Vorbild des Majolus von Cluny. Selbst nach dem Ablegen seiner Reithose, des wetterfesten Umhangs und seiner Pelzmütze, als er in der schwarzen Kukulle vor Theophanu stand, wirkte er weltmännisch. Ein großgewachsener, südländisch dunkelhäutiger Aristokrat, gepflegt und höfischer Umgangsformen fähig, die allenfalls von Niketas Kurkuas übertroffen wurden. Wie er sich gab, mit der Kaiserin redete, mußte den Anwesenden die Bezeichnung Mönch als lächerlich unpassend erscheinen lassen. Aber wo sonst, wenn nicht im großmächtigen Orden der Benediktiner, hätte ein nicht fürstlich geborener Mann seiner Begabung, seines Ehrgeizes Aufstiegschancen gefunden?

Wahrscheinlich hätte Adelheid den Kalabresen anders empfangen als Theophanu. Doch Philagathos sprach Griechisch, wohlklingend, gebildet, und dies, verbunden mit seinem ihr schmeichelnden, selbstsicheren Auftreten, brachte ihm die Sympathie Theophanus und ihrer byzantinischen Begleiter ein.

– Ihr kommt zur rechten Zeit, sagte Theophanu, wir erwägen, mit großem Gefolge nach Süden zu ziehen, sobald die Verhältnisse in unserem Kernland geklärt und die Grenzen gesichert sind. –

Philagathos wunderte sich, wie selbstverständlich die Byzantinerin *wir* sagte und von *ihrem* Kernland sprach. Ihre Andeutung griff er auf.

– Italien, Rom, vor allem die Fürstentümer Capua, Benevent und Spoleto hoffen auf die Gegenwart des Kaisers in nicht allzu ferner Zeit. Ich darf mir den Hinweis erlauben, daß der sizilische Emir Abu l-Kâsim mit seinen Sarazenen mühelos die Meerenge von Messina überquert. Solange die Lähmung Ostroms andauert, ist der Süden Italiens, meine Heimat, den Überfällen schutzlos preisgegeben. –

– Ich weiß. Kalabrien liegt außerhalb unseres Machtbereichs. In Kalabrien herrscht der Gubernator Ostroms, ein Mann, den ich kennenlernte und an den ich ungern denke. Doch vergeßt nicht den Fürsten Pandulf Eisenkopf von Capua und Benevent, den gutgerüsteten Wächter des Kaisers im italischen Süden. –

Theophanu erfuhr einiges mehr über die zunehmende Bedrohung der Sarazenen, über deren Stärke, Verwegenheit in der Angriffstaktik. Interessierte sie das? Sie hörte Worte, griechische Sätze, Redewendungen. Doch ihre Besorgnis den Süden betreffend verschwieg sie, als ihr plötzlich bewußt wurde, wie sie diesem ihr fremden Mann, entgegen ihrer Art, viel zu vertrauensselig begegnete. Sie entließ Philagathos mit der Bemerkung, sie werde ihn, den italischen Kanzler, vermutlich im kommenden Jahr in Italien wiedersehen.

Im späten März 980, als die ersten Schwalben aus dem Süden

zurückkehrten, zog Theophanu im Gefolge des Kaisers nach Westen. Die Ärzte hatten Theophanu bereits eine Schwangerschaft attestiert, was sie nicht hinderte, ihren Gemahl zur linksrheinischen Pfalz von Ingelheim zu begleiten. Die große Pfalz bot alle Annehmlichkeiten, die ihrem Zustand zugute kamen. Das schon wärmere Klima in der Rheinebene empfand sie als wohltuend. Wie vor drei Jahren feierte die Kaiserfamilie in Ingelheim das Osterfest, verbunden mit einer Bischofssynode, und Theophanu vor allen anderen erfreute das Wiedersehen mit Willigis, dem vielbeschäftigten Erzkanzler des Reichs.

Es gab angenehme und unangenehme Begegnungen in Ingelheim. Zu den angenehmsten gehörte nun einmal Willigis, kein Schmeichler, gewiß nicht, aber der verläßliche Helfer in allen persönlichen und politischen Angelegenheiten, die ja nicht immer zu trennen waren. Zudem sah Theophanu in der Bedächtigkeit des Sachsen eine geradezu notwendige Ergänzung zu ihrem aufbrausenden Kaisergemahl.

Willigis erinnerte Theophanu daran, daß sich vor genau drei Jahren nach der Ernennung des kaiserlichen Vetters Karl zum Herzog von Niederlothringen die Auseinandersetzung mit König Lothar von Frankreich verschärft hatte. Ein trauriges Kapitel, das jedoch nun nach den letzten Verhandlungen zum guten Ende komme. König Lothar sei zum Frieden bereit.

– Ich hörte davon mit Genugtuung. Jedermann weiß doch, wie schimpflich König Lothar den Kaiser und mich aus Aachen vertrieb. Aber wie verhält sich Hugo Capet? –

– Die Verhandlungen erfolgten hinter dem Rücken des Herzogs Hugo Capet. Ein Schachzug König Lothars, der seinem Vetter mißtraut. Den Friedensschluß wird das nicht stören. Als entscheidend erwies sich die Vermittlung Adalberos, des Erzbischofs von Reims, zugunsten des Kaisers. –

Von Adalbero, dem nicht mehr jungen kaisertreuen Erzbischof, hörte Theophanu gern. Auf ausdrücklichen Wunsch des Kaiservaters Otto hatte König Lothar 968 das Erzbistum Reims Adalbero anvertraut. Theophanu mochte Adalbero, seine künstlerischen Neigungen, denen die Ausstattung seiner

Kathedralkirche mit den ersten bunten Glasfenstern zu verdanken war. Seine Reimser Domschule galt als vorbildlich. Die Theophanu von Bischof Dietrich von Metz zugetragenen Gerüchte, die Adalbero eines zwielichtigen Verhaltens gegenüber dem Kaiserhaus bezichtigten und ihn zum geheimen Parteigänger König Lothars machten, hielt sie für falsch, für neidische, verleumderische Anwürfe. Willigis bestätigte ihre Vermutung.

In Ingelheim begrüßte Theophanu den Reimser Erzbischof als Freund des Kaiserhauses. Bei Dietrich von Metz fiel es ihr schon schwerer, jene freundliche Geste aufzubringen, die der mit dem Kaiser verwandte Bischof erwartete.

Anastasia machte ihr Vorhaltungen deswegen, später, nach dem Begrüßungszeremoniell. Sie meinte, Theophanu solle den Einfluß des Bischofs von Metz nicht unterschätzen. Er habe sich kaisertreu verhalten. Außerdem sei er ein unerläßlicher Begleiter, wenn sie mit dem Kaiser in naher oder ferner Zukunft nach Italien aufbreche.

– Aber Anastasia, du denkst an die Zukunft. Ich denke erst einmal an das Naheliegende. An den Friedenspakt mit König Lothar. Und vergiß nicht, was mich in nächster Zeit erwartet.

Natürlich, Theophanu dachte an ihre Schwangerschaft, und sie dachte daran, daß ihr Gemahl ohne ihre Begleitung Anfang Mai von Ingelheim nach Margut-sur-Chiers reisen würde, um dort in der persönlichen Begegnung mit König Lothar den Friedenspakt zu besiegeln.

Die Ärzte hatten Theophanu dringend von der Mitreise abgeraten. Die körperliche Anstrengung, meinten sie, auch die unkalkulierbare seelische Belastung durch das Zusammentreffen mit dem französischen Königspaar könnten ihrem Zustand schaden. Zudem bestehe sie darauf, ihr Kind (ihren Sohn, sagte sie unentwegt) in der ihr vertrauten Pfalz von Nimwegen zur Welt zu bringen. Nachdem die Kaiserin dies beabsichtige, sollte sie jede zusätzliche Aufregung meiden und die Rückkehr ihres Kaisergemahls in Ruhe abwarten.

Es war die beste Nachricht, die Otto aus Margut-sur-Chiers mitbrachte. Der Friedenspakt mit dem König von Frankreich enthielt den Verzicht König Lothars auf Lothringen. Die Auseinandersetzung um die westfränkischen Besitzansprüche fanden durch den ehrenvollen Frieden ein Ende.

Gleich nach seiner Rückkehr gestand der Kaiser seiner Gemahlin, wie sehr ihn der Friede von einer Last befreie. Er werde schnellstens Kuriere nach Pavia, an den Hof der Kaiserinmutter Adelheid, entsenden, um ihr die gute Botschaft mitzuteilen. Die friedliche Verständigung mit König Lothar und der Königin Emma diene ja auch der Versöhnung mit Adelheid, die ihm die Entzweiung mit ihrer Tochter aus der ersten Ehe zum Vorwurf gemacht hatte.

Ja, gewiß, er habe recht, erwiderte Theophanu, und Otto wisse, daß sie wie er, auch wegen der Kaiserinmutter, von der heilsamen Wirkung des Friedens überzeugt sei. Doch mußte sie den Enthusiasmus Ottos ein wenig dämpfen und erwies sich, wieder einmal, als die realistisch Denkende. Sie erinnerte Otto an den von ihm berufenen Karl, dessen Ernennung zum Herzog von Niederlothringen durch den Friedenspakt mit Frankreich endgültig bestätigt war. Allerdings sei noch nicht aus der Welt, daß Karl öffentlich seine Schwägerin, die Königin Emma, des Ehebruchs mit dem Bischof von Laon beschuldigt hatte, und dies ohne die geringste Beweiskraft. Ob er, Otto, wirklich glaube, Adelheid ließe eine so schändliche Verleumdung ihrer Tochter Emma unwidersprochen gelten?

Der Kaiser blieb zuversichtlich, nicht unberechtigt, denn das französische Königspaar hatte dem Friedensschluß ohne Vorbehalt zugestimmt.

Da die Ärzte Theophanus Niederkunft kaum vor der letzten Juliwoche erwarteten, blieb ihr noch eine Frist von gut zwei Monaten. Theophanu wählte die bequeme Schiffsreise rheinabwärts, erlaubte sich jedoch an der Landestelle von Köln eine Unterbrechung, um den Kaiser nach Aachen zu begleiten.

Es ging ihr nicht nur darum, so lange als möglich ihrem Gemahl nahezubleiben. Sie wollte sich und mehr noch der Frucht in ihrem Leib den Triumph gönnen, in der Krönungsstadt der deutschen Könige, der Stadt, aus der man sie vor drei

Jahren vertrieben hatte, mit allen der deutsch-lateinischen Kaiserin zustehenden Rechten und Ehrungen empfangen zu werden. Nicht ganz ließ sich in ihr die auf festliche Zeremonien bedachte Byzantinerin verleugnen.

Überhaupt drängte es sie, die wenigen ihr verbliebenen Byzantiner um sich zu scharen. Ein erinnerungssüchtiger Rückfall? Eine sentimentale Anwandlung? Das am allerwenigsten. Akritas war im Mai aus Konstantinopel zurückgekehrt, beladen mit Geschenken und Grüßen der beiden Ostkaiser, deren Herrschaft sich zu stabilisieren begann. Akritas berichtete, Theophanus Vater habe mit seinem Bruder Bardas Skleros in Bagdad Zuflucht gesucht. Beide seien dort interniert worden. Wie merkwürdig – die ihr aus Byzanz zugetragenen familiären Ereignisse, die Vorgänge am oströmischen Kaiserhof nahm Theophanu wie Nachrichten von einem anderen Stern auf. Das alles, so schien es, betraf sie nicht mehr.

Inzwischen war ihr aber zur Gewißheit geworden, daß Anastasia sie verlassen würde. Theophanu ahnte es längst, zumindest seit Ingelheim. Um so mehr bestand sie darauf, die ihr liebste Hofdame bis zuletzt in ihrer Nähe zu haben. Anastasia versprach, an Theophanus Seite zu bleiben bis zur Geburt des Kindes und zur vollen Genesung der Mutter. Trotzdem, bei ihrer Aussprache in der Kaiserpfalz von Aachen verschwieg Theophanu keineswegs ihr Mißfallen.

– Meinst du nicht, für deinen Wunsch den ungünstigsten Zeitpunkt gewählt zu haben? –

Anastasia verneinte. Sie würde Theophanu nach Nimwegen begleiten. Nur müsse sie auf die Teilnahme an der nach dem Willen des Kaisers für den Spätherbst geplanten Reise nach Italien verzichten. Dafür bitte sie um Verständnis. Etwas umständlich, wie es eine solche Situation mit sich bringt, erklärte Anastasia, sie habe vorgesorgt und empfehle als erste Hofdame an ihrer Stelle die Gräfin Imiza, die Theophanu bereits seit Ingelheim kenne und schätze. Imiza stamme aus einem kaisertreuen mittelrheinischen Grafengeschlecht. Sie warte auf den Bescheid der Kaiserin zu einem Antrittsbesuch.

Theophanu wunderte sich, wie sorgsam Anastasia, ihre

Vertraute seit Kindheitstagen, ihren Abschied vorbereitet hatte. Im Grunde hatte sie es nicht anders erwartet, ja hielt sie Anastasias Verlangen nach ihrem eigenen ungebundenen Leben für berechtigt. Und wollte sie, die Kaiserin des Westreiches, nicht selbst ihr Gefolge aus Byzanz verringern und vorzugsweise von Menschen ihrer zweiten Heimat umgeben sein? Mit einer einzigen Ausnahme. Ihre ältere Kammerfrau mit dem schönen Namen Eudokia, ohnedies ihr auf Lebenszeit verpflichtet, würde sie um keinen Preis hergeben.

Noch vor der Weiterreise lernte Theophanu den Mann kennen, dessentwegen Anastasia von ihr Abschied nahm, den Grafen Gotfried von Namur. Das heißt, sie war ihm schon in Diedenhofen und Frankfurt begegnet, freilich in anderer, unverbindlicher Situation. Otto hatte ihr den Grafen vorgestellt, mit Lob nicht gespart. In Margut-sur-Chiers vertrat er als von Willigis und Dietrich von Metz empfohlener, mit den Verhältnissen in Niederlothringen vertrauter Ratgeber die Sache des Kaisers. Mit Freuden war der Graf dem Ruf Ottos nach Aachen gefolgt, denn er hatte nicht nur die Reichspolitik im Sinn.

Als Gotfried von Namur mit Anastasia vor Theophanu stand, keineswegs unterwürfig, und im Gespräch den genau richtigen Ton traf, gemischt aus Verstand und Witz, konnte die Kaiserin Anastasia zu deren Wahl nur beglückwünschen.

Gotfried wiederholte, was Anastasia der Kaiserin versprochen hatte. Er fügte hinzu, auch als Gräfin von Namur werde Anastasia nach der Rückkehr der Kaiserin aus Italien, sooft sie es wünsche oder doch zeitweilig, als Hofdame dienen können. Theophanus vielfach erprobte Blickverständigung mit Anastasia bestätigte das Angebot.

Es war schon Juli, ein heißer Hochsommertag, als Theophanu mit ihrem kleinen Hofstaat an Bord des kaiserlichen Schiffes von Köln aus rheinabwärts fuhr. Sie hatte gehofft, das fließende kühle Wasser und der durch das Rheintal ziehende Wind würden sie erfrischen und ihrem schweren Leib wohltun.

Aber dann blieb der Wind aus, und sogleich lag die niederrheinische Ebene unter einer erdrückenden Hitzeglocke.

Durch alle Fugen drang die Schwüle. Das übliche lindernde Fächeln half nicht viel. Ganz abgesehen von den Hitzewellen, die Theophanu zusetzten, litt sie mehr als bei ihren voraufgegangenen Schwangerschaften unter Erbrechen, zunehmendem Magendruck und Kurzatmigkeit. Die Ärzte und die beiden Pflegerinnen empfanden Theophanus Zustand als besorgniserregend. Alles deutete auf eine verstärkte Belastung der Hochschwangeren. Das konnte nicht nur klimatisch bedingt sein.

Bei Kleve verließen sie das Schiff. Reitpferde und eine Wagenkolonne standen bereit, um Theophanu mit ihrem Gefolge auf kürzestem Weg durch den schattigen Reichsforst nach Nimwegen zu bringen. Die Ärzte wußten es besser, ebenso Anastasia und die schon eingeführte Gräfin Imiza, und beide ließen die Kaiserin nicht mehr aus den Augen, sorgten im Reisewagen für gepolsterte Liegesitze.

Als sie im Jagdhaus Kessel, nicht weit von Kleve, Rast einlegten, plagten Theophanu die ersten Wehen, rasch heftiger werdend. Nun brauchte ihr niemand zu sagen, daß sie Nimwegen vor ihrer Niederkunft nicht mehr erreichen würde. Alle Anzeichen überzeugten sie selbst von einer Frühgeburt.

In einem zur Entbindung hergerichteten Zimmer des Kesseler Jagdhofes, nach Kräften unterstützt von den Ärzten und der Hebamme, gebar die körperlich so wenig robuste Theophanu unter großen Schmerzen ein Zwillingspaar. Sie nahm kaum wahr, daß sie zuerst einem Mädchen das Leben schenkte. Eine vergebliche Mühe. Das winzige, schwächliche Wesen starb nach der Nottaufe. Offenbar hatte die zweite Neugeburt, ein Junge, alle im Mutterleib verfügbare Lebenskraft an sich gezogen.

Bei den Anwesenden mischte sich in den Schmerz um das nicht lebensfähige Kind die Zufriedenheit, ja überwog schließlich die Freude über den in der Julimitte geborenen gesunden Jungen, den erhofften Kaisererben.

Als Theophanu aus ihrem Erschöpfungsschlaf erwachte, trug Anastasia das Neugeborene auf einem Seidenkissen herein und legte es in die Arme der Mutter. Ein Junge; Theophanu wußte es; zu keiner Zeit hatte sie gezweifelt. Ihr Traumkind, ihr Sternenkind mit der ihr ähnlichen zarten, bronzefarbenen Haut und den feinen rötlich schimmernden Härchen sollte wie sein kaiserlicher Großvater und sein Vater Otto genannt werden.

VIERTER TEIL

Kaisertreue und kaiserfeindliche Päpste folgten sich in schneller Reihe: sieben Päpste haben in den zwei Jahrzehnten zwischen 963 und 983 die Cathedra S. Petri bestiegen. Widerliche Greueltaten haben damals das Ansehen Roms und der Römischen Kirche befleckt, zwei Päpste endeten in der Engelsburg, ein dritter fand den Tod zu Füßen der Statue Mark-Aurels.
Schrecken und Abscheu erregte die Kunde von den Ereignissen im Abendlande.

Percy Ernst Schramm

Solchen Ungeheuern, erfüllt mit Schande, die jedes Wissen über göttliche und menschliche Dinge entbehren, sollen ungezählte Priester des Erdkreises, die auf Grund ihres Wissens und ihres Lebenswandels geachtet sind, unterworfen sein?

Gerbert von Aurillac

17. Dietrich von Metz. Memorabile Dezember 980

Noch immer habe ich das Bild vor Augen, wie Otto seiner Mutter im Königspalast von Pavia begegnet. Im großen Saal geht er auf Adelheid zu, etwas zögernd, mit einem kurzen Blick zur Seite, wo seine Gattin, die Byzantinerin, mit ihren Frauen steht. Er hebt beide Arme ein wenig, fast so, als wolle er die Kaiserinmutter umarmen, sinkt aber vor ihr in die Knie, und erst dann, als Adelheid ihn hochhebt, fallen sich Mutter und Sohn in die Arme. Ein rührender Anblick, beide weinen. Uns allen, die wir den Versöhnungsakt miterleben, kommen die Tränen. Beendet die Entzweiung, und daß Otto den ersten Schritt zur Versöhnung machte, nahm ich mit Genugtuung wahr.

Es war noch nicht alles, denn Otto sah hinüber zu seiner Theophanu, nickte ihr zu, und sogleich trat sie hervor, übernahm von der Amme ihren und des Kaisers Sohn und brachte ihn zur Kaiserinmutter.

Ich stand in der Nähe, sah, wie sich Adelheid zum ersten Mal über ihren Enkel Otto beugte, wie sie ihn mit raschem Blick prüfte und seine winzigen Händchen streichelte. Sie lächelte, ja lachte, wie wir sie lange nicht lachen sahen, und ihr wahrhaft befreiendes Lachen übertrug sich auf uns alle, als sie das Kind von der Mutter erbat und es auf seinem blauen Seidenkissen hochhielt: Seht hier unseren kaiserlichen Enkel! Ich hörte, wie die von soviel Versöhnungsfreude und Herzlichkeit überraschte Byzantinerin zu Adelheid sagte: Euer Enkel wird so erzogen, daß er einmal ein würdiger Nachfahre Eures Gemahls sein wird.

Wer mich kennt, weiß, wie gern ich das aus dem Munde Theophanus vernahm. Jedes ihrer Worte lag mir auf der Zunge wie der beste elsässische Wein. Für einen Moment schwand mein Mißtrauen, spürte ich fast etwas wie Zuneigung. Ich nehme dich beim Wort, Byzantinerin! Ich hoffe, lange genug zu leben, um die Königs- und Kaiserherrschaft des dritten Otto mit allen Formalien besiegelt zu sehen.

Mein Alter macht mich zum Gedächtnis der Ottonen. Wer, wenn nicht ich, der so viele Jahre zählt wie der Kaiservater Otto bei seinem Tode, wäre zum Festhalten seiner Erinnerung verpflichtet? Zugegeben, das geschieht nicht uneigennützig. Solange wir uns erinnern, leben wir. Um es weniger allgemein zu sagen, persönlicher: Meine Memorabilien dienen meiner Rechtfertigung.

Ich erinnere mich an meinen kaiserlichen Vetter, wie er mich nach Benevent sandte, die Braut seines Sohnes in Empfang zu nehmen. Kein Preis sei ihm zu hoch, sagte er mir, wenn es darum gehe, sein Imperium zu stärken. Denke immer daran! Ist das nicht Grund genug, die Versöhnung zwischen der Kaiserinmutter und Otto zu feiern? Wie könnten wir ohne Versöhnung mit Adelheid, der Königin Langobardiens, die italischen Angelegenheiten zugunsten des Imperiums regeln? Noch sind wir in Pavia, der ersten Station unseres Kaiserzugs nach Italien. Bald werden wir aufbrechen, um Weihnachten in Ravenna und Ostern in Rom zu feiern.

Ich darf mich rühmen, an der Versöhnung nicht unbeteiligt gewesen zu sein. Meine Vorbehalte gegenüber der Byzantinerin steckte ich zurück, um den Frieden im Kaiserhaus (und den Kaiserzug nach Italien) gesichert zu wissen. Doch fällt es mir nicht schwer, andere einflußreiche Stimmen, die zur Versöhnung drängten, hervorzuheben. König Konrad von Burgund, der Bruder Adelheids, an dessen Hof sie nach der Auseinandersetzung mit Otto Zuflucht suchte, und Abt Majolus, der einflußreichste Berater der Kaiserinmutter, bahnten den Weg zum Frieden. Nach solcher Vorbereitung fiel es dem von Otto nach Lyon gesandten Bischof Giselher von Merseburg, einem mit den italischen Verhältnissen gut vertrauten, exzellenten Mittelsmann, nicht schwer, der Kaiserinmutter die Versöhnungsbitte ihres Sohnes zu überbringen.

Als ich die Genannten, die mit der Kaiserinmutter nach Pavia gereist waren, im langobardischen Königspalast begrüßte, ihre zufriedenen, fast übermütigen Gesichter sah, ahnte ich schon den guten Ausgang.

Ich selbst war mit meinen Leuten, von Metz kommend, in Straßburg zum kaiserlichen Gefolge gestoßen. Es war kein günstiges Reisewetter im feuchtkalten November. Nebelschleier lagen über der Rheinebene, und wir hofften auf besseres Wetter jenseits der Alpen.

Kein Heereszug begleitete den Kaiser, aber doch neben einem kleineren bewaffneten Reitertrupp zum Schutz der Reisenden ein riesiges Aufgebot an Begleitern, an Wagen, Packtieren und Pferden. Wer nicht selbst einmal mitreiste im kaiserlichen Zug, kann nicht ermessen, was alles auf den Rädern der Wagen und den Rücken der Packtiere mitgeführt wird, von der gesamten kaiserlichen Kanzlei bis zum Werkzeug für den unterwegs oft genug fälligen Wege- und Brückenbau, an Geräten und Materialien jeglicher Art, an Verpflegung für Menschen und Tiere, an Sommer- und Winterkleidung, Schmucksachen (die Byzantinerin ist äußerst wählerisch in ihrem persönlichen Bedarf) und anderem mehr.

Niemand kann voraussagen, wie lange der kaiserliche Hof in Italien unterwegs sein wird. Nach mehr als achtjähriger Abwesenheit des Kaisers schreien die Verhältnisse in Rom und im italischen Süden nach seiner ordnenden Hand.

Schon bei der ersten Begegnung in der Rheinebene vor Straßburg teilte Otto mir eine Hiobsbotschaft aus Rom mit. Wir hatten uns kaum begrüßt, als er mir die Nachricht des Grafen Sikko, des kaiserlichen Statthalters, zu lesen gab. Franco di Ferruccio, der aus Rom vertriebene falsche Papst, der sich Bonifaz VII. nannte, war aus Byzanz zurückgekehrt und stiftete erneut Unruhe. Der unter dem Schutz des Kaisers gewählte Papst Benedikt VII. hatte sich in den Sabinerbergen in

Sicherheit gebracht. Er und Graf Sikko flehten um das Kommen des Kaisers, um die Wiederherstellung geordneter Verhältnisse.

Unser zu langes Fernbleiben rächt sich, sagte ich Otto in aller Offenheit, jetzt zeigen die Crescentier wie schon einmal, wer in der Ewigen Stadt der Herr ist. Ich ärgerte mich, weil uns, auch mir, erneut entgangen war, wie diese römischen Aristokraten ungehindert gegen den Kaiser intrigierten. Nur mit ihrer Hilfe konnte der Mörderpapst Bonifaz in Rom wieder erscheinen. Otto murmelte etwas von den Notwendigkeiten, die Grenzen seines Kernlandes zu sichern, ehe er sich dem Südreich habe widmen können. Ich schwieg.

Otto hakte nach, betonte, schärfer werdend, ich müsse doch am ehesten wissen, wie sehr sein Imperium allein in Niederlothringen bedroht gewesen sei. Ich hätte doch selbst mitveranlaßt, daß sein Vetter Karl als Herzog von Niederlothringen das Imperium nun nach Westen abschirme. Das hätte Otto besser nicht gesagt. Karls Geschwätzigkeit über eine angebliche außereheliche Liebschaft von Adelheids Tochter Emma hätte fast den Bruch zwischen der Kaiserinmutter und mir bewirkt.

Wollte Otto mich demütigen? Das kann nicht sein. Er braucht mich in Italien. Er redete auch ungeniert weiter, sagte, auf Willigis' Begleitung habe er schweren Herzens verzichten müssen. Der Erzkanzler führe während seiner Abwesenheit an seiner Statt die Reichsgeschäfte. Aber ihn erfreue besonders, daß der Herzog Otto von Schwaben und Bayern ihn nach Italien begleite. Ich wisse doch seit der Romfahrt vor acht Jahren und seit den Ereignissen der letzten Jahre, der versuchten Rebellion Heinrichs von Bayern, wie sehr ihm sein herzoglicher Namensvetter verbunden sei. Auf ihn könne er sich verlassen.

Wieder ein Stich, diesmal auf mein Verhalten im familiären Streit zielend? Wußte Otto nicht, daß ich damals so dachte wie Adelheid, genauer gesagt, seine Entscheidung bei der Vergabe der Herzogtümer Schwaben und Bayern nur widerwillig hinnahm?

Ich halte ihm seine Naivität zugute. Er scheint wenig gelernt zu haben, sagte ich mir im stillen, trotz seiner Ehe mit der klugen Byzantinerin. Dabei bemüht er sich unentwegt, die Gunst der Kaiserinmutter zurückzugewinnen. Seine Schwester Mathilde, die Äbtissin von Quedlinburg, soll er gebeten haben, mitzureisen nach Pavia und Ravenna, weil er mit deren Anwesenheit Adelheid die größte Freude bereiten kann.

Noch vor unserem Aufbruch nach Süden, während sich die einzelnen Reisekolonnen formierten, ließ mich Theophanu rufen. Sie war schon zur Abreise gekleidet, wirkte aber neben der Gräfin Imiza und einer anderen ihrer Frauen wie eine zur Brautschau hergerichtete junge Aristokratin, wie gewohnt auffällig mit goldenen Armringen geschmückt, aber doch ernster, klarer, selbstsicherer als bei unserer letzten Begegnung.

Sie gönnte mir keine lange Vorrede, fragte direkt, wie es ihrer Anastasia, nun der Gräfin von Namur, ergehe, ob die Gräfin mir eine Botschaft, einen Gruß anvertraut habe. Sie vermisse Anastasia. Ich möge sie nicht falsch verstehen, sie habe die Heirat ihrer Hofdame aus ganzem Herzen gebilligt und ihr alles erdenkliche Glück gewünscht, aber sie reise zum ersten Mal ohne Anastasia, und sie hoffe auf ein Zeichen. Ich mußte die Byzantinerin enttäuschen. Namur liegt weiter nördlich, an der Maas, zu weit von Metz entfernt, als daß sich nachbarliche Verbindung halten ließe. Ich hätte jedoch von der Beliebtheit der ja landfremden Gräfin gehört. Wenn ihr Gatte Gotfried von Namur nicht mitreise nach Italien, so leiste er eben deswegen dem Kaiser einen nicht zu unterschätzenden Dienst, weil er während der Abwesenheit Ottos als einer der einflußreichen und verläßlichen Adeligen Niederlothringens die Interessen des Reichs vertrete.

Ich merkte, wie meine Rede Theophanu gefiel. Mein realistischer Hinweis ließ sie ihre emotionale Frage nach Anastasia vergessen. Muß ich noch sagen, was jedermann weiß, daß das Reich seit dem Tode des alten Kaisers Otto auf tönernen Füßen steht? Die Byzantinerin wird wie ich dem Verzicht König Lothars auf Niederlothringen mißtrauen. Ich wette, ganz im geheimen treibt den König von Frankreich immer noch das

Verlangen nach dem Besitz des benachbarten Herzogtums. Der junge Otto sollte sich nicht in eine Scheinsicherheit hineinträumen.

Und was ist mit der Grenze nach Osten und Norden, der Elbgrenze? Man hört doch, wie die slawischen Liutizen östlich der Elbe und weiter nördlich die Abodriten ihre Aufstände proben, vereinzelt noch, aber ständige Wachsamkeit der Grenzhüter fordernd. Wie hätte der Kaiser aufbrechen, sein Land auf unbestimmte Zeit verlassen können ohne Gewißheit, daß ihm ergebene, erprobte und verteidigungsbereite Männer die Grenzen sichern? Solche weiterführenden Gedanken verschwieg ich Theophanu, doch ich wußte, in dieser Hinsicht dachte sie nicht anders als ich.

Was aber Italien betrifft, so begann erst unsere weite Reise nach Süden, und die Begegnung mit der Kaiserinmutter in Pavia stand der Byzantinerin noch bevor.

Als Theophanu mir schon die Hand zur Entlassung reichte, trug die Amme den kleinen, vier Monate alten dritten Otto herein, und sie bat mich, das Kind zu segnen. Ei, ei, dachte ich, sie weiß mich genau dort anzusprechen, wo ihre und meine Interessen übereinstimmen. Wenn sie sich rückhaltlos den Ottonen verpflichtet, schwinden sogar meine Vorbehalte dahin.

Von der Mitführung des Kaisererben nach Italien hatte ich bereits gehört. Nicht wenige kritische Stimmen warfen der Byzantinerin vor, sie setze den Neugeborenen zu leichtfertig den Strapazen der Alpenüberquerung aus. Ich wagte zu fragen, ob sie sich die Mitnahme des Kindes gut überlegt habe. Der späte Herbst sei unberechenbar. Oft genug sei ich selbst über die Alpenpässe geritten, um die Wetterverhältnisse im Gebirge zu kennen und darum auch die Gefahren, die jedem nicht widerstandsfähigen Reisenden drohen. Meine ruhig vorgebrachten Bedenken fegte sie wie mit einer herrischen Geste hinweg. Wo denn sonst sei der Säugling besser aufgehoben, besser geschützt als bei seiner Mutter?

So schnell gab ich nicht nach und verwies auf ihre und des Kaisers Töchter, die unter der Obhut der verwandten Äbtissinen in Quedlinburg und Gandersheim die beste Fürsorge genießen. Ihr vergeßt, belehrte sie mich mit ihrem unduldsamen Selbstbewußtsein, ihr habt soeben nicht eine der kaiserlichen Töchter gesegnet, sondern den Kaisererben, der einmal römischer Imperator sein wird. Ihn nicht mitzunehmen nach Italien, nach Rom, wäre ein unverzeihlicher Fehler. Für seine Sicherheit verbürge ich mich uneingeschränkt. Seid unbesorgt, ich selbst konnte unseren Reiseweg über Konstanz nach Chur und über den Alpenpaß hinunter nach Chiavenna mitbestimmen und die zur Ruhe notwendigen Aufenthalte festlegen. Mit Gottes Hilfe und unserer Achtsamkeit werden wir – was euch erfreuen müßte – der Kaiserinmutter in Pavia ihren kaiserlichen Enkel wohlbehalten in die Arme legen.

Wie hätte ich dieser verblüffenden Logik widersprechen können? Die Byzantinerin schlug mich mit meinen eigenen Waffen. Und wirklich, wie ich am Anfang meines Berichts schrieb, glückte ihr hier in Pavia der durch den Kaisererben Otto verbürgte familiäre Triumph.

Nachdem Theophanu mich entlassen hatte, auf dem Weg zu meinen Leuten, begegnete ich dem Fürsten Niketas Kurkuas und dem Mönch Johannes Philagathos. Ich erwähne das nicht, weil mir das Treffen mit dem Fürsten und dem zum italischen Kanzler beförderten etwa dreißigjährigen Kalabresen zur Freude gereichte, sondern wegen der Gemischtheit unserer Reisekolonne. Die beiden Schönlinge zählen nicht zu meinen Freunden. Glücklicherweise blieb es bei einer kurzen Begrüßung, denn beide waren zur Kaiserin gerufen worden.

Ein übler Mann ist der byzantinische Fürst Niketas Kurkuas keineswegs, nur reichlich aufwendig in seinem Lebensstil. Ich kenne ihn seit gut acht Jahren. Den mir erst seit kurzer Zeit bekannten Philagathos, der ein gebildeter Grieche aus dem äußersten Süden Italiens ist, etwas zu arrogant für seine schwarze Mönchskutte, hatte die Kaiserin zu ihrer Reisebegleitung erbeten. Weil er griechisch spricht und nur noch wenige Byzantiner dem Gefolge Theophanus angehören, erfüllte Otto den Wunsch seiner Gattin. An der Ernennung des Philagathos zum Leiter der italischen Kanzlei hatte ich keinen Anteil. Offensichtlich genießt er das Wohlwollen des Erzkanzlers

Willigis, der ihn empfahl. Wegen der derzeitigen Verhältnisse im Südreich mag es sogar vernünftig sein, einen so kundigen wie agilen Kalabresen in der Kanzlei zu haben. Seine Fähigkeiten will ich nicht anzweifeln. Im übrigen wird er bald genug Gelegenheit zur Bewährung finden.

Ich dachte bei mir, als ich ihre heiteren Gesichter sah: Die feinen Herren werden sich noch umschauen, wenn sie vom Churer Rheintal bergaufwärts zum Septimerpaß ziehen und auf den halsbrecherischen Saumpfaden hinunter nach Chiavenna reiten. Aber dann ging es doch gut, und wir überwanden das Schneegebirge ohne Zwischenfälle. Niemand, der nicht aufatmete, als wir erschöpft, aber ohne Schaden am milden See von Como rasteten und ausgeruht die unter dem Herbstlicht leuchtende und noch einmal erwärmte langobardische Ebene erreichten.

Nun gehen auch unsere ereignisreichen Tage in Pavia ihrem Ende zu. Es ist Dezember geworden. Wir bereiten unseren Aufbruch nach Ravenna vor, wo wir zur Feier des Weihnachtsfestes sein werden.

Es ist nun doch über alle Streitigkeiten hinweg eine Art Familientreffen geworden. Merkwürdig, daß die weitläufige, durch drei Generationen vertretene Kaiserfamilie nicht im sächsischen Kernland, sondern in Pavia, in Adelheids Königspfalz, zusammentrifft. Ein Triumph Adelheids, der Kaiserinmutter. Von den wenigen abwesenden kaiserlichen Verwandten wie der Herzogin Hadwig, der Schwester des in Utrecht inhaftierten Herzogs Heinrich, die keiner schmerzlicher vermißt als Adelheid, will ich lieber schweigen.

So viele der Kaiserfamilie, dem Kaiserhof angehörende Gesichter begegneten mir in diesen Tagen, bekannte und unbekannte, sympathische und weniger angenehme oder mir gleichgültige. Mein Gott, wer kann schon seine Familie nach eigenem Gutdünken wählen? Und können wir so sicher sein, daß unsere heute getroffene Wahl morgen noch ebenso uneingeschränkt gilt? Unsere Erfahrungen, unsere Launen und Vorlieben wechseln zwischen Sonnenaufgang und Sonnenuntergang.

Ich hielt mich vorzugsweise in der Nähe Adelheids auf, wie sie es wünschte, und ich frage mich, ob die Byzantinerin jemals zur Umsicht und selbstverständlichen Würde der Kaiserinmutter gelangen wird. Aber ich darf nicht mäkeln, nicht die ältere, erfahrene Adelheid gegen die jüngere, durchaus lernwillige Theophanu ausspielen. Das wäre nicht im Sinne Adelheids, die ich selten glücklicher erlebte als in diesen Tagen. Ich war Zeuge, wie sie im Gespräch mit ihrem Bruder Konrad, dem König von Burgund, und dessen Gattin Mathilde von ihrem Enkel schwärmte, ein unerwartet neuer Zug im Verhalten Adelheids. Selbst dem zurückhaltenden, in Gefühlsäußerungen sparsamen Abt Majolus, mit seinen siebzig Jahren der älteste in unserer Gesellschaft, lockte sie ein Lächeln auf die schmalen Lippen.

Bei aller Harmonie wird jemand mit meinen Erfahrungen schwerlich einen Rest von Mißtrauen ablegen können. Ich sprach davon, beiläufig, zu Beatrix, der Herzogin von Oberlothringen, der Schwester Hugo Capets, die jedoch im familiären Streit mit Frankreich eher ausgleichend wirkte, und erntete heftigen Widerspruch. Sie schaute mich mit großen Augen an. Warum habt ihr, der gesalbte Bischof, kein Vertrauen in die von Gott gewollte Versöhnung? Ihr saht doch, wie Adelheid angesichts ihres kaiserlichen Enkels Theophanu umarmte, wie alle Anwesenden nur den einen Wunsch nach Gemeinsamkeit erkennen ließen.

Die Entschiedenheit der Herzogin Beatrix irritiert mich. Müssen wir nicht alle wünschen, daß ihre Rede zutrifft?

Otto scheint am allerwenigsten etwas von den skeptischen Fragen, die mich umtreiben, zu halten. Ihn beschäftigt die Vorbereitung einer Disputation, die an einem der ersten Tage im Januar in Ravenna stattfinden soll. Aber zunächst erwarten wir den weihnachtlichen Frieden, Ottos und Adelheids Wunsch folgend, in der Königspfalz von Ravenna, der Stadt, die Adelheid als Morgengabe erhalten hat und in der ihr wie in Pavia die Rolle der Gastgeberin zusteht.

18. Die Disputation von Ravenna

Nach der Einschiffung in Pavia, als die kaiserlichen Schiffe bei mildem Wetter den Po stromabwärts nach Ravenna segelten, hatte Theophanu ihr Kind an Deck bringen lassen. Atemholend sollte der Kaisererbe von Anfang an die Weite des Imperiums erfahren. Ihren Ehrgeiz, den Ehrgeiz der Byzantinerin, übertrug sie auf ihren kleinen Sohn. Sooft er seine winzigen Augen öffnete, die noch unbestimmt verträumten Augen, sollten sie nicht nur die ihn bewundernden nächsten Menschen erblicken, sondern die wechselnden Landschaften seines künftigen Reichs, die dunklen Wälder im Norden, das Schneegebirge, die Seen und die fruchtbare, vom Strom geteilte weite Ebene Langobardiens.

Theophanu hatte es eilig, ihr Söhnchen Otto, soweit seine Aufnahmefähigkeit reichte, beizeiten mit der Größe des Imperiums vertraut zu machen. Wer weiß denn, wie lange sie unterwegs sein würden, zwei, drei oder vier Jahre? Anders als Otto vermutete Theophanu einen mehrjährigen Aufenthalt im Südreich. Noch in Pavia, vor dem Aufbruch, hatte sie ihren Gemahl daran erinnert, daß sein kaiserlicher Vater zuletzt sechs Jahre in Italien festgehalten wurde, weit länger als geplant.

Nur im Umgang mit ihrem Söhnchen fiel jegliche Schärfe, Überlegenheit, Intellektualität, was immer zu Mißdeutungen Anlaß gab, von ihr ab. Ihm gegenüber verhielt sich Theophanu unendlich milde, zärtlich. Sie flüsterte ihm Koseworte zu, die ihr vertrauten griechischen Kosenamen. Die Laute ihrer Sprache sollten als erste sein Ohr erreichen, sollten sich für alle Zeit einnisten.

Es war nicht allein mütterlicher Beschützerinstinkt, der Theophanu veranlaßte, ihr Kind mitzunehmen, wie sie Dietrich von Metz erklärt hatte, um seinen Vorwurf abzuwehren. Sie wünschte nichts Geringeres als die Präsenz des Kaisererben in Ravenna, in Rom und im italischen Süden. Adelheid unterstützte ihren Wunsch. Auch das beförderte das Vergessen der früheren beiderseitigen Verstimmung.

Auf Grund besonderer Privilegien war Ravenna, obwohl päpstliches Territorium, der Kaiserin Adelheid unterstellt, samt Münze, Zoll und Markt. Auch hier fiel Adelheid die Rolle der Gastgeberin zu, was ihrem Selbstgefühl guttat. Sie wirkte jung, souverän, ungebeugt wie in ihren besten Jahren, obwohl sie in den Mauern Ravennas immer einen Hauch von Fremdheit verspürte, anders als die junge Kaiserin.

Theophanu sah die Stadt an der Adria mit ihren Augen, und sie hatte mit Freuden zugestimmt, als der Gedanke aufkam, Weihnachten und das Fest der Epiphanie des Herrn mit dem Kaiserhof in Ravenna zu feiern.

In Ravenna war Byzanz gegenwärtig wie in keiner anderen Stadt des Westreichs. Als byzantinisches Exarchat hatte die Stadt ihre schönste Prägung erhalten, sichtbar in ihren Kirchen und Palästen. Wie vor achteinhalb Jahren stand Theophanu in der byzantinischen Hofkirche von San Vitale vor den goldfarbenen Mosaikbildern des Kaisers Justinian und der Kaiserin Theodora, fasziniert von der ungetrübten Ausdruckskraft. Nicht als ob sie die ihr angemessene, von ihr uneingeschränkt angenommene Würde als Kaiserin des weströmischen Reichs vergessen hätte. Aber Ravenna war für sie wie eine Erzählung, die allen Glanz ihrer byzantinischen Kindheit festhielt.

An der nur ihr gehörenden Erinnerung sollte ihr kleiner Sohn teilhaben. Sie ließ ihn, in den weißen Winterpelz gehüllt, mittragen, als sie an einem der klaren, windstillen Tage mit kleinem Gefolge die Kirchen besuchte. In ihrem Eifer zeigte sie ihm in San Vitale das prächtig geschmückte byzantinische Kaiserpaar, zeigte sie ihm in der Basilika Sant'Apollinare Nuovo die Mosaikbilder mit den Prozessionen der weißgekleideten Märtyrer und Märtyrerinnen, denen die gabenbringenden drei Könige im Eilschritt vorangingen. Sie ließ ihr Kind mittragen, mitfahren hinaus nach Classe, zur zweiten dem heiligen Apollinaris geweihten Basilika, um ihm im großen Mosaikbild der Chorapsis die Schafe und den grünen Paradiesgarten mit Bäumen und Blumen zu zeigen.

Theophanu wußte selbst, daß ihr Eifer das Aufnahmevermögen des Kleinkindes überstieg. Das brauchte ihr niemand zu sagen. Aber etwas, so sagte sie, jedem Einwand von vornherein die Spitze nehmend, dem Herzog Otto von Schwaben und Bayern, so daß es die anderen mithören konnten, etwas von den Bildern, von den im klaren Winterlicht aufleuchtenden Farben bleibt im Gedächtnis des Kindes haften.

Wie immer in diesen Tagen begleiteten Theophanu neben dem Herzog Otto der ihr gebliebene byzantinische Berater Niketas Kurkuas und die Herzogin Beatrix von Oberlothringen, die nach dem Verlust ihres vor zwei Jahren gestorbenen Gatten mit neugewonnenem Mut ihr Herzogtum verwaltete. Noch vor Theophanus Wiederbegegnung mit Adelheid war Beatrix um die Versöhnung mit der Kaiserinmutter bemüht gewesen. Davon wußte Theophanu, und sie schätzte das liebenswerte, ausgleichende Wesen der Herzogin. Nur – Beatrix konnte nicht Theophanus engste Vertraute Anastasia Dalassena ersetzen. Noch weniger konnte dies Anastasias Nachfolgerin als erste Hofdame, die Gräfin Imiza. Auch wenn die Gräfin keinen Anlaß zur Klage gab und Theophanu ihr Bedauern mit keiner Silbe erwähnte, war jedem in ihrem kleinen Hofstaat und erst recht ihr selbst Anastasias Fehlen bewußt.

Ein neues Gesicht sah man in Ravenna in Theophanus Begleitung, den italischen Kanzler Johannes Philagathos. Vor etwas mehr als einem Jahr hatte sie Philagathos kennengelernt, und sie kannte sich gut genug, um zu wissen, daß diese erste Begegnung mit dem Mann aus Kalabrien in ihr spontan eine

Sympathie weckte, die das bei derlei Visiten übliche Maß sprengte.

Damals in Allstedt war es ein kurzer informativer Pflichtbesuch gewesen. Aber Theophanu wußte, daß sie dem italischen Kanzler wiederbegegnen würde. Seine Kenntnisse, seine Vertrautheit mit den italischen und römischen Verhältnissen machten ihn zu einem unentbehrlichen Mittelsmann, dessen Dienste zumal am Anfang der Italienreise gefragt waren. Um so mehr Aufsehen erregte, daß man Philagathos in Ravenna öfter in Begleitung Theophanus als unter den Gefolgsleuten des Kaisers sah.

Man redete, lästerte hinter ihrem Rücken. Zuträger glaubten Männern wie dem Bischof Dietrich von Metz einen Gefallen zu tun, indem sie Besorgnis vortäuschten. Es war ja nicht verborgen geblieben, wie sehr der Bischof Dietrich noch immer und trotz der glücklichen Geburt des Thronerben der Byzantinerin mißtraute, wie ihm, dem altgedienten Italienkenner, das Schmeicheln des Kalabresen zuwider war. Der Neid gegenüber dem agilen jungen Philagathos verstärkte Dietrichs generelle Abneigung.

Ob und wie das Geschwätz Theophanu berührte, blieb ungewiß. Sie fühlte sich glücklich in diesen Tagen, schon seit Pavia, seit der Versöhnung mit Adelheid, und nun in Ravenna, der byzantinisch geprägten Stadt an der Adria. Niemandem sonst, nur Anastasia hätte sie sagen können, wie sie die Wiederbegegnung mit Philagathos in Ravenna, das Sprechen mit dem Griechen in ihrer Sprache gerade an diesem Ort als innere Bestimmung empfand. Schon jetzt dachte Theophanu daran, Philagathos als Griechischlehrer ihrem Söhnchen Otto, sobald es dem Kind zuträglich war, zur Seite zu geben. Mit ihrer Sprache sollte der Kaisererbe heranwachsen. Ihr Gemahl, dessen war sie sicher, würde ihre Wahl gutheißen.

In den ersten Tagen des neuen Jahres 981, während Theophanu die ravennatischen Kirchen besuchte, beschäftigten Otto Aufgaben, die seine reichspolitischen Pflichten weit überstiegen. Wie üblich auf solchen aufwendigen Reisen gewährte der

Kaiser Privilegien für Hilfeleistungen oder bestätigte die Besitzstände einiger Klöster und Kommunen. Aber das geschah fast nebenher, berührte ihn kaum, auch nicht, als er, gebeten von Theophanu, dem Patriarchen von Aquileja die Immunität und den klösterlichen Besitzstand verbriefte. Was ihn ganz in Anspruch nahm, war die Vorbereitung einer Disputation, eines gelehrten Streitgesprächs, das Mitte Januar im alten Kaiserpalast stattfinden sollte.

Es gehört zu den Merkwürdigkeiten dieser reichspolitisch so sehr belasteten Italienreise, deren schwere Folgen noch nicht abzusehen waren, daß an ihrem Anfang ein philosophisches Streitgespräch stand. Aber man kannte Otto, kannte seinen literarischen Ehrgeiz. Niemand im kaiserlichen Gefolge, nicht einer der geistlichen und weltlichen Fürsten, nicht Adelheid und noch weniger Theophanu, hätte den jungen Kaiser von seinem Vorhaben abhalten können.

Der erste Anstoß war von eher dürftiger, pedantischer, formalistischer, zutiefst neidischer Natur. Als treibende Kraft erwies sich der angesehene sächsische Philosoph Ohtrich, ehemals Leiter der Magdeburger Domschule und nun als Mitglied der kaiserlichen Kapelle im Gefolge des Kaisers. Gelehrtenneid hatte Ohtrich veranlaßt, einen seiner Schüler nach Reims zu entsenden, um zu erkunden, ob dem Leiter der dortigen Domschule, dem zu hohem Ruhm gelangten Philosophenkollegen Gerbert von Aurillac, ein wissenschaftlicher Fehler nachzuweisen sei.

Der beflissene Schüler glaubte, seinem Meister Ohtrich melden zu müssen, dessen Reimser Konkurrent mißachte die Einteilung der philosophischen Gattungen, er betrachte die Physik als Teil der Mathematik – ein lächerlicher Vorwurf, den der beschuldigte Gerbert von Aurillac schon am Anfang der Disputation als Falschmeldung widerlegte.

Immerhin hatte Ohtrich den Kaiser zur Einberufung dieses aufsehenerregenden Streitgesprächs animiert, und schon Ottos einleitende Worte führten den im überfüllten Saal des Kaiserpalastes Versammelten vor Augen, daß es um mehr ging als um eine Gattungsfrage.

Der Kaiser saß am Kopfende des Saales auf leicht erhöhtem Thronsitz, neben ihm Theophanu, die ausdrücklich ihre Teilnahme erbeten hatte. Aus festlichem Anlaß trug Otto seinen golddurchwebten Kaisermantel. Das verlieh ihm, seiner kleinen, gedrungenen Gestalt, eine repräsentative Würde. Alle ihm sonst gelegentlich anzumerkende Unsicherheit schien der Fünfundzwanzigjährige überwunden zu haben. Er wirkte ausgeruht, seiner selbst und seiner Worte sicher. Überlegen blickte er mit seinen hellen Augen hinüber zu den seitwärts stehenden Kontrahenten und gab mit einer lässigen Handbewegung das Zeichen zur Eröffnung der Disputation. Wer an seiner Kompetenz zweifelte, an seiner Fähigkeit, das wissenschaftliche Streitgespräch zu leiten, nötigenfalls zu zügeln, wurde rasch anders belehrt, als Otto zu reden begann.

– »Häufiges Nachdenken und stete Übung verbessern die menschliche Erkenntnis, die jedesmal fortschreitet, wenn gelehrte Männer durch wohlbedachte Reden das Wesen der Dinge in ihrer Ordnung beleuchten. Erschlaffen wir nur allzuleicht durch Untätigsein, so werden wir durch die Fragen anderer zu nützlichem Nachdenken angeregt. Selbst ein das gewöhnliche Maß überragender Geist kann zu größerer Gewißheit der Einsicht geleitet werden.« –

Das Gesagte betraf jeden der beiden Disputanten. Otto wies sie in die Schranken. Man horchte auf, glaubte einen gegen den Herausforderer Ohtrich gerichteten Tadel herauszuhören. Doch am meisten wunderte sich Gerbert über die intellektuelle Sicherheit des Kaisers.

Es war nicht mehr der junge Kaiser Otto, dem Gerbert vor acht Jahren in Rom vorgestellt worden war und der damals noch ganz im Schatten seines übermächtigen Vaters stand, etwas linkisch bei öffentlichen Auftritten. Gerbert hingegen war schon zur Hochzeit des jungen Kaisers in Rom, noch nicht fünfundzwanzigjährig, kein unbeschriebenes Blatt mehr. Die Cluniazenser von Aurillac in der Auvergne hatten das Talent des in der Klostergegend aufgewachsenen Bauernjungen erkannt und nach Kräften gefördert. Der mit den Mönchen befreundete Markgraf von Barcelona nahm den wissensdurstigen Klosterschüler in seine Obhut und vertraute ihn zu weiteren Studien dem Bischof Hatto von Vich an.

In Rom, als Papst Johannes XIII. persönlich und nicht ohne Stolz den jungen Mönchsgelehrten dem Kaiser empfahl, hatte Gerbert seine Studien in der Spanischen Mark abgeschlossen und galt als Leuchte unter den Wissenschaftlern seiner Zeit. Der Kaiservater, gedrängt von seinem literarisch interessierten Sohn und ebenso von Theophanu, bot dem Gelehrten eine bevorzugte Stelle im kaiserlichen Hofdienst an. Aber Gerbert entschied sich für die Domschule von Reims, deren Leitung er bald übernahm. Er genoß das Vertrauen des gebildeten, allen Künsten offenen Erzbischofs Adalbero von Reims, der mit ihm nach Ravenna gekommen war und ihm in diesen Tagen zur Seite stand.

Das Vertrauen einflußreicher geistlicher Fürsten wie Adalbero kam Gerbert zugute. Im Grunde ging es in der ravennatischen Disputation ja nicht um die eine oder andere wissenschaftliche These, die Gerbert mühelos zu seinen Gunsten entscheiden konnte. Viel tiefer reichten unausgesprochene, aber doch die Gemüter erhitzende Vorwürfe, Vermutungen, die Gerberts Scharfsinn und sein unheimliches Wissen im Visier hatten. Man glaubte, Gerbert bediene sich geheimer Kräfte. Man hielt ihn für einen Magus, einen Zauberer.

Abergläubische Leute, nicht wenige in diesen unruhigen, von apokalyptischen Visionen wie der vom Kommen des Antichrist erfüllten Jahren, lauschten Gerüchten, nach denen der Gelehrte sein Wissen einem Teufelspakt verdankte. Hat er nicht in der Spanischen Mark die arabischen Wissenschaften studiert, die geheimen Künste der Ungläubigen? An Zauberei grenzt seine Verwendung der von den Arabern übernommenen Geräte und wie er mit dem Abakus umgeht, dem Rechenbrett mit den verschiebbaren Steinchen, wie er das Astrolabium zu astronomischen Beobachtungen gebraucht. Unerlaubte Teufelskünste, wo es gläubigen Seelen genügt, den Sternenhimmel und die Geheimnisse der Schöpfung zu bewundern.

Der Magister Ohtrich, obwohl formalwissenschaftlich argumentierend, wurde ungewollt zum Sprachrohr jener, die

Gerbert von Aurillac magischer Kräfte bezichtigten. Das gab Ohtrich stimmungsmäßig einen Vorsprung. Doch keines seiner Argumente hielt Gerberts rhetorischer Überlegenheit stand.

Wer dem Domscholaster aus Reims vorwarf, er durcheile zu schnell mit seinen Schülern die Fächer des *Triviums*, also Grammatik, Rhetorik und Dialektik, lernte dessen geniale Beherrschung der Grundfächer kennen: das rechte Schreiben, rechte Sprechen und die hohe Kunst der dialektischen Beweiskraft.

– Die Dialektik versteht Ihr, aber wo seht Ihr die Ursache der Wissenschaften?, rief ihm Ohtrich unwillig zu.

– Muß ich Euch, Magister Ohtrich, wie einen meiner Schüler belehren? – (Wer in der Versammlung spürte nicht Gerberts spöttischen Zungenschlag?) – Wenn Ihr fragt, zu welchem Zweck die Wissenschaften erfunden seien, so antworte ich nicht anders, als Ihr selbst es wißt oder wissen müßtet: Sie sind erfunden, damit wir das Göttliche und das Menschliche erkennen. –

– Und wie verbindet Ihr mit diesem Erkenntnisauftrag Eure von den Ungläubigen entlehnten mathematischen und astronomischen Studien? –

Gerbert konterte den hämisch ausgeführten Seitenhieb des Schulmeisters Ohtrich, indem er auf den als Vorbild unbestrittenen Philosophen Boethius verwies.

– Habt Ihr den Boethius so schlecht gelesen, um nicht zu wissen, daß ich mich in den vier rechnenden Künsten, dem *Quadrivium*, wie wir sagen, auf seine Schriften stütze? Kennt Ihr nicht des Boethius Lehrbuch *De institutione arithmetica* und sein anderes Lehrbuch, das ich überaus schätze, *De institutione musicae*? –

Gerbert war in Rage geraten, er glänzte nicht uneitel in der Überlegenheit seines Besserwissens.

– Ich will es anders sagen, verständlicher. Was treibt mich zum Forschen, Erforschen nach der Maßgabe der vier Künste des Quadriviums, der Arithmetik, Geometrie, Astronomie und Musik? Ihr sagt, es sei unerlaubt, wenn ich mich der Mittel bediene, die Euch dunkel erscheinen, weil Ihr sie nicht kennt. Ich sage, es ist notwendig, gottgewollt, danach zu streben, in unserer Welt der Unordnung die vom Schöpfer gewollte Ordnung zu erkennen, die von Gott gesetzte Logik der Zahlen aufzuschlüsseln, den Lauf der Sterne zu erforschen und ebenso die *musica mundana*, die Sphärenmusik, die aus der vollkommenen Harmonie der himmlischen Bahnen entsteht. –

Das Streitgespräch wollte kein Ende nehmen, uferte aus zu Spitzfindigkeiten. Der sächsische Magister Ohtrich versteifte sich wiederum auf die philosophischen Gattungsfragen, erwies sich als pedantischer Verfechter der zeitgenössischen Schullogik. Gerbert geißelte den kleinlichen Formalismus, verteidigte seinerseits den ihm wichtigeren Inhalt der Begriffe, redete jedoch unentwegt über die Köpfe der Versammelten hinweg. Jeder der beiden Disputanten ritt sein Steckenpferd, ritt es in ein Niemandsland, in das kaum einer der Zuhörenden zu folgen gewillt war. Unruhe breitete sich aus.

Rechtzeitig bemerkte der Kaiser, daß die Streitenden in ihrem Redefluß genau das mißachteten, was er »wohlbedachte Rede« und die dem Thema gemäße »entsprechende Ordnung« genannt hatte. Nach einem kurzen Seitenblick zu Theophanu unterbrach Otto die Disputation, in der sich Gerberts Überlegenheit abzeichnete, jedoch dem Sachsen Ohtrich eine spektakuläre Niederlage erspart blieb. Den Disputanten dankte Otto für ihren philosophischen Bekennermut im Kaiserpalast von Ravenna, demselben Palast, in dem einer ihrer hochgeachteten und von ihnen zitierten Vorgänger, der Römer Boethius, der Philosoph und Kanzler, nicht selten vor seinem König Theoderich stand.

Jeder der beiden Kontrahenten hatte seine Anhänger unter den hohen und niederen Würdenträgern, den Gelehrten, Klerikern, studierten und halbwegs gebildeten Leuten. Einen Tag und eine Nacht sprach man von nichts anderem als von der philosophischen Disputation. Wer nichts von Philosophie verstand, redete um so eifriger über das Auftreten der Gelehrten, über ihr jeweiliges Reagieren im Disput, ihre rhetorische Gewandtheit, ihre unterschiedlichen Temperamente, sichtbar in den Augenblicken von Überlegenheit oder Unsicherheit oder spontaner Freude bei einer gelungenen Argumentation.

Im kleineren Kreis um den Kaiser fiel die Beurteilung der Kontrahenten gemischt aus. Angeregt waren alle, und manch einer dachte im geheimen, der Kaiservater, lebte er noch, hätte eine solche wissenschaftliche Disputation nicht leiten können, hätte sie vielleicht sogar wegen der dringenderen reichspolitischen Aufgaben als intellektuelle Spielerei angesehen. Aber man lobte Ottos kluge Einführung und seinen Mut, das Streitgespräch zum rechten Zeitpunkt zu beenden.

Adelheid und ihre Tochter Mathilde, die Äbtissin von Quedlinburg, fanden Ohtrichs Argumentation redlicher und Gerberts Auftritt selbstgefällig. Schwächen seines Gegners nutze er weniger um der Sache willen als um sich eitel in Szene zu setzen. Theophanu hingegen, unterstützt von Herzog Otto, dem Kaiserneffen, bewunderte Gerbert, seine Redekunst, seine originelle, hieb- und stichfeste Beweisführung. Wenn schon der Magister Ohtrich dem Kaiser diente, sollte man auch Gerbert von Aurillac für den kaiserlichen Dienst gewinnen. Überhaupt sollte man ihn belohnen.

Otto hatte schon geplant, Gerbert eine repräsentative Stellung anzubieten und erwiderte schnell, er werde den Reimser Domscholaster zum Abt des Klosters Bobbio ernennen. Theophanu wandte ein, anders als das zentrale Reims liege das Kloster Bobbio abseits, im rauhen Bergland des ligurischen Apennin, nur mühsam von Piacenza aus zu erreichen. Otto verteidigte seinen Plan. Sie möge nicht vergessen, daß Bobbio eines der einflußreichsten Klöster sei und zudem über eine der größten Bibliotheken im gesamten Reich verfüge. Und das sollte einen Gelehrten wie Gerbert nicht reizen?

Ende Januar ließ der Kaiser zum Aufbruch rüsten. Im noch winterkalten frühen Jahr bewegte sich der endlose kaiserliche Zug über den toskanischen Apennin nach Süden, der Sonne und dem fernen Rom entgegen. Im großen, weit auseinandergezogenen kaiserlichen Gefolge sah man auch die beiden ravennatischen Disputanten. Nur fanden sie kaum Gelegenheit, miteinander zu reden, und zumindest Ohtrich schien dies als eher angenehme Fügung zu betrachten. Der sächsische Magister reiste im Troß mit der kaiserlichen Kanzlei, der er angehörte. Gerbert von Aurillac begleitete, mit den Aufgaben eines Sekretarius betraut, seinen Erzbischof Adalbero von Reims.

19. Kaiser der Römer

An einem sonnenklaren Tag in der Märzmitte 981, von Norden kommend über die seit den frühen Römerzeiten genutzte Via Flaminia, zog der Kaiser mit seinem unermeßlichen Gefolge in Rom ein. Schon die Ankündigung seines Näherrückens genügte, den anmaßenden Mörderpapst Franco, der sich Bonifaz VII. nannte, in die Flucht nach Konstantinopel zu treiben, und die kaiserfeindlichen Crescentier rührten sich nicht mehr. Seit wenigen Tagen residierte der zurückgekehrte legitime Papst Benedikt VII., ein sanfter, um die innerkirchliche Reform bemühter Mann, wieder im Lateran.

Der Papst mit dem römischen Episkopat, der kaiserliche Statthalter Graf Sikko, eine repräsentative städtische Abordnung und zahlreiche Schaulustige empfingen den Kaiser, als hätte es am Tiber niemals kaiserfeindliche Aktivitäten gegeben.

Als das Herrscherpaar den devot wartenden Delegationen entgegenging, hörte der Kaiser Theophanu mit einem Anflug von Ironie sagen: Kaiser der Römer, *imperator Romanorum.* Sie nannte den für den Westkaiser noch keineswegs besiegelten Titel, den Otto jedoch als ihm zustehend betrachtete. Die Byzantinerin Theophanu wußte zu gut, daß der Basileus in Konstantinopel der unabänderlich einzige Kaiser der Römer sein wollte. Aber hat der Basileus auch nur einmal in Rom residiert, auch nur eines der großen Christenfeste in Rom gefeiert?

Der Westkaiser Otto feierte Ostern, das Fest der Auferstehung des Herrn, in Rom, und nicht anders als in einer der bevorzugten heimatlichen Pfalzen wie Quedlinburg versammelten sich in Rom die Angehörigen der kaiserlichen Familie und des Kronrats. Eine Möglichkeit von genereller Versöhnung bot sich an, schien durch das gemeinsame Feiern der Verwirklichung näherzukommen.

Wieviel Eigensinn, wieviel Trotz kam da zusammen und mußte den Kaiser und Theophanu nachdenklich stimmen, wenn sie ihre Tischgesellschaft überblickten. Schon wenige Namen genügen, um unterschiedliche Erwartungen, versteckte oder längst bekannte Vorhaben anzudeuten: neben Adelheid deren Tochter, die Äbtissin Mathilde von Quedlinburg, Adelheids Bruder König Konrad von Burgund mit seiner Gemahlin, die Herzogin Beatrix von Oberlothringen, Herzog Otto von Schwaben und Bayern, als Neuling seit Ravenna der italische Kanzler Philagathos, die Bischöfe Dietrich von Metz, Giselher von Merseburg und der unerwünscht gewählte Heinrich von Augsburg, nun mit dem Kaiser ausgesöhnt und treuer Gefolgsmann.

Überraschend war ein anderer um Aussöhnung bemühter Fürst nach Rom gereist und nahm an diesem bemerkenswerten österlichen Symposion teil, der Herzog Hugo Capet von Franzien. Theophanu mißtraute Hugo Capet. Die in politischen Fragen realistischer als ihr beeinflußbarer Gemahl denkende Theophanu wollte nicht vergessen, daß der Friedenspakt mit König Lothar von Frankreich vor einem Jahr in Margut-sur-Chiers gegen den Willen des Herzogs zustandegekommen war. Was trieb ihn nach Rom? Offensichtlich der Versuch, hinter dem Rücken König Lothars reuevoll die Gunst des Kaisers zu gewinnen.

Beatrix von Oberlothringen hätte Theophanu das Vorgehen ihres verschlagenen Bruders Hugo Capet genauer erklären können. Der Herzog brauchte das Wohlwollen des Kaisers, um zur gegebenen Zeit seine eigenen capetingischen Thronansprüche in Frankreich geltend machen zu können.

Aber wer dachte schon in diesen versöhnlichen römischen

Ostertagen an Herrschaftsfragen, die Frankreich betrafen? Außerdem fand Hugo Capet in Erzbischof Adalbero von Reims und dem seit Ravenna am Hof angesehenen Gerbert von Aurillac vor deren Abreise die besten Fürsprecher (was wiederum Dietrich von Metz in seinem Mißtrauen gegenüber Adalbero bestärkte).

Der gläubige und der antiken Literatur zugeneigte Kaiser, dem Rom alles bereithielt, was ihn interessierte, und dessen Reichspolitik hier eine ungeahnte Bestätigung erfuhr, empfand die Tage und Wochen in der Hauptstadt der Christenheit als Höhepunkt seiner Herrschaft. Es war nicht der Augenblick für eine Trübung seiner humanen Gesinnung. So entließ er den Herzog Hugo Capet mit der Zusicherung seiner Freundschaft.

Nein, er duldete keine Störung seiner neugewonnenen Zuversicht. Großmütig verbriefte der Kaiser bischöfliche und klösterliche Privilegien, bis hinauf nach Regensburg und zum Kloster Corvey in Sachsen. Im Streit zwischen dem Erzbischof von Ravenna und dem Bischof von Ferrara stiftete er Frieden. Otto glaubte, seine kaiserliche Autorität genüge, um Rom, dem Reich und dem italischen Süden den Frieden zu sichern. Er war ja ohne eine nennenswerte Streitmacht gekommen, lediglich begleitet von einer kleinen bewaffneten Eskorte zum Schutz gegen räuberische Überfälle. Im österlichen Rom fühlte sich Otto in jeder Weise bestätigt.

Erst im späten wetterwendischen April kamen Zweifel an einer dauerhaften Befriedung des Südreichs auf. Erste Vorboten eines herannahenden Unwetters, wie die kleinen Schaumkronen auf den Meereswellen vor einem drohenden Sturm.

Der italische Kanzler Philagathos, mit Theophanu besser vertraut als mit dem Kaiser, beklagte sich an einem der letzten Apriltage rückhaltlos. Wie so oft, wenn Philagathos glaubte, die anwesende Gräfin Imiza könne seine Worte mißdeuten, sprach er griechisch mit Theophanu. Er war aufgeregt, zitierte eben eingetroffene Berichte seiner Agenten, warnte Theophanu. Ihr Gemahl, der Kaiser, nehme zu wenig ernst, was sich im Süden zusammenbraue. Die sizilischen Sarazenen bedrohten Kalabrien und die Küsten Salernos.

– Das habt Ihr mir schon einmal gesagt. –

– Vergeßt nicht die völlig veränderte Situation. Ihr wißt, daß der Herzog Pandulf Eisenkopf, der Freund des Kaisers, im März gestorben ist. –

– Was ändert das? Die beiden Söhne Pandulfs übernahmen das Erbe und beherrschen die nun geteilten reichseigenen Fürstentümer Capua und Benevent und das Herzogtum Spoleto. –

– Aber sie sind zu schwach, um ihr Erbe gegen andere, ältere Ansprüche zu sichern. Das wäre noch nicht einmal so schlimm, würde nicht der Emir Abu l-Kâsim jede Schwäche auf dem Festland zur Expansion nutzen. –

– Der Emir greift allenfalls Kalabrien an, wie wir wissen, und Kalabrien ist byzantinisches Hoheitsgebiet. Ihr solltet die Herrscher in Konstantinopel warnen, nicht uns. Aber sprecht mit dem Kaiser, bald. –

Ob Philagathos merkte, wie Theophanu ihn mit ihrer Abwiegelungstaktik anders bediente, als sie selbst dachte? Die byzantinischen Herrscher waren durch die Bruderkämpfe im eigenen Land geschwächt und kaum fähig, Kalabrien, Apulien wirksam zu schützen. Akritas, im Juli des Vorjahres aus Konstantinopel zurückgekehrt, hatte zwar von der beginnenden Stabilisierung berichtet. Aber reichte die militärische Kraft zum Schutz Kalabriens? Theophanu wollte Zeit gewinnen, erkunden lassen, wie der byzantinische Katepano in Tarent sich verhielt.

Niemals hätte sie darauf verzichtet, im Süden reichspolitisch klare, gesicherte Verhältnisse zu schaffen. Wozu sonst waren sie hergekommen, hatten sie die Strapazen der weiten Anreise auf sich genommen? Nur scheiterten einstweilen alle weiteren Überlegungen an der Tatsache, daß Otto über keine Heeresmacht verfügte. Was ihm in Rom als Geschenk zufiel, darf er in Süditalien ohne Waffen nicht erwarten.

Der Kaiser dachte nicht anders als Theophanu. Doch wo ihr Ehrgeiz schon vorauseilte, verhielt er sich zögernd, stand er ganz unter dem Einfluß der ihm in Rom zuteil gewordenen Huldigungen. Die Aufgaben in Rom mehrten sich.

Dann entschied Otto, den Hochsommer in den nahen

Abruzzen zu verbringen. Kein schlechter Gedanke angesichts der üblichen unerträglichen Juli- und Augusthitze in Rom und Süditalien. Theophanu stimmte dem Vorschlag ihres Gemahls schon deswegen zu, weil die geplanten Erholungswochen im kühleren Bergland ihrem Söhnchen zugute kommen würden.

Auf der Rocca de Cedici, einer von Steineichen bewachsenen Bergkuppe an der Straße von Celano nach Aquila, waren vorhandene Palastgebäude zur kaiserlichen Sommerresidenz erweitert und hergerichtet worden.

Mit der beginnenden Sommerhitze zog der Kaiser mit seinen Gästen und dem Hof ostwärts und erreichte nach Zwischenaufenthalten in Sora und am Nordrand des Fuciner Sees Ende Juli den hochgelegenen Ort in den Abruzzen. Erholung brachten das angenehme Klima und der erfrischende Bergwind. Wie sehr schätzte dies jeder im kaiserlichen Gefolge, auch wenn Otto und mit ihm seine Berater und die Hofkanzlei von Regierungsgeschäften, von Interventionen und notwendigen Entscheidungen in Rechtsfragen nicht verschont blieben. Bald waren die sonst stilleren Wege zur Rocca de Cedici vom lebhaften Verkehr kommender und abreisender Gesandtschaften erfüllt.

Schon in den ersten Tagen erschien eine geistliche Delegation aus Magdeburg, die dem Kaiser meldete, Erzbischof Adalbert, einer der alten Freunde des Kaiservaters, sei auf einer Visitationsreise am 20. Juni dieses Jahres 981 gestorben. Zu seinem Nachfolger habe das Domkapitel den am Hof weilenden Magister Ohtrich, den früheren Leiter der Domschule, gewählt. Die gesandten Kleriker baten um die kaiserliche Bestätigung.

Da dem Magdeburger Domkapitel das uneingeschränkte Wahlrecht zustand, wäre der Vorgang nicht weiter beachtenswert gewesen. Doch löste die Wahl einen Prozeß aus, der die kommenden Wochen, ja Monate bis in den Herbst überschattete und die kaiserliche Familie erneut entzweite.

Bedenklich war die Wahl Ohtrichs zunächst, weil Erzbischof Adalbert noch zu Lebzeiten Ohtrich als Nachfolger mit ungewöhnlicher Schärfe abgelehnt hatte. Die Magdeburger hätten Adalberts Einspruch am ehesten respektieren müssen. Ihre Wahl gegen den Willen des Verstorbenen, ihres nicht nur persönlich untadeligen, sondern für die Ausbreitung des Glaubens jenseits der Elbe höchst verdienstvollen Erzbischofs, war eine unverzeihliche Pietätlosigkeit.

Wenn die Magdeburger Domherren beabsichtigten, damit dem Vorschlag eines anderen Kandidaten zuvorzukommen, so war dies ein folgenschwerer Fehlschluß. Dieser andere Kandidat, Bischof Giselher von Merseburg, raffinierter als der berühmte, doch im Ränkespiel um die Karriere ganz und gar unbegabte Philosoph Ohtrich, war bereits tätig, um Hindernisse beiseite zu räumen und vor allem den Kaiser zu gewinnen.

Eigentlich war Giselhers Vorgehen kriminell, zumindest heimtückisch, darauf angelegt, um der Karriere willen eine rechtlich verbindliche Entscheidung umzustoßen. Aber wer hätte ihn anklagen wollen und nach welchem Gesetz?

Giselher intrigierte überaus geschickt, am Hof auf der Rocca de Cedici, danach bei der Kurie in Rom, um vorhandene Bestrebungen zur Aufhebung seines jungen Bistums Merseburg voranzutreiben. Das benachbarte Bistum Halberstadt hatte durch die Gründung Merseburgs verletzte ältere Anrechte eingeklagt. Der Unfrieden könne, so argumentierte Giselher, nur durch die Aufhebung Merseburgs überwunden werden. Sodann verlange die Neuordnung des Erzbistums Magdeburg eine erneute Wahl des Erzbischofs. Niemand anders als der seines Bistums ledige, durch geleistete Dienste und Sicheinschmeicheln beliebte, für das höhere Amt bestens geeignete Bischof Giselher konnte den Zuspruch des Kaisers erwarten.

Wie verhielt sich Theophanu? Sie hatte andere Sorgen, solche, die das Südreich und das noch ungeklärte Verhalten der Byzantiner betrafen. Andererseits konnte ihr nicht entgehen, welches Spiel der Bischof Giselher spielte. Es störte sie auch nicht, daß man Giselher Frauengeschichten nachsagte. Irgendwie imponierte ihr der stattliche, gutaussehende Mann, der zu repräsentieren verstand, seine geistige, rhetorische Beweglichkeit, nicht unähnlich der des Griechen Philagathos, ihres unentbehrlichen Beraters. Magdeburg brauchte einen in weltlichen Angelegenheiten bewanderten Erzbischof. Da konnte der biedere sächsische Magister Ohtrich nicht mithalten.

Theophanu billigte die Entscheidung Ottos, der die Magdeburger Abordnung bald umstimmte und für die Wahl Giselhers gewann. Sie dachte: In den sächsischen Kirchenangelegenheiten wird Otto wissen, was er tut.

Nur Adelheid reagierte empört, nachdem ihr einer der Magdeburger Prälaten von der Intrige berichtet hatte. Unangemeldet suchte sie ihren Sohn auf. Erregt überschüttete sie Otto mit Vorwürfen.

– Wie kannst du das Gelübde deines Vaters brechen! Hast du vergessen, daß der Kaiser vor der Schlacht auf dem Lechfeld gelobt hat, zu Ehren des heiligen Laurentius das Bistum Merseburg zu errichten? Was treibt dich nur zur Aufhebung? –

– Ich muß Frieden schaffen, Frieden im Reich, im Erzbistum Magdeburg. –

– Frieden? Ein Vorwand. Du folgst den Einflüsterungen gewissenloser Ratgeber, wieder einmal. –

– Seit wann nennt Ihr Bischof Dietrich von Metz, den sonst so gelobten Vetter meines Vaters, einen gewissenlosen Ratgeber? –

– Schlimm genug, wenn selbst unser vertrauter alter Dietrich auf die Machenschaften dieses Giselher hereinfällt. Darum geht es doch: der Bischof von Merseburg ruht nicht eher, bis er auf der Kathedra des Magdeburger Erzbistums sitzt. –

– Neben dem Magister Ohtrich ist Giselher die bessere Wahl. Das müßt Ihr zugeben. Außerdem verdanke ich ihm viel. –

– Wirklich? Einem Schmeichler? Und dessen Ehrgeiz bedeutet meinem Sohn mehr als das Gelübde des Kaiservaters? Verstehst du nicht, daß ein solches Gelübde sakrosankt ist? –

– Wir werden dem Schutzpatron Laurentius in seinem Merseburg ein Kloster errichten. –

Otto sagte dies mit unmißverständlicher Bestimmtheit. Vielleicht rührte sich in ihm etwas wie Trotz gegen eine zu lange andauernde Abhängigkeit von seiner Mutter. Adelheid verabschiedete sich kleinlaut, wünschte Otto, er möge sein Handeln niemals bereuen.

Die Kaiserinmutter und ihr Sohn blieben uneinig. Der Prozeß zugunsten Giselhers war zu weit fortgeschritten, um rückgängig gemacht werden zu können. Auch der Erzkanzler Willigis in Mainz, gewiß kein Freund Giselhers, nahm die Entscheidung des Kaisers widerspruchslos auf. Am 10. September 981 gab die im Lateran versammelte Synode unter dem Vorsitz des Papstes der Aufhebung des Bistums Merseburg den offiziellen Segen. Giselhers Wahl zum Erzbischof stand nichts mehr im Wege.

Von Ohtrich, dem ursprünglich Gewählten, sprach niemand mehr. Fast vergessen hatte man den Disputanten von Ravenna, der nun in der kaiserlichen Kanzlei diente und bald mit dem Hof nach Benevent zog. Die zweimalige Niederlage hatte ihm jeglichen Lebensmut geraubt. Er fühlte sich zurückgestoßen. Wer nahm noch teil an seinem unermeßlichen Schmerz, der ihn in die letzte Einsamkeit trieb? In Benevent, nach kurzer Krankheit, starb der Magister Ohtrich am 7. Oktober.

Im September, wenige Tage nach der Lateran-Synode, hatte der Kaiser mit seinem Gefolge Rom verlassen. Vor seinem Aufbruch nach Süden hatte er, unterstützt von Herzog Otto von Schwaben und Bayern, aus den Herzogtümern nördlich der Alpen Truppen angefordert, Panzerreiter vor allem. Befragt von Theophanu, ob er die Truppenanforderung mit Willigis abgesprochen habe, reagierte Otto aufbrausend. Es sei seine Sache allein, was er im Süden zu tun gedenke. Er müsse handeln, auch ohne die Absprache mit dem Erzkanzler in Mainz. Adelheid, Dietrich von Metz, auch Herzog Otto, sein und ihr Freund, hätten ihn in seinem Entschluß bestärkt. Nach Mainz, zu Willigis, seien Boten unterwegs. Im übrigen sei es doch ganz in ihrem, Theophanus, Sinne, wenn er nicht waffenlos in Süditalien erscheine.

So falsch war Ottos Gedankensprung keineswegs. Theophanu lag daran, die kaiserliche Autorität im Südreich zu stärken und den aggressiven Sarazenen zu zeigen, wer Herr war. Nur erwies sich das Verhalten Konstantinopels als Unsicherheitsfaktor. Mußten sie nicht, um die Sarazenen erfolgreich zu bekämpfen, byzantinische Hoheitsrechte verletzen?

Wie schon zur Zeit des Kaiservaters Otto, der allerdings die Grenzen der byzantinischen Themen Apulien und Kalabrien respektierte, gehörte Dietrich von Metz zu den Scharfmachern, das lag auf der Hand. Adelheid, obwohl verärgert, weil Dietrich die Machenschaften seines Freundes Giselher unterstützt hatte, stimmte hinsichtlich der geplanten Machtdemonstration im Süden mit dem Bischof von Metz überein. Eine merkwürdige Allianz, die Theophanus Argwohn weckte.

Sie wunderte sich, daß Adelheid den Streit mit ihrem Sohn so schnell vergessen konnte. Milderten der wiedergewonnene Einfluß der Kaiserinmutter auf Otto und dessen Gesinnungswandel deren Zorn wegen der Aufhebung Merseburgs? Jedenfalls ließ sich Adelheid nichts anmerken. Zumindest mit der Entwicklung der südwärts gerichteten kaiserlichen Aktionen zufrieden, reiste Adelheid in den Herbsttagen zurück nach Pavia.

Otto zog mit dem Hof nicht auf direktem Weg nach Benevent und weiter nach Süden. Die angeforderten Panzerreiter konnten ihn kaum vor Anfang des nächsten Jahres erreichen. Klug nutzte er die Zwischenmonate, um an den verschiedensten Orten zu residieren. Den Landesherren und der Bevölkerung wollte er vor Augen führen, daß er, der Kaiser der Römer, in eigener Person seine Rechte und seine Pflichten zu ihrem Schutz wahrnahm.

Bis nach Lucera auf der Hochebene der Capitanata, dem ersten Aufenthaltsort, hatte Giselher den Kaiser begleitet. Otto entließ den nach Magdeburg aufbrechenden neuen Erzbischof mit einer Reihe von Schenkungen, darunter einigen wichtigen links der Elbe gelegenen Besitzungen.

Ob der Erzbischof Giselher ahnte, daß ihm seine Abreise ersparte, in Benevent Zeuge vom Sterben Ohtrichs zu werden, des Mannes, den er auf schäbige Weise verdrängt hatte? Aber auch für Otto und den Hof gab es in Benevent, dem nächsten Aufenthaltsort, andere, vordringlichere Aufgaben als die Trauer um den Tod eines Magisters. Der Kaiser nahm die Huldigungen der nach dem Tod des Herzogs Pandulf Eisenkopf nun neugewählten Fürsten entgegen. Er festigte die Reichshoheit über die langobardischen Fürstentümer Capua und Benevent, ebenso über das Fürstentum Salerno, dessen Küsten zu räuberischen Unternehmungen der Sarazenen geradezu verlockten.

Über einen Monat, bis zum Epiphaniasfest im neuen Jahr 982, residierte der Kaiser in Salerno. Wo immer Otto sich mit dem Hof aufhielt, feierte er nach familiärer Tradition mit den anwesenden Verwandten die großen Feste der Christenheit. Zur Feier der weihnachtlichen Liturgie kniete er neben Theophanu im erhöhten Chor der Kathedrale. Der Hofkanzlei gebot der Kaiser die Einhaltung von Ruhetagen, obwohl in Salerno die Regierungstätigkeit kaum Zeit zum Ausruhen ließ. In diesen Tagen fielen Entscheidungen von unabsehbaren, am wenigsten von Otto erwarteten, am ehesten von Theophanu geahnten Folgen.

Theophanu hatte Niketas Kurkuas nach Tarent gesandt, weil er der geeignete Mann für eine Erkundung war. Ein Jugendfreund des Fürsten verfügte als neuernannter Katepano über die Befehlsgewalt in der byzantinischen Provinz. Was sie von Niketas nach dessen Rückkehr hörte, war entmutigend. Byzanz betrachte die Verletzung seiner Grenzen als Kriegserklärung. Der Herrscher des Westens möge seine eigenen Provinzen verteidigen.

Der kategorische Bescheid machte Theophanu unsicher, zum ersten Mal, seit sie an der Seite Ottos nach Langobardien, nach Rom und Süditalien gekommen war. Sie vermißte den Erzkanzler Willigis, seinen Rat, seinen bedächtigen, zurückhaltenden Einfluß bei vorschnellen Aktionen Ottos. Ihre vertrauten Freunde, der Herzog Otto, der italische Kanzler Philagathos, verteidigten die Entscheidung des Kaisers. Dietrich von Metz, gleicher Meinung wie Adelheid, für den eine Korrektur der süditalischen Herrschaftsverhältnisse längst fällig war, brauchte sie erst gar nicht zu fragen. Dessen Wort vom Heiligen Krieg lag ihr noch in den Ohren.

Was war mit ihr? Natürlich wollte sie das Südreich gegen die Überfälle der Sarazenen gesichert wissen. Mehr noch. Von Byzanz war sie weit genug abgerückt, nicht nur äußerlich, um ihren Gemahl in seinem Anspruch auf den Titel des römischen Kaisers, *imperator Romanorum*, zu bestärken, einschließlich der mit dem Titel verbundenen Reichshoheit über Süditalien. Jedoch ein Kriegszug gegen Byzanz verletzte ihr innerstes Fühlen und Denken, ihre ja nicht zu leugnenden Bindungen an ihre byzantinische Herkunft. Warum konnte man nicht verhandeln?

Sie betete zur Theotokos, zur Gottesmutter, wie sie es in ihrer Kindheit gelernt hatte. Aber als sie in der Kathedrale vor der von brennenden Kerzen umgebenen Ikone kniete, wurde ihr bewußt, wie weit entfernt ihre kindliche Frömmigkeit vom religiösen Verhalten Adelheids war, von deren cluniazensischem Bekehrungseifer, der den militanten Einsatz nicht scheute.

Zu den unmöglichsten Zeiten verlangte sie nach ihrem Söhnchen, zum Ärger der deutschen Amme, nur um den Kaisererben zu sehen, sein kleines, zufriedenes Gesicht, die geballten Fäustchen, die sich öffnenden unergründlichen Augen.

Eine Art Rollenwechsel, eine beiderseitige Meinungsumkehr belastete ihr Verhältnis zu ihrem Gemahl. Sie warnte ihn vor dem Wagnis einer kriegerischen Auseinandersetzung mit Byzanz. Sie erinnerte Otto an den Kaisererben, dessen Wohlergehen durch keinen ungewissen Feldzug gefährdet werden dürfe. Ihre Unsicherheit nahm zu, während der Kaiser eine Selbstsicherheit gewann, die ihm noch vor kurzer Zeit niemand zugetraut hätte. Theophanus Einwände ließ er nicht gelten. Ihre Besorgnis kehrte er um, indem er sein Handeln als notwendig erklärte, im Hinblick auf das Reich und auf seinen Erben.

Im Januar, nach Epiphanias, befahl der Kaiser den Aufbruch. Er führte sein Gefolge, seine inzwischen um zweitausendeinhundert Panzerreiter ergänzte Truppe auf direktem Weg über Eboli, Potenza, Tricarico nach Matera und zog in das byzantinische Apulien ohne Gegenwehr ein. Mehr als zwei Monate belagerte Otto mit seinem Heer Tarent. In der Küstenebene sammelten sich die eintreffenden Scharen von Bayern, Schwaben, Sachsen, Franken, Lothringern und Slawen, eine buntgewürfelte Truppe.

In der Märzmitte 982, noch vor seinem Einzug in Tarent, protokollierte Otto zur Bestätigung eines bischöflichen Besitzstandes erstmals öffentlich und mit vollem Einverständnis Theophanus als Kaiser der Römer, *imperator Romanorum Augustus*, unter jenem Titel, den der oströmische Herrscher allein beanspruchte.

20. Dietrich von Metz. Memorabile Juni 983 in Verona

Es ist alles anders gekommen, als wir vor einem Jahr erwartet und erhofft hatten. Sind wir nicht guten Willens ausgezogen, *bonae voluntatis*, um die Küsten des Südreichs gegen räuberische Überfälle zu sichern? Die Notwendigkeit zwang uns, die Sarazenen auf byzantinischem Staatsgebiet zu bekämpfen, nachdem der oströmische Kaiser seinen Provinzen Kalabrien und Apulien den Schutz verwehrte.

Ich gehe einen Schritt weiter und bestehe darauf, daß der in Rom gesalbte Kaiser Otto seine Pflichten und nicht weniger seine Rechte im Süden Italiens wahrnimmt, auch gegen den Willen der am Bosporus Herrschenden. Wer, wenn nicht der römisch-deutsche Kaiser, darf sich wahrer Kaiser der Römer nennen? In Tarent ermutigten wir alle Otto zu seinem öffentlichen Bekennen. Wir alle? Es gab einige unter uns, denen der Mut des Kaisers mißfiel und die hinter vorgehaltener Hand von Anmaßung sprachen. Seht doch, sagten sie, als wir von der furchtbaren Niederlage am Cap Colonne erfuhren, die Strafe Gottes.

Ich mißtraue denjenigen, die den Spielraum unseres Handelns eingrenzen und allzu schnell vom Eingreifen Gottes sprechen. Noch heftiger rührt sich mein Argwohn gegenüber allen, die den moralischen Wert unseres Handelns nach Erfolg oder Mißerfolg bemessen. War es denn unrecht, die ungläubigen Sarazenen zu bekämpfen? War es der strafende Gott, der uns schlug, der sarazenischen Übermacht aussetzte?

Unsere Niederlage war erschreckend genug. In meinem Alter erlangen Niederlagen etwas Absolutes, etwas Endgültiges. Aber ich kann in diesen milden, frühen Junitagen in Verona, wo die Natur sanftmütig stimmt, mit unserem Schicksal nicht hadern. Ich will notieren, was mir im Gedächtnis blieb, was ich erfahren konnte, ehe irgendwelche Fabulierer die Ereignisse verdrehen.

Wäre es nach mir gegangen, ich hätte Theophanu und den zweijährigen Kaisererben in sicherer Obhut in Tarent zurückgelassen. Ein Kriegszug ist keine harmlose Visitationsreise. Immerhin stand uns, als wir im Juni vor einem Jahr mit dem kaiserlichen Heer über die gut ausgebaute Küstenstraße nach Süden zogen, um Rossano einzunehmen und dort Quartiere zu beziehen, ein Kampf mit den Sarazenen bevor. Aber die Byzantinerin verlangte die Mitreise. Wer hätte sich ihrem Drängen widersetzen können? Otto am wenigsten.

Mir wurde bald bewußt, was die Byzantinerin nach Rossano trieb. In der Hauptstadt Kalabriens auf dem meernahen, von Oliven- und Eichenwäldern umkränzten Hügel erwartete sie, ähnlich wie in Ravenna, ein bzyantinisches Exarchat, deutlich sichtbar in den Kirchen, Klöstern, im Leben und Sprechen der Einwohner. Davon wird ihr, wie ja leicht zu erraten ist, der aus Rossano stammende Kanzler Philagathos, dem sie mehr Zeit widmet als irgendeinem von uns, erzählt haben.

Etwas widerstrebend nahm ich Ottos Wunsch auf, zum Schutz der Kaiserin mit einer ausgewählten, gut gerüsteten Schar in Rossano zu bleiben. Kannte er nicht mein gespanntes Verhältnis zu der Byzantinerin? Meine Skepsis hatte wieder zugenommen, nachdem ich sah, wie der eitle Grieche Philagathos nicht von ihrer Seite wich, und ich ärgerte mich, weil beide in meiner Gegenwart griechisch sprachen. Andererseits ehrte mich Ottos Vertrauen. Ich fühlte die Verpflichtung, vor allem dem Schutz des zweijährigen Kaisersohnes zu dienen.

Rossano besetzten wir ohne Schwierigkeiten, und hier befanden wir uns, befand sich der kaiserliche Troß in Sicherheit. Unbesorgt konnten der Kaiser und seine Mitbefehlshaber, der junge Herzog Otto, am Morgen des 9. Juli mit ihren Panzerreitern und den Fußtruppen aufbrechen.

Noch vor ihrem Aufbruch hörten wir, der sizilische Emir Abu l-Kâsim habe, als ihm das Vorgehen des römischen Kaisers bekannt wurde, den Dschihad, den »Heiligen Krieg«, ausrufen lassen. Ein Wort, dessen Gebrauch eher uns zustand. Wer war denn der Aggressor? Kundschafter meldeten, der sizilische Emir sei mit einer sarazenischen Streitmacht, größer als je zuvor, an der Westküste Kalabriens gelandet und ziehe schon durch das Bergland der Sila zur Ostküste, um den Kaiser zum Kampf herauszufordern.

Am 13. Juli trafen die beiden Heere südlich von Cotrone in der Ebene vor dem Cap Colonne aufeinander. Dem ersten massiven Angriff der kaiserlichen Panzerreiter waren die leichter geschützten Sarazenen nicht gewachsen. Ein Sieg des Kaisers, um so vollkommener, als in der Schlacht der sizilische Emir Abu l-Kâsim den Tod fand und die überlebenden Sarazenen voller Panik in die Berge flohen.

Jedoch, als uns kaiserliche Eilkuriere die Siegesnachricht brachten, hatte das Blatt sich schon gewendet. Was folgte, übertraf die schlimmsten Ahnungen der Pessimisten.

Im Siegestaumel, so wurde uns später gesagt, verfolgten die kaiserlichen Truppen ziemlich planlos die Flüchtenden. In den kalabresischen Bergen erwartete sie der Tod. Die Sarazenen konnten sich erneut formieren und mit einer Kampfeswut ohnegleichen die gelockerten kaiserlichen Einheiten auseinandertreiben und vernichtend schlagen.

Als uns die schlimme Nachricht erreichte, war das Schicksal des Kaisers noch ungewiß. Wohl hieß es, unter den zahlreichen Gefallenen seien Bischof Heinrich von Augsburg und die beiden Söhne des verstorbenen Herzogs Pandulf Eisenkopf, auch Richer, der Lanzenträger des Kaisers, was uns einen Schrecken einjagte. Dann hieß es, der Kaiser sei mit Herzog Otto zum Strand geflohen, um eines der beiden griechischen Schiffe, die vor der Küste ankerten, zu erreichen.

Ich mußte die vage erste Nachricht Theophanu überbringen. Was blieb mir anderes übrig? Sie hätte doch alles erfahren und mich mit Vorwürfen überschüttet. Aber es reichte mir, wie sie reagierte, als ich ihr im Palast des byzantinischen Gubernators das Geschehene mitteilte, so vorsichtig wie möglich. Das Blut stieg ihr ins Gesicht. Zum ersten Mal erlebte ich sie unbeherrscht, zornig und wütend, mir sehr peinlich. Sie schrie mich an. Sie habe gewußt, daß ein Unstern über dem Feldzug nach Kalabrien stand. Ihren Gemahl habe sie gewarnt. Aber der Kaiser habe doch nicht gegen Byzanz gekämpft, wagte ich einzuwenden. Was mache das schon, schlug sie zurück und stampfte mit ihrem kleinen Fuß auf. – Der Kaiser hat die Verständigung mit Byzanz versäumt, zu schnell ist er dem Einfluß der Kriegstreiber erlegen. Ihr gehört zu ihnen. –

Mühsam bewahrte ich meine Haltung, bat auf der Stelle um Entlassung, sagte der aufgebrachten Byzantinerin, ich müsse Vorsorge zur Verteidigung von Rossano treffen, falls die Sarazenen die Stadt angriffen. Der Gedanke, daß die Byzantiner vom Feldzug des Emirs Abu l-Kâsim gegen den Kaiser wußten und sich mit Absicht zurückhielten, ließ mich nicht los.

Nach zwei von schlimmsten Erwartungen und zaghafter Hoffnung erfüllten Tagen traf Herzog Otto ein. Erschöpft und fiebernd sank er vom Pferd. Ein Ritt um Leben und Tod hatte ihn den Sarazenen entkommen lassen. Er bestätigte die Rettung des Kaisers, dem der Jude Kalonymus ben Meschullam aus Lucca ein Pferd überlassen hätte, auf dem er durch das seichte Wasser, dann schwimmend die griechische Salandria erreichen konnte. Ihn selbst hatten, als er dem Kaiser folgen wollte, plötzlich heranstürmende sarazenische Reiter in die Flucht getrieben.

Wir atmeten auf, als am Nachmittag des 18. Juli vor der Küste die genannte Salandria ankerte und alsbald ein Bote des Kaisers an Land ruderte. Wir erwarteten ihn am Ufer. Er nannte sich Heinrich mit dem slawischen Beinamen Zolunta und behauptete, ein kaiserlicher Ritter zu sein, der auf einem griechischen Schiff angeheuert hatte. Wie merkwürdig, dachte ich.

Er sagte, er habe gesehen, wie vor Cotrone das in Ufernähe liegende Schiff dem Kaiser die Aufnahme verweigerte. Auf sein Zureden hin habe der Schiffsführer seiner ebenso großen, von hundertfünfzig doppelreihig sitzenden Ruderern angetriebenen Salandria den erschöpft Zufluchtsuchenden aufgenommen. Man habe ihn auf das Bett des Schiffsführers gelegt. Den nur dürftig bekleideten Kaiser habe er sofort erkannt und ihm geraten, sich dem Schiffsführer anzuvertrauen.

– Und warum kommt der Kaiser nicht selbst an Land? –

– Vergeßt nicht, daß ein griechisches Schiff auf dem Weg nach Konstantinopel den Kaiser an Bord nahm, erwiderte der Mann mit selbstgefälligem Grinsen. –

– Aber Ihr ankert vor Rossano? –

– Darum geht es. Der Kaiser läßt seiner Gemahlin und Euch sagen, Ihr sollt soviel Geld als möglich herbeischaffen, Saumtieren aufladen. Er versprach dem Schiffsführer, einen gewaltigen Schatz an Bord zu nehmen, um mit ihm nach Konstantinopel zu reisen, seinen Bruder, den Kaiser Ostroms, zu versöhnen. –

Jetzt mißtraute ich dem Manne erst recht. Ich glaubte, er wolle uns einen Bären aufbinden, damit der Schiffsführer nicht nur den Kaiser, sondern auch den herbeigeholten Schatz nach Konstantinopel entführen konnte. Aber dieser Heinrich Zolunta war mit allen Wassern gewaschen. Er ergänzte verschmitzt:

– Natürlich sollt Ihr die geldbeladenen Saumtiere an Land lassen, deren Einschiffung verzögern, vortäuschen. Inzwischen kommt Ihr mit einigen Begleitern, die Waffen verborgen, an Bord und befreit den Kaiser. –

So geschah es. Die Kaiserin, die zum Hafen gekommen war, begleitet von der Gräfin Imiza und ihren Paladinen Niketas Kurkuas und Philagathos, befahl mir, das zur Befreiung des Kaisers Nötige sofort zu veranlassen. Ihren Auftrag brachte mir Kurkuas. Sie selbst sprach kein Wort mit mir, obwohl sie in der Nähe stand. Als ich zu ihr hinüberblickte, blitzte mir aus ihren Augen die blanke Verachtung entgegen. Ich dachte, an Jahren hätte ich leicht ihr Vater sein können. Aber Gefühle zählten nicht. Unser Verhältnis war nicht zu bessern.

Da wir kein Geld aufzutreiben brauchten, konnten die Saumtiere, deren Rücken Behälter mit wertlosem Plunder trugen, schon bald zum Hafen geführt werden, während ich bereits mit meinen Männern zur Salandria ruderte. Mich wunderte, daß der Schiffsführer keinen Verdacht schöpfte, weil wir so schnell reagierten. Seine Gier schien jegliches Mißtrauen zu übertreffen.

Als wir mit den Schiffsleuten verhandelten, gab der Kaiser vor, er wolle in der nahen Kabine des Vorderschiffs die von uns mitgebrachte Kleidung anlegen. Kaum war er dort, stürmte er zurück und sprang über Bord, um mit kräftigen Stößen zum Ufer zu schwimmen. Einen der Griechen, der versuchte, den Kaiser festzuhalten, streckte ein Schwertstreich nieder. Wir alle zogen unsere Schwerter, und die überraschten Schiffsleute flohen zum Hinterdeck. Sie unterließen alle Anstalten zum Kampf oder zu unserer Verfolgung. Auf unseren Booten gelangten wir unangefochten mit dem Kaiser, den wir aufnahmen, ans Ufer. Ich muß nicht sagen, wie uns alle, nicht nur die Byzantinerin, die Rettung des Kaisers erfreute.

Dem überlisteten griechischen Schiffsführer, dem Otto seine Rettung verdankte, wollte er Geschenke zubringen lassen, vergeblich. Wir sahen nur noch, wie die Salandria, ohne uns ein Zeichen zu gönnen, abdrehte und die Bucht meerwärts verließ.

Seit Mitte Mai halten wir uns in Verona am Ausgang des Etschtales auf. Wer aus dem überhitzten Süden kommt, den erfreut schon der Blick auf das klare Bergwasser der Etsch und der aus den nahen Bergen herabwehende erfrischende Wind. In Verona fühlen wir uns wohler als in Kalabrien, wo uns zuletzt aus jedem Strauch ein heimtückischer Sarazene anstarrte. Wie lange ist das her? Ein Jahr? Tausend Jahre? Das alles ist vorüber, Vergangenheit, aber doch Erinnerung, die unsere Gegenwart überschattet.

Nachdem in Rossano alles Nötige vorbereitet und der klägliche Rest unserer Truppe gesammelt war, zogen wir über Cassano, dann über die kalabresischen Berge zur Westküste und hinauf nach Salerno und Capua. Nicht nur ich empfand die Strapazen und die hochsommerliche Hitze als unerträglich.

Meine Sorge galt dem zweijährigen Kaisersohn, dem der verbohrte Wille der Byzantinerin die Reise nach Kalabrien zugemutet hatte. Über einen Mittelsmann erkundigte ich mich regelmäßig nach dem Befinden des Kindes, dessen Gesundheit zum Glück keinen Schaden nahm.

Mit der Byzantinerin zu sprechen, hatte ich längst aufgegeben. Meine anfänglichen Vorbehalte verstärkten sich, nicht weil ich wie andere bemängelte, daß sie keine purpurgeborene Kaisertochter war. Ich zweifelte an ihrem Willen, ihre Fähigkeit, das Fremdsein im Kaiserhaus zu überwinden. Das war es. Mir fiel und fällt es noch immer schwer, ihrem Ehrgeiz, ihrer Arroganz das gewünschte Verständnis entgegenzubringen. Hatte nicht Adelheid ähnliche Vorbehalte, obwohl die Geburt des Kaisererben Anlaß zur Versöhnung gab? Immer ist es Adelheid, die auf die Byzantinerin zugeht. Als sie von unserem Unglück erfuhr, eilte Adelheid sogleich nach Capua, Otto und ihrer Schwiegertochter zur Seite zu stehen. Der Kaiserinmutter sollte die Byzantinerin nacheifern.

Otto, anlehnungsbedürftig, scheint eher auf seine Theophanu zu hören. Noch in Capua erfüllte er einen ihrer Herzenswünsche und ernannte den Kalabresen Johannes Philagathos zum Abt der reichen Abtei Nonantola, nordwestlich vor Modena gelegen. Philagathos habe sich, so hieß es offiziell, im Amt des italischen Kanzlers verdient gemacht. Ich enthielt mich jeglichen Kommentars.

Einige Monate, über Weihnachten und Ostern, blieben wir in Rom, nicht zum Vergnügen, sondern um – wie in Capua begonnen – die Verhältnisse im Südreich und in Rom zu ordnen. Eigentlich wollte ich von Rom zurückkehren nach Metz. Zu lange war mein Bistum verwaist, ohne den Bischof, und ein Mann in meinem Alter muß wissen, wohin er gehört. Aber Otto und Adelheid drängten auf meine Anwesenheit, meine Mithilfe zur Vorbereitung des Reichstags in Verona.

Erleichtert wurde mein Bleiben, weil mir die Gegenwart der Byzantinerin weitgehend erspart blieb. Sie bewohnte mit dem Kaisersohn und ihrem kleinen Hofstaat eine Villa in den Monti Albani, kam seltener nach Rom. Sie hatte mich ja nicht nur als Kriegstreiber und bestechlichen Nutznießer diffamiert. Sie behauptete dreist, ich ließe nicht davon ab, sie zu verleumden. Ich gäbe ihr, ihrem Zögern, ihrem fehlenden Zuspruch zum Feldzug gegen die Sarazenen die Schuld an unserer schweren Niederlage. Absurd. Hüten würde ich mich, so etwas zu verbreiten, obwohl sie bei unserem Streitgespräch nach der Niederlage mit ihrer Meinung nicht zurückhielt. Zum Glück geht Otto auf ihre Anklagen nicht ein.

Auch wegen Otto war ich in Rom geblieben. Als ältestes Familienmitglied fühlte ich mich für ihn verantwortlich. Seine zunehmende Schwermut gefiel mir nicht. Eine Folge seiner Überanstrengung und der Niederlage am Cap Colonne? Schuld schien mir eher eine Nachricht zu sein, die uns in den ersten Tagen in Rom erreichte und uns alle bedrückte, ihn jedoch erschütterte. Sein nächster Freund, der junge Herzog Otto, hatte heimreisen wollen, um eine fiebrige Malaria in gewohnter Umgebung zu kurieren. Vergeblich hatten der Kaiser und Theophanu versucht, den geschwächten Otto zurückzuhalten. Er kam nur bis Tuszien. In Lucca holte ihn am letzten Oktobertag der Tod.

Was fällt mir ein, wenn ich an ihn denke? Er gehörte zu den wenigen Menschen, deren Uneigennützigkeit Zuneigung weckte. Seine ungebrochene jugendliche Heiterkeit wirkte ansteckend. Ich meine das ehrlich, obwohl der Herzog von Schwaben und Bayern nicht zu meinen Freunden zählte, da ich jene Herzogtümer – wie Adelheid auch – lieber in anderen Händen gesehen hätte.

Hier in Verona, nachdem die herzogliche Nachfolge in Bayern und Schwaben zur Sprache kam, wagte ich an den Herzog Heinrich von Bayern, den Vorgänger des Herzogs Otto, zu erinnern. Was auch vor sechs Jahren geschah, wir können ihn nicht ewig ausschließen. Als Vetter des Kaisers gehört er zum engsten Familienkreis. Otto reagierte mit einem Zornesausbruch.

– Ihr vergeßt, daß unser Vetter, der Zänker, die Rebellion gegen mich anführte. Er bleibt in Utrecht im Gewahrsam Bischof Folkmars. –

– Anderen gegenüber handelt Ihr milder, wandte ich ein. –

– Ihr meint den Herzog Heinrich von Kärnten. Der hat sein Bündnis mit dem Zänker aufrichtig bereut. Auch der zweite mitschuldige Heinrich, der Bischof von Augsburg, trat auf unsere Seite. Das wißt Ihr. Im Kampf gegen die Sarazenen ließ er sein Leben. –

– Aber sechs in Utrecht verbüßte Jahre sind eine lange Zeit. –

– Ihr seid hartnäckig. –

– Wie Euer Vater. –

Ich erinnerte Otto an seinen Kaiservater, weil ich zu dessen Generation gehöre und ihm in Sachen des Reichs stets verbunden blieb. Jedoch Otto und die in Verona versammelten Fürsten ließen sich nicht umstimmen, zumal der aus Mainz gekommene Erzkanzler Willigis das Wort führte. Man teilte das Erbe des verstorbenen Herzogs. Schwaben erhielt Konrad, der Graf vom Rheingau, Bayern überließ die Fürstenversammung dem begnadigten Heinrich, dem früheren Herzog von Kärnten.

Auch eine andere Entscheidung fiel nicht zu meiner vollen Zufriedenheit aus. An einem der ersten Junitage überreichte Otto dem jungen Vojtěch von Libice den Bischofsstab des Bistums Prag. Eigentlich ein Grund zur Freude. Der erste Slawe auf einer Bischofskathedra! Das entsprach dem bisher unerfüllten Wunschtraum des Kaiservaters Otto. Aber mußte es der extravagante Fürst Vojtěch sein?

Ich weiß, höchste Fürsprecher setzten sich für ihn ein. Der verstorbene Erzbischof von Magdeburg gab dem hochtalentierten Domschüler seinen eigenen Namen Adalbert, den der Slavnikide nun trägt. Willigis, zu dessen Erzbistum Mainz das Prager Missionsbistum gehört, empfahl ihn und wird die Konsekration des neuen Bischofs übernehmen. Allen voran hofiert die Byzantinerin den nun Adalbert genannten Siebenundzwanzigjährigen, nur wenig jünger als der verstorbene Herzog Otto. Sie liebt es, sich mit jungen interessanten Männern zu umgeben und sie großzügig zu belohnen. Ihrem Philagathos verhalf sie zum Abtring von Nonantola. Dafür geht nun der Vojtěch seit drei Wochen bei der Byzantinerin im Kastell San Pietro ein und aus. Eben das gefällt mir überhaupt nicht.

Man nennt ihn außergewöhnlich. Was heißt das: außergewöhnlich? Als er herkam, sah ich ihn auf einem Pferd nach Art der Bauern reiten, nicht auf einem rassigen Pferd mit gold- und silberbesetztem Sattelzeug, sondern auf einem gewöhnlichen rotbraunen Wallach. Ihm genügte eine grobe Satteldecke und ein Hanfstrick als Zügel. War das eine Demutsgeste oder eine Marotte? Man munkelt, der Vojtěch habe ein lockeres Leben geführt und nun gefalle es ihm, als Bekehrter aufzutreten. Selbst die Berufung zum Bischof, von seinem Herzog Boleslaw zuerst empfohlen, betrachte er als eine ihm unangemessene Höherstellung. Das Amt, wie jedes Amt, sei ihm völlig gleichgültig. Verstehe einer die Abgründe einer Slawenseele.

Ich will nicht ungerecht urteilen, auch wenn er nicht der Mann meiner Wahl ist, und ich bezweifele, ob seine Lebensart für die Bischofsmitra taugt. Irgend etwas in ihm scheint ihn zum Guten zu treiben. Er soll sich, wie mir zuverlässig berichtet wurde, hingebungsvoll dem kleinen, nun dreijährigen Thronerben widmen. Auch das ein Grund seiner häufigen Besuche im Kastell San Pietro.

Natürlich finde ich es empörend, daß die Byzantinerin mir den Zutritt zum Kaisersohn verwehrt, abgesehen von offiziellen Anlässen. Dabei verbürgt der kindliche Thronfolger geradezu die Gemeinsamkeit ihrer und meiner Reichsinteressen. Ich denke an die wichtigste Entscheidung der Fürstenversammlung in diesen Tagen, an die einmütige Wahl des dreijährigen Otto zum deutschen König, zum Mitkönig seines Vaters. Kein Ort war geeigneter als Verona, der Kreuzpunkt der Reichsstraßen von Norden nach Süden, von Westen nach Osten. Eine programmatische Wahl, mir wahrhaft zur Freude, weil sie an diesem Ort die Einheit der deutschen und italischen Länder bezeugt und den von Otto beanspruchten Titel *Romanorum imperator Augustus* rechtfertigt. Das wollte doch Theophanu nicht anders, ja selbst unter Inkaufnahme der Verletzung byzantinischer Vorrechte.

Morgen, am vorletzten Tag des Monats Juni, wird Willigis den Adalbert von Prag zum Bischof weihen. Alles ist vorbereitet. Es wird ein Fest. In Zeiten der tiefsten Betrübnis soll jeder Anlaß zum Feiern ermutigen. Mein Trotz, mein unverschlissenes Aufbegehren gegen widrige Verhältnisse rührt sich.

Aber gibt nicht die Fürstenversammlung uns und besonders dem niedergeschlagenen Otto neuen Mut? Vergiß nicht, sage ich ihm, sage ich mir, die Königswahl und – damit verbunden – die unmittelbar nach der Bischofsweihe geplante Abreise von Willigis und Erzbischof Johannes von Ravenna. Sie werden den langen Weg über den Brennerpaß, durch das sommerliche Voralpenland und Schwaben, stromabwärts bis Köln nehmen und nach Aachen gelangen, ihrem Ziel. Sie werden langsam reisen, ihre Aufenthalte mit Bedacht wählen, verlängerte Aufenthalte und Verzögerungen in Kauf nehmen. Denn sie begleiten den dreijährigen Thronfolger, der in der Pfalzkapelle von Aachen die Königskrone empfangen wird.

Auch dieser Akt wird demonstrativ sein. Er wird mich und erst recht die Byzantinerin, deren Pflichten an der Seite Ottos sie von der Mitreise abhalten, erfreuen. Die beiden höchsten Würdenträger der deutschen und der italischen Kirche, die Erzbischöfe Willigis und Johannes, werden den jungen dritten Otto in der Pfalzkapelle der Karolinger salben und krönen.

21. Lebensboten, Todesengel

Um Theophanu ist es still geworden. Die Teilnehmer des Reichstages von Verona, ihre Freunde, ihre Widersacher, sind in alle Winde verstreut. Philagathos ritt zu seiner Abtei Nonantola den kürzesten Weg, zwei Tagesritte südwärts, denn er sitzt gut zu Pferd. Der Theophanu so schnell vertraut gewordene Vojtěch, der sich nun Bischof Adalbert nennt, reist nach Prag am längsten. Wie lange? Drei Wochen? Vier Wochen?

Nein, verbesserte sie sich, als sie mit Imiza Namen für Namen aufzählte, ein anderer, der Erzbischof Giselher von Magdeburg, entfernt sich am weitesten von uns. Weniger lange, aber doch nicht lange genug, weil von uns nicht geliebt, sind der Bischof Dietrich von Metz und Erzbischof Egbert von Trier unterwegs. Über ein großes Wegstück begleiten sie die Herzogin Beatrix von Oberlothringen. Unsere Verwandte Beatrix werden wir vermissen. Sie weiß uns zu erheitern, weiß so gut zu erzählen und noch besser zu vermitteln.

Nicht vermissen wir, das muß ich dir, Imiza, nicht erst sagen, den Abt Majolus wegen seiner düsteren Prophezeiungen. Wir mochten ihn nicht, den alten, eifernden, dünnlippigen Majolus, weil er in seinem religiösen Wahn keine Rücksicht nimmt auf die nach dem Tod unseres besten Freundes, Herzog Otto, zunehmende Schwermut des Kaisers. Der Cluniazenserabt begleitet Adelheid nach Pavia. Fünf Tagesritte lang muß sie ihn ertragen. Aber sie erträgt ihn gern und alles, was von seinen Lippen kommt. Das wissen wir doch.

Soll einer sagen, Theophanu wäre nicht ihrem Kaisergemahl treu ergeben, in mancher Hinsicht gegen ihren Eigenwillen. Wegen des Feldzugs nach Kalabrien hatte es Ärger gegeben zwischen ihr und Otto. Das ist vergangen, überholt von den Ereignissen in Verona. Natürlich wäre sie lieber mit ihrem Sohn, dem gewählten deutschen König, und mit Willigis, dem Stärke und Ruhe ausstrahlenden Erzkanzler, nach Mainz und Aachen gereist. Aber Otto brauchte sie. Seine körperliche, gesundheitliche Anfälligkeit erfüllte sie mit Besorgnis. Die Hofärzte sprachen von Überanstrengung, rieten ihr dringend, dem Kaiser nahe zu bleiben. Ihre Gegenwart, ihr Einfluß seien heilsamer als jede Medizin.

Otto ließ sich nicht davon abhalten, noch einmal, vor der Heimkehr in sein deutsches Kernland, nach Süden zu reisen und im Fürstentum Benevent und in Rom geordnete Verhältnisse zu schaffen. Er dachte an seinen Kaiservater, dessen Gründlichkeit er nacheifern wollte. Ein nicht ungerechtfertigter Entschluß, gegen jene gerichtet, die ihm eher sprunghafte, willkürliche Handlungen zutrauten.

Theophanu zögerte die Abreise hinaus, drängte auf einen Zwischenaufenthalt in Ravenna, nicht nur damit Otto in der sommerlichen Hitze ein wenig Zeit zur Schonung fände. Sie erwartete Nachrichten von Willigis aus Mainz, aus der Pfalz von Ingelheim, wo für ihren Sohn ein längerer Aufenthalt vorgesehen war. Dort sollte sich der dreijährige Thronfolger von den Reisestrapazen erholen.

Theophanu malte sich aus, wie er, mit dem sie am liebsten in ihrer griechischen Muttersprache redete, nun deutsche Worte hören, lernen mußte. Vor seiner Krönung am Weihnachtstag 983 in Aachen sollte ihm wenigstens ein kindlich verständliches Minimum deutscher Worte geläufig sein. Sie hatte Barbara, der deutschen Kinderfrau, befohlen, den kleinen Thronfolger mit Lernpflichten nicht zu quälen, ihn oft genug spielen zu lassen und ihm draußen auf den Auen die weidenden Tiere zu zeigen, ihn zum Fluß zu führen, damit er die vorüberziehenden Schiffe sehen konnte.

Theophanu liebte ihren Sohn und hatte nur widerstrebend

der Trennung, ihrem eigenen Zurückbleiben zugestimmt. Niemanden vermißte sie mehr als ihr Kind. Liebe braucht Gegenwart, Körpernähe, leibhaftige Zuneigung. Wie oft hatte sie seine Händchen, die weichen rotblonden Haare gestreichelt, in seine graublauen Augen geblickt. Wie dankbar nahm sie jedes Lächeln, jede aus seinem Mund kommende Erwiderung ihres zärtlichen Ansprechens auf.

Sie wartete auf die erste Nachricht, ungeduldig, unrealistisch. Sie selbst hatte doch Willigis eine langsame, ihren Sohn schonende Reise aufgetragen – und auch dem schnellsten, aus Ingelheim zu ihr zurückeilenden Reiterkurier wuchsen keine Flügel. In Ravenna wartete sie Tag um Tag vergeblich.

Erst im späten August, als das Kaiserpaar schon im Fürstentum Benevent den Trigno-Fluß überschritten hatte und in Larino residierte, traf die erste Botschaft ein. Eine glückliche Nachricht, die dem Wohlbefinden des Thronerben, seiner kindlichen Neugier, seinem Lernwillen das beste Zeugnis ausstellte. Die rheinische Luft, ergänzte Barbara den sachlichen Bericht von Willigis, bekomme dem Knaben besser als die weiche, Fieberkrankheiten begünstigende Luft Kalabriens und Roms. Sein Appetit sei vorzüglich. Nicht ein einziges Mal habe er sich, wie mitunter in Süditalien, erbrechen müssen.

Theophanu war überglücklich, um so mehr, als Otto schon bald zum Aufbruch nach Rom rüsten ließ. Sie selbst litt nicht unter klimatischen Beschwerden, merkte jedoch Otto die Anstrengung der Reise, der häufigen Ortswechsel an. Theophanu drängte zur Verkürzung der Südreise, wenn auch andere Gründe den Ausschlag zum vorzeitigen Aufbruch gaben.

Anfang September zog der Kaiser mit seinem kleineren, beweglichen Hofgefolge über die Bergstraßen des südlichen Apennin hinüber nach Latium und über die Via Latina nach Rom. Die *Regina urbium* verlangte nach der Anwesenheit des Imperators, des Schutzherrn der Römischen Kirche. Im Juli war der kaiserfreundliche, redliche, der cluniazensischen Reform nahestehende Papst Benedikt VII. nach neunjährigem Pontifikat gestorben. Die reichstreuen Kreise in Rom setzten ihre Hoffnung auf die Autorität des Kaisers, um blutige Unruhen und die Rückkehr des Mörderpapstes Bonifaz zu verhindern.

Kaiserlicher Wunschkandidat zur Erhebung auf die päpstliche Kathedra war Abt Majolus von Cluny, wie schon einmal. Doch der dreiundsiebzigjährige Majolus, obwohl von Adelheid gedrängt, winkte ab. Die Verständigung, durch den Kurierdienst zwischen Rom, Pavia und Cluny und nach angemessener Bedenkzeit ermittelt, benötigte Wochen und Monate. Schließlich fiel die Wahl auf den kaiserlichen Erzkanzler für Italien, den Bischof Petrus von Pavia, einen würdigen, Reformen aufgeschlossenen Papstkandidaten, der sich den Namen Johannes XIV. gab. Ein Trost für Adelheid, wie sie ihrem Sohn aus Pavia schrieb, der ihr vertraute Bischof Petrus werde als Heiliger Vater der Römischen Kirche zur Ehre gereichen.

Noch vor der Papstwahl trafen aus Magdeburg und der Nordmark Schreckensmeldungen ein. Ohne Vorwarnung hatten sich die slawischen Stämme zwischen Elbe und Oder, die Liutizen und die nördlichen Abodriten, gegen die deutsche Vorherrschaft erhoben und drohten die Elbe zu überschreiten. Unter normalen Verhältnissen wäre der Kaiser unverzüglich aufgebrochen. Doch nichts wäre gewonnen, wenn er den einen, den römischen Krisenherd zurückließ, um sich dem anderen zuzuwenden, den er erst nach wochenlanger Reise erreichen konnte. Ihm blieb nichts anderes übrig, als der Abwehrkraft der Fürsten und Grafen an der Elbgrenze zu vertrauen.

Was an einzelnen Meldungen nach Rom gelangte, war gemischt, wechselhaft, von der Laune des Augenblicks diktiert. In die kurzen wahrheitsgemäßen Berichte schoben sich vom Hörensagen verzerrte Darstellungen. Während Gerüchte und Vermutungen überhand nahmen, blieb Theophanu realistisch wie nur wenige am Hof des Kaisers. Oft suchte sie seine Nähe.

– Du mußt nicht alles glauben, was die Leute erzählen, sagte sie gegen die depressive Stimmung Ottos. –

– Aber es heißt, Sankt Laurentius habe uns seinen Schutz entzogen, weil wir das Gelöbnis meines Vaters brachen und das dem Laurentius geweihte Bistum Merseburg aufgelöst haben. Das ist kein Gerücht. –

– Vergiß nicht, daß Giselher nach der Auflösung Merseburgs das Erzbistum Magdeburg übernahm. Gibt es einen besseren Wächter an der Elbgrenze? Giselher war zur rechten Zeit von Verona nach Magdeburg zurückgekehrt. –

– Von unserem Markgrafen Dietrich in der Nordmark hält die Kaiserin nichts? –

– Den Markgrafen kenne ich weniger gut. Doch das wenige genügt. –

– Unser Markgraf Dietrich ist ein tüchtiger Mann. –

– So tüchtig, daß er den Abodritenfürst Mistui tödlich beleidigte. Mistui hat mit tausend slawischen Reitern in Kalabrien an deiner Seite gekämpft. Zur Belohnung hatte der Markgraf dem Abodritenfürsten fest versprochen, nach seiner Rückkehr werde ihm als Braut eine herzogliche Nichte zugeführt. –

– Ich weiß, Mistui gehörte mit seinen Reitern zu den Tapfersten am Cap Colonne. Er hätte nicht an der Elbe mit den Liutizen paktieren und gegen uns kämpfen dürfen. –

– Ich habe noch nicht alles gesagt, nicht daß der gelobte Markgraf Dietrich sein Wort brach, daß er in seinem Hochmut ausrief, die Nichte eines Herzogs dürfe nicht einem Hund angetraut werden. Du müßtest den Zorn des gedemütigten Mistui doch am ehesten verstehen. –

Nicht lange nach diesem Gespräch gab es kaum noch Zweifel am Versagen des Markgrafen Dietrich. Er hatte den Freiheitsdrang der Slawen unterschätzt. Sein anmaßendes Auftreten, dazu rücksichtslose Tributforderungen schürten den Aufstand. Die aus Kalabrien in das Land zwischen Elbe und Oder getragene Nachricht von der Besiegbarkeit der Unterdrücker machte den Slawen Mut. Mit ungeheurer Wucht stürmten die Liutizen nach Westen, zerstörten Havelberg, Brandenburg und andere Orte, während die weiter nördlich lebenden Abodriten Hamburg überfielen und den Flammen preisgaben.

Das vom Kaiservater Otto begonnene Werk der Missionierung jenseits der Elbe drohte zu scheitern und erlitt seinen schwersten Rückschlag, auch wenn noch im Spätherbst die Sachsen die Aufständischen besiegten und die Elbgrenze sicherten.

In den letzten Monaten des Jahres ritten Eilkuriere schneller denn je zuvor über die Straßen des Reiches, wechselten an den vorgesehenen Stationen ihre schweißnassen Pferde oder wurden selbst, vom Ritt erschöpft, ausgetauscht.

Aus Magdeburg sandte Giselher Nachrichten vom Sieg über die Slawen, von deren Rückzug in ihre ostelbischen Gaue. Aus der Pfalz von Ingelheim berichtete Willigis, ergänzt durch Barbara, mehrmals vom Wohlergehen des Thronerben. Hört nur, sagte Theophanu ihrem Gemahl, dem die Hofärzte im November wegen eines Darmleidens Schonung verordneten, hört nur, welche Fortschritte Euer Sohn macht, wie ihn Willigis auf die Krönung in der Pfalzkapelle von Aachen vorbereitet.

Von Anastasia, der treuen Gefährtin, nun Gräfin von Namur, kam eine Eilnachricht. Sie habe Theophanus kleinen Sohn in Ingelheim besucht, habe ihn – wohlbehütet auf ihrem Schoß – bei kurzen Ausritten in die Rheinauen mitgenommen. Ein Wunderkind, an Einsicht und Verstand seinen Jahren voraus. Obwohl der Knabe eifrig sein Deutsch lerne, habe sie mit ihm in Theophanus und ihrer Muttersprache gesprochen. Vertraulich gesagt, am Griechischen zeige der Thronerbe mehr Gefallen als am Deutschen. Theophanu mußte lachen, als sie das las.

Anastasia versprach, bei der Krönung Ottos am Weihnachtstag in Aachen anwesend zu sein. Von Namur sei es nicht allzu weit zur Kaiserpfalz von Aachen. Theophanu freute sich. Sie dachte daran, daß Anastasia ihr zuletzt bei der Geburt des Kindes vor dreieinhalb Jahren in einem Jagdhaus nahe der niederrheinischen Ortschaft Kleve zur Seite stand.

Es waren gute Nachrichten, die im November nach Rom gelangten, die dem tristen, naßkalten römischen November ein wenig innere Wärme gaben. Aber Theophanu wunderte sich, daß sie lachen, ihre Freude äußern konnte. In diesen Novembertagen gab es offenbar eher Grund zum Klagen. Bedrückt, schweigsamer als sonst verrichteten ihre und des Kaisers Dienstleute ihre Arbeit. Selbst Imiza, deren rheinisches Temperament sie so oft erheiterte, ließ den Kopf hängen. Theophanu warf sich vor, leichtfertig, unangemessen zu reagieren. Oder erlaubten ihr die guten Botschaften, die Sieges- und Lebensbotschaften, eine Art Befreiung aus den Zwängen, denen sie ausgesetzt war?

Etwas geschah mit Otto, was ihr und den Leuten in seiner Nähe Sorgen bereitete. Öfter als sonst befiel ihn ein Unwohlsein, eine Verdauungsstörung, verbunden mit leichten Fieberanfällen, unregelmäßig auftretend und rasch nachlassend. Die Hofärzte vertrösteten Theophanu, diagnostizierten eine Magenverstimmung, die vom Genuß unreinen Wassers oder einer schlechten Speise herrühre. Nichts weiter benötige der Kaiser als Ruhe, leichte Kost, Rotwein, ein wenig verdünnt und in Maßen getrunken.

Theophanu mißtraute der Vertröstung, verlangte den Zutritt ihres eigenen salernitanischen Arztes zum Kaiser. Aber auch der, obwohl aus der hochgeschätzten Schule von Salerno stammend, konnte nur ein offensichtlich nicht auskuriertes Darmleiden feststellen. Den Magen reizende Kost sei auf jeden Fall zu vermeiden. Man möge den Kaiser zur Ruhe verpflichten und ihm jede Aufregung ersparen. Es sei auch nicht nötig, den Erzkanzler in Mainz und die Kaiserinmutter in Pavia zu benachrichtigen, wie es Theophanu vorhatte. Eine solche Botschaft trage nur Unruhe in die im Reich befriedeten Verhältnisse.

Am Abend des vorletzten Novembertages, als der Kaiser mit seinen an der Hoftafel versammelten Gästen die letzte Siegesmeldung aus Magdeburg feierte, brach er zusammen. Nach einem Schluck leichten Rotweins fiel ihm der Becher aus der Hand, sein erhitzter Kopf sank auf den Tisch, lautlos.

Der wie stets in den letzten Wochen anwesende Hofarzt ließ den Kaiser in sein Gemach tragen. Als Otto erwachte, verlangte er Wein, er sei durstig. Er klagte über krampfartige Schmerzen im Leib. Man gab ihm Kamillentee. Die Magen-

und Darmkoliken wiederholten sich, plagten ihn verstärkt an den folgenden Tagen, dazu kamen Erstickungsanfälle, sofern er nicht ermattet in den Schlaf sank. Die Hofärzte verschrieben ihm eine Gewaltkur, die er selbst guthieß, die Einnahme von eingedicktem Aloesaft, der jedoch, überreich genommen, das Gegenteil des erwünschten Effekts bewirkte, und die Darmblutungen nahmen kein Ende.

Theophanu blieb am Lager des Kranken, bis die Ärzte sie zu kurzen Schlafpausen nötigten. Imiza und Akritas ließen sie nicht aus den Augen, wachten und ruhten mit ihr.

Nach sechs Tagen, schwankend zwischen Hoffen und Verzweiflung, eröffneten ihr die Hofärzte, sie hätten alles Menschenmögliche getan, alle Mittel der ärztlichen Heilkunst angewandt, aber auch dem lebenrettenden Hippokrates seien Grenzen gesetzt. Theophanu müsse auf das Ableben des Kaisers, ihres Gemahls, gefaßt sein. Gefaßt sein? Sie begehrte auf. Etwas in den letzten Tagen Angestautes, eine Flutwelle von Zorn durchbrach die Dämme ihrer Beherrschtheit. Nur dieses eine Mal schrie sie die Hofärzte an, beschuldigte sie der falschen Heilbehandlung, der unverträglichen Aloekur. In Byzanz würde man sie dem Henker übergeben. Die Hofärzte warfen sich nieder. Eine erschreckende Situation, erst gemildert, als Theophanu ihnen zurief, leiser geworden: Erhebt Euch!, und als Imiza und Akritas sie hinausführten. Nach einem Beruhigungstrank fand Theophanu in ihrem Zimmer den lange entbehrten Schlaf.

Der Kaiser, sonst so leicht erregbar, von Launen bewegt, nahm das Unausweichliche mit einer Gelassenheit hin, die nicht allein von seiner körperlichen Schwäche herrührte. Am letzten Tag befahl er im Beisein Theophanus, sein Barvermögen vierfach zu teilen. Je ein Viertel sollten die Kirchen, die Armen, seine geliebte Schwester Mathilde, die Äbtissin von Quedlinburg, und die Diener und Kriegsleute seines Hofgefolges erhalten. Der Regentin Theophanu habe man nicht anders als ihm selbst absoluten Gehorsam zu erweisen. Danach beichtete er in lateinischer Sprache vor dem neu inthronisierten Papst Johannes XIV. und den anwesenden Bischöfen und Priestern.

Nicht lange nach der Absolution und gesalbt mit dem heiligen Öl, am frühen Abend des 7. Dezember 983, starb der römisch-deutsche Kaiser. Theophanu saß neben ihm, hielt einen Augenblick seinen Kopf in ihren Händen, legte ihn sacht auf das weiße Kissen. Sie dachte daran, daß der achtundzwanzigjährige Otto sie am gleichen Ort verließ, an dem er ihr, der byzantinischen Prinzessin, zuerst begegnet und ihr angetraut worden war. In der Schweigeminute erinnerte sie sich an die Todesengel, von denen ein Priester in ihrer Mädchenzeit gesprochen hatte, und sie flehte, ein sanfter Todesengel möge die Seele ihres Gemahls in den Himmel tragen.

Sie weinte nicht. Keine Träne rann über ihr vom langen Wachen blasses Gesicht. Nicht weil ihr der Tote im Leben nichts bedeutet hätte, wie mancher am Hof munkelte. Wer das sagte, verkannte die Mutter des Thronerben, auch wenn ihr und Ottos Trotz manchmal heftig aufeinanderprallten und Theophanu nicht jederzeit den rasch entzündbaren Überschwang des Mannes Otto teilte. Jetzt, wie sie auf das entspannte Gesicht des Toten blickte, auf den kurzgeschnittenen rötlichen Bart, überkam sie das Gefühl einer grenzenlosen Leere und Müdigkeit, sonst nichts.

Was von ihr erwartet wurde, war abgesprochen. Als Grablege bestimmte sie mit Papst Johannes einen antiken Marmorsarkophag, den eine Porphyrplatte verschloß. Der Sarkophag stand im Atrium der Peterskirche, nahe der Marienkapelle, für Theophanu, die Verehrerin der Gottesmutter, ihrer Theotokos, ein Zeichen der Vorsehung.

Den kaiserlichen Offizieren hatte die Kaiserin unter Schweigepflicht eine möglichst unauffällige Verstärkung der Wachtruppen befohlen. Die Kontrollen an den Toren Roms sollten verschärft, jede unerlaubte Ansammlung von Menschen oder gar von fremden Waffenträgern, zumal um den Lateran und den Petersdom, sollte verhindert werden. Wer weiß, vielleicht wollten die Crescentier den Tod des Kaisers nutzen, um ihrem Gegenpapst den Stuhl des heiligen Petrus zu verschaffen.

Die mit Leo Akritas verfaßten kurzen Botschaften an Willigis in Aachen und Adelheid in Pavia wurden noch am Todesabend versiegelt. Die verläßlichsten Eilkuriere standen bereit, die besten, kürzesten, sichersten Wegstrecken waren ausgesucht, die Stationen für den Pferdewechsel festgelegt. So schnell wie möglich sollte die Todesnachricht Willigis in Aachen erreichen, das heißt bei Tagesritten von siebzig bis fünfundsiebzig Kilometern in spätestens zweieinhalb Wochen. Keine Verwirrung, keine Unsicherheit sollte der Botschaft der Kaiserin zuvorkommen dürfen. Nur die Nachricht an Adelheid hielt Theophanu noch zurück.

Ohne Störung verliefen die Trauerfeiern, die Einsargung des Verstorbenen. In der Peterskirche zelebrierte Papst Johannes gemeinsam mit zahlreichen Bischöfen das feierliche Requiem. Die Römer nahmen gebührend Anteil, obwohl nicht auszumachen war, was sie in die Peterskirche führte, ob mitfühlendes Gedenken an den jung verstorbenen Kaiser oder bloße Schaulust.

Vom engeren Familienkreis war Ottos Schwester, die Äbtissin Mathilde, anwesend. Sie war im Herbst, einer Bitte der besorgten Kaiserinmutter folgend, von Pavia nicht heimwärts nach Quedlinburg, sondern nach Rom gereist, um ihrem fast gleichaltrigen Bruder beizustehen. Theophanu fand die Gegenwart ihrer Schwägerin, der sie einst das erste Gefühl des Aufgenommenseins in der kaiserlichen Familie verdankte, überaus hilfreich. Sie sagte es Mathilde, nicht aus Schwäche, sondern weil sie glaubte, es sei gerecht, so etwas nicht zu verschweigen.

In Rom sprach sich schnell herum, daß Theophanu die Zügel fest in der Hand behielt. Niemand, der sie beobachtete in diesen Tagen, zweifelte an der Regierungsfähigkeit, der Stärke der Regentin Theophanu. Sie selbst, unterstützt von ihren Räten, hielt es für richtig, ihre Botschaft an die Kaiserinmutter zu ergänzen, Adelheid mitzuteilen, daß sie nach der Erledigung der römischen Angelegenheiten in der Dezembermitte aufbrechen werde nach Pavia.

An einem der ersten Januartage traf Theophanu in Pavia ein, ritt sie mit ihrem Hofgefolge über die Brücke des Ticino und hinauf zum Königspalast. Adelheid erwartete sie, umarmte sie nicht weniger herzlich als vor drei Jahren, als Theophanu der Kaiserinmutter den Thronerben nach Pavia gebracht hatte. Jetzt war es keine Geburt, sondern der Tod, der die beiden ungleichen Frauen zusammenführte. Das Trennende verlor seine Schärfe, seine Gültigkeit.

– Du bist blaß, meine Tochter. –

– Ja gewiß. Die Ereignisse in Rom. Der lange Ritt. Ich drängte meine Begleiter zur Eile. –

– In meinem Haus wirst du dich erholen. –

– Danke. –

– Wir werden gemeinsam die Botschaft des Erzkanzlers Willigis erwarten. Ich brauche dir nicht zu sagen, daß Ottos und dein Sohn, auch wenn uns die gültige Nachricht aus Aachen noch fehlt, um diese Zeit der gesalbte und gekrönte König Italiens und des Reiches ist. Unser Kindkönig. –

Sie lächelten, beide, obwohl ihnen zum Lächeln nicht zumute war. Willigis sollte den dreieinhalbjährigen Otto III. nach den Krönungsfeierlichkeiten dem Erzbischof Warin von Köln zur Betreuung überlassen. Bis zur Stunde war für die beiden Kaiserinnen in Pavia alles ungeklärt. Nur eines galt ihnen als unabdingbar: die Vormundschaft über den Knaben, den Kindkönig, sollte allein Theophanu übernehmen.

Den Plänen der beiden Kaiserinnen kam eine glückliche Fügung entgegen. Am Königshof in Pavia traf Theophanu den Abt von Bobbio, Gerbert von Aurillac, den von ihr bewunderten Gelehrten und siegreichen Disputanten von Ravenna. Gerbert hatte sich mit den Mönchen seiner Abtei überworfen und Adelheid um ihren Schutz gebeten. Adelheid, die als italische Königin die disziplinäre Aufsicht über Bobbio innehatte, erlaubte Gerbert, seine Abtei befristet zu verlassen und zur Vertiefung seiner Studien nach Reims zu reisen – ein Vorwand, den Adelheid, gedrängt von Theophanu, dem Abt anbot.

Theophanu brauchte Hilfe, Beistand, Anerkennung, ehe ihr ein männlicher fürstlicher Verwandter möglicherweise die Vormundschaft streitig machte. Ihr konnte nichts Besseres passieren als Gerberts Reise nach Reims, zum kaisertreuen Erzbischof Adalbero, dem höchsten Repräsentanten der französischen Kirche. Außerdem kannte Gerbert die komplizierten politischen Verhältnisse in Lothringen, im fränkisch-rheinischen Gebiet, war er der geeignetste Vertrauensmann und Diplomat.

Gerbert bot sich an, Briefe Theophanus zu überbringen: an Erzbischof Adalbero, damit er König Lothar von Frankreich zugunsten des kleinen Otto und Theophanus stimme; an die Herzogin Beatrix von Oberlothringen mit der Bitte um deren Unterstützung; an Anastasia, die Gräfin von Namur, mit der Bitte, wahrzumachen, was sie versprochen hatte, und nach Theophanus Rückkehr zeitweise zum Dienst bereit zu sein. – Die Gräfin Imiza bewähre sich. Aber Theophanu benötige ihre, Anastasias, vertraute Hilfe, nachdem Niketas Kurkuas in wichtiger Mission von Rom nach Konstantinopel gereist sei.

In die Ungewißheit dieser Tage im beginnenden Jahr 984 in Pavia brachte Gerbert von Aurillac die Gewißheit, als Mittler die Interessen Theophanus und des unmündigen Königs Otto im Westen des Reiches zu wahren.

22. *Die Entführung. Sechster Bericht der Anastasia D.*

Im April hatte mir Theophanu durch einen Eilkurier aus Metz eine Nachricht gesandt und mich um die Erfüllung meines Versprechens gebeten. Sie werde in der ersten Maihälfte dieses Jahres 984 in der Pfalz von Ingelheim residieren und sie erwarte mich dort. Wegen der anhaltenden Schneestürme in den Hochalpen habe sie mit Adelheid erst gegen Anfang März von Pavia aufbrechen und über den immer noch eisigen Mont Cenis nach Burgund gelangen können. In Vienne stand Adelheids Bruder, König Konrad von Burgund, mit seiner Gattin schon bereit, um die beiden Kaiserinnen zu begleiten. In Metz, wo sie eine weitere Rast einlegten, habe sich die Herzogin Beatrix von Oberlothringen zur Mitreise nach Ingelheim entschlossen.

– Ach, Anastasia, schrieb mir Theophanu, Du weißt, was geschehen ist, weißt es genauer als ich, weil Du in der Nähe warst, nicht nur anwesend bei der Krönung meines Sohnes in Aachen. Du mußt mir alles sagen, ohne Rücksichtnahme, und Du weißt auch, wie sehr mir Deine Gegenwart, Dein Rat hilft. –

Wie hätte ich mich einer solchen Bitte verweigern können? Ich war nicht unvorbereitet, wartete schon auf Theophanus Nachricht. Mit Gotfrieds Einverständnis verließ ich Namur für einige Monate, um Theophanu in der seit unseren Mädchentagen am Bosporus vertrauten Weise zu dienen. Unsere kinderlose Ehe, nach einer Fehlgeburt vor zwei Jahren, erleichtert meine befristete Abwesenheit von Namur.

Einen Boten hatte ich vorausgeschickt, und Leo Akritas empfing mich mit meinen wenigen Leuten vor den Toren der Kaiserpfalz. Er war gesprächiger als früher, sagte gleich, der Fürst Kurkuas sei nach Konstantinopel gereist und er, Akritas, diene der Kaiserin als Sekretär. Neuerdings trug er einen gepflegten Kinnbart, ähnlich dem verstorbenen Kaiser, nur nicht rötlich, sondern leicht ergraut, was ihm eine gewisse Nobilität verlieh. Anders als der freundlich redende Akritas begrüßte mich die Gräfin Imiza, die mich zu Theophanu führte, ziemlich reserviert. Was geht in ihr vor? Mein Gott, ich will ihr das Amt der Hofdame doch nicht nehmen. Schließlich habe *ich* sie Theophanu empfohlen.

Nach vier Jahren sah ich Theophanu wieder. Sie wirkte angestrengt, noch schlanker, blasser im Gesicht als damals bei unserer Verabschiedung. Ich dachte, sie sollte etwas Farbe auflegen. Theophanu umarmte mich. Nichts Fremdes stand zwischen uns, keine Distanz der so ereignisreichen Jahre. Es war nicht anders, als hätten wir uns erst gestern getrennt.

– Wo ist dein Gatte Gotfried? –

– Er wird nachkommen, in den nächsten Tagen, sobald in Namur alles geregelt ist. Er wird auch nur kurze Zeit am Hof bleiben können. –

– Das macht nichts. Ich will ihm danken. Er gehört zu den treuesten Grafen im Westen. Man hat mir berichtet, daß er bei der Zusammenkunft in Lüttich, Ende Februar, unsere Freunde, Erzbischof Adalbero von Reims und Abt Gerbert, furchtlos unterstützte. –

Ehe wir die Ereignisse besprachen, die zur französisch-lothringischen Versammlung im Johanneskloster von Lüttich geführt hatten, gab es Erfreulicheres zu berichten. Das Erfreulichste war gewiß die Krönung des jungen Königs in der Pfalzkirche von Aachen, auch deswegen, weil am Weihnachtsmorgen des letzten Jahres niemand der Anwesenden vom Tod des Kaisers im fernen Rom etwas wußte, auch nicht der Erzkanzler Willigis. So verlief die Krönungsfeier in Anwesenheit der geistlichen und weltlichen Oberen des Reichs ohne jede Trübung. Erzbischof Willigis und Erzbischof Johannes von Ravenna salbten gemeinsam nach dem vorgeschriebenen Ritus den dreieinhalbjährigen Otto und setzten ihm den goldenen Reif auf die Stirn.

– Wie gut, eine Fügung, warf Theophanu ein, nun kann niemand sagen, das Reich habe keinen König. –

Ich mußte lachen, weil ich an die Zeremonie dachte, und erklärte Theophanu schnell, weshalb ich lachte. Die goldene, mit Juwelen besetzte Reichskrone wäre dem Kind zu schwer gewesen und viel zu groß der Krönungsornat, die weiße Dalmatika mit den am Gürtel befestigten Schellen, der Purpurmantel, bestickt mit den Zeichen des gestirnten Himmels. Der kleine Otto trug seiner Größe angepaßte Nachbildungen, für seine zarte Kindergestalt noch immer zu reichlich. Man hatte die Zeremonie mit ihm geprobt, ihm den Ernst der Krönung erklärt. Aber es schien ihm Spaß zu machen, bei jeder Bewegung das helle Schellengeläut zu hören und ein wenig nachzuhelfen.

Noch am Tag der Krönung traf der aus Rom gesandte Eilkurier in Aachen ein. Willigis zögerte die Bekanntgabe der Todesnachricht um eine Woche hinaus. Der junge gekrönte König, von dem niemand wußte, daß er seinen Vater verloren hatte, befand sich bereits in Köln, zur Erziehung im Palast des Erzbischofs Warin. So war es in Ravenna abgesprochen worden.

Mit Gotfried war ich zurückgekehrt nach Namur, als wir vom Tod des Kaisers hörten. Willigis' Hinauszögern, von einigen unstatthaft genannt, fanden wir richtig. Er wollte Zeit gewinnen, um in Ruhe die Fragen der Thronfolge zu überdenken. Vielleicht befiel ihn ein wenig Unsicherheit, obwohl doch der Kaiser Theophanu zur Mitherrschaft bestimmt und ihr damit Regierungsgewalt vermacht hatte. Was uns nun selbstverständlich erscheint, Theophanus Vormundschaft, ihre Regentschaft, war unter den Fürsten umstritten. Dies führte zu einer verworrenen Situation, weil Heinrich von Bayern, der in Utrecht inhaftierte Zänker, Vetter des verstorbenen Kaisers und sein nächster männlicher Verwandter, bald als angeblich einziger Vormund des unmündigen Königs auftrat.

Die Ereignisse überstürzten sich. Der ehemalige Bayernherzog, aus seiner Haft von Bischof Folkmar in Utrecht freigelassen, erschien in Köln und brachte Otto in seine Gewalt. Ich bleibe dabei: Es war eine Entführung. Ohne Wissen der Mutter oder des Erzkanzlers bemächtigte sich der Zänker des dreieinhalbjährigen Ottos. Seine Helfer, Bischof Folkmar und Erzbischof Warin, der den ahnungslosen Otto in Köln dem Zänker übergab, verdienen ihre harte Bestrafung.

In Namur war ich den Vorgängen nahe, verfolgte ich fiebernd die Unternehmungen des Zänkers in Niederlothringen und Franken. Er mußte vollendete Tatsachen schaffen, ehe die aus Pavia kommenden Kaiserinnen eintrafen.

Ende Februar, noch bevor Theophanu und Adelheid aufbrachen, fand im Johanneskloster von Lüttich jene erstaunliche Versammlung statt, an der auch Gotfried teilnahm. Wie froh war ich, Theophanu sagen zu können, daß der von ihr entsandte Gerbert von Aurillac und Erzbischof Adalbero von Reims in Lüttich als ihre treuesten und entschiedensten Anwälte auftraten. Natürlich verteidigte auch Gotfried die Rechte Theophanus und des jungen Königs. Als Mittelsmann war er nicht unbeteiligt am Zustandekommen jenes Eidschwurs, wonach die Versammelten, darunter König Lothar mit seinem Sohn Ludwig, Herzog Karl von Niederlothringen, Erzbischof Egbert von Trier, die Bischöfe Notker von Lüttich und Dietrich von Metz, vor dem Johannesaltar gelobten, König Otto mit allen seinen Rechten gegen den Zänker Heinrich beizustehen.

Mich erstaunte, wie die verfeindeten Brüder Lothar und Karl gemeinsam für den König und seine Mutter Theophanu (darauf lief doch das von Erzbischof Adalbero klug vorbereitete Gelöbnis hinaus) eintraten. Gotfried meinte, König Lothar habe nicht uneigennützig mitgeschworen. Er spekuliere auf einen Dankerweis und erwarte, daß seinem Königreich zum gelegenen Zeitpunkt Niederlothringen zugeschlagen werde.

Die rücksichtslose Kommentierung, die Theophanu von mir erbat, fällt mir nicht schwer, weder mündlich noch schriftlich, nachträglich, jetzt in den ersten Julitagen.

Wer dies liest, sollte meine Empörung, meinen Zorn recht verstehen. Wie nennen wir diejenigen, die ein vor dem Altar beschworenes Gelöbnis brechen? Verräter der schlimmsten Art.

Unmittelbar nach ihrem Eidschwur schlugen sich Egbert von Trier und Dietrich von Metz auf die Seite des Zänkers. Vor allem Bischof Dietrich, der biedere alte Herr, der seine Worte so seriös und stets kaisertreu zu wählen vermag, ließ seine Maske fallen. Er zog mit dem Zänker nach Sachsen, nach Magdeburg, wo Erzbischof Giselher, auch er ein Verräter, den Zänker mit seinem Gefolge erwartete.

Gott verzeihe mir, wenn ich dem Bischof Dietrich Unrecht tue. Aber ich erinnere mich, daß man ihn schon vordem als bestechlich, als Lügner und Ausbund von Falschheit bezichtigte.

Offenbar war ihm die Byzantinerin Theophanu bereits nach der ersten Begegnung verhaßt, zumindest unwillkommen, obwohl er sie in Benevent vor zwölf Jahren im Namen des Kaisers in Empfang nahm. Nur redete er anders, als er dachte, weil er sah, wie rasch Theophanu die Gunst des Kaiservaters und ihres kaiserlichen Gemahls gewann. In Wahrheit nahmen die Vorbehalte gegenüber der landfremden jungen Frau zu, verhärteten sich und kommen nun, in Zusammenhang mit der Thronfolge, zum Ausbruch. Man kann doch dieser jungen Fremden, dieser aus dem Ausland hergeholten Prinzessin, nicht das Reich und den unmündigen Thronerben anvertrauen: So denkt der Bischof, denken nicht wenige, die mit dem Zänker paktieren.

Der Zänker machte einen Fehler, einen Kardinalfehler. Männern dieser Gesinnung, denen die Herrschertugend der *clementia* fehlt, unterläuft immer irgendwann ein Fehler, der sie bloßstellt.

Den jungen König, begleitet von seiner Kinderfrau Barbara, die keinen Schritt von der Seite ihres Schützlings wich, führte der Zänker mit nach Sachsen. Auch die königlichen Insignien Zepter und Krone hatte der ehemalige Bayernherzog in Besitz genommen. Die Vormundschaft allein genügte ihm nicht. Zum Palmsonntag hatte er die sächsischen und alle erreichbaren Fürsten nach Magdeburg geladen. Unverblümt und dreist forderte er sie auf, ihn am Ostersonntag, dem 23. März 984, in Quedlinburg zum König auszurufen. Das war sein Fehler, sein Ehrgeiz, der ihn zum Griff nach der Krone verführte.

Ich berichte, was mir gesagt wurde. Aber es muß eine klägliche Akklamation weniger Anhänger des Zänkers gewesen sein, ohne die rituelle Krönung und Salbung. Dabei waren doch viele geistliche und weltliche Fürsten versammelt, auch die Herzöge Boleslaw von Böhmen und Mieszko von Polen und der nach seiner Rückkehr aus Kalabrien enttäuschte Abodritenfürst Mistui.

Den wirklichen König hatte der Zänker nach Merseburg bringen und der Obhut seiner Gattin übergeben lassen. Auch Ottos Schwester, die siebenjährige Adelheid, der als Erstgeborener nach dem männlichen Erben die Thronfolge zustand, ließ der Zänker von Quedlinburg nach Merseburg entführen. Erleichtert wurde die Entführung durch die Abwesenheit der Quedlinburger Äbtissin Mathilde, die noch bei Kaiserinmutter und Theophanu weilte. Den beiden Kindern fehlte es an nichts, wie uns die Kinderfrau Barbara erzählte. Der Usurpator selbst habe ihnen mit sanften Worten seine angeblichen Rechte erklärt. Aber was ändert das am Unrecht seines Tuns?

Das alles erfuhren wir nachträglich, denn wir blieben bis in den Juni hinein in Ingelheim. Der Erzkanzler hatte Theophanu davon überzeugt, daß es besser sei, seine Maßnahmen und den Fortgang der gerechten Sache abzuwarten. Was wäre Theophanu, was wären wir ohne Willigis?

Schon in Ingelheim wies ich Theophanu bei einem unserer abendlichen Gespräche auf die wahrhaft (und anders als bei Dietrich) kaisertreuen Bemühungen des Erzkanzlers hin. Von Mainz aus knüpfte er die Fäden, unermüdlich, wo andere auf das Gerede des aufrührerischen Zänkers hereinfielen oder durch Bestechung abtrünnig wurden. In Namur, durch Gotfrieds rheinisch-fränkische Verbindungen, blieben mir die Schachzüge des Erzkanzlers zur Stärkung von König und Dame, wie ich scherzhaft sagte, nicht verborgen.

Ich erinnerte Theophanu an unsere erste Zeit in Rom, vor

zwölf Jahren, als wir noch unbeschwert von den Reichsgeschäften in die Campagna ausritten. Willigis, der Berater und Freund des jungen Kaisers, war dabei, schweigsamer, weniger elegant gekleidet als Niketas und andere unserer Begleiter. Damals ahnte ich nicht, sagte ich Theophanu, daß der etwas grob wirkende Sachse Willigis einmal ihr bester Helfer sein würde. Theophanu unterbrach mich.

– Wir verdanken Willigis unendlich viel. Doch vergiß nicht die anderen, die uns zur Seite stehen, allen voran Erzbischof Adalbero und Gerbert, der Abt von Bobbio. Hilflos wären wir ohne die mit uns gekommene, versöhnte Kaiserin Adelheid, ihren Bruder Konrad von Burgund, den Herzog Konrad von Schwaben, den Nachfolger des Herzogs Otto, unseres Freundes, der nie wieder mit uns ausreiten wird – wie in den von dir erinnerten Tagen in Rom. –

Ja, gewiß wußte ich das. Mir war nicht weniger bekannt, daß Willigis gerade deswegen Erfolg hatte, weil der Zänker durch seinen versuchten Thronraub sich selbst ins Unrecht setzte. Das stimmte jene Fürsten, die bereit waren, den einstigen Bayernherzog als Vormund des jungen Königs anzuerkennen, nachdenklich. Aber es war doch, wie wir jetzt wissen, primär Willigis, dem wir das glückliche Ende verdanken.

Wieder schreibe ich *wir*, zähle ich mich ungeteilt zu Theophanu, wie früher. Schrieb ich nicht einmal, ich sei ihr Gewissen, ihr zweites Ich? Im Grunde haben wir uns, habe ich mich von Theophanu niemals getrennt, niemals seit unseren Tagen im Kaiserpalast am Bosporus und ihrem Wunsch, mich mitzunehmen in ihr zweites Leben am westlichen Kaiserhof.

Das erklärt, weshalb ich mich so sehr freute, als uns nach fast sechs Monaten der Ungewißheit die Rückgabe des vierjährigen Otto, dessen Geburt ich miterlebt hatte, bevorstand.

Nie zuvor zogen wir erwartungsvoller, hoffnungsvoller über die uns bekannten Wege von Ingelheim nach Mainz, ein Stück den Main aufwärts und durch die grünen Waldreviere zwischen Spessart und Rhön nach Osten, ins Thüringische. Auf einer zum 29. Juni dieses Jahres 984 in Rohr bei Meiningen einberufenen Reichsversammlung sollte Otto seiner kaiserlichen Mutter wieder zugeführt werden. Willigis hatte das Kloster der Benediktinerinnen in Rohr gewählt, weil der Ort aus allen Himmelsrichtungen gut zu erreichen ist.

Ein denkwürdiger Tag. Nahezu alle Großen des Reiches waren versammelt, dazu Abgesandte aus Frankreich, Burgund, aus dem italischen Süden und aus den slawischen Ländern. Die nächsten Angehörigen der Kaiserfamilie saßen einmütig nebeneinander in den vorderen Reihen des großen Saales: neben der Äbtissin Mathilde von Quedlinburg, der Tochter Adelheids, die Äbtissin Gerberga von Gandersheim, die Schwester des Zänkers; neben dem burgundischen Königspaar die Herzogin Beatrix von Oberlothringen. Erzbischof Willigis und Herzog Konrad von Schwaben führten die beiden Kaiserinnen herein; beide trugen Krone und Purpurmantel.

In Vorverhandlungen war ausgemacht worden, daß der Zänker keinerlei Strafe zu erwarten habe, ja für die friedliche Regelung und Anerkennung der Kaiserin Theophanu einen Dank verdiene. Sein ehemaliges Herzogtum Bayern sollte er zurückerhalten, wofür (wie nicht anders zu erwarten) sein Schwiegervater König Konrad von Burgund, seine Schwester, die Äbtissin Gerberga, auch die Kaiserin Adelheid sprachen. Soll ich sagen, was in mir vorging, als ich davon hörte? Mich packte der heiße Zorn. Das war doch nichts anderes als ein letzter familiär verschworener Schlag gegen die Fremde, die Byzantinerin. Nur deswegen milderte sich meine Verärgerung, weil die Fürsten die Verhandlung über den Anspruch des Zänkers auf das Herzogtum Bayern vertagten.

Im Augenblick, an diesem schon sommerwarmen vorletzten Junitag, regierte die Freude, als Herzog Heinrich seine Anhänger von ihrem Treueschwur entband und er vor den beiden Kaiserinnen niederkniete. Erst recht jubelten wir, riefen wir mit allen Versammelten Heil, als der reumütige Entführer den jungen König Otto seiner Mutter zurückgab.

Theophanu und nach ihr Adelheid umarmten, küßten Otto, der das Wiedersehen mit glänzenden Augen und uns alle ergreifendem kindlichen Ernst bestand. Offensichtlich fühlte er sich im purpurnen, von Goldfäden durchwirkten Rock wohler als im Krönungsornat von Aachen. Theophanu selbst hob den König auf den Thronsitz zwischen sich und Adelheid. Noch einmal, wie schon in Verona, gelobten die anwesenden geistlichen und weltlichen Fürsten ihre Treue, und sie beeideten, von Erzbischof Willigis aufgefordert, Theophanus uneingeschränkte Vormundschaft.

Ergänzung. Vier Monate nach dem vorigen.

Der November ist nicht mein Monat. Ich mag ihn nicht. Er jagt mir Angst ein. Wenn nach den Herbststürmen die Bäume entlaubt sind und die Rabenvögel im Geäst hocken, wird mir mein Fremdsein im rauhen Nordland bewußt. Ich war froh, daß wir nicht zu lange in Sachsen blieben. Hier im mittleren Rheintal, in der uns vertrauten Pfalz von Ingelheim, nimmt unser Leben einen erträglicheren Verlauf.

Ich hatte Theophanu gedrängt, bald nach Westen zu ziehen, nicht nur meinetwegen. Sie sagt es nicht, das verbietet ihr Stolz, aber ich weiß besser als jeder andere, wie ihr das mildere Klima im rheinisch-fränkischen Land guttut.

Für Theophanu war nach dem Reichstag im thüringischen Rohr noch viel zu richten, Reisen nach Sachsen, Absprachen mit den Fürsten in Sachen des Reichs, von denen ich wenig verstehe, und mir näherliegende persönliche Angelegenheiten. In Quedlinburg besuchten wir die von der Gattin des Zänkers zurückgebrachte Kaisertochter Adelheid. Das kurzzeitige Fernsein von der Klosterschule empfand die Prinzessin als schöne Abwechslung. Sie sagte das mit der ganzen Keßheit ihrer sieben Jahre. Doch jetzt sei sie wieder gern in Quedlinburg. Die Äbtissin Mathilde lächelte.

Die beiden jüngeren Kaisertöchter, Sophia und Mathilde, sahen wir in Gandersheim. Bei der Äbtissin Gerberga, die mit uns von Rohr nach Gandersheim gereist war, befanden sie sich in guten Händen. Die Prinzessinnen empfingen den Besuch ihres Bruders, des jungen Königs, nicht unvorbereitet. Wir warteten gespannt auf ihre Begegnung mit Otto. In ihren Gesichtern entdeckten wir jedoch mehr kindliche Neugier als geschwisterliche Zuneigung, nicht verwunderlich bei ihrem getrennten Aufwachsen.

Noch ehe wir aufbrachen nach Westen, nach Mainz und Ingelheim, stellte uns Willigis den jungen sächsischen Grafen Hoiko vor. Sein Alter schätzte ich auf Mitte Zwanzig, ein gutgewachsener mittelgroßer Adeliger mit langem Blondhaar. Es sei an der Zeit, meinte Willigis, dem jungen König einen ständigen Erzieher zur Seite zu geben. Der Graf eigne sich nach Können und Herkommen vorzüglich, den vierjährigen Otto die höfischen Gebräuche zu lehren und ihn körperlich zu ertüchtigen. Adelheid stimmte sofort zu. Theophanu zögerte etwas, ließ ihren Sohn herbeirufen, der den Grafen Hoiko freudig begrüßte, ihn offensichtlich schon kannte. Otto bat seine Mutter um Zustimmung. Dem konnte sie sich nicht versagen.

Später, in einem Nachgespräch, erklärte Theophanu, ihr Zögern habe sich nicht gegen den Grafen gerichtet. Aber sie plane längst, den uns bekannten Johannes Philagathos, den Abt von Nonantola, zur Erziehung ihres Sohnes an den Hof zu holen. Adelheid und Willigis entgegneten, der Grieche Philagathos werde der beste Griechischlehrer des Königs sein, doch Otto müsse in das hiesige höfische und ritterliche Leben eingeführt werden. Aha, dachte ich, ein so höflich umschriebener Vorbehalt gegen das bisher von Theophanu vermittelte Griechisch?

Mir entging nicht, wie Theophanu dem Erzkanzler einen geharnischten Blick zuwarf. Willigis ergänzte, fügte rasch hinzu, der Graf Hoiko habe sich in Sachsen unerschrocken gegen den Usurpator Heinrich und für den König Otto und die Vormundschaft der Kaiserin eingesetzt.

Dann fiel mir auf, wie schnell Willigis, obwohl sonst kein glanzvoller Rhetor, das Gespräch auf einen anderen lenkte, gleichaltrig mit Hoiko. Ein junger Mann, der ebenso mutig gegen den Usurpator die Rechte des Königs Otto verteidigt habe. Er denke an den in der Hofkanzlei tätigen Notar Bernward. Dessen Verhalten verdiene Aufmerksamkeit, denn er sei der Neffe des Bischofs Folkmar von Utrecht, der den Zänker freiließ.

Fast zur Entschuldigung seines Gedankensprungs fuhr Willigis fort, er habe auf Bernward, den von ihm geweihten Kleriker, aufmerksam gemacht, weil er ihn als Lehrer zur geistigen Bildung des Königs, sobald es angebracht und von der Kaiserin erwünscht sei, vorschlage.

Von Freunden hören wir lieber als von Verrätern, Feinden hinter der Maske des Vertrauens und Friedensstörern jeder Art. Das machte uns Willigis' Hinweis auf Garanten einer friedlichen Zukunft sympathisch. Ich sah es Theophanu an, wie sie Ruhe, die Gewißheit, von verläßlichen Leuten umgeben zu sein, zum Sichfangen und Leben benötigte. Ihre nach außen demonstrierte Selbstsicherheit steckt in einer dünnen Haut.

Wir sehnten uns nach Ingelheim, wo wir bis Weihnachten und möglichst über den Jahreswechsel hinaus bleiben wollen. Nicht nur Theophanu erfreute die Hoffnung auf das stationäre Zusammensein mit ihrem Sohn, mit dem sie auch ohne herbeigeholten Lehrer Griechisch spricht. Ich selbst hörte gern, wie mich der junge Otto an meinen ersten Besuch, als ich aus Namur zur Kaiserpfalz kam, erinnerte.

– Wirst du wieder mit mir ausreiten und mir die Schiffe zeigen, wenn wir in Ingelheim sind? –

– O ja, wenn es deine Mutter erlaubt. –

Aber dann erreichten uns fast gleichzeitig zwei Nachrichten, die uns vor Augen führten, daß wir auch in der Geborgenheit der Pfalz von Ingelheim nicht aus der Welt sind.

Gotfried brachte uns die Nachricht vom Tod des vierundsechzigjährigen Bischofs Dietrich von Metz. Mir war schon aufgefallen, daß wir ihn auf dem Reichstag in Rohr und in Gesellschaft des Zänkers und seines Mithelfers Giselher nicht mehr sahen. Ich vermißte ihn nicht, und Theophanu verlor über ihn kein Wort, obwohl er als Vetter des Kaiservaters Otto zur Familie gehörte. Sein zwielichtiges Verhalten war mir zuwider. Das muß ich nicht wiederholen. Er zählte zu den Prälaten, deren Falschheit mir Rätsel aufgab. Doch wo fänden wir ein Land ohne seinesgleichen?

Gotfried sagte, Bischof Dietrich sei vereinsamt und verbittert gestorben. Vielleicht überkam ihn in den Wochen vor seinem Tod am 7. September etwas wie Reue. Wir sind nicht seine Richter. Seine Bischofskathedra hat er einem guten Nachfolger freigegeben, dem ältesten Sohn der Herzogin Beatrix von Oberlothringen, der sich Adalbero nennt.

Die zweite Nachricht, obwohl aus der Ferne kommend, wiegt schwerer, zugegeben, wegen ihrer möglichen Auswirkung auf das gesamte Reich. Aus Rom brachten uns Kuriere des kaiserlichen Statthalters eine wahrhafte Schreckensmeldung. Nach dem Tod des Kaisers, während der durch den Zänker hervorgerufenen über Monate anhaltenden Verwirrung im Reich, war der nach Byzanz geflohene Gegenpapst Bonifaz VII. nach Rom zurückgekehrt. Unter Mithilfe der mächtigen Patrizierfamilie der Crescentier ließ der falsche Papst, der Mörderpapst, wie wir ihn nennen, im April den legitimen kaisertreuen Papst Johannes XIV. einkerkern und nahm wieder die Kathedra des heiligen Petrus in Besitz. Der eingesperrte, seiner Würde beraubte Papst Johannes trug kaum ein halbes Jahr die Tiara.

Schrecken und Abscheu erfüllten uns. Jede Hilfeleistung, falls überhaupt möglich, käme zu spät. Der kaiserliche Statthalter, der aus Rom flüchten mußte, berichtete, Johannes XIV. sei in den letzten Augusttagen 984 in den Verliesen der Engelsburg elend umgekommen, soviel er wisse, durch Gift. Nun könne man nur auf den Meinungsumschwung der Römer hoffen, der sich schon einmal gegen den Mörderpapst gerichtet hatte.

Adelheid, die den ermordeten Papst als früheren Bischof von Pavia gekannt und geschätzt hatte, verlangte unverzüglich Gegenmaßnahmen. Doch sie weiß so gut wie Theophanu, wie der Erzkanzler, daß dem Reich in dieser Zeit nur eines dient, die Schaffung stabiler Verhältnisse im Norden.

FÜNFTER TEIL

Obwohl dem schwachen Geschlecht zugehörig, war sie sittsam und vertrauenswürdig, was in Griechenland selten ist, und von hervorragender Lebensart. Männlich wachsam bewahrte sie das Reich ihres Sohnes, freundlich zu allen Rechtschaffenen, furchtgebietend und überlegen gegenüber Aufrührern.

Thietmar von Merseburg

23. Von Feinden und Freunden

Um die Jahresmitte 985, ein Jahr nach der Reichsversammlung in Rohr, hat sich das Blatt vollends zugunsten Theophanus gewendet. Aber was die Kaiserin aufatmen läßt, was die in den letzten Tagen des Juni in der Pfalz von Frankfurt versammelten weltlichen und geistlichen Fürsten erleichtert feiern, weil es dem Frieden im Reich dient, ist ein unendlich mühsam errungener Triumph, der bis zuletzt, bis zum Frankfurter Hoftag, gefährdet war.

Schon die seit einem Jahr bestehende Doppelherrschaft der beiden Kaiserinnen verbürgte keine dauerhafte Lösung. Sie regierten gemeinsam im Namen des unmündigen Königs. Eine Fehlkonstruktion, von vornherein zum Scheitern verurteilt bei Adelheids und Theophanus so kraß unterschiedlichen Temperamenten, Lebensweisen und politischen Erfahrungen. Es gab Ärger, Zank, unausgesprochene Vorbehalte der älteren gegenüber der jüngeren, unerfahreneren und landfremden Kaiserin, der man die alleinige Herrschaft nicht zutraute.

An Kleinigkeiten entzündete sich der Streit der ungleichen Frauen. Das beiderseitige Mißtrauen fand genug Anlässe. Theophanu verargte Adelheid die Nutzung der ihr von ihrem verstorbenen Kaisergemahl vermachten Güter und die eigenwillige Vergabe von Schenkungen.

Als geradezu beleidigend empfand Theophanu die immer noch wirksame Sympathie Adelheids für den Zänker. Sie verstand nicht, wollte nicht verstehen, daß die Kaiserinmutter eine milde Behandlung des Zänkers und die bedingungslose Rückgabe des Herzogtums Bayern an ihn verlangte. Ihre Berater Niketas Kurkuas und selbst der nachsichtige Akritas hielten ihr byzantinische Vergleichsfälle vor Augen. Dort wäre für einen Aufrührer der Henker zuständig gewesen.

In Frankfurt, noch vor dem Hoftag, bat Theophanu den Erzkanzler zu einem vertraulichen Gespräch. Sie war aus Thüringen zurückgekehrt. Nach dem versteckten Vorwurf des ihr ergebenen Herzogs Bernhard von Sachsen, man könne denken, die Kaiserin vernachlässige ihr ottonisches Kernland, war sie mit dem Hof im Winter nach Osten aufgebrochen. Aber sie kam nur bis zur Pfalz von Allstedt an der thüringisch-sächsischen Grenze. Das naßkalte spätwinterliche Wetter setzte ihr zu. Willigis, besorgt um ihre und des jungen Otto Gesundheit, drängte zur Umkehr, zumal der Frankfurter Hoftag bevorstand.

Wenigstens einen Erfolg hatte die kurze Winterreise ihr gebracht. In der Februarmitte war Erzbischof Giselher in Allstedt vor der Kaiserin erschienen, hatte er – sein Bündnis mit dem Zänker bereuend – um Gnade gebeten. Der um seine Karriere bangende Giselher wußte sein Fähnchen nach dem Wind zu drehen. Für die Kaiserin war es wichtig, in Giselher, dem Erzbischof von Magdeburg, einen ihr verbundenen wehrhaften Verteidiger des Reichs an der Elbgrenze zu haben. In dieser Meinung stimmte sie mit Herzog Bernhard und Willigis überein.

Gegenüber dem Zänker verhielt sie sich anders. Zu ihrer Meinungsbildung benötigte sie kaum die Mithilfe ihrer Berater. Etwas in ihr sträubte sich gegen eine Belohnung des Zänkers. Darauf lief doch die geplante Vergabe des Herzogtums Bayern an ihn hinaus. Oder irrte sie?

Allein deswegen, um nicht gegen ihr Gefühl, gegen ihre innerste Meinung handeln zu müssen, hatte sie Willigis vor dem Hoftag zu sich gebeten.

Willigis kam allein, und er war schlau genug, Theophanus radikalen Vorbehalt zu akzeptieren. Nur fügte er sogleich das ihm um des Reiches willen Bedenkenswerte hinzu, und »um des Reiches willen« betonte er mit schwerfälligem Nachdruck. Die Kaiserin möge bitte nicht die familiären Verhältnisse außer acht lassen. Als Vetter ihres verstorbenen Gemahls genieße Heinrich bestimmte Rechte. Sein Einfluß reiche bis in die Verzweigungen der Kaiserfamilie. Sie wisse doch, daß ihre kaiserliche Schwiegermutter auf der Rückgabe Bayerns an den früheren Herzog Heinrich bestehe. Theophanu fiel Willigis erregt ins Wort.

– Eben das mißfällt mir, dieses Nachgeben, Mildern, obendrein die Belohnung, wo wir die kleinen Mitläufer strafen. Ach, ja, er gab uns den entführten Sohn zurück. Genügt nicht die Straffreiheit? Müssen wir den Anstifter durch eine herzogliche Schenkung besänftigen? –

Genau dies, erwiderte Willigis, und noch etwas mehr veranlasse ihn, um Theophanus Zustimmung zu bitten. Die Rückgabe des Herzogtums binde den reumütigen Heinrich an das Reich. Sein Treueschwur sichere den Frieden. Das dürfe sie nicht geringschätzen angesichts der bedrohlichen Situation in Lothringen wie im Osten, an der Elbgrenze. Zudem, fügte Willigis hinzu, mit Genugtuung seinen schweren Kopf und die rechte Hand erhebend, werde der Anstifter, wie sie ihn nenne, ein verkleinertes Herzogtum, ein Bayern ohne Kärnten übernehmen.

Die von Willigis und dem Kanzler-Bischof Hildebald von Worms wohlbedachte Lösung wäre unmöglich gewesen ohne das Entgegenkommen der bisher in Bayern und Kärnten herrschenden Fürsten. Herzog Otto von Kärnten verzichtete auf sein Herzogtum und erhielt eine großzügige Landschenkung. Daraufhin konnte Herzog Heinrich der Jüngere nach seinem Verzicht auf Bayern das Herzogtum Kärnten mit Friaul und der Mark Verona übernehmen, ihm auf Lebenszeit zugehörig. In Theophanus Augen eine etwas merkwürdige Umverteilung zugunsten des Zänkers.

Aber Willigis hatte Theophanu nicht zuviel versprochen. In Frankfurt, am letzten Junitag 985, vollzog der Zänker Heinrich, was er vor einem Jahr, als er den entführten Otto seiner Mutter zurückgab, um keinen Preis getan hätte. Er scheute sich nicht, in der feierlichen Versammlung der Fürsten und Oberen des Reichs dem fünfjährigen König zu huldigen, indem er vor ihm und der Kaiserin niederkniete. Er legte seine gefalteten Hände in die kleinen Hände des Kindes und gelobte ihm Treue.

Die Unterwerfung des Zänkers gab Theophanu die Gewißheit, als Regentin endgültig anerkannt zu sein. Fünfundzwanzigjährig, regierte sie unangefochten für ihren Sohn, den Kindkönig. Jede Verfügung, jedes Schriftstück verfaßten die Schreiber der Kanzlei im Namen des Königs Otto. Jedoch sie, die Byzantinerin, trug die Verantwortung, genehmigte oder verwarf das ihr Vorgelegte, wenn auch im Einverständnis mit dem Erzkanzler oder mit ihren Beratern.

Selbst die eigenmächtige, allseits verehrte Kaiserinmutter mußte der in mancher Hinsicht überlegenen Theophanu die alleinige Regentschaft zugestehen. Nach dem triumphalen Hoftag endete die schwierige, spannungsgeladene Zeit der Doppelherrschaft beider Frauen. Das Eingeständnis ihrer schwächeren Position fiel Adelheid nicht leicht, bewog sie aber nun zur Trennung vom Hof des jungen Königs. Noch in der Pfalz von Frankfurt verabschiedete sie sich von Theophanu.

– Wir haben die Absicht, uns zurückzuziehen nach Pavia. –

– Wird die Domina Adelheid in Langobardien wie bisher den Interessen des Reichs dienen? –

– Wie kann die Mutter meines Enkels, des Königs, auch nur im geringsten meine Integrität anzweifeln? –

– Das wollte ich nicht. Verzeiht. Aber in Norditalien erwarten Euch andere Pflichten als hier am Rhein und an der Elbe. –

Es war ein merkwürdig steifes, kurzangebundenes Abschiedsgespräch, in dem nicht Weniges unausgesprochen blieb. Erleichtert atmete Theophanu auf, als ihre Hofdame den Erzkanzler meldete und Willigis sich mit Erlaubnis Adelheids zu ihnen gesellte. Der Erzkanzler wußte bereits von der bevorstehenden Abreise der Kaiserinmutter. Eine gute Zeit zur Überquerung der Alpen, meinte er und fügte hinzu, das Hofgefolge des Königs Otto und der Kaiserin treffe ebenfalls Vorbereitungen zu einer längeren Umfahrt.

Während die Kaiserinmutter mit ihrem Gefolge nach Süden reiste, wie üblich bei ihrem Bruder König Konrad in Burgund eine Rast einlegte, führte die angekündigte Umfahrt König Otto und Theophanu in entgegengesetzte Richtung. Mit großem Gefolge, begleitet von Willigis und Bischof Hildebald von Worms, dem Leiter der königlichen Kanzlei, zogen sie nach Ingelheim, dann rheinabwärts über Köln nach Nimwegen. Sie blieben über mehrere Monate unterwegs, bis zum späten Herbst, besuchten, von Nimwegen ostwärts reisend, Sachsen, Thüringen und Bayern.

Die Umfahrt sollte die Präsenz des jungen Königs und die ungebrochene Tätigkeit der königlichen Kanzlei anzeigen. Vor allem jedoch sollte sie die letzten unbefriedeten Anhänger des Zänkers von dessen Königstreue überzeugen. Denn er selbst begleitete König Otto und Theophanu auf der gesamten Reise.

Weihnachten und den Übergang zum neuen Jahr 986 feierte Theophanu mit ihrem nun fünfeinhalbjährigen Sohn und dem kaiserlich-königlichen Hof in der ehrwürdigen Rheinstadt Köln. Sie wünschte ausdrücklich, beraten von ihren und des jungen Königs Ärzten, die Winterwochen nach der anstrengenden Umfahrt im milderen, erholsamen Klima am Rhein zu verbringen.

Eine Begegnung mit dem treulosen Erzbischof Warin, der vor zwei Jahren den eben in Aachen gekrönten und ihm anvertrauten König dem Zänker ausgeliefert hatte, blieb ihr erspart. Nach der Unterwerfung des Zänkers hatte Warin sein hohes Kirchenamt aufgeben müssen, und im September, von der Reichsöffentlichkeit kaum beachtet, war er gestorben. Sein Nachfolger in Köln, Erzbischof Everger, ließ an seiner loyalen Verbundenheit mit dem König und der Kaiserin Theophanu keinen Zweifel.

Ein Grund mehr lockte Theophanu nach Köln. Hier, lokalisiert in der dem griechischen Heiligen Pantaleon geweihten

Kirche mit der Benedikterinerabtei, fand sie wie an keinem anderen Ort des Königreichs ein Stück ihrer byzantinischen Herkunft. Sie selbst hatte veranlaßt, daß sich die in ihrem Gefolge aus Konstantinopel mitgekommenen Goldschmiede und andere Kunsthandwerker im Klosterareal niederließen und hier ein Zentrum der Künste entstand. Theophanu förderte den Ausbau der Basilika, sorgte für die ungehinderte Tätigkeit der Mönche und der zum Kloster gehörenden Laien.

Theophanu hatte Anastasia, die schon im Frühjahr nach Namur zurückgekehrt war, zur weihnachtlichen Feier nach Köln gebeten. Das war geschickt eingefädelt. Von Namur über Lüttich und Aachen war es kein allzu weiter Weg nach Köln, und Theophanu hatte ihrer Jugendgefährtin mitteilen lassen, sie hoffe, Anastasia bald wieder als ihre liebste erste Hofdame an der Seite zu haben.

Anastasia kam, von den Hofleuten, selbst von der Gräfin Imiza empfangen als jemand, der zu ihnen gehörte und den man nach einer Zeit der Trennung glücklich umarmte. Wer Theophanu vorwarf, ihre fehle es an menschlicher Zuneigung, an Herzlichkeit im Umgang, hätte dabei sein müssen, wie sie Anastasia begrüßte. Natürlich sprachen sie, als sie allein waren, von den Ereignissen der vergangenen Monate, von der Unterwerfung des Zänkers.

– Wo sind sie geblieben, unsere Widersacher? fragte Anastasia, fast übermütig.

Sie als einzige durfte sich erlauben, so mit der Kaiserin zu reden. Es war eine rhetorische Frage, denn Anastasia wußte ja vom Tod des Bischofs Dietrich von Metz und des Erzbischofs Warin. Das Verhalten anderer Parteigänger des Zänkers war ihr bekannt. Bischof Folkmar von Utrecht, der durch die Freilassung des Zänkers den Stein ins Rollen brachte, die einflußreichen Erzbischöfe Giselher von Magdeburg und Egbert von Trier, alle beugten sie sich, gleichgültig aus welchen Gründen, vor dem Kindkönig Otto und seiner kaiserlichen Mutter.

Während der Thronstreit im Königreich dank der zähen, tatkräftigen Bemühungen des Erzkanzlers Willigis und anderer Getreuer zur Ruhe kam, entzündeten sich im Süden wie im

Westen erneut Krisenherde. Aus Rom wurde ein rabiater Selbstreinigungsprozeß gemeldet. Die Römer hatten sich im Hochsommer 985 des zweifachen Papstmörders Franco di Ferruccio, der als Bonifaz VII. die Tiara trug, entledigt. Gerüchten zufolge schleppte der stadtrömische Pöbel den Leichnam des Ermordeten durch die Straßen zum Reiterdenkmal des Marc Aurel und hängte ihn an der Statue des Kaisers auf. Niemand am Hof bedauerte den Tod des Mörderpapstes.

Im August war ein neuer Papst gewählt worden, Johannes XV., ein gebürtiger Römer und reformwilliger Kleriker, der sich bemühte, der beschädigten Autorität des Papstes wieder Ansehen zu verschaffen.

Die aufregenden Nachrichten aus Rom seien verspätet an ihren Hof gelangt, sagte Theophanu, aber sie habe bereits, auf Empfehlung Adelheids und des Markgrafen Hugo von Tuszien, den neugewählten Papst bestätigt.

– Sobald es die Verhältnisse zwischen Rhein und Elbe erlauben, werden wir nach Rom ziehen. Ich darf Reichsitalien nicht vernachlässigen. Man soll mir nicht nachsagen können, ich hätte das Kaisererbe, das mein Sohn erwartet, durch Untätigkeit verspielt. –

Anastasia schwieg, überlegte, was sie Theophanu antworten konnte. Mit Gotfrieds Erlaubnis war sie zum Hofdienst innerhalb des Königreichs gekommen, jedoch nicht zu einem gewiß langwierigen Unternehmen in Reichsitalien. Ihr fiel ein, das Gespräch auf Lothringen und Frankreich zu lenken. Das lag ihr nahe. Mit aller Vorsicht, um nicht zu auffallend das Thema zu wechseln, erinnerte sie an die gefährliche Entwicklung, die das Königreich nicht weniger betreffe als ihre kleine Grafschaft Namur. Es gehe um den Zankapfel Niederlothringen. Was dort geschah, entscheide über Krieg oder Frieden.

Mit ihrer Warnung hatte Anastasia nicht unrecht. Zwar herrschte im Augenblick eine Art Winterfrieden, Weihnachtsfrieden. Doch die nie aufgegebenen und durch überraschende, eroberungssüchtige Vorstöße markierten Ansprüche des französischen Königs auf Lothringen blieben ein Ärgernis. Unvergessen König Lothars Überfall auf Aachen zu Lebzeiten Ottos.

Erst jüngst, im Frühjahr, hatte Lothar zum zweiten Mal die oberlothringische Stadt Verdun überfallen. Ein doppeltes Ärgernis, weil ausgerechnet Erzbischof Adalbero von Reims, der doch als kaisertreu und verläßlich galt, in der eroberten Stadt an der Maas dem König Lothar als Befehlshaber diente.

Theophanu dürfe nicht vergessen, warf Anastasia ein, daß Erzbischof Adalbero dem französischen König eidlich verpflichtet sei. Adalbero habe jedoch, beeinflußt von seinem engsten Berater Gerbert von Aurillac, schon bald zu seiner reichstreuen Position zurückgefunden.

Den Hinweis auf Gerbert hörte Theophanu gern. Wie richtig war es, Gerbert die von ihm gewünschte Reise nach Rom zu verwehren. In Frankreich erwies er sich, obwohl nominell Abt von Bobbio, ohne politisches Amt und eigentlich zur Wissenschaft berufen, als Theophanus bester Anwalt. Nur redete er zu oft von einem notwendigen Bündnis mit Hugo Capet, dem Herzog von Franzien. Er allein sei fähig, gegen König Lothar die Interessen des Reichs zu wahren.

Theophanu mißtraute dem verschlagenen Hugo Capet, dessen einziger Vorzug – wie sie meinte – darin bestand, Bruder der tüchtigen, vertrauenswürdigen Herzogin Beatrix zu sein. Zuerst kämpfte er verbissen an der Seite seines Vetters Lothar gegen den Kaiser, dann bot er bei seinem geheimgehaltenen Besuch in Rom Otto seine Dienste an. In Frankreich zog er gegen König Lothar ins Feld, und schließlich versöhnten sie sich wieder. Wie sollte man seine Bocksprünge deuten? Am ehesten doch so, daß er nach der französischen Krone schielte, nur noch nicht wußte, wie er König Lothar verdrängen konnte. Theophanu sagte das ungeniert in ihrem Zwiegespräch mit Anastasia.

Es wurde ein langes Gespräch an diesem Winterabend in der Pfalz von Köln, wo sie das gleichmäßige Rauschen des Rheins hören konnten, wenn das Kaminfeuer nicht prasselte.

Theophanu war glücklich, so mit Anastasia sprechen zu können, ungeschützt, anders als mit Willigis, mit Niketas oder Leo Akritas. Während sie redete, blickte sie auf die ihr gegenübersitzende Jugendfreundin, beharrlich fragend mit ihren großen dunklen Augen, wie schon in ihren Kindheitstagen am Bosporus. Etwas von ihrer kindlichen Neugier hatte sie beibehalten. Manchmal an diesem Wiedersehensabend dachte sie: Anastasia spricht wie ich, denkt wie ich. Sie ist mein Spiegelbild, in dem ich mich selbst erkenne. Nur körperlich sind wir verschieden. Sie ist einen halben Kopf größer als ich, hat ein von der Sonne gefärbtes rundes, offenes Gesicht, das den Vorsprung der zehn Jahre nicht leugnet.

Drei Monate nach ihrem Kölner Gespräch ritten Theophanu und Anastasia mit dem Hofgefolge den Burgberg von Quedlinburg hinauf. Die Buchen- und Kastanienwälder standen im frischen österlichen Grün. Zu Ostern war nach Quedlinburg ein Hoftag einberufen worden.

Sie waren von Grone gekommen, auf gewohnten Wegen südlich des Harzgebirges ziehend, durch ein breites, von Frühlingsblumen übersätes Tal, das man die Goldene Aue nannte, und zuletzt ein Stück nordwärts. Theophanu bevorzugte diesen Reiseweg, der durch eine freundliche, von bewaldeten Hügeln gesäumte Landschaft führte, ein im kühlen, regennassen Frühjahr willkommener Weg, der genug Pfalzen zur Quartiernahme und zum Aufwärmen am Holzfeuer bot.

Theophanu mochte Quedlinburg. Sie freute sich auf das Wiedersehen mit der Äbtissin Mathilde, ihrer Schwägerin, deren resolute, keineswegs weltfremde Lebensart sie bewunderte.

Als Theophanu den Burgberg hinauftritt, dachte sie, wie merkwürdig es sei, daß sie, die Kaiserin, nach Ottos Tod keine Lust mehr verspürte, über Quedlinburg hinaus weiter östlich und nach Magdeburg zu reisen. Sie wußte nicht, wie es dazu kam, aber sie merkte, wie ihr die Stadt an der Elbe fern und fremd blieb. Was hätte der Kaiservater Otto dazu gesagt? Der Gedanke an ein Fehlverhalten, weil sie vorzugsweise die rheinisch-fränkischen Orte besuchte, die Pfalzen von Ingelheim, Frankfurt, Köln oder Nimwegen, beschäftigte sie.

– Wo bin ich zu Hause? fragte sie Anastasia, aber mehr noch sich selbst.

War sie noch immer eine Fremde in diesem Land, wie man ihr vorwarf?

Einen Augenblick lang beneidete Theophanu die neben ihr reitende Anastasia, die im niederlothringischen Namur ihr Zuhause gefunden hatte. War das ihr Ziel, ihr Lebensziel, dieses ewige Unterwegssein mit der zeitlich begrenzten Rast, gerade gut zum Kräftesammeln, in einer der königlichen Pfalzen? Ihre Ermüdung nach dem langen Ritt hielt sie davon ab, den Gedanken in seiner ganzen Schärfe zu Ende zu denken. Sie horchte auf, als Anastasia, um der skeptischen Frage der Kaiserin etwas Aufmunterndes entgegenzuhalten, ihr sagte, sie solle daran denken, weshalb sie mit ihrem königlichen Sohn zum österlichen Hoftag hergereist sei.

Anastasia hatte angedeutet, was Theophanu am Ostertag dieses Jahres 986 erwartete. Aber alle Erwartungen übertraf das reale Geschehen. Nicht zu zählen waren die in Quedlinburg versammelten weltlichen und geistlichen Oberen, die den jungen König und die Kaiserin Theophanu feierten. Die nun einmütig befriedeten Fürsten bereiteten König Otto eine Festkrönung. Alle brachten und empfingen reiche Geschenke. Aus den slawischen Ländern waren die bisher widerständigen Fürsten Boleslaw von Böhmen und Mieszko von Polen zur Aussöhnung gekommen, und Mieszko gewann das besondere Wohlwollen des Königs, weil er ihm ein leibhaftiges Kamel zuführte.

Nicht weniger gefiel dem sechsjährigen Otto, daß die vier höchsten Fürsten des Reichs beim Krönungsmahl die traditionellen Hofämter versahen und ihm dienten: Heinrich von Bayern als Truchseß, Konrad von Schwaben als Kämmerer, Heinrich von Kärnten als Mundschenk und Bernhard von Sachsen als Marschall.

Theophanu wurde Zeugin einer Symbolhandlung, die sie mit ihrem Schicksal versöhnte. Sie nahm sich vor, Anastasia, die an der langen Tafel nicht weit von ihr saß, bald zu verständigen und von ihrer Zufriedenheit, wenigstens auf das Stammland Ottos bezogen, zu sprechen.

24. *Verwirrspiele. Siebter Bericht der Anastasia D.*

Du schreibst wieder? fragte mich Theophanu, als sie überraschend nach ihrem morgendlichen Ausritt in den Rheinauen zu mir kam und die nicht weggeräumten Blätter auf meinem Schreibpult sah. Sie blickte nur flüchtig auf mein Schreibgerät und die beschriebenen Blätter. Gut so, fuhr sie fort, sie vertraue mir, sie wisse ja, daß ich Genauigkeit anstrebe und die zynisch aufbereiteten Gerüchte verabscheue. Das schamlosverletzende Gerede diene am allerwenigsten der Wahrheitsfindung, sondern suche aus niederen Beweggründen das Gefallen des eitel neugierigen Pöbels.

So hat sie noch nie mit mir geredet. Meine Theophanu hat sich verändert in gut einem Jahr seit dem österlichen Hoftag in Quedlinburg. Nicht in ihrer durch das enganliegende grüne Jagdkleid betonten knabenhaften Erscheinung und wie sie sich in gewohnter Eleganz von der im Hintergrund wartenden biederen Gräfin Imiza abhob. Etwas Fremdes, eine ungewohnte Schärfe glaubte ich ihren Worten zu entnehmen. Mein Befremden ließ ich mir nicht anmerken.

Wie vereinbart war ich im Sommer des vergangenen Jahres nach Namur zurückgekehrt, was Theophanu nicht ungern sah. Willigis und Herzog Bernhard von Sachsen hatten sie gedrängt, mit dem jungen König nach Osten zu ziehen, um vereint mit dem Polenherzog Mieszko die slawischen Wenden jenseits der Elbe zu bekämpfen. Eine von Theophanu widerwillig übernommene Pflichtübung, weil man auf König Otto als obersten Kriegsherrn nicht verzichten wollte. So bat mich Theophanu, mein Augenmerk auf die politische Entwicklung in Lothringen und Frankreich zu richten und ihr, was mir auffalle, von Zeit zu Zeit mitzuteilen. Ich wehrte ab.

– Aber das besorgen doch Gerbert, der sich in Reims aufhält, und der zuverlässige Bischof Notker von Lüttich besser. –

– Nein, nein. Sie haben nicht deine Augen. Außerdem – das weißt du – ist seit dem Tod König Lothars und der Regentschaft seines Sohnes Ludwig einiges in Bewegung geraten, von dem wir noch nicht wissen, wohin es zielt. –

Wäre es nicht besser gewesen, Theophanu hätte auf die Teilnahme am Feldzug gegen die Wenden in der Mark Lausitz verzichtet, wo doch vom Westen herüber die Alarmglocken läuteten? Ich dachte das, sagte kein Wort. So unabhängig, immer und in jeder Sache selbst entscheiden zu können, war sie nicht. Aber ihr eigener Instinkt gab ihr ein, daß in Lothringen und Frankreich die Zeichen auf Sturm standen.

»Sturm« ist nicht das richtige Wort, wie mir jetzt, nach einem Jahr, bewußt wird. Ein Sturm, auch wenn er uns in Schrecken und Not versetzt, bleibt ein äußeres Ereignis. Einen Wettersturm sehen wir herannahen mit jagenden dunklen Wolken und Blitz und Donner. Wir können uns wehren, Schutz suchen. Wenn uns ein Unwetter überfällt, bleibt es begrenzt, zieht es vorüber, einem bestimmten Antrieb und inneren Gesetz folgend.

Im März des vergangenen Jahres 986 war König Lothar von Frankreich nach kurzer, schwerer Krankheit in Laon gestorben. Nach seinem heimtückischen Überfall auf Aachen mochte ich ihn noch weniger als Theophanu. Ich sah keinen Grund, um ihn zu trauern. Aber bei ihm, dem Karolinger, blieb nicht verborgen, was er im Schilde führte, die Rückgewinnung Niederlothringens. Noch kurz vor seinem Tode rüstete er seine Truppen zum Angriff auf unsere Grafschaft Namur.

Was auf König Lothar folgte, war weitaus gefährlicher. Ich dachte an Theophanus Ahnung, als ich von Namur aus die Ereignisse nach dem Thronwechsel beobachtete und in einem Exkurs zusammenfaßte. Was sich mir zeigte, ergänzt durch

Gotfrieds bessere landespolitischen Kenntnisse, blieb undurchsichtig in der Mischung von persönlichem und politischem Ehrgeiz, verteilt auf vier oder fünf Personen, ein Verwirrspiel voller Widersprüche, weil jeder gegen jeden spielte, in der Hoffnung, die anderen zu übertrumpfen.

Exkurs über französische Querelen

Zentrale Person nach dem Tod König Lothars bis zum Frühjahr 987 war dessen neunzehnjähriger Sohn Ludwig, den Erzbischof Adalbero in Reims zum König von Frankreich krönte. Das anfängliche Einverständnis zwischen Ludwig und seiner Mutter, der Königinwitwe Emma, hielt nicht lange an. Der schwache, haltlose und leicht beeinflußbare Ludwig erlag den Einflüsterungen der politischen Scharfmacher, die ihn erneut auf den Zankapfel Niederlothringen begierig machten. Während die Königinwitwe, die Tochter Adelheids, zur friedlichen Lösung, zum Ausgleich mit dem Kaiserhof drängte, verschärfte sich wieder die feindselige Haltung gegenüber dem Westreich.

Es gab keine Versöhnung. Die Gegner der Königinwitwe Emma nutzten alle Gerüchte, die Emma einer seit Jahren bestehenden Buhlschaft mit dem Kanzler-Bischof Ascelin von Laon bezichtigten. Der König ließ sich bereden, seine Mutter und Bischof Ascelin vom Hof zu jagen. Die nächste Komplikation löste das Verhalten des Erzbischofs Adalbero aus. Er bot der vom Königshof verwiesenen Königinwitwe und Bischof Ascelin in Reims eine erste Zuflucht. Daraufhin und angesichts seiner kaiserfreundlichen Haltung drohte ihm, dem französischen Erzkanzler, der Prozeß wegen Hochverrat.

Zugleich verwirrten zwei Fürsten, indem sie ihre höchstpersönlichen Interessen ausspielten, die unüberschaubare Situation noch weiter.

Lothars ungeliebter jüngerer Bruder Karl, der doch sein Herzogtum Niederlothringen dem Kaiser Otto verdankte, schlug sich auf die Seite Ludwigs. Was bezweckte seine Umkehr? Er konnte doch nicht ernsthaft glauben, ihm würde die französische Krone in den Schoß fallen, solange der gekrönte König Ludwig lebte?

Im Gegensatz zu Karl verhehlte Hugo Capet, der Herzog von Franzien, auch jetzt nicht seine Sympathie für die kaiserliche, die Reichspolitik. Vergessen war seine Waffenbruderschaft mit Lothar im Kampf gegen Otto. Und im Herbst nahm er die von Ludwig verjagte Königinwitwe und Ascelin, als deren Zuflucht in Reims unsicher wurde, an seinem Hof in Senlis auf. Aber auch Hugo Capet, der offen gegen König Ludwig agierte, konnte schwerlich legal zur Erfüllung seines Traums, seiner Krönung zum König von Frankreich, gelangen.

Wie verhielt sich die an den westlichen Fürstenhöfen hochangesehene Kaiserinwitwe Adelheid, die »Mutter der Königreiche«, wie man sie nannte? Nach dem Tod ihres Schwiegersohnes Lothar war sie aus Pavia zu ihrer Tochter Emma geeilt. Sie schien vom Einvernehmen zwischen Emma und deren Sohn Ludwig überzeugt gewesen zu sein, denn sie reiste weiter an den Hof Theophanus. Dort erst, im Herbst, erreichte sie ein Klageruf ihrer Tochter, ein Aufschrei ob der erlittenen Schmach und Verleumdung.

Adelheid versuchte ihren Bruder, den König von Burgund, und die Herzogin Beatrix von Oberlothringen als Vermittler zu gewinnen. Aber es ging ja nicht nur um das Schicksal der vertriebenen Königswitwe, sondern um den Frieden im Reich.

Es fiel mir nicht schwer, in Niederlothringen, im Zentrum des umstrittenen Herzogtums, die nach der Rückkehr des kaiserlichen Hofes aus Sachsen einsetzenden Aktivitäten zu verfolgen. Bereits im Oktober nahmen die Kaiserin Adelheid und Bischof Notker von Lüttich an einem Treffen in Duisburg teil, von dem ein Friedensangebot an König Ludwig ausging. Die Verhandlungen zogen sich hin, über den Jahreswechsel und bis ins Frühjahr. Im März wurde die Königinwitwe Emma, dank der Vermittlung ihrer Mutter Adelheid, der Herzogin Beatrix und des Herzogs Hugo Capet, in allen Ehren am Königshof wiederaufgenommen. Der Hochverratsprozeß gegen Erzbischof Adalbero wurde vertagt, schließlich umgewandelt in ein Gespräch über die künftige Zusammenarbeit von König und Erzkanzler. Aber weder dieses Versöhnungsgespräch noch ein für den 25. Mai angesetztes Treffen, bei dem König Ludwig in Gegenwart seiner Mutter Emma und der Kaiserin Adelheid endgültig den Frieden mit dem Reich beschließen wollte, kam zustande.

Gerbert, der Sekretär Adalberos und nicht weniger Theophanus Vertrauensmann, war noch in den ersten Apriltagen über Namur und Lüttich nach Köln gereist, um Theophanu, die dort mit dem Hof weilte, über die Pläne Ludwigs zu informieren. Doch alles Planen vereitelte ein Ereignis, das in jeder Hinsicht Rätsel aufgab.

Am 22. Mai 987 starb König Ludwig, zwanzigjährig, nach einem schweren Jagdunfall in den Wäldern um Senlis. Ob jemand die Hand im Spiel hatte? Böse Gerüchte gingen um. Motive gab es genug, für Ascelin von Laon, der in Ludwig seinen Todfeind sah, vor allem für die beiden Thronanwärter, die Herzöge Karl und Hugo Capet.

Beide hatten ihr ehrgeiziges Verlangen nach der Krone nie verschwiegen. Nur fehlte Karl, dem letzten Karolinger, jene durchtriebene Intelligenz, über die Hugo Capet reichlich verfügte. Außerdem lebte Karl in nicht standesgemäßer Ehe, und er war als Herzog von Niederlothringen ein Vasall des deutschen Königs, was dem französischen Adel mißfiel. Die Wahl, unterstützt von Adalbero, der Hugo Capets Mithilfe seine Wiedereinsetzung als Erzkanzler verdankte, fiel auf den Herzog von Franzien.

Am 3. Juli 987 salbte und krönte Erzbischof Adalbero in seiner Kathedrale von Reims den Herzog Hugo Capet zum König von Frankreich. Auch Theophanu und ihr Hof konnten zufrieden sein. Noch am Krönungstag unterschrieb der französische König eine Urkunde, die den

Verzicht auf Lothringen und den Frieden mit dem Reich besiegelte.

Noch einmal las ich das Geschriebene, prüfte ich die gekürzte Zusammenfassung meiner einzelnen Berichte, als Theophanu bei ihrem Morgenbesuch mich überraschte. Sie streifte nur kurz meine Schreibarbeit, nichts Neues für sie, die meine Berichte ohnedies empfangen hatte. Nach ihrer Vorbemerkung überfiel sie mich mit einem anderen Thema, übergangslos in ihrer typischen Art. Nach Rücksprache mit Willigis werde sie ihre Reise nach Italien nicht vor dem späten nächsten Jahr antreten, Adelheid sei einverstanden.

Ich wußte von der Gesandtschaft des Markgrafen Hugo von Tuszien, der dringend um die Präsenz der Kaiserin in Italien gebeten hatte. Noch besser wußte oder ahnte ich, weshalb Theophanu ihren Entschluß mir sogleich mitteilte. Meine Rückkehr an den Hof, als ihre Begleiterin (wie wir sagten, um die Hofdame Imiza nicht vor den Kopf zu stoßen), galt den Aufenthalten zwischen Rhein und Elbe. So war es abgesprochen. Eine Mitreise über die Alpen nach Italien, eine längere Abwesenheit von Namur war mir versagt. Gotfrieds und meine Grafschaft war ja mitbetroffen von den Verwirrspielen, und noch blieb ungewiß, wie sich der übergangene Herzog Karl verhalten würde.

Mußte uns nicht der Karolinger Karl näherstehen als der mit allen Wassern gewaschene Hugo Capet? Willigis sprach von einem schätzenswerten Provisorium, das den Frieden im Reich sichere. Jedoch nach der neuesten Nachricht, die uns in diesen heißen Augusttagen in der Pfalz von Frankfurt erreichte, muß der Erzkanzler, müssen wir alle umdenken. Der vor einem Monat geweihte König Hugo verlangt die Krönung seines siebzehnjährigen Sohnes Robert zum Mitkönig. Nicht nur Theophanu jagte die Nachricht einen Schrecken ein. Der französische König schiebt den Gedanken an ein Zwischenkönigtum radikal beiseite und festigt seine Dynastie der Capetinger. Grund genug für den Verzicht auf die Reise nach Italien.

Theophanu reagiert schnell; bewundernswert ihre Entschlußkraft, ihr Überzeugungs- und Durchsetzungsvermögen in einer eher störrischen Männergesellschaft. Ihre Triumphe sind dauerhaft, obwohl sie, vereinzelt, noch immer die Byzantinerin genannt wird und obwohl Gerüchte über ihre Lebensführung die allgemeine Harmonie stören. Aber selbst der Zänker Heinrich schloß sich Theophanu an und hält sich auch jetzt am Hof in Frankfurt auf. Wer hätte das für möglich gehalten nach den jahrelang erbittert ausgetragenen Streitigkeiten?

Sie ist nicht mehr die kleine Prinzessin, der ich in der Palastschule die Satzgliederung lehrte und die mit dem Fuß aufstampfte, wenn ich ihr einen Schreibfehler vorhielt oder wenn man später das von ihr Gewollte und Befohlene nicht schnell genug erfüllte.

Erst recht bemerke ich ihre Wandlung nach Ottos Tod und nach meiner längeren Abwesenheit vom Hof. Nicht mehr das Fühlen bestimmt ihr Handeln, sondern das einsichtige, überzeugende Argument. Wer kann sich ihrem Willen entziehen, wenn sie argumentiert, ihr Handeln diene allein der Bewahrung und Kräftigung der Herrschaft ihres Sohnes, des Königs? Diesem Beweggrund kann auch die Kaiserinmutter nicht widerstehen. Sie scheint, wie mir gleich nach meiner Rückkehr an den Hof auffiel, mit Theophanu versöhnt zu sein.

Ergänzung. Fünf Monate nach dem vorigen.

Wohltuend empfanden wir die herbstliche Ruhe, die Windstille, aber dies auf die politischen Angelegenheiten bezogen, nicht auf die Naturereignisse. Wie gut, daß dem Hof weitere Reisen erspart blieben und wir in den rheinisch-fränkischen Pfalzen stets Zuflucht fanden. Sprach ich am Anfang meines letzten Berichts nicht von berechenbaren Sturmgewalten? O ja – doch nicht voraussehbar waren die Schäden, die den Bauern die herbstlichen Wetterstürme brachten. Endlose Regenfälle verwandelten Wiesenbäche in reißende Ströme, und Überschwemmungen vernichteten manchen Ernteertrag.

Erst kurz vor Weihnachten flauten die verheerenden Stürme ab. Nun schien auch die Natur entschlossen zu sein, uns sanftmütiger, friedlicher zu behandeln. Weiße Schneeflocken fielen herab, überdeckten lautlos Wege und Felder, als wir, wie in den beiden vergangenen Jahren, in der Pfalz von Köln Quartier nahmen.

Ich vermute, Theophanu sah die Aufschiebung ihrer Reise nach Italien nicht ungern. Auch die von den politischen Verhältnissen erzwungenen Aufenthalte im rheinischen Westen, bei nur wenigen Ortsveränderungen, kamen ihren Wünschen entgegen. Sie konnte sich mit allen Kräften der Erziehung ihres siebenjährigen Sohnes widmen. Von Tag zu Tag mehr bestaunte ich, wie sie hineinwuchs in ihre nicht nur kreatürliche, sondern politische Mutterrolle und wie sehr dies ihre Existenz als lateinisch-deutsche Kaiserin in den Augen ihrer abgefeimtesten Widersacher rechtfertigte.

Niemals hätte ich gedacht, daß meine verwöhnte, zarte, sich so gern schmückende und selbstbespiegelnde Prinzessin eines Tages lernen würde, von sich abzusehen, um der Wegbereitung ihres Sohnes, des Thronerben, zu dienen. Oder ist dies die raffinierteste Art ihrer Selbstverwirklichung?

Der junge König gleicht in vielen Eigenschaften Theophanu, was mir besonders auffällt, wenn er griechisch mit mir spricht. Nur körperlich sehe ich in ihm eher das kindliche Abbild seines Vaters. Er ist etwas kleiner als die anderen Adelssöhne, in deren Gesellschaft er heranwächst, doch kräftig und gut trainiert. Er gehöre zu den Schülern, sagte mir Graf Hoiko, deren rasche Auffassungsgabe ihn, seinen Erzieher, ansporne, stets nach wechselnden und neuen Übungen zu suchen, wo sich andere mit Wiederholungen zufriedengeben.

Ich begegne dem siebenjährigen Otto seltener als bei meinem letzten Aufenthalt im Hof. Mitunter entdecke ich in seinem Verhalten eine leichte Distanziertheit oder Scheu. Neulich erinnerte ich ihn daran, wie er mir früher einmal einen aus dem Nest gefallenen jungen Kuckuck brachte. Er lächelte verlegen. Vielleicht deswegen, weil ich ihm damals, im Sommer vor zwei Jahren, sagte, er müsse seine Hände öffnen und den gefangenen Vogel freilassen. Berichtigungen, Widersprüche hört er nicht gern, wie Theophanu in seinem Alter.

Ob seine Lehrer gut mit ihm auskommen? Der ihm schon längere Zeit vertraute Graf Hoiko versteht es, seinen Schüler spielerisch anzuregen, ihn zur körperlichen Ertüchtigung zu ermutigen und dem Jungen das höfische, ritterliche Leben interessant zu machen. Offensichtlich ist es Hoikos erklärende, überzeugende Pädagogik, die ihm Ottos und der anderen gleichaltrigen Schüler Sympathie einbringt. Wenn Ottos Lernwille, Lernfähigkeit die seiner Mitschüler übertrifft, so war das vorauszusehen. Doch das bliebe ungenügend, entwickelte sich zum Wildwuchs, ohne einen Erzieher wie Hoiko, in dem wir eher den älteren Freund als den Lehrer Ottos erkennen.

Im letzten Jahr, nicht lange nach meiner Rückkehr an den Hof, führte Theophanu dem aufgeweckten, wissensdurstigen Jungen zwei Lehrer zu, die mir durch frühere flüchtige Begegnungen bekannt waren. Theophanu verlangte, daß die bisher nur kurzzeitig unterrichtenden Lehrer abzulösen seien durch solche, die ihrem Sohn kontinuierlich geistiges Wissen vermitteln.

Der siebenundzwanzigjährige Kleriker Bernward (gleichaltrig wie Hoiko, der wegen seiner Heirat bald den Hof verläßt) trägt nun die Verantwortung für die geistige Erziehung Ottos. Seine Kenntnisse verdankt der auch in Kunstfragen verständige Bernward der Hildesheimer Domschule und seinem gerühmten Lehrer Thangmar. Am Hof diente er als Urkundenschreiber und Notar, ein eher unauffälliger Adeliger, zum Priester geweiht durch Willigis, seinen Förderer. Willigis hat schon einmal auf ihn hingewiesen und betont, der jederzeit kaisertreue Bernward, obwohl Neffe Folkmars von Utrecht, habe öffentlich der Revolte des Zänkers Heinrich widersprochen.

Wie ich seit dem Herbst des letzten Jahres beobachte, verehrt Otto seinen Lehrer Bernward nicht weniger als Hoiko. Das ist mehr, als wir erwarten konnten, denn Bernward mutet seinem Schüler einen Lehrstoff zu, der nicht nur spielerische Aneignung erfordert.

Für seinen Unterricht in Arithmetik schrieb Bernward eigenhändig ein Arithmetikbuch des Boethius ab und ergänzte den Text durch geometrische Zeichnungen. Als ich davon hörte, fragte ich Willigis bei einer Abendtafel scherzend, warum man nicht gleich Gerbert, den gelehrten Kenner des Boethius und dessen Schrift *De institutione arithmetica*, als Lehrer berufen habe. Das hätte ich besser nicht gefragt. Sogleich erteilte der mir sonst freundlich wohlwollende Erzkanzler meinem Vorwitz eine entrüstete Abfuhr.

– Der junge König soll kein Gelehrter werden, sondern geistiges Rüstzeug zum Herrschen erhalten. Von Gerbert brauchen wir nicht zu sprechen. Adalbero von Reims sieht in ihm seinen Nachfolger auf dem Erzbischofsstuhl. Die Designation machte den Gedanken einer Berufung Gerberts zum Lehrer des deutschen Königs hinfällig, glücklicherweise. Kein landfremder, sondern ein sächsischer Kleriker und Adeliger sollte Ottos geistige Bildung übernehmen. Das war unser und der Reichsfürsten Wunsch. –

Der prinzipientreue Willigis! Er reagierte so ernsthaft und gründlich, wo ich mir einen Scherz erlaubte. Hätte er gesagt, Bernward sei ein hervorragender Lehrer, was ja stimmt, wäre es gut gewesen. Oder ärgerte er sich über einen anderen Lehrer, der seine Berufung allein Theophanu verdankt? Ein Kalabrese, ein Grieche, nicht nach Willigis' und der Fürsten Geschmack, die den Jungen lieber ausschließlich in den Händen einheimischer Erzieher sähen.

Ich meine Johannes Philagathos, den Theophanu als Griechischlehrer Ottos an den Hof (und in ihre Nähe, wie ich ergänzen muß) geholt hat.

Auf Empfehlung von Willigis war der uns unbekannte Philagathos vor acht Jahren zum italischen Kanzler ernannt worden, und Theophanu hatte seine Berufung als Abt von Nonantola veranlaßt. Nur lästerte man bald und flüsterte, der griechische Benediktiner halte sich öfter am Hof als in seiner Abtei bei Modena auf.

Möglich, daß der Erzkanzler seine Empfehlung bereut (was er nicht laut sagt, nicht sagen kann, denn Philagathos hat sich als italischer Kanzler bewährt). Doch mit Gewißheit sträubt sich sein ganzes Wesen gegen die Ernennung des Griechen zum

Lehrer Ottos und seine somit ständige Anwesenheit am Hof. Auch das sagt Willigis nicht laut. Niemals würde der Erzkanzler angesichts der gefestigten Autorität der Kaiserin gegen ihren so dezidiert bekundeten Willen opponieren. Ich kenne gut genug die persönlichen wie die politischen Verhältnisse am Hof, um auch das Nichtgesprochene zu hören.

Es ist Theophanus gutes Recht, ihren Sohn in ihrer, in unserer Sprache unterrichten zu lassen. Sprach sie nicht selbst ungehindert mit ihrem Kind ihr Griechisch? Der kaiserliche Vater, lebte er noch, hätte am allerwenigsten seinem Sohn den weiterführenden Unterricht vorenthalten.

Nein, nein, obwohl einige Leute am Hof im zunehmenden Vermitteln des Griechischen einen dem deutschen König unangemessenen Fremdeinfluß befürchten, geht es nicht um die Sprache, sondern allein um die Person des Philagathos.

Eigentlich müßten wir froh sein, einen Griechen gewonnen zu haben, nachdem Theophanus mitgebrachter byzantinischer Hofstaat so geschrumpft ist. Aber eine engere, freundschaftliche Beziehung zu Philagathos entdecke ich nur bei Niketas Kurkuas, und Niketas wird uns, wie ich hörte, bald verlassen. Was mich betrifft, so halten mich der Ehrgeiz des Philagathos und seine kaum verborgene Überheblichkeit davon ab, ihn allzu sympathisch zu finden.

Ich frage mich in diesen Tagen, nachdem ich Philagathos besser kennenlernte, was ihn zum Günstling Theophanus machte. Ist es ihre Empfänglichkeit für sein griechisch gebildetes, weltläufiges Auftreten, seine von der schwarzen Mönchskutte nicht zu überdeckende körperliche Eleganz? Theophanus eigene Neigung zur Extravaganz ist ihr geblieben. Ich sage, ihr Freimut macht sie stark und schwach zugleich. Theophanu ist angreifbar, verletzbar, mehr, als sie selbst wahrhaben möchte. Sie fühlt sich geschmeichelt, wenn Philagathos sie anblickt, sie anspricht, was am Hof ebensowenig wie ihr unerhörter Freimut verborgen bleibt.

Ich charakterisiere überdeutlich, vielleicht übertrieben. Niemand soll mir nachsagen, meine Verbundenheit mit Theophanu mache mich blind für alles, was auf sie einen Schatten wirft. Jedoch weigere ich mich, in den Chor der Gerüchtemacher einzustimmen und von unerlaubten Beziehungen zu Philagathos zu sprechen. Was sind unerlaubte Beziehungen? Manch einer scheint nichts anderes im Kopf zu haben, als durch pikante, laszive Enthüllungen die Sensationsgier zu reizen. Das war es doch, was Theophanu meinte, als sie zu mir kam und die Blätter auf meinem Schreibpult sah. Ich erinnere mich, wie sie von zynisch aufbereiteten Gerüchten sprach.

Ist nun Philagathos ihr Geliebter? Läßt sie ihn in ihr Schlafgemach, und hat sie ihn deswegen an den Hof gerufen, wie manche sagen, ihren *dilectum comitem*, den lieben Begleiter?

Philagathos genießt die Gunst der Kaiserin, und sie selbst sieht keinen Anlaß, ihre Sympathie zu verschweigen. Auch das gehört zu ihrer Extravaganz. Wollte ich mehr sagen, würde ich dem Geschwätz der heimlichen Gegner und Fabulierer Nahrung geben. Selbst wenn ich mehr wüßte und ausspräche, was wäre gewonnen außer einem hämischen Grinsen derjenigen, denen der Lebensstil Theophanus nicht paßt und denen die Anwesenheit des Griechen am Hof mißfällt? Wer will, findet jederzeit Gründe, einen unbeliebten fremden Günstling bloßzustellen, erst recht, wo Theophanus argloses Verhalten zum Gerüchtemachen geradezu herausfordert.

Das Merkwürdige ist, daß niemand wagt, Theophanus kaiserliche Autorität anzutasten, das muß ich nicht wiederholen. Ihre geistige, politische Stärke? Ihre Überlegenheit? Der Erzkanzler wie die Fürsten und verantwortlichen Oberen des Reichs sind der Kaiserin in diesem frühen Jahr 988 wie kaum zuvor zugetan. Jedoch brauche ich nur hinüberzublicken nach Frankreich, um zu sehen, wie rasch und folgenschwer Gerüchte in das menschliche wie politische Leben einschneiden.

Erneut beschäftigt uns das Schicksal der Königinwitwe Emma und Ascelins von Laon, deren rüde Vertreibung vom französischen Königshof und kurzzeitige, gutmachende Wiederaufnahme. Der französische König hat die Witwe des Königs Lothar und den Bischof Ascelin wieder in der Königsstadt Laon mit allen Rechten ausgestattet. Nun jedoch schrieb mir Gotfried von neuen wachsenden Spannungen zwischen König

Hugo und seinem Widersacher Karl von Niederlothringen, ausgelöst durch die am Weihnachtstag 987 erfolgte Krönung von Hugos siebzehnjährigem Sohn Robert zum Mitkönig.

Mit dem wieder aufflammenden Streit der Dynastien drang das Sturmwetter aus dem Westen in unsere allzu kurze Windstille, die der Erziehung des jungen Königs guttat.

Durch einen kühnen Überfall mit starken, heimlich zusammengeführten Streitkräften eroberte Herzog Karl die Residenzstadt Laon. Die Königinwitwe Emma und Ascelin gerieten in die Gefangenschaft des Eroberers. Der Überbringer dieser Unglücksnachricht mit der an Theophanu gerichteten Bitte um Vermittlung, unser Freund Gerbert, der Sekretär Adalberos, traf uns in der Pfalz von Ingelheim, wo wir uns seit den Ostertagen aufhalten. Mir übergab Gerbert die Briefbotschaft Gotfrieds aus Namur, der mich dringend bat, am Hof in Ingelheim zu bleiben. Ich bleibe also bei Theophanu und König Otto.

25. Vor der Romfahrt. Achter Bericht der Anastasia D.

Als Theophanu mir eröffnete, sie werde im August mit dem Hof nach Meersburg und Konstanz reisen und wünsche meine Begleitung, erschrak ich nicht wenig. Natürlich wußte sie, was mich bewegte, und kam meinem Einwand zuvor.

– Sei unbesorgt. Wir werden noch nicht weiterziehen nach Italien. Die Verhältnisse hier im Land binden mich. In Konstanz wird ein großer Hoftag stattfinden, zur Vorbereitung unserer Reise nach Rom im nächsten Jahr und zur Regelung einiger Fragen, Italien betreffend. –

Theophanu sagte mir dies im Kloster von Nivelles, ihrem Besitztum nahe der niederlothringisch-französischen Grenze, wohin wir von Ingelheim aus gereist waren. Sie war gebeten worden, von dort aus und im nahen Braine-le-Comte lehensrechtliche Fragen der grenznahen Grafschaften zu klären. Mir kam die Reise gelegen. Bei einem Zwischenaufenthalt in Namur konnte ich Gotfried durch meinen Besuch überraschen und mich mit ihm verständigen.

Aber besorgt war ich nicht nur meinetwegen, weil ich auf keinen Fall nach Italien mitreisen wollte, sondern wegen Theophanus Gesundheitszustand. Sie litt unter Schlaflosigkeit und gelegentlichen Herzstörungen, und ich wagte auf ihre zunehmende Überforderung hinzuweisen. Auch dies, erwiderte sie schlagfertig, sei ein Grund ihrer Reise nach Meersburg. Im milden Klima am Bodensee werde sie Erholung finden.

So ganz geheuer war es mir keineswegs. Wir reisten in den

heißen ersten Augusttagen dieses Jahres 988 mit großem Gefolge rheinaufwärts und durch Schwaben zum Schwäbischen Meer, wie man den Bodensee nennt. Wozu dieser Aufwand? Warum fiel Theophanus Wahl auf den äußersten Süden des Königreichs, nicht weit vom Übergang nach Italien?

Willigis und Hildebald von Worms mit der gesamten Hofkanzlei begleiteten uns, ebenso die Herzöge Heinrich von Bayern und Konrad von Schwaben, eine Reihe anderer weltlicher und geistlicher Fürsten wie der uns befreundete Erzbischof Everger von Köln. Mit uns reiste Adelheid, umsorgt von ihrem kleinen Hofstaat aus Pavia. Einige Male sah ich sie bei ihrem achtjährigen Enkel Otto, der sich jedoch stets bald ihrer Fürsorglichkeit entzog und das Zusammensein mit seinen Lehrern Bernward und Philagathos suchte. Ihm schien die der hochsommerlichen Reise angepaßte gelockerte Unterrichtung, die Reiseschule sozusagen, Freude zu machen.

Natürlich gab es erholsame Tage in Meersburg. Bei günstigen Wind- und Wetterverhältnissen überredete ich Theophanu zu Bootsfahrten. Wir ließen uns hinüberrudern zum anderen Ufer, um die grüne Insel Reichenau im Gnadensee zu besuchen. Wir streiften durch die von den Mönchen angelegten Obst- und Blumengärten, als hätten wir nichts anderes zu tun.

Die Mönche bewunderten die Griechischkenntnisse des Königs, der mit heller Knabenstimme erlernte Verse und Psalmen willig zitierte: *Thalassi ke potami, eulogiton kyrion; ymnite pigonton kyrion.* Ihr Meere und Ströme, lobet den Herrn; preiset, ihr Quellen, den Herrn! Uns alle erfreute der Eifer des jungen Zitators. Die Mönche lobten ihren Ordensbruder Johannes Philagathos, der den Jungen zum Lernen angeregt hatte. Noch mehr staunten sie, weil Otto mit seiner Mutter und mir das Griechische sprach, als wäre er am Bosporus und nicht in den Pfalzen zwischen Rhein und Elbe aufgewachsen.

An die unbeschwerten Tage in Meersburg, an die spätsommerlich blühende und fruchttragende Reichenau erinnere ich mich gern, denn bald drängten sich die reichspolitischen Aufgaben in den Vordergrund.

Schon die Begrüßung durch Herzog Heinrich von Kärnten, der ja auch Verona und Friaul beherrschte, ließ mich vermuten, daß eine Regelung der norditalischen Zuständigkeiten geplant war. Unser Aufenthalt war gut und von langer Hand vorbereitet. Nicht nur, weil uns der Kärntner Herzog erwartet hatte. Abgesandte aus Italien, herbeigerufen oder als Bittsteller angereist, trafen ein, vermehrt, nachdem der Hof in den ersten Oktobertagen nach Konstanz wechselte. Dort erwarteten uns der Leiter der italischen Kanzlei, Bischof Petrus von Como, der Kanzler Adalbert und mehrere Bischöfe der italischen Diözesen.

Auf dem großen Hoftag in Konstanz fiel eine Entscheidung von weitreichender Bedeutung. Sie bewirkte einen Einschnitt in die bisher unangefochtenen Rechte Adelheids als langobardischer Königserbin. Es gab deswegen wieder heftigste Auseinandersetzungen zwischen Adelheid und Theophanu. Die wechselseitigen Beschimpfungen mag ich nicht wiederholen. Adelheid mußte etwas erfahren, begreifen, was ihr unendlich schwerfiel, den Vorrang der Reichsinteressen vor den Landesinteressen. Angesichts der von allen anerkannten kaiserlichen Autorität Theophanus wagte die Kaiserinmutter keinen offiziellen Widerspruch. Sie reiste vorzeitig ab nach Burgund und Pavia! Mein Gott, mit welcher Miene!

Es ging um eine neue Regelung der italischen Finanzverwaltung, um einen dem Reich enger verbundenen Vorsteher der königlichen Kammer, den *Magister camerae regis*. Theophanu überließ dieses Amt Philagathos, und die mit Willigis abgesprochene Ernennung erhielt die volle Zustimmung des Hoftags. Der Stärkung seiner Position diente seine Berufung zum Erzbischof der zum Erzbistum erhobenen Diözese Piacenza. Manch einer – so schien es mir – verschwieg, was er im stillen dachte, als der Ehrgeiz des Kalabresen im weltlichen wie im geistlichen Beruf solche erhöhte Erfüllung fand.

Zugegeben, Theophanu hätte keinen besseren Mann ihres Vertrauens, der zugleich über bewährte administrative Kenntnisse in Italien verfügte, finden können. Ich vermute, ein weiterer Grund ließ den schlauen Willigis leicht zustimmen. Die

Entfernung des Philagathos aus der Nähe Theophanus entzog dem Geschwätz über intime Beziehungen zwischen den beiden den Boden, und ebenso endete die Einflußnahme des landfremden Magisters auf den jungen König. Und Otto, der sich gut mit Philagathos vertrug? Kein Wort des Bedauerns hörte ich aus seinem Mund.

In Konstanz blieben wir länger als üblich an einem Ort. Zwischendurch dachte ich, Theophanu plane nun doch die Weiterreise nach Süden. Zumindest spiele sie mit dem Gedanken. Aber es war ihre erholungsbedürftige Gesundheit, die den verlängerten Aufenthalt erzwang. Wahrscheinlich ahnte sie mein Zweifeln. Ein paar Tage vor unserer Abreise ließ sie mich rufen. Otto war bei ihr, schaute von einem Buch auf, als ich eintrat. Wir sprachen griechisch (wie immer zum Ärger der Gräfin Imiza). Ohne Einleitung begann Theophanu:

– Siehst du nun, daß wir nicht nach Rom reisen? Unsere Geschäfte hier sind getan. Zum Weihnachtsfest und zum beginnenden neuen Jahr wollen wir in Köln sein. –

Wir besprachen noch einiges zur Abreise. Den vorausgesandten Boten wollte ich eine Nachricht für Gotfried mitgeben, ihn bitten, nach Köln zu kommen.

Mir lag auf der Zunge, Otto zu fragen (mit einem Seitenblick auf Theophanu), ob ihm die Verabschiedung seines Lehrers Philagathos schwerfalle. Ich unterließ es. Fast alle Delegationen waren abgereist. Philagathos reiste als einer der letzten nach Piacenza, mit zwei ihm zugewiesenen Assistenten aus dem deutschen Hofstaat.

Ich berichte aus der Erinnerung, subjektiv. Wie anders? Aber ich stand den Geschehnissen nahe, blieb Theophanu verbunden wie niemand sonst. Und ich bemühe mich (immer noch), mit ihren Augen zu sehen. Ich versuche sogar, Philagathos gerecht zu werden, Theophanus Günstling, für den ich mich nie erwärmen konnte, obwohl er meine Sprache spricht, etwas weicher, glatter, als wir es aus Konstantinopel gewöhnt waren.

Erst im Sommer des neuen Jahres 989 erwarteten uns in der Pfalz von Ingelheim ruhigere Wochen, nachdem wir Weihnachten in Köln und Ostern in Quedlinburg in der Abtei der von uns allen geliebten Äbtissin Mathilde feierten. Ach, diese aufwendigen, anstrengenden Reisen, an die ich mich nie gewöhne. So schwer es mir fiel, ich hielt mein Versprechen, Theophanu nicht zu verlassen bis zu ihrer großen Reise nach Rom.

Mich wunderte stets, wie schnell uns, den kaiserlichen Hof, trotz wechselnder Standorte die Boten aus allen Himmelsrichtungen erreichten. Noch in Köln, Ende Januar dieses Jahres, hörten wir vom Tod des Erzbischofs Adalbero von Reims. Er war ins Zwielicht geraten. Als höchster Prälat seines Landes war er durch seinen Eid dem französischen König verpflichtet. Zugleich unterstützte er, ohne eigene, persönliche Rücksichtnahme, die kaiserliche Politik der Ottonen. Gotfried schätzte ihn, gerade wegen dieser unlösbaren Problematik, die Adalbero quälte, bei der er allein seinem Gewissen vertraute.

Nicht lange nach den Trauerfeierlichkeiten erschien Gotfried am Hof in Köln mit der überraschenden Nachricht, nicht der von Adalbero gewünschte asketische Gerbert sei als Nachfolger vorgesehen, sondern der junge, zur Fettleibigkeit neigende Kleriker Arnulf aus der Diözese Laon, ein außerehelicher Sohn des Königs Lothar, ein Karolinger also. Meinem Gotfried folgte auf dem Fuße eine Botschaft des französischen Königs, der Theophanu ausdrücklich um Zustimmung zur Wahl des Karolingerbastards Arnulf bat. Was war das? Eine hinterhältige Anbiederung des Königs Hugo Capet?

Nach der üblichen Vakanz von drei Wochen erfolgte die Weihe Arnulfs zum Erzbischof von Reims. Gotfried schrieb mir, der französische König werde die Wahl seines Wunschkandidaten noch bereuen, eine Fehlkalkulation, weil er den Einfluß der Karolinger auf Arnulf unterschätzte.

Der ältere, gedemütigte Gerbert fügte sich. Er blieb sogar, von Theophanu gedrängt, Leiter der Reimser Domschule und engster Berater, sogar Briefschreiber des Erzbischofs, den er vor dessen Wahl mit allen Mitteln bekämpft hatte. Gerbert hatte die Hand im Spiel, als sich der Erzbischof Arnulf bald im wieder heftiger werdenden Streit der Dynastien (wie von

Gotfried geahnt) auf die Seite seines Onkels schlug, des Karolingers Karl von Niederlothringen, und gegen seinen Förderer und König Hugo Capet opponierte.

Muß ich noch sagen, wie sehr mich diese von Verrat und Intrigen durchsetzten Machtspiele anwiderten?

Ich bewundere diejenigen, die ihren klaren, von rabiater und heimtückischer Machtgier ungetrübten Blick erhalten haben. Zu ihnen gehört Theophanu, indem sie, meine kleine, verwöhnte, ein wenig hochmütige Gefährtin am Bosporus, nach dem Tod Ottos seinem und ihrem Sohn das kaiserliche Erbe mit überzeugender Autorität bewahrt. Zu ihnen gehörte der junge Herzog Otto von Schwaben und Bayern, unser Freund, der achtundzwanzigjährig starb, unvergessen, weil mich Gotfried, obwohl älter, in seiner Statur, seinem bartlosen, offenen Gesicht und seiner vertrauenweckenden Lebensart an ihn erinnert.

Der liebenswerte, unkriegerische Herzog Otto, niemandes Feind, der sich dennoch auf dem Feldzug gegen die Sarazenen den Tod holte, erfreute uns durch seine Gesellschaft im Herbst vor genau zehn Jahren hier im sächsischen Gandersheim, wo ich nun – wie damals – meinen Bericht zu Ende schreibe.

Wir sind von Frankfurt hergekommen, auf den längst vertrauten Wegen über Fulda und Grona, um im Kanonissenstift von Gandersheim mit der elfjährigen Prinzessin Sophia deren Einkleidung als Nonne zu feiern.

Wir reisten mit großem Gefolge her. Theophanu nutzt die Anwesenheit des Erzkanzlers und zahlreicher Fürsten und Bischöfe zu Beratungen. So fällt es nicht auf, wenn ich mich stundenweise zurückziehe in die Stille des Skriptoriums, wo Theophanu bei unserem ersten Besuch mit der Kanonissin Roswitha ein langes Gespräch führte. Die Dichterin Roswitha lebt nicht mehr. Aber die Kanonissen an den benachbarten Schreibpulten zeigten mir nach der Begrüßung ihre Schreibarbeit, Abschriften der Versepen und hagiographischen Gedichte ihrer Mitschwester Roswitha. Mich belustigte, wie mein helles, weites buntbesticktes Obergewand abstach vom schwarzen Wollhabit der Kanonissen.

Keinen Grund zur Freude gab es unmittelbar vor der Einkleidung Sophias am 18. Oktober, dem Tag des heiligen Lukas. Die Prinzessin weigerte sich, den Nonnenschleier aus der Hand des für Gandersheim zuständigen Bischofs Osdag von Hildesheim entgegenzunehmen. Sie bestand auf ihrer Einkleidung durch den ranghöheren Erzbischof von Mainz. Ich wage nicht zu entscheiden, ob die selbstbewußte, energische elfjährige Sophia aus eigener Eitelkeit handelte oder angestiftet durch den Ehrgeiz der Äbtissin Gerberga und der Gandersheimer Kanonissen.

Was wir alle hören mußten, in Gegenwart des jungen Königs Otto und zahlreicher Würdenträger, war eine geharnischte Auseinandersetzung, bei der Willigis drohte, er werde am Tag der Einkleidung seine übergeordnete Gewalt als Erzbischof voll ausschöpfen.

Nie zuvor sah ich unseren Freund Willigis so grob und zorngeschwellt. Wo war der Willigis, der – als wir ihn kennenlernten vor siebzehn Jahren in Rom und er mit uns ausritt in die Albanerberge – verbindlich und heiter sein konnte?

Am meisten wunderte mich, wie Theophanu in diesem nahezu ausweglosen Kompetenzstreit handelte, wie sie mit ihrer überzeugenden Autorität (die ich schon erwähnte) unbeirrt allen gegenübertrat. Dafür gibt es kein besseres Beispiel als ihr Verhalten gegenüber Willigis, dem Erzkanzler und ihrem engsten Berater in politischen Angelegenheiten, dem sie während ihrer kommenden Reise nach Italien die Regierungsgeschäfte anvertrauen wird.

Theophanu fällte eine salomonische Entscheidung, die dem Wunsch ihrer Tochter Sophia entgegenkam und zugleich den starrsinnigen Alleinanspruch des Mainzer Erzbischofs zurechtwies, jedoch weder ihn noch den Bischof Osdag verletzte. Sie ordnete an, daß beide Kirchenoberen gemeinsam die Einkleidung Sophias vornehmen und beide am Altar, in ihren bischöflichen Gewändern, den festlichen Gottesdienst zelebrieren sollten. So geschah es.

Vor der gemeinsamen Weihe trat der ältere, körperlich ein wenig gebrechliche Bischof Osdag vor den jungen König Otto und fragte ihn, ob er der Einkleidung seiner Schwester Sophia zustimme. Nach Ottos Einwilligung gelobte Sophia dem Hildesheimer Bischof und dessen Nachfolgern den absoluten Gehorsam. Osdag verkündete allen Anwesenden, sein bischöflicher Bruder Willigis vollziehe mit ihm die Weihe, er beanspruche jedoch keine Rechte in der Hildesheimer Diözese ohne seine, des Bischofs, Erlaubnis.

Es ist Theophanus Triumph allein, der Triumph der Fremden, der Byzantinerin, in einer vorrangig von Eigennutz und Eigenruhm, von Selbstbehauptung und Machtanspruch bestimmten Männergesellschaft.

Zu keiner Zeit hätte Theophanu unbesorgter ihre Reise nach Italien antreten können. Die Vorbereitungen sind schon im Gange, rückten gleich nach der Weihe in Gandersheim in den Vordergrund. Immer aufs neue staune ich über die Mobilität des kaiserlichen Hofes, seine rasche, perfekte Ingangsetzung. Theophanu reist ja mit großem Gefolge, und die Zeit drängt, weil man noch vor dem harten Gebirgswinter die Alpen überqueren und die mildere langobardische Ebene erreichen muß.

Ich verlasse Theophanu für einige Zeit, reise morgen mit meinen Leuten heim nach Namur an der Maas, wie wir es verabredet hatten. Als ich mich von Theophanu verabschiedete, kam sie mir entgegen und umarmte mich schwesterlich wie lange nicht mehr.

– Du wirst in unserer Abwesenheit Otto besuchen, in der Pfalz von Ingelheim, wie schon früher einmal. –

– Otto reist nicht mit nach Rom? –

– Nein. Er wird in der Obhut von Willigis und Hildebald von Worms gut aufgehoben sein. Otto soll ungestört lernen können. Das ist mir wichtiger, als ihn an meiner Seite zu haben. Sein Lehrer Bernward, dem wir vertrauen, wird bei ihm sein. –

Ich nahm mir vor, Otto in Ingelheim zu besuchen, und wünschte Theophanu, daß sie mit Gottes Hilfe ihr Ziel erreichen und glücklich zurückkehren möge.

26. *Theophanu, Kaiserin durch Gottes Gnade*

Vor siebzehn Jahren kam sie zum ersten Mal nach Rom, zwölfjährig, um aus Gründen der Staatsräson mit dem jungen Kaiser Otto vermählt und zur Kaiserin gekrönt zu werden. Selbst die an Extravaganzen gewöhnten Römer bewunderten die grazile exotische Schönheit der byzantinischen Prinzessin, ihre von Gold und kostbaren Perlen geschmückte Seidenkleidung. Ihre Scheu, ihr Fremdsein in der neuen Umgebung überdeckte sie mit einem Hauch von Arroganz, der rasch verflog, sobald sie sich im kleinen Kreis wohl fühlte.

Was damals kaum jemand für möglich hielt, daß die junge, verwöhnte, politisch ganz und gar unerfahrene Byzantinerin jemals die Last der alleinregierenden Kaiserin des römisch-deutschen Imperiums tragen könnte, war Realität geworden.

Nur einmal auf ihrem Weg nach Rom im Spätherbst 989 schlug ihr ein kalter, nicht ungefährlicher Widerspruch entgegen, als sie im Königspalast von Pavia Adelheid wiedersah. Die Ernennung des Philagathos zum Finanzverwalter Langobardiens hatte die Kaiserinmutter als Eingriff in ihre angestammten Rechte empfunden. Beleidigend, ihr, der Königserbin, einen Oberaufseher zuzumuten und ihn in Piacenza, unweit von Pavia, mit der Würde eines Erzbischofs auszustatten. Im Königspalast von Pavia war sie die Herrscherin, die Domina, die ihre Erbitterung nicht verbergen wollte. Theophanu handelte angemessen, indem sie ihren Aufenthalt in Pavia verkürzte.

Das war nun vergessen. Nach ihrem Einzug in Rom, nach ihren ersten Auftritten im frühen Dezember fühlte sie sich in jeder Weise bestätigt. Niemand in Rom zweifelte an ihrer kaiserlichen Autorität, ihrer Fähigkeit, Macht auszuüben und zu festigen. Noch nicht einmal Crescentius Nomentanus, der nach dem Tod seines Bruders Johannes über die weltliche Macht in Rom verfügte. Was immer den Senator Crescentius zum Einlenken bewegt haben mochte, er huldigte der Kaiserin Theophanu in einer nie zuvor bezeugten Weise. Er versäumte keine Gelegenheit, ihr seine Dienste anzubieten.

Den Römern gefiel offensichtlich, daß Theophanu ohne deutsche fürstliche Berater und ohne nennenswerten militärischen Schutz anreiste. Sie hatte richtig kalkuliert, als sie die kaiserliche Repräsentanz ausschließlich ihrer eigenen Person zutraute, begleitet von wenigen ranghohen Männern, die den Interessen des Reiches außerhalb des deutschen Kernlandes dienten. Dazu gehörten der Erzbischof Johannes von Ravenna, Bischof Notker von Lüttich, der Markgraf Hugo von Tuszien und der Fürst Niketas Kurkuas, wie stets an Theophanus Seite, wenn er sich nicht in ihrem Auftrag am Bosporus aufhielt.

Theophanu zog mit ihrem Gefolge zeitig genug in Rom ein, um am 7. Dezember, dem Todestag ihres Gemahls, vor dessen Sarkophag in der Vorhalle der Petersbasilika seiner zu gedenken. Nicht deutlicher hätte sie den Zweck ihres Aufenthalts in Rom kennzeichnen können. Theophanu war nicht hergekommen, um selbstgenügsam ihre persönliche Macht zu demonstrieren, sondern um ihrem und Ottos Sohn das Reichserbe zu sichern. Mit unerhörter Kühnheit und einer Überzeugungskraft, die ihr vordem niemand zutraute, verfolgte sie einen einzigen Gedanken: Rom und Italien, den Crescentius, den Papst, die italischen Fürsten und Kirchenoberen zur unumstößlichen Anerkennung der kaiserlichen Hoheitsrechte zu verpflichten.

An einem der ersten Tage in Rom brachte ihr ein Benediktiner das Audienzersuchen eines Mannes, der ihr vor sechs Jahren zuletzt begegnet war, als ihn Willigis in Verona zum Bischof von Prag weihte. Es war Vojtěch aus dem Fürstenhaus der Slavnikiden, nun Bischof Adalbert von Prag, der – wie der Mönch sagte – seit einiger Zeit im Kloster des heiligen Bonifatius auf dem Aventin lebe. Sehr wohl erinnerte sich Theophanu an den jungen Vojtěch. Er gefiel ihr. Einer der wenigen unkonventionellen Fürsten, der sich in Verona lieber bei ihrem Kind Otto als bei der Hofgesellschaft aufhielt.

Am anderen Tag, als Adalbert im Kaiserpalast am Tiber vor Theophanu stand, vermißte sie genau das, was ihn früher ausgezeichnet und liebenswert gemacht hatte, seine Unbekümmertheit, seinen Freimut. Sie fragte ohne Umschweife:

– Was bedrückt Euch? Warum habt Ihr Euer Bistum Prag verlassen? –

– Ich beabsichtige, nach Jerusalem zu pilgern, und bin in Rom, um den Papst um Erlaubnis zu bitten. –

– Ihr habt meine Frage nicht beantwortet. Weiß der Erzbischof Willigis von Eurer Absicht? –

Sie hatte nicht unrecht, nach Willigis zu fragen. Das Bistum Prag war als Missionsgründung des Erzbistums Mainz ihm gegenüber verpflichtet. Theophanus Fragen klangen fast nach Verhör, von ihr nicht gewollt und von Adalbert, glücklicherweise, nicht so aufgenommen. Erst allmählich löste sich die Spannung, die aus ihrer Unwissenheit entstanden war.

Das Land, die Menschen, die Verhältnisse jenseits der Elbe waren ihr fremd. Sie wußte nicht oder nur ungenau, von Fall zu Fall, was sich bei den nördlichen Abodriten, bei den Elbslawen, bei den Polen und Böhmen abspielte, abgesehen von den grenznahen Aufständen.

Vor drei Jahren waren die Herzöge Mieszko von Polen und Boleslaw von Böhmen in Quedlinburg erschienen, um Theophanus königlichem Sohn Otto zu huldigen. Den Achtungserweis hatte sie nicht vergessen. Nur nahm der Osten in ihrem politischen Denken einen minderen Rang ein. Sie suchte Gründe für ihre Desinteressiertheit, redete sich ein (während der Prager Bischof mit ihr sprach), es sei doch verständlich, ja notwendig, zuerst ihre ganze Kraft den schwierigen politischen Verhältnissen im Westreich, in Lothringen, Frankreich und nun in Italien zuzuwenden.

Nun saß sie in Rom, ausgerechnet in Rom, am winterlichen Kaminfeuer mit dem sympathischen Slavnikiden, der ihr im langen Abendgespräch eine Lektion über die Verhältnisse in den östlichen Fürstentümern erteilte. Sie ließ ihm eine Karaffe Frascatiwein bringen, den er nicht verweigerte.

Theophanu merkte bald, daß der Bischof nicht aus eigenem Antrieb Prag verließ. Seiner Flucht (es war eine Flucht, auch wenn er das Wort vermied) legte er ohne geringsten Zweifel den Willen Gottes zugrunde, dem er habe folgen müssen. Nach einem tieferen Verständnis entsprach Adalberts Begründung der Wahrheit. Das mußte Theophanu anerkennen. Zugleich jedoch rührte sich in ihr die Realistin, die nicht ruhte, bis sie erfuhr, woher Adalbert das Gottgewollte wissen konnte.

Theophanu hörte von den Spannungen zwischen den Fürstenhäusern der Přemysliden, die in Prag herrschten, und der Slavnikiden mit ihrem weiter östlich, auf dem Weg von Prag nach Krakau liegenden Zentrum Libice. Die Slavnikiden suchten die Verbindung zum benachbarten Polen, und wie sie als getaufter Christ stand der Herzog Mieszko dem Westreich nahe. Solche den Přemysliden verhaßte Annäherungen schürten die traditionelle Feindschaft zwischen den beiden slawischen Fürstenfamilien.

Theophanu dachte, was Adalbert nicht aussprach, wie ungeschickt, unbedacht, verfrüht es war, ihn, den in Magdeburg erzogenen Slavnikiden, als Bischof in die Hochburg der Přemysliden zu entsenden. Man brauchte Zeit, Geduld.

Ihre Wiederbegegnung mit ihm sei ein überraschender, aber auch ihnen beiden nützlicher Zufall, sagte Theophanu. Seinem Einwand, es gebe keinen Zufall, sondern nur das von Gott Vorgesehene, entgegnete sie:

– Genau das denke ich. Aber seid Ihr so sicher, daß Euer Entschluß, Prag zu verlassen und nach Jerusalem zu pilgern, auch von Gott gewollt ist? –

– Warum nicht? –

– Weil das Euch Aufgetragene nicht in Jerusalem, sondern bei den Slawen auf Euch wartet. –

Ein verwegener, doch beachtenswerter Gedanke schoß ihr durch den Kopf. Man sollte abwarten, nicht zu lange, Vorkehrungen treffen, um Adalbert den Bischofsstuhl in Prag zu sichern. Sie wollte mit dem Papst, mit Willigis sprechen. Gibt es einen besseren, lautereren, überzeugenderen Missionsbischof als Adalbert? Nicht nur die gläubige Theophanu dachte so, auch die dem Reich verpflichtete Kaiserin. Erstaunt bemerkte sie, wie sie den Spuren des Kaiservaters Otto folgte, indem sie von der kirchlichen Mission zugleich eine Stabilisierung der weltlichen Macht erhoffte.

Adalbert beugte sich dem Wunsch der Kaiserin. Er verzichtete auf seine Pilgerreise, wollte in Rom die Entscheidung des Erzbischofs von Mainz abwarten.

Theophanu entließ Adalbert spät. Bei der Verabschiedung nannte sie ihn *carus amicus*, was er wie kaum während ihres Gesprächs mit einem Lächeln erwiderte. Für einen Augenblick war er ganz derjenige, der ihr vor sechs Jahren in Verona begegnet war, der ungezwungen, hingebungsvoll wie kein anderer mit ihrem dreijährigen Sohn umgehen konnte. Eine von Theophanu angebotene Leibwache, die ihn auf dem nächtlichen Rückweg zum Kloster begleiten sollte, lehnte er ab.

Noch vor Weihnachten sprach Theophanu im Lateran mit Papst Johannes XV. Sie begegnete einem schmächtigen Greis mit gepflegtem, kurzgeschorenem Backenbart und flinken Augen. Obwohl Papst Johannes sich bemühte, den durch seinen Vorgänger Bonifaz angerichteten Schaden auszugleichen, hatte ihn seine Vetternwirtschaft in Rom (gewiß das geringere Übel) unbeliebt gemacht. Im Gespräch mit der Kaiserin zeigte er eine beflissene Dienstwilligkeit, die sie hinnahm, ohne von deren Aufrichtigkeit überzeugt zu sein. Nicht neu war ihr die Abhängigkeit des Papstes von den weltlichen Machthabern, von Crescentius wie von der kaiserlichen Oberhoheit.

In der Frage einer Rückkehr des Bischofs Adalbert nach Prag schloß sich Papst Johannes der Meinung Theophanus an, auf Willigis von Mainz zu hören. Die Kaiserin müsse wissen, ergänzte der Papst nicht ohne Stolz, daß bei den Slawen einige Änderungen zugunsten der Kirche zu erwarten seien. Der

Herzog Mieszko beabsichtige, sein Herzogtum Polen als Lehen der römischen Kirche zu unterstellen. Sollte die Übergabe, wie geplant, im kommenden Jahr erfolgen, wer weiß, vielleicht erwarteten den Missionsbischof Adalbert Aufgaben bei den ungetauften polnischen Slawen.

Auf Mutmaßungen ließ sich Theophanu nicht ein. Ihr genügte die Bestätigung des Papstes. Außerdem lag ihr daran, das Gespräch auf ein anderes, ihr naheliegendes Thema zu lenken, und zu diesem Zweck hatte sie ihre Begleiter, Erzbischof Johannes von Ravenna und Niketas Kurkuas, ausgewählt.

Der Fürst Niketas Kurkuas hatte vor, nach Konstantinopel zurückzukehren, eine armenische Fürstentochter zu heiraten. Theophanu verlor ihren in byzantinischen Angelegenheiten vertrauten Jugendfreund, ihren Botschafter zwischen dem Kaiserhof und Byzanz. Andererseits konnte der jahrelang ihren und den römisch-deutschen Interessen eng verbundene Niketas als Vermittler in Konstantinopel wirken. So schien ihr seine Gesprächsteilnahme selbstverständlich, ja notwendig zu sein.

Die Beziehungen zwischen Byzanz und Rom, dem Hof des Basileus und des weströmischen Kaisers, standen günstiger denn je zuvor, beide Seiten auf friedlichen Austausch bedacht. Basileios II., seit einigen Jahren als Autokrator am Bosporus herrschend, hatte Theophanu eine Grußbotschaft gesandt. Nicht ungeschickt verwies er auf gemeinsame Jugenderinnerungen, um seiner politischen Botschaft eine persönliche Note zu geben. Nach dem Tod des Aufrührers Bardas Phokas herrsche Frieden im Ostreich. Theophanus fürstliche Vater- und Mutterfamilie habe sich ihm, dem legitimen Herrscher Ostroms, unterworfen. Angesichts der gefestigten Verhältnisse biete er der Kaiserin den Abschluß eines Handelsvertrages an.

Theophanu war gewillt, das Angebot des Basileios anzunehmen und Niketas Kurkuas mit den entsprechenden Vollmachten auszustatten.

Zwar stand dieser wirtschaftlich-politische Aspekt weniger zur Frage, bildete jedoch den Hintergrund der Laterangespräche. Das Angebot des Basileios machte es der Kaiserin leicht, im Süden Italiens die byzantinischen Hoheitsrechte zu achten, auf Grenzüberschreitungen, wie sie ihr Gemahl mit unglücklichem Ausgang unternahm, zu verzichten. Theophanu verständigte den Papst, lenkte dann das Gespräch auf ein Thema, das noch einmal die Ostmission betraf. Basileios hatte seine Schwester Anna, jene purpurgeborene Prinzessin, um die Liudprand für den jungen Kaiser Otto vergeblich geworben hatte, dem Großfürsten Wladimir von Kiew zur Gemahlin gegeben. Da der russische Großfürst anläßlich seiner Heirat sich taufen ließ, gewannen die Fragen der Mission in seinem Fürstentum unmittelbare Aktualität.

Die Gespräche im Lateran zogen sich über mehrere Tage hin. Es kamen ja auch die französischen kirchlichen Verhältnisse in ihrer vertrackten Beziehung zum Kaiserhof zur Sprache.

Erzbischof Arnulf von Reims hatte die Absicht, begleitet von Gerbert, in diesen Tagen nach Rom zu kommen. Nach dem üblichen Verfahren wollte er Papst Johannes bitten, ihm das erzbischöfliche Pallium zu verleihen, die weißwollene Schulterbinde mit den sechs schwarzen Kreuzen. Allerdings diente der offizielle Anlaß als Vorwand, um ein unverdächtiges Treffen Arnulfs mit der Kaiserin zu ermöglichen. Genau dies schien der französische König zu ahnen und verhindern zu wollen. Er verbot seinem höchsten Kirchenfürsten die Reise nach Rom. Theophanu erfuhr dies von Bischof Notker von Lüttich, den Gerbert brieflich verständigt hatte.

Kam die geplante Zusammenkunft nicht zustande, so wollte Theophanu wenigstens, unterstützt von Bischof Notker, dem Reimser Erzbischof die Verleihung des Palliums sichern. Papst Johannes erfüllte bereitwillig den Wunsch der Kaiserin.

Manch einer wunderte sich, wie in diesen Tagen und Wochen alles nach Theophanus Willen verlief. Rom war über Weihnachten und bis zum späten naßkalten Februar 990 Zentrum und Regierungssitz des Westreichs. Die Kaiserin regierte unangefochten. Sie verhandelte in Sachen des Reichs, empfing Botschaften und sandte Kuriere aus. Von Willigis in Mainz und dem Kanzlerbischof Hildebald ließ sie sich über die Vorgänge jenseits der Alpen informieren. Sie freute sich über Berichte, die vom Wohlergehen und Lerneifer des Königs Otto sprachen.

In Rom saß sie zu Gericht, vergab Privilegien und bestätigte Besitzrechte wie jene des Klosters S. Vincenzo am Volturno, zugesprochen am 2. Januar in ihrem kaiserlichen Namen als *Theophanu divina gratia imperatrix augusta*, als »erhabene Kaiserin durch Gottes Gnade«.

Theophanus Verhalten in Rom, wo die Fäden des Reichs zusammenliefen, entspricht ihrem selbstbewußten Machtanspruch gegenüber dem Papst, den römischen Senatoren und italischen Fürsten. Sie nimmt Einfluß auf die französischen Angelegenheiten und behauptet ihr westliches Kaisertum gegenüber der herkömmlichen römisch-kaiserlichen Priorität Ostroms.

Wer nahm noch Anstoß an ihren Eigenheiten, ihrem Fremdsein? Noch immer trug sie vorzugsweise byzantische Kleidung, Seidengewänder, reichen Goldschmuck, zu festlichen Anlässen den mit glitzernden Perlen besetzten Schmuckmantel. Mit ihren Bediensteten sprach sie griechisch. Aber sie dachte und handelte als Kaiserin des deutsch-römischen Imperiums, wie es die beiden Kaiser Otto nicht besser hätten erhoffen können.

Als sie noch einmal, Abschied nehmend, in der Vorhalle der Petersbasilika vor dem steinernen Sarkophag ihres Gemahls stand, sagte sie, ohne ihre Lippen zu bewegen: Du siehst, ich brauche den Erzkanzler Willigis nicht – fügte aber gleich hinzu: Um das Reich unserem Sohn Otto zu bewahren. Sie berührte mit ihrer Hand den auf einen kleinen Sockel gesetzten Sarkophag, erschrak über die Kälte des Marmors, und irritiert zog sie die Hand zurück und ging mit schnellen Schritten zum Portal der Basilika.

In der letzten Februarwoche verließ Theophanu mit dem kaiserlichen Hof Rom. Quartiermacher ritten voraus, an den jeweiligen Aufenthaltsorten die Ankunft der Kaiserin zu melden. Mit dem Markgrafen Hugo von Tuszien hatte Theophanu den Reiseweg vorbereitet, die Überquerung des Apennins, um zur Grafschaft Pescara zu gelangen, einer von Theophanus hochzeitlichen Gebietsschenkungen. Wenigstens zu einem Kurzbesuch verweilte die Kaiserin in ihrer Grafschaft, ehe sie auf der alten küstennahen Heeresstraße weiterzog nach Ravenna.

Nicht weniger als Erzbischof Johannes von Ravenna, dessen Rat Theophanu in Rom schätzengelernt hatte, freute sie sich auf die Tage im einstigen byzantinischen Exarchat an der Adria. Zum dritten Mal sollte sie die byzantinischen Kirchen und Paläste sehen, deren Mosaikbilder, unvergeßlich, weil sie sich selbst entdeckt hatte in dem einen Bild der Kaiserin Theodora, in der strahlenden Repräsentanz gleichberechtigt dem Kaiser Justinian mit seinen Hofbeamten im Mosaikbild an der Gegenwand.

Was sie empfand, als sie nun in San Vitale vor dem Mosaikbild der Kaiserin Theodora stand, war keine Sentimentalität, sondern konkretes Sicherkennen. In das ein wenig vom Alter gezeichnete Gesicht der Theodora schob sich ihr eigenes zartes Gesicht mit den großen, staunend geweiteten Augen und dem herrischen kleinen Mund. Sie selbst war es, die sie anblickte, es war ihre Haltung, ihre herrscherliche Geste, die Art, wie sie bei hochoffiziellen Anlässen vor ihren Frauen stand.

Aus ihrem Ebenbild schlug ihr die Verführung zur absoluten Macht entgegen. Instinktiv handelte sie in Ravenna als wahre Herrscherin, wortwörtlich, indem sie ihrem Namen, ihrem kaiserlichen Titel die männliche Form gab: *Theophanius gratia divina imperator augustus*. Eine ungeheure, die Würde ihres Kaisertums hervorhebende Demonstration, wie Theophanu als »erhabener Kaiser durch Gottes Gnade« am 1. April 990 urkundlich dem Abt von Farfa die Rückgabe einer ihm widerrechtlich entzogenen Kirche zusicherte.

Von Papst Johannes hatte sie sich zur Wahrnehmung der kaiserlichen Hoheitsrechte im Exarchat Ravenna ermächtigen lassen. Eine heikle Situation, weil Ravenna staatsrechtlich einen Sonderstatus einnahm: päpstlicher Besitz, jedoch der Kaiserin Adelheid auf Lebenszeit unterstellt.

Theophanu nutzte ihre Ermächtigung tatkräftig, obwohl schon der Romaufenthalt und die beschwerliche Reise an ihren Kräften gezehrt hatten. Sie kümmerte sich persönlich um Verwaltungs- und Finanzfragen in Ravenna. Verständlich, daß ihre rigorose Wahrnehmung der Hoheitsrechte den Unwillen der Kaiserinmutter Adelheid erregte und das schon im Spätherbst des vergangenen Jahres getrübte Verhältnis der beiden Frauen nochmals verdüsterte.

Theophanu wußte, was sie erwartete, als sie am Anfang der zweiten Aprilwoche ihr Flußschiff bestieg und mit ihrem Hofgefolge den Po aufwärts nach Pavia fuhr, um in der königlichen Residenz Adelheids das Osterfest zu feiern. Zudem reiste sie nicht nur zum Feiern nach Pavia, sondern erwartete hier von Philagathos, dem Erzbischof von Piacenza, und den beiden vom Kaiserhof bestellten Beamten Sicco und Nanus Rechenschaftslegung über deren Maßnahmen und die neue Finanzordnung in Langobardien.

Auf Theophanus selbstherrliches Handeln in Ravenna und nun am langobardischen Königssitz reagierte Adelheid empört. Nur vertrug sich ihre Selbstdisziplin nicht mit einem öffentlich entfachten Skandal. Die fast dreißig Jahre ältere Adelheid vertraute der Überlegenheit ihrer menschlichen und politischen Erfahrung. Erst nach dem gemeinsamen Ostermahl im Königspalast, nachdem sie ihre Schwiegertochter zu einem Zwiegespräch in ein Nebengemach gebeten hatte, durchbrach sie ihre Zurückhaltung und überschüttete Theophanu mit Vorwürfen. Lag es nicht nahe, Theophanu jetzt, unter vier Augen, ins Gesicht zu sagen, was sie mitunter im stillen dachte, daß sie, die Byzantinerin, für ihren einzigen, über alles geliebten Sohn Otto die falsche Brautwahl gewesen sei?

Nein, nur dies nicht, Adelheid wagte nicht, diesen sie selbst erschreckenden Gedanken auszusprechen. Das Gesagte, jedes Wort, das ein anderes Ohr erreicht, läßt sich nicht löschen, nie mehr. Es hätte eine unheilbare Wunde gerissen.

Als hätte sie es geahnt, kam Theophanu ihrer Schwiegermutter zuvor. Lange genug, geduldig wie ein Untergebener, ließ die unduldsame Theophanu die Anschuldigungen Adelheids über sich ergehen. Sie fühlte sich überschwemmt von einer lange aufgestauten Flut, in der sie verzweifelt nach einem Halt suchte. Doch dann fand sie ihren Halt, ihren einzigen rettenden Trumpf, den sie gegen Adelheids Vorwürfe ausspielte:

– Was immer ich tue, dient einem einzigen Zweck, Eurem Enkel und meinem Sohn Otto die Kontinuität des Kaisertums zu sichern, ja sogar noch die uns übergebenen politischen Verhältnisse in Italien, Langobardien, wo immer im gesamten Reich, zugunsten unseres Kaisererben dauerhaft zu bessern. Wißt Ihr nicht, was ich in Rom tat? Hat Euch niemand davon berichtet? Was hindert Euch, mich und mein Handeln zu verstehen? –

Adelheid schwieg. Sie hätte sagen können, sie denke ebenso ausschließlich an den Kaisererben Otto. Und Theophanu möge nicht vergessen, daß der von ihr geschätzte Gerbert sie, Adelheid, vor nicht langer Zeit *dominam ac matrem regnorum* genannt habe, Herrin und Mutter der Königreiche. Sie habe ein Recht, besorgt zu sein. Sie lasse sich nicht ihrer Kompetenzen berauben. Aber Theophanus zielgerichtete Intelligenz verschlug ihr die Stimme. Adelheid wollte es nicht wahrhaben, mußte sich jedoch eingestehen, daß Theophanus überzeugende Entschiedenheit ihr Achtung abnötigte. Anders, als sie es beim Empfang und Gespräch mit Theophanu vorgehabt hatte, entließ Adelheid ihre Schwiegertochter.

Sobald der Bündner Alpenpaß zwischen Chiavenna und dem Churer Rheintal passierbar war, befahl Theophanu den Aufbruch. Zu ihren Begleitern gehörten Bischof Notker von Lüttich, Philagathos und der Patriarch von Aquileja. Nur kurz verweilte Theophanu am Bodensee, auf der Insel Reichenau, wo die Herzogin Hadwig von Schwaben die Kaiserin erwartete und sich, versöhnt, dem Hofgefolge anschloß.

Welch ein Triumph für die Byzantinerin! Die strenge Hadwig hatte als Schwester des Zänkers Heinrich zur Gegenpartei gehört und nach dem Verlust ihres Herzogtums jede Begegnung mit Theophanu gemieden. Doch Heinrich war längst nicht mehr der Zänker, sondern treuester Gefolgsmann Theophanus, und die Kaiserin ahnte, daß seine Schwester unter seinem Einfluß nun die Versöhnung suchte. Von dem, was ihr durch den Kopf ging, ließ sich Theophanu nichts anmerken. Sie umarmte die annähernd zwei Jahrzehnte ältere, immer noch schöne Hadwig. Mit dem Anflug eines Lächelns, vor dem selbst Hadwig kapitulierte, sagte Theophanu, fast bedauere sie es, die Wiederbegegnung auf der im Mai so blütenreichen Reichenau nicht gebührend feiern zu können. Aber es dränge sie, bald rheinabwärts nach Mainz und Frankfurt zu gelangen und ihren Sohn wiederzusehen.

27. *Traumbilder wahrnehmen (II)*

Willigis überschüttete Theophanu mit Neuigkeiten, als er im Juni 990 in Mainz zur Audienz bei der zurückgekehrten Kaiserin erschien. Mit Erzbischof Willigis stand Bischof Hildebald von Worms, der deutsche Kanzler, vor der Kaiserin, denn in der Kanzlei waren wichtige Entscheidungen bis zur Rückkehr Theophanus aus Rom und Italien vertagt worden. Aber noch ging es nicht um die Angelegenheiten der Kanzlei, sondern um die bestürzenden Ereignisse in Frankreich und Niederlothringen.

Der sonst eher trockene, bedachtsame Willigis ereiferte sich. Es sei unerhört, was man ihm aus Reims berichtet habe. Gerbert, der Vertrauensmann der Kaiserin, sei zum Verräter geworden. Zu seiner Schande habe er sich von Erzbischof Arnulf von Reims und Herzog Karl getrennt und sein Fähnchen nach dem Wind gedreht. Er sei zurückgekehrt zu den Capetingern. Nicht nur dies. Seit dem französischen Hoftag in Senlis gehöre er wieder zum Hof des Königs Hugo Capet und diene ihm als Notar.

– Gerberts Parteiwechsel schürt den Streit zwischen Karl von Niederlothringen und König Hugo Capet. Es wird Krieg geben. Der französische König wird nicht dulden, daß Karls Truppen Reims, Laon, Soissons besetzt halten. –

Theophanu reagierte gelassen, fast so, als wisse sie bereits von den Vorgängen im Westen und höre nichts Neues, was keineswegs der Fall war.

– Verrat ist ein hartes Wort. Vergessen wir nicht, daß der verstorbene Erzbischof Adalbero von Reims Gerbert als seinen Nachfolger gewünscht und öffentlich designiert hat. War es nicht vorauszusehen, daß der übergangene, gedemütigte Gerbert eines Tages seine Rechnung präsentieren würde? Meint Ihr ernsthaft, er würde einem Mann wie Arnulf, der ihm nicht das Wasser reichen kann, immer untertänig dienen? Vermutlich hat der französische König Gerbert die Ernennung zum Erzbischof von Reims zugesichert, nach der Absetzung Arnulfs, dessen *dimissio* allerdings nicht ohne die Zustimmung des Papstes erfolgen kann. Was uns betrifft, so werden wir mit höchster Wachsamkeit die Entwicklung im französischen Königreich verfolgen. –

Willigis hob seinen Kopf, blickte erstaunt zu Theophanu, die auf ihrem etwas erhöhten Thronsitz neben dem jungen König Otto saß. Ihm schien es unangemessen, wie die Kaiserin auf die Vorgänge in Frankreich reagierte. Oder war seine Empörung übertrieben? Willigis ärgerte sich, weil er Gefühlsäußerungen verabscheute und sich dennoch hinreißen ließ.

Theophanu ahnte, was ihren Erzkanzler bewegte. Sie hatte nicht die Absicht, ihn irritiert zu entlassen.

– Unsere Sorge ist nicht geringer als Eure. Vergeßt das nicht. Wir werden die beiden lothringischen Herzogtümer dem Reich erhalten. Doch unser Handeln verlangt nach Prioritäten. Das wißt Ihr ebenso wie ich. –

Die Kaiserin fügte hinzu, sie werde zuerst, das heißt, sobald ihr die Verpflichtungen am Rhein dies erlaubten, nach Osten, nach Magdeburg reisen. Der Erzkanzler wisse doch, daß jenseits der Elbe zwischen Mieszko von Polen und Herzog Boleslaw von Böhmen, der sich mit den Liutizen verbündet hatte, ein offener Krieg entbrannt sei. Das Reich habe die Pflicht, auf Grund der bestehenden Verträge dem Polenherzog Mieszko Waffenhilfe zu leisten. Niemals dürfe man ihr, der Kaiserin, im Hinblick auf die Elbgrenze und den Osten Versäumnisse nachsagen. Das schulde sie dem Kaiservater Otto und ihrem verstorbenen Gemahl.

Theophanu warf einen kurzen Blick auf ihren zehnjährigen Sohn, der mit größter Aufmerksamkeit zuhörte.

– Ich handele im vollen Einverständnis mit dem König, der uns begleiten wird. Ihn und mich wird es erfreuen, wenn wir auf der Rückreise die Prinzessinnen besuchen können, Adelheid im Stift von Quedlinburg und Sophia in Gandersheim bei der Äbtissin Gerberga, unserer Verwandten. –

Den Besuch bei ihren Töchtern erwähnte Theophanu, um abzulenken und um ihre Audienz dem Ende zuzuführen. Sie nahm sich vor, ihre Pläne in einem weniger offiziellen Gespräch an einem der kommenden Tage mit Erzbischof Willigis abzustimmen.

Wenig später, als Theophanu mit ihrem Sohn allein war und nur noch die Gräfin Imiza im Nebenraum zur Absprache über den nächsten Tagesplan wartete, sagte der zehnjährige Otto:

– Du warst eine echte Kaiserin. –

– Warum? Wie kommst du zu deiner Meinung? –

– Weil du gesprochen hast wie eine Kaiserin. –

Theophanu umarmte ihren Sohn. Es drängte sie, ihm etwas Gutes, etwas zu seinem Gefallen zu sagen.

– Wir fahren ein paar Tage nach Ingelheim, wo du so gerne lebst und Freunde hast. –

– Warum nicht sofort nach Magdeburg? –

– Wir wollen die Ankunft Anastasias abwarten. Ich sandte einen Boten nach Namur, denn sie versprach, nach meiner Rückkehr mir wieder zu dienen. In Namur, als Gattin Gotfrieds, ist sie den Vorgängen in Frankreich und Lothringen nahe. Ich brenne darauf, Anastasias Meinung zu hören. Aber das ändert nichts daran, daß sie mit uns bald nach Magdeburg reisen wird. –

– Darf Bernward mitkommen? –

– Gewiß. Du verstehst dich gut mit Bernward? –

– Er ist mein Freund. –

– Nicht dein Lehrer? –

– Doch. Mein Lehrer und Freund. –

– Ist er dir lieber als der Graf Hoiko, dein erster Lehrer? –

– Manchmal ja. Aber Bernward ist anstrengender als Hoiko, der mich zu Ritterübungen nach draußen führte und bei dem ich mit anderen Jungen reiten lernte. –

– Und Johannes Philagathos? Gefiel dir der Grieche? –

– Der war ja nur kurze Zeit mein Griechischlehrer. Ich mochte ihn nicht besonders, nicht so wie Hoiko und Bernward, obwohl er mir schöntat und mich hofierte. Hoiko und Bernward haben das nie gemacht. –

Theophanu machte ihren Sohn auf die Verdienste des Johannes Philagathos aufmerksam, früherer Verdienste in der italischen Kanzlei und nun als Erzbischof von Piacenza. Auf den Griechen aus Kalabrien könne sie sich verlassen. Das sollte der König wissen. Aber sie respektierte Ottos Meinung und dachte daran, wie sie selbst in seinem Alter im Kaiserpalast am Bosporus eigensinnig über ihre Erzieher mit Anastasia sprach.

Das kleine Gespräch mit ihrem Sohn stimmte Theophanu dankbar, obwohl so viel von dem, was sie sagen wollte, ungesagt blieb. Am allerwenigsten konnte sie Otto, ihm noch weniger als Willigis, den eigentlichen Grund ihres Drängens nach Magdeburg erklären. Sie hätte doch die gebotene Waffenhilfe Giselher, dem Erzbischof von Magdeburg, der über ein starkes, erprobtes Ritterheer verfügte, überlassen können. Warum drängte es die Kaiserin mit dieser merkwürdigen Eile nach Magdeburg? Sie wunderte sich, daß Willigis ihre Begründung gelten ließ, ohne Hinweis auf die Wachsamkeit Giselhers und der Grafen im östlichen Reich, zu deren Aufgabe die Sicherung der Elbgrenze gehörte.

Es war etwas anderes im Spiel, etwas, was Theophanu allein betraf und von dem sie allenfalls zu Anastasia sprechen konnte. Auch deswegen erwartete sie voll Ungeduld ihre vertraute Freundin und erste Hofdame.

Wenn sie zu Willigis davon sprach, daß ihr niemand Versäumnisse im Osten des Reiches vorwerfen dürfe und sie sich dem Kaiservater Otto verpflichtet fühle, so kam dies einer tieferen Begründung schon näher. In ihrem Verhältnis zum Ostland hatte sie eine Schuld abzutragen. Das Bewußtwerden von Schuld stachelte sie an, nur ja nicht ihre Aufgabe an der Elbe und jenseits der Grenze zu versäumen.

Theophanu hatte einen Traum, ausgelöst durch die von Erzbischof Giselher übermittelte Nachricht von den Kriegshandlungen im slawischen Osten. In der nächtlichen Stille sah die Schlafende in einem Traumbild den heiligen Laurentius, von dem es hieß, er habe sich geweigert, die für die Armen bestimmten Kirchenschätze dem Statthalter auszuliefern, und daraufhin habe der Statthalter den Diakon Laurentius zum Tod auf einem glühenden Eisenrost verdammt. Theophanu ängstigte sich, denn Laurentius erschien ihr mit einem verstümmelten Arm, und der Anblick verschlug ihr die Sprache. Er redete sie an.

– Warum fragst du nicht, wer ich bin? –

– Ich wage es nicht, Herr. –

– Ich bin Laurentius. –

Als sie noch immer schwieg, redete Laurentius weiter.

– Die Verstümmelung, die du an mir bemerkst, verdanke ich deinem Herrn, dem Kaiser Otto. Erinnere dich! Irregeleitet durch den Ehrgeiz eines Bischofs, hat er die mir geweihte Kirche zerstört und dadurch mir diese Verstümmelung, die dich erschreckt, zugefügt. –

Es war nur ein kurzer Traum, ein Traumbild, das aufschimmerte und sich rasch entzog, ehe Theophanu etwas entgegnen oder fragen konnte. Sie brauchte auch keine Erklärung. Die Zusammenhänge waren ihr allzu bekannt. Der Kaiservater Otto hatte gelobt, dem heiligen Laurentius, an dessen Gedenktag und nach dessen Anrufung er auf dem Lechfeld die Ungarn besiegte, ein neu zu errichtendes Bistum zu widmen, Merseburg, bischöfliche Zentrale zur Missionierung der slawischen Völker. Zum ersten Bischof wurde Giselher geweiht. Doch den zog es bald nach Magdeburg, zur Nachfolge des verstorbenen Erzbischofs Adalbert, und sein Wechsel in das höhere Kirchenamt erforderte die Aufhebung des jungen Bistums Merseburg, dessen »Zerstörung«, wie es Laurentius nannte.

Was der Kaiservater niemals zugelassen hätte, den Bruch seines kaiserlichen Gelübdes, vollzog der Sohn Otto. Theophanu warf sich vor, der Entscheidung Ottos vor neun Jahren zugestimmt zu haben, mitschuldig zu sein. Die Erscheinung des Laurentius empfand sie als Menetekel, als Warnruf zur Wiedergutmachung.

Als sie Anastasia nach deren Eintreffen von ihrem Traum erzählte, war sich Theophanu der Konsequenzen schon bewußt. Sie hätte auf ihre Mitteilung verzichten können. Aber seit ihrer Kindheit war sie den Austausch von Traumbildern mit Anastasia gewohnt, ein Spiel, ein Rätselraten, zuletzt ein Vertrauenserweis.

Es bedurfte keiner weiteren Erklärung, weshalb Theophanu ihre Reise nach Magdeburg allen anderen Verpflichtungen vorzog. Anastasia bestärkte sie darin, erst recht, als Theophanu sagte, sie werde ihren Sohn, den König, beschwören, er möge das Bistum Merseburg wiederherstellen, unabhängig von Giselher, und die durch den Bruch des kaiserlichen Gelübdes entstandene Schuld tilgen.

Der Krieg zwischen dem Polenherzog Mieszko und dem Herzog von Böhmen endete schneller als erwartet. Die polnischen Ritter hatten die Oder überschritten und hielten weite Teile Schlesiens besetzt. Zu Theophanus Genugtuung rüsteten Erzbischof Giselher und die sächsischen Grafen eine schlagkräftige Truppe, die sie Mieszko zuführten. Jedoch schon in der Julimitte, unmittelbar vor der Entscheidungsschlacht an der Oder, beschlossen die deutschen Anführer überraschend einen Waffenstillstand, sogar einen Freundschaftspakt mit Boleslaw von Böhmen. Dem Herzog gelang es, Giselher und die Grafen zu einer Friedensinitiative zu bewegen. Sie erklärten sich bereit, Mieszko aufzusuchen und ihn um die Herausgabe der besetzten Ländereien zu bitten.

Die Friedenslösung zum Nachteil Mieszkos (der die Rückgabe seiner Eroberungen verweigerte) kam nicht zur Zufriedenheit Theophanus zustande. Sie war zur Unterstützung Mieszkos nach Magdeburg gekommen, und die Ereignisse nahmen einen anderen Verlauf. Hätte sie dem Erzbischof Giselher ins Gewissen reden sollen? Zu spät. Die Tatsachen konnte sie nicht mehr rückgängig machen.

Theophanu besprach sich mit Anastasia. Sie dachte wieder an ihren Traum, an die von Laurentius drastisch beklagte Anstiftung Giselhers, der nun über ihren Kopf hinweg handelte.

Noch vor ihrer Rückreise begriff sie, daß ihr ein Lernprozeß zugemutet wurde, wobei selbst eine so schillernde Person wie Giselher als Helfer diente. Das von ihr nicht Gewollte, ja Beklagte erwies sich als nützlich. Der Friedensschluß kam dem Reich zugute. Theophanu hörte, Boleslaw von Böhmen erkenne die kaiserliche Oberhoheit an. Der Missionierung in seinem Herzogtum lege er nichts mehr in den Weg und dem Bischofssitz in Prag, dem der Bischof Adalbert in Rom nachtrauerte, gewähre Boleslaw seinen Schutz. Sollte sie, die Kaiserin, nicht zufrieden sein, auch im Gedenken an den Kaiservater Otto?

Ihre Mission an der Elbe war erfüllt. Theophanu wartete auf ein wiederholtes Erscheinen des Laurentius in einem ihrer Träume, wartete auf ein Zeichen, eine Bestätigung. Aber kein zweites Traumbild kam ihr zu Hilfe. Niemand nahm ihr die Verantwortung ab. Sie glaubte, richtig gehandelt zu haben, indem sie ihrem Sohn mit beschwörenden Worten die Erneuerung des Bistums Merseburg nahelegte und indem sie dem Friedensschluß mit Boleslaw zustimmte. Beides gehörte zusammen.

Bei der Verabschiedung der Kaiserin in der Pfalz von Magdeburg sprach Erzbischof Giselher den Dank für die Anwesenheit Theophanus und des Königs Otto aus. Giselher hob hervor, er spreche im Namen der Grafen, deren Wachsamkeit seit der Zeit des ersten Kaisers Otto den Schutz der Ostgrenze verbürge. Er wußte, wie sehr Theophanu den Kaiservater verehrte und seiner Ostmission nacheiferte. Aber der Erzbischof ahnte nicht, was in Theophanu vorging. Er bemerkte ihre Verschlossenheit, Unnahbarkeit, und vermutete, ihr Verhalten sei eine Folge ihrer anstrengenden Reisen und der ihr zugewachsenen Verantwortung.

Dem selbstgefälligen Redner entging, daß die Kaiserin ihrem Sohn einen Blick zuwarf, einen Augenblick lang, einen

Verständigungsblick, den Otto mit jungenhaftem Ernst erwiderte und der ihre Verschlossenheit löste. Sie lächelte.

Zu keiner Zeit fühlte sich Theophanu ihrem Sohn enger verbunden als in diesen spätsommerlichen Wochen in Magdeburg. Ihr Auftrag war erfüllt. Nichts hielt die pflichtbewußte Kaiserin länger an der Elbe. Sie befahl den raschen Aufbruch. Nicht daß sie gern in der Augusthitze im holpernden Reisewagen von Ort zu Ort fuhr oder das Sitzen im Pferdesattel vorzog. Aber sie hatte gelernt, ihre Aufenthalte an wechselnden Orten nach Pflicht und Neigung zu begrenzen, und nun hatte sie ihrem Sohn Besuche in Quedlinburg und Gandersheim versprochen.

Die Zeit reichte nur zu Kurzbesuchen bei ihren Töchtern. Willigis erbat dringend die Rückkehr der Kaiserin in den rheinischen Westen. Rückkehr, das war ihr Wort, als sie Otto verständigte. Ihr Sohn liebte wie sie die rheinischen Pfalzen, in denen sie seit Jahren die unwirtlichen Herbst- und Wintermonate verbrachte.

Ihrer ältesten, schon dreizehnjährigen Tochter Adelheid im Stift von Quedlinburg versprach Theophanu einen längeren Besuch im kommenden Jahr. Sie werde zu Ostern 991 nach Quedlinburg eine Reichsversammlung einberufen. Die ein Jahr jüngere temperamentvolle Sophia zeigte auch jetzt ihren Eigensinn. Sie bestand darauf, die Begegnung mit ihrem Bruder und der Kaiserin zu verlängern, indem sie beide auf der Weiterreise ein Wegstück begleitete. Sie gefiel Otto, der ihr bei der Verabschiedung, angeleitet von Theophanu, eine Gebietsschenkung vermachte, groß genug, ihren künftigen Lebensunterhalt zu sichern.

28. Dem bösen Omen widerstehen

Am 21. Oktober um die fünfte Stunde verfinsterte sich der Himmel, und der helle Tag wurde zur Nacht. Angst und Schrecken überfielen die Menschen, die für das Naturphänomen der Sonnenfinsternis keine Erklärung fanden. Ein böses Omen, sagten sie schnell. Was für ein Jahr, ein Jahrzehnt vor der Jahrtausendwende. Nach unmäßiger Hitze und Trockenheit fuhren die Landleute eine jämmerliche Ernte in die Scheunen. In den Dörfern erzählte man von furchtbaren Mißgeburten und dem vermehrten Auftreten unbekannter tödlicher Krankheiten. Alles reimte sich zusammen und verhieß Unheil. Wanderprediger verbreiteten Schreckensmeldungen aus dem Süden Italiens, wo Erdbeben, Wolkenbrüche und Überschwemmungen ganze Landstriche verwüsteten und den Einwohnern Tod und Elend brachten.

Theophanu hielt nichts von Schwarzmalerei und Höllenpredigten. Noch in Mainz, nach der Sonnenfinsternis, beschwor sie Erzbischof Willigis, er möge seine Kleriker auffordern, übertriebene, die Angst schürende Prophezeiungen zu vermeiden. Die Prediger sollten Trost bringen, nicht Schrecken.

Sie hatte gelernt, das Verstehbare zu verstehen. Es blieb genug des Unerklärlichen, Zeichenhaften, wie die Traumerscheinung des Laurentius, an die sie sich erinnerte, als ihr Sohn sie mit Fragen bestürmte. In den Rheinauen, während eines mehrstündigen Ausritts mit seinem gleichnamigen Freund, dem fünfzehnjährigen Sohn des Herzogs von Niederlothringen, war Otto von der Sonnenfinsternis überrascht worden. Er hatte mit seinen Begleitern und den Pferdeknechten in einem Gehöft Zuflucht gesucht, von den verängstigten Bauern mit Mißtrauen aufgenommen, bis die Leute sie erkannten.

Nun versuchte Theophanu die Erregung ihres in die Pfalz zurückgekehrten Sohnes zu dämpfen.

– Die Verfinsterung hat nichts mit Hexen zu tun und nichts mit unsichtbaren bösen Mächten. –

– Aber die Leute sagen … –

– Hör nicht auf die Leute. Sie wissen nichts. Macrobius und andere Gelehrte sagen, daß die Sonnenfinsternis vom Mond herkommt. –

– Und wie macht das der Mond? –

– Der Mond schiebt sich zwischen Sonne und Erde wie eine Hand, die ich kurz vor ein Kerzenlicht halte und wieder wegnehme. Aber frag das deinen Lehrer Bernward. Der wird dir alles erklären. –

Wenige Tage nach der Sonnenfinsternis wechselte Theophanu mit dem König und dem Hof nach Ingelheim. Für den spätherbstlichen Aufenthalt wählte sie diese Pfalz, deren Annehmlichkeiten und günstige Lage sie schätzte. Die diesjährigen Reisen, verbunden mit der von ihr geforderten Präsenz in Rom, Ravenna, in Frankfurt, Magdeburg, Mainz und an anderen Orten, hatten an ihren Kräften gezehrt, mehr als sonst. Ihre Überforderung wollte sie nicht wahrhaben. Doch dann empfand sie selbst den wohltuenden Gewinn der Tage und Wochen in Ingelheim.

Das Zusammensein mit ihrem Sohn machte ihr Freude. Bald nahm sie sich Zeit zu Ausritten mit Otto, und übermütig, wie man sie sonst schwerlich kannte, redete sie in ihrer Muttersprache mit Otto und der sie begleitenden Anastasia.

Nicht weniger bestand Theophanu darauf, daß ihrem zehnjährigen Sohn eine geregelte, seinen künftigen Herrscheraufgaben gemäße Erziehung zuteil wurde. In Ingelheim versäumte sie keine Gelegenheit, sich vom Bildungsstand ihres Sohnes und von der Lehrmethode seines Erziehers zu überzeugen. Sie lobte den sächsischen Grafen und Kleriker Bernward, der seit drei Jahren den Lerneifer des Jungen zu lenken und anzuspornen wußte. Sie sparte auch deswegen nicht mit Lob, weil Bernward über die grundlegenden Disziplinen hinaus bei ihrem Sohn den Sinn für den ästhetischen Bereich, so für die Kunst des Schreibens, weckte. Ein Lehrer zu ihrer Zufriedenheit, ein Glücksfall, den sie der Vermittlung von Willigis verdankte.

Willigis hatte sie ebenso bei der Auswahl von Ottos Mitschülern beraten. Nicht vereinzelt, abgesondert, vielmehr gemeinsam mit einigen Fürstensöhnen sollte der König heranwachsen, und Theophanu merkte täglich mehr, zumal bei ihren Ausritten mit Otto, wenn er mit ihr und mit anderen sprach, wie sehr dem Jungen das Sichmessen mit anderen guttat, wie er über sein Alter hinaus gereift war und sich im Kreis der an Jahren Älteren behauptete.

Bei keinem der Ausritte fehlte Ottos fünf Jahre älterer Gefährte Otto von Niederlothringen, einen Kopf größer als er, ein schmalgliedriger Junge mit blassem Gesicht, intelligent und eigensinnig. Der ohne Mutter aufgewachsene Herzogssohn war niemandem mehr ergeben als dem König. Nur Anastasia, durch ihren Gatten Gotfried von Namur mit den Verhältnissen im Westen vertraut, meldete Bedenken an. Es sei nicht gut, wenn der Sohn des Herzogs Karl von Niederlothringen Einfluß nehme auf den deutschen König, solange der Machtkampf zwischen Karl und dem französischen König Hugo Capet andauere.

Theophanu, als sie dies in Ingelheim von Anastasia hörte, hob erstaunt ihren Kopf, und ihre Augen wirkten noch größer als sonst. Sie unterbrach Anastasia.

– Einen solchen Einwand habe ich am allerwenigsten von dir erwartet. Der Herzog Karl ist unser Vasall. Warst du, war dein Gotfried jemals anderer Meinung, wenn wir den Karolinger Karl bevorzugten, unterstützten? Außerdem – jetzt lächelte Theophanu wieder –, was den Sohn des Herzogs Karl angeht, so erweist er sich zunehmend als strenger Kritiker seines Vaters. Am Hof, in Gesellschaft unseres Sohnes ist uns der lothringische Otto immer willkommen. –

Anastasia blieb bei ihrer Meinung. Du wirst schon sehen, was kommt, dachte sie, wagte jedoch keinen Widerspruch. Sie sah sich bestätigt, weil Gerbert den Herzog Karl verlassen hatte und nun dem König Hugo Capet diente, was Willigis empörte, was Theophanu jedoch mit Gelassenheit hinnahm. Hat Gerbert nicht in einem Brief seinen Schritt gerechtfertigt, seine Lage am Hof des Herzogs Karl unerträglich genannt?

Zugegeben, den Capetinger, den Meister an Falschheit, mochte Anastasia noch weniger als den Herzog Karl, der in ihren (und Gotfrieds) Augen ein Schwächling und Nutznießer war. Aber sie fühlte sich mißverstanden. Sie wollte lediglich warnen, eine falsche, vorzeitige Einflußnahme verhindern. Es tat ihr leid, daß ausgerechnet der am Hof beliebte Sohn Karls als Gegenstand ihrer Warnung herhalten mußte.

In Frankreich werde es zum Krieg kommen, hatte Willigis vorausgesagt. Das zu sagen, bedurfte es keiner besonderen Hellsicht, solange Herzog Karl die französische Krönungsstadt Reims und Laon besetzt hielt. Noch im späten Herbst 990 führte Hugo Capet seine Truppen gegen Reims und Laon, freilich ohne die befestigten Städte erobern zu können. Der König begnügte sich damit, seine Krieger in der Umgebung der Städte plündern zu lassen, der Bevölkerung zu vergelten, daß ihm die Eroberung mißlang. Es blieb bei den gegebenen Verhältnissen, so schien es, zugunsten des Herzogs Karl von Niederlothringen.

In der Woche vor Weihnachten zog Theophanu mit dem König und dem Hof rheinabwärts nach Köln. Wie schon einige Male in den letzten Jahren wollte sie das Fest der Geburt des Herrn in der Bischofsstadt am Rhein feiern. Diesmal war ihre Anwesenheit in Köln zugleich ein politisch demonstrativer Akt. Köln gehörte zum Herzogtum Niederlothringen, und der französische König sollte wissen, daß die Reichseinheit unter ihrer und des Königs Otto Herrschaft unantastbar war.

Theophanu liebte Köln. Wie bei jedem ihrer Aufenthalte in der alten Stadt versäumte sie nicht, die Benediktinerabtei Sankt Pantaleon zu besuchen und ihre Landsleute, die von ihr aus Byzanz mitgebrachten und im Klosterareal angesiedelten

Kaufleute, Handwerker, Künstler zu begrüßen. Ihren Sohn führte Theophanu zum Grab des Erzbischofs Bruno in der Abteikirche, sagte ihm, der Bruder seines kaiserlichen Großvaters sei ein großer, verehrungswürdiger Fürst gewesen. Bruno habe in seinem ungewöhnlichen Doppelamt als Erzbischof und Herzog von Lothringen zum Wohle des Reichs und der ihm anvertrauten Menschen gewirkt. Otto möge nicht vergessen, niemals, daß beide Lothringen seinem Königreich angehörten.

Dem derzeitigen Kölner Erzbischof Everger und dem Abt von Sankt Pantaleon erklärte Theophanu, in der Abteikirche, in der sie sich ihrer byzantinischen Heimat nahe fühle, wünsche sie im Falle ihres Todes beigesetzt zu werden. Die Anwesenden nahmen Theophanus Wunsch zustimmend, doch überrascht zur Kenntnis. Die Kaiserin wirkte erholt, ihre Gesundheit bot keinen Anlaß zur Sorge. Es war bekannt und mit Willigis abgesprochen, daß sie im Januar mit dem König nach Allstedt fahren werde und weiter nach Quedlinburg, um dort in Verbindung mit einer Reichsversammlung das Osterfest zu feiern.

Der Schnee, der über die flachen Wiesen und die Hügel lautlos sein weißes Tuch legt. Der anhaltende leise Flockenfall. Für den im niederrheinischen Land geborenen, vorwiegend in den rheinischen Pfalzen aufgewachsenen jungen Otto nichts Ungewöhnliches. Er freute sich, wenn er sah, wie die Kinder übermütig auf kleinen Brettern die Hügel hinabrutschten. Auf der Winterfahrt nach Thüringen und Sachsen erzählte er seiner Mutter von den Jungen, die in den Dörfern Schneemänner errichteten, denen sie einen Reisigbesen an den Arm und eine rote Rübe in den Schneekopf steckten.

Theophanu sah im Flockenfall und Schneewinter noch immer eine wunderliche Laune der Natur. Aber sie mochte das Fahren im Wagen mit den Schneekufen. Es beruhigte, weckte Erinnerungen, lud zum Erzählen ein. Das Gleiten über die Schneewege war ihr lieber als das Fahren im harten Räderwagen, das sie nur notgedrungen und ermüdet vom Reiten ertrug. Sie hat sich nie geweigert, wenn sie im Winter zur Reise von einer der rheinischen Pfalzen nach Osten genötigt war. Wie oft schon!

Auch jetzt, von dicken Pelzen warmgehalten, empfand Theophanu die Winterreise durch das Hessische Bergland und hinüber ins Thüringische nicht nur als Pflichtübung. Wie üblich waren die Quartiermacher vorausgeritten. In den Pfalzen und Dörfern hatten sie die Ankunft der Kaiserin und des Königs mit deren beträchtlichem Gefolge gemeldet, den jeweils kurzen Aufenthalt vorbereitet. Es waren bekannte Wege, die sie fuhren, vertraute Quartiere, weniger für den jungen Otto als für Theophanu und die ihr gegenübersitzende Anastasia.

– Erinnerst du dich an unsere erste Fahrt um die gleiche Jahreszeit vom Rhein nach Quedlinburg? –

– Wir fuhren zuerst nach Magdeburg. Der Kaiservater lebte ja noch, vor achtzehn Jahren. –

– Wie jung waren wir damals, Anastasia. Eine Welt öffnete sich mir, der Kaiserin, weit, unendlich wie der Himmel über uns. –

– Es gab Schwierigkeiten. –

– Das mußt du mir nicht sagen. Wäre die Welt anders, wenn der Kaiservater und mein Gemahl noch lebten? –

– Das weiß ich nicht. Darum geht es nicht. Solche Spekulationen führen ins Leere. Darf ich weiterreden? –

– Ich bin neugierig. –

– In Konstantinopel fragte ich mich, ob die junge, eigenwillige Theophanu im fremden Land scheitern würde. Nicht ohne Furcht. Spätestens seit dem Tod des Kaisers Otto weiß ich, daß im Westreich keine bessere Kaiserin herrschen und die Schwierigkeiten überwinden könnte. –

– Du hast dich schon in Byzanz nicht gescheut, mir ins Gesicht zu sagen, was du denkst. Bedauerst du, mir gefolgt zu sein? –

– Wie könnte ich das! Ich bedauere nur, ohne Niketas Kurkuas, ohne Akritas, der uns auch verlassen mußte, und die anderen aus unserem ersten byzantinischen Gefolge mit der Kaiserin zu reisen. –

Nicht alle Schwierigkeiten, wie es Anastasia etwas summarisch sagte, waren überwunden. Das wußte die Gräfin von Namur, mit der ungelösten Machtfrage in Frankreich vertraut, so gut wie die Kaiserin oder sogar besser. Aber dieses Problematische ließen sie zurück, ließen sie jenseits des Rheins, wie nach einer Absprache. Theophanu war realistisch genug, um zu wissen, was der Augenblick erforderte und was sie erwarten durfte.

Schon in Allstedt, der Pfalz östlich des Kyffhäuser-Waldgebirges, wurde sie beschenkt. Die sächsischen Großen hatten sich eingefunden, erwiesen der Kaiserin und König Otto ihren Respekt. Theophanu hörte ihre Bitten an, ordnete Beschwerden, gewährte Privilegien und königlichen Schutz. Die üblichen Vorgänge.

Als Theophanu am schon frühlingshaft erwärmten letzten Märztag den Burgberg von Quedlinburg hinaufritt, überkam sie ein Gefühl von Zuversicht. Es war nicht mehr Zwang oder Pflicht, die sie bewegte, sondern ein fast lustvolles Einverständnis mit sich selbst und ihrem kaiserlichen Amt.

Bis zur Eröffnung des österlichen Reichstags am 5. April blieb noch Zeit, mit Willigis ihre Thronrede vorzubereiten. Theophanu zeigte sich ungemein rührig. Die freien Tage nutzte sie zum Empfang der bereits eingetroffenen und eintreffenden Fürsten, zu Vorgesprächen, meist in Gegenwart des Königs. Nicht weniger wichtig nahm sie das Zusammensein mit Adelheid, ihrer erstgeborenen Tochter. Wie groß sie war, vierzehnjährig, zu schlank und blaß vom Studieren! Bei der Begrüßung im Beisein der Äbtissin Mathilde, ihrer Schwägerin, sagte Theophanu, ihren Kurzbesuch im vergangenen Jahr habe sie bedauert, jetzt aber, in den beiden Osterwochen, werde es ihr eine Freude sein, Adelheid oft zu sehen, ihre Wünsche zu hören, und dies nicht nur bei den gemeinsamen Mahlzeiten.

Später, als Theophanu die Äbtissin Mathilde, deren Sympathie sie seit ihrem ersten Besuch vor achtzehn Jahren genoß, alleine sprach, wurde sie deutlicher:

– Niemand darf mir vorwerfen, ich würde meine Töchter

vernachlässigen. Aber ich weiß ja Adelheid im Kanonissenstift von Quedlinburg in guten Händen.

In der Stiftskirche auf dem Burgberg feierte Theophanu mit den bereits anwesenden Oberen des Reichs die Osterliturgie. Den steinernen Altartisch umgaben zur Konzelebration die Erzbischöfe Willigis von Mainz, Giselher von Magdeburg, Everger von Köln und mehrere andere Bischöfe. Eine außerordentliche Zusammenkunft geistlicher Fürsten, die aus den Kernländern und den Grenzgebieten des Reichs gekommen waren, selbst aus dem fernen Lüttich und aus Cambrai. Die Liturgiefarben Weiß und Gold beherrschten den Kirchenraum. Die Kaiserin und König Otto, beide in ihren goldbestickten, im Perlenglanz schimmernden Prachtgewändern auf erhöhten Thronen seitlich des Chores sitzend, folgten aufmerksam dem Geschehen am Altar.

Für die Byzantinerin Theophanu war Ostern das hohe Fest, das höchste der Christenheit, die Feier der siegreichen Überwindung des Todes. In Byzanz rief man am Ostertag einander Glückwünsche zu: Christus ist auferstanden! Er ist wahrhaft auferstanden! Hier, im rauheren Norden, feierten die Menschen verhaltener, weniger überschwenglich. Aber der mit hellen Stimmen intonierte Jubelpsalm, den Theophanu mit wachen Ohren aufnahm, war derselbe in Byzanz wie im Westreich: *Haec dies quam fecit Dominus: exsultemus et laetemur in ea*... Dies ist der Tag, den der Herr gemacht; da laßt uns jubeln und fröhlich sein.

Theophanu schaute zur Seite, zu ihrem Sohn. Seine Augen, die graublauen Augen seines Vaters, glänzten. Ein Kind, dachte sie, ein Junge, und schon dem Zwang der Repräsentation ausgesetzt. Oder irrte sie? Die Zeremonie schien ihm zu gefallen, besonders wie die Akoluthen ihre Rauchfässer kräftig schwenkten und Duftwolken von Weihrauch aufsteigen ließen. Bei ihr weckte der Weihrauchduft die Erinnerung an Byzanz, eine Erinnerung wie etwas Entrücktes, unendlich Fernes, längst nicht mehr Greifbares.

Theophanu war gläubig ohne Frömmelei. In ihren Glauben

war sie hineingewachsen wie in die zunächst ja befohlene Beziehung zu ihrem Gatten, in die Beziehung zu ihrem Sohn, den sie über alles liebte. Rückhaltlos verehrte sie die Theotokos, die Gottesgebärerin, und die Heiligen. So hatte sie es als Kind gelernt, und diesen Rest ihrer Kindheit trug sie mit sich wie ihren Leib und ihr Leben. In diesem Bereich, in der ihr angeborenen Gläubigkeit, blieb ihr rationales Denken unwirksam.

Natürlich konnte sie nicht ganz absehen von Gedanken, die sie überfielen beim Anblick der in der Stiftskirche versammelten Fürsten, deren abweichende Intentionen sie kannte. Sie wußte, wie unergiebig es wäre, verheerend für den erst beginnenden Reichstag, wenn sie schon jetzt, in der Feier der heiligen Ostermesse, das Ergebnis vorwegnahm. Ihrer Zuversicht fehlte die Bewährungsprobe.

Dann jedoch brachte die Reichsversammlung Theophanu den von ihr ersehnten persönlichen Triumph. Geistliche und weltliche Fürsten, die Herzöge von Sachsen, Franken, Schwaben und Kärnten, die Markgrafen, zahlreiche Adelige ehrten Theophanu als kluge und von Erfolg gekrönte Hüterin der Reichseinheit. Theophanus kaiserliche Autorität war unangefochten, anerkannt wie niemals zuvor. Mit Genugtuung empfing sie die angereisten russischen Gesandten, die ihr aus Kiew eine Grußbotschaft und reiche Geschenke des Großfürsten Wladimir überbrachten. Den Herzog Mieszko von Polen bat sie zur Audienz, um seinen Besitzstand in Schlesien zu bestätigen und mit ihm, in Gegenwart von Willigis und Giselher von Magdeburg, ein gemeinsames Vorgehen gegen die Elbslawen zu vereinbaren.

Am meisten erfreute Theophanu die nach Ostern eintreffende Gesandtschaft aus Italien, das Wiedersehen mit Markgraf Hugo von Tuszien und Johannes Philagathos, dem Erzbischof von Piacenza. Nur Willigis sah dem Zusammentreffen Theophanus mit dem Kalabresen Philagathos besorgt entgegen. Er befürchtete, die am Hof nicht verborgen gebliebene enge Beziehung der Kaiserin zu Philagathos könnte die Fürstenversammlung stören und der Autorität der Kaiserin schaden. Theophanus Günstling, das blieb kein Geheimnis, war bei der Mehrzahl der Reichsfürsten unbeliebt, zumal bei den Anhängern der Kaiserinmutter Adelheid, die in Pavia zurückgeblieben war.

Willigis täuschte sich. Theophanu empfing den Markgrafen Hugo und Philagathos im Beisein Ottos, der seinen ehemaligen Griechischlehrer mit verhaltenem Anstand begrüßte. Ein separates Treffen mit Philagathos mied Theophanu. Aber sie ließ sich, immer begleitet von Otto, der eifrig sein Griechisch sprach, von Philagathos ausführlich über die Neuordnung der Rechts- und Finanzverhältnisse in Oberitalien berichten. Hugo von Tuszien sprach kompetent von der politischen Entwicklung in Mittelitalien und Rom.

Was Theophanu hörte, war ein Nachklang ihrer Rom- und Italienreise im letzten Jahr. Wahrhaft ein Grund zur Freude. Wie gern vernahm sie, daß sie, die Kaiserin, durch ihre klugen Auftritte in Rom und Italien die Einheit des Reichs gefestigt hatte.

Theophanu war selbstsicher in diesen Ostertagen in Quedlinburg, sie triumphierte, jedoch gezügelt durch ihre Vernunft. Nur Otto und Anastasia ließ sie gelegentlich an ihrer außergewöhnlichen Freude teilhaben. Da fühlte sie sich wieder als Mädchen in den Gärten am Bosporus, als junge Mutter, die anderes im Kopf hatte als die Repräsentanz im Juwelenschmuck und die endlosen Bemühungen um die Einheit des Imperiums.

Was Italien betraf, so brauchte sie sich vor Adelheid, der Kaiserinmutter und Königin von Langobardien, nicht mehr zu verstecken. Ihr politischer Instinkt hatte sie zum richtigen Handeln geführt. Und war nicht der gefährliche Aufstand im Reich, der ihr, der jungen Kaiserin, nach dem frühen Tod des Kaisers Otto die Thronrechte und Vormundschaft für ihren Sohn zu rauben gedroht hatte, längst vergessen? Aus ihren Widersachern waren treueste Gefolgsleute geworden. Das Kernreich mit seinen Herzogtümern zwischen Rhein und Elbe war gefestigter denn je. Das vor allem hätte Theophanu mit Genugtuung dem Kaiservater, lebte er noch, vorzeigen wollen. Ebenso die wieder guten Beziehungen zu Polen und Böhmen.

Es war fast zu viel, ein Übermaß an Zuversicht, an reichspolitischen Erfolgen, die Theophanu auf dem Burgberg von Quedlinburg bestätigt fand.

Eine Ernüchterung mußte kommen, und sie ließ nicht auf sich warten. Wer kennt nicht diesen jähen Umschwung, das Aus-allen-Wolken-Fallen nach einem Augenblick übermäßigen Glücks? Ein Gegenschlag traf die allgemeine Zufriedenheit, plötzlich und erschreckend wie die Sonnenfinsternis im vergangenen Oktober. In den Tagen nach Ostern überstürzten sich teils von Gerbert, teils von Gotfried aus Namur gesandte Nachrichten, die von einem radikalen Umsturz in Frankreich und Niederlothringen berichteten. Das Karussell menschlicher Schwäche, Verstiegenheit und Bosheit kam wieder in Bewegung. Aber wer urteilt und von wo? Ist es der jeweilige Standpunkt, von dem aus das eine als gut, das andere als schlecht empfunden wird? Wer bestimmt die Kriterien unseres Urteilens?

Schon Ende Januar war am Hof bekannt geworden, daß Bischof Ascelin sich mit Herzog Karl von Niederlothringen ausgesöhnt hatte. Man erinnerte sich des von Karl verbreiteten schändlichen Vorwurfs der Liaison des Kanzler-Bischofs Ascelin mit der französischen Königinwitwe Emma und der Verjagung der beiden vom Königshof. Und nun sollte Ascelin, ausgerechnet der verschlagene Ascelin, dem Herzog Karl die Hand gereicht haben? Anastasia war voller Empörung.

– Es ist pure Arglist, eine gemeine Lüge. Ascelin will seinen Bischofssitz Laon zurückhaben. Aber sobald er in Laon residiert, wird er Mittel und Wege zur Rache finden. –

Willigis beruhigte die aufgebrachte Anastasia. Die Königinwitwe Emma sei vor zweieinhalb Jahren gestorben. Das dürfe man nicht vergessen. Bischof Ascelin wird den gegen ihn erhobenen Vorwurf seinem Beschuldiger vergeben haben. Glaubte das der aufrechte Willigis ernsthaft, oder verschwieg er seine wahre Meinung?

Theophanu hatte sich bei diesen hofinternen Auseinandersetzungen um die Beurteilung der französischen Verhältnisse zurückgehalten. Sie wollte ihre Reise nach Quedlinburg und die einberufene Reichsversammlung nicht gefährden. Keinen Augenblick zweifelte sie, richtig gehandelt zu haben, auch jetzt nicht, in den Tagen nach Ostern, als die neuesten Meldungen aus Frankreich eintrafen.

Zwei Monate nach der Versöhnung, nach dem Bruderkuß, hatte Ascelin sein wahres Gesicht gezeigt, das Gesicht eines Verräters. Und das am Palmsonntag, dem Tag des Gedenkens an den friedlichen Einzug des Gottessohnes in Jerusalem. Ascelin – das mußte man ihm zugestehen – hatte ein raffiniert gesponnenes Schurkenstück geliefert. In seiner Bischofsstadt Laon, wo sich die mit ihm Versöhnten nichtsahnend und friedfertig am Palmsonntag eingefunden hatten, lieferte Ascelin den Herzog Karl mit seiner Familie und den Erzbischof Arnulf von Reims ihrem Todfeind, dem französischen König Hugo Capet, aus.

Unmittelbar nach dem Eintreffen der Nachrichten von Gerbert und Gotfried berief Theophanu in Quedlinburg den Kronrat ein. Noch ehe der Erzkanzler die durch den Verrat Ascelins neugeschaffene Lage beurteilte, richtete er seine ungehemmte Empörung gegen den Erzbischof Arnulf, dem doch nur die Rolle eines Mitläufers zugefallen war.

– Ich kann nicht vergessen, daß Arnulf bei seiner Wahl zum Erzbischof seinem König Hugo Capet geschworen hat, er nehme im Falle einer Untreue die Selbstverfluchung auf sich, sein Glück solle zur Schmach werden. Ich ahnte die Folgen, als Arnulf seinen Schwur brach und sich zu Herzog Karl bekannte. –

Willigis beeilte sich zu ergänzen, man möge ihn nicht mißverstehen. Der französische König habe in seiner Verstiegenheit dem Reich den Krieg erklärt, indem er den Herzog von Niederlothringen gefangennahm. Was den Erzbischof Arnulf betreffe, werde Hugo Capet nicht wagen, den höchsten kirchlichen Würdenträger ohne päpstliche Erlaubnis abzusetzen. Jedoch dürfe man Arnulfs Anathem der Selbstverfluchung nicht auf die leichte Schulter nehmen.

Das war gut und redlich gemeint. Nur wußte niemand zu raten, wie man den Herzog Karl befreien konnte. Der Kronrat kam überein, die westlich des Rheins stationierten Truppen und die Kampfverbände der westlichen Herzogtümer zu verstärken, erhöhte Wachsamkeit zu befehlen. Allerdings wollte sich die Kaiserin ihr Handeln nicht von einem Usurpator wie Hugo Capet diktieren lassen. Während der Erzkanzler nach Mainz zurückkehrte, reiste Theophanu mit dem Hof nach Merseburg, um dort, wie geplant, ihre Regierungspflichten zu erfüllen und letzte Absprachen mit Giselher von Magdeburg vor dessen Verabschiedung zu treffen.

29. *Der leise Tod*

Als sie dem Niederrhein näherkamen, regnete es vom Morgen bis zum Abend. Der Regen trommelte auf das lederbespannte Wagendach, die schon vertraute Melodie der letzten Tage. Der Mairegen, der den Wiesen und Laubwäldern des südlichen Münsterlandes, durch das sie fuhren, ein erfrischendes Grün schenkte, wirkte auf die im Wagen gut gepolstert sitzende Theophanu und ihre beiden Begleiterinnen einschläfernd. Natürlich bemühten sich Anastasia und Imiza pflichtgemäß, ihre Augen offenzuhalten, während Theophanu ihrer Müdigkeit nichts mehr entgegensetzte. Entschuldbar, dachte sie, einen Augenblick zu Anastasia hinüberblinzelnd, nach den anstrengenden Tagen in Quedlinburg, Merseburg. Und nun die Fahrt durch den Regen, die wechselnden Quartiere.

– Wie lange sind wir unterwegs, Anastasia? –

– Vor zwölf Tagen haben wir Merseburg verlassen. –

– Wir werden bald am Ziel sein. –

– Ja gewiß, in drei, vier Tagen. Unsere Wagen- und Pferdeführer verdienen Lob. –

Theophanu sprach griechisch mit Anastasia, nicht um ihre des Griechischen nicht mächtige Hofdame Imiza vom Mitreden auszuschließen, eher unbewußt. Ein spontaner Rückgriff auf ihre Muttersprache, in der sie sich ja auch in den letzten Tagen wiederholt mit Otto verständigt hatte.

Sie bemerkte, wie mit der Sprache etwas schon Fernes, Entrücktes in ihre Nähe zurückkehrte. So freute es sie ungemein, daß der König, der im zweiten Wagen mit seinem Erzieher Bernward folgte, die von ihr mitgebrachte Sprache mit jugendlichem Stolz beherrschte. Schon weil Otto ihr einen Wunsch in griechischer Sprache vortrug, erfüllte sie das Gewünschte ohne Zögern und trotz ihrer Eilfahrt. Otto hatte sie gebeten, eine Übernachtung in Gandersheim anzuordnen. Er wünschte, dort im Kanonissenstift seine Schwester Sophia wiederzusehen. Wenigstens das kurze Treffen mit Sophia möge die Kaiserin erlauben, ein Zugeständnis, das sie nicht ungern bewilligte. Wer weiß denn, wann Ottos und ihr, der Kaiserin, Weg wieder nach Gandersheim führt?

Um schneller voranzukommen, war Theophanu mit kleinem Gefolge von Merseburg aufgebrochen. Der etwas schwerfällige Troß mit der Kanzlei sollte nachfolgen. Ausdrücklich hatte Theophanu den deutschen Kanzler Hildebald von Worms angewiesen, keine Saumseligkeit der Troßführer zu dulden. Er, auf den sie sich verlasse, trage die Verantwortung, daß der Troß nicht allzulange nach ihrer Ankunft in der niederrheinischen Kaiserpfalz Nimwegen eintreffen werde.

Theophanu hatte die ihr vertraute Pfalz von Nimwegen gewählt, weil sie dort dem Krisenherd Frankreich nahe war. Anlaß zu ihrem raschen Aufbruch, nachdem ohnedies die Angelegenheiten in Merseburg geregelt waren, gaben letzte Meldungen aus Frankreich, die keinen Zweifel an den Absichten des französischen Königs ließen.

Hugo Capet zeigte nicht die geringste Neigung, den gefangenen Herzog Karl freizulassen, ebensowenig den Erzbischof Arnulf. Am 17. Juni sollte im Kloster St. Basle nahe Reims eine Synode der französischen Bischöfe stattfinden, einberufen durch den König Hugo Capet. Es war sein Beschluß, daß die französische Synode den Erzbischof Arnulf absetzen und einen neuen Erzbischof von Reims ernennen solle, eine aufgezwungene politische Wahl, eine widerrechtliche Ernennung ohne das Votum des Papstes.

Mit dem schon bestimmten Nachfolger auf der erzbischöflichen Kathedra von Reims, der Wahl des ihr noch vor kurzer Zeit so dienstwilligen Gerbert, konnte sich Theophanu nur schweren Herzens abfinden. Tausendmal sagte sie sich: Gerbert von Aurillac ist kein Verräter wie Ascelin. Aber sie wußte, was voraufgegangen war seit dem Tod des Erzbischofs Adalbero von Reims. Sie hatte Gerbert bei der Disputation von Ravenna kennengelernt, seine Gelehrsamkeit bewundert. Sie kannte Gerbert zu gut, den Abt von Bobbio, den die Mönche, weil er mehr wußte als alle anderen, als »Verbündeten des Teufels« verjagten. Gerbert, der vor ihr niedergekniet war, um Dispens bat und um seine Rückkehr nach Reims, wo man ihn wiederum demütigte. Niemals wird der hagere einundvierzigjährige Gerbert auf seinen späten Triumph verzichten. Am 17. Juni wird er die ihm bisher verweigerte höchste kirchliche Würde in Frankreich übernehmen.

Während der tagelangen Fahrt von der Ostgrenze des Reichs zur Kaiserpfalz im äußersten Westen verschwieg Theophanu, was sie zuinnerst bewegte. Mit Anastasia tauschte sie Erinnerungen aus, sprach sie über belanglose Sachen. Die blondhaarige, empfindsame, überaus ergebene Gräfin Imiza bezog sie in ihre wenigen Gespräche ein. Einmal fragte sie unvermittelt: Warum reiten wir nicht?, was Imiza in Verlegenheit brachte, Anastasia jedoch lächelnd beantwortete. Bei dem regnerischen Wetter, anhaltend seit Tagen, sei die Kaiserin im Reisewagen besser geschützt. Außerdem (aber das behielt Anastasia für sich) konnte Theophanu im fahrenden Wagen ihren in den letzten Tagen oft gestörten, stundenweise unterbrochenen Nachtschlaf nachholen.

Aber Theophanu fühlte sich im Wagen beengt, sagte es ungeniert. Sie klagte über Gliederschmerzen, eine Brustbeklemmung, einen von Zeit zu Zeit auftretenden Druck in der Brusthöhle. Sie meinte, die Ursache der Schmerzen sei im stundenlangen Sitzen im Wagen zu sehen. Reiten, Bewegung und Atemholen in der frischen Luft würden ihr guttun.

Die im Begleitwagen mitfahrenden Ärzte, von Anastasia während eines Aufenthalts nach der ersten Reisewoche verständigt, ließen die Kaiserin zur Beruhigung einen bitter schmeckenden Pflanzensirup einnehmen. Sie diagnostizierten eine Erschöpfung als Folge ihrer andauernden und die vitalen Kräfte verschleißenden Überforderung. Ihre derzeitige körperliche Konstitution sei zum Reiten zu schwach. Schlaf sei das beste Heilmittel, und zum Schlafen biete die Fahrt durch den besänftigenden Regen eine willkommene Gelegenheit.

In Nimwegen, wo sie in der letzten Maiwoche eintrafen, waren ihre Beschwerden wie weggezaubert. Auf einem der kaiserlichen Rheinschiffe, das die Kaiserin mit ihren Begleitern in Duisburg an Bord nahm, war sie stromabwärts nach Nimwegen gefahren. Die Ärzte hatten zu der bequemeren abschließenden Schiffsreise dringend geraten. Es regnete nicht mehr, und das flache grüne Uferland lag im hellen Maisonnenschein.

Als sie sich der alten Römerstadt Xanten näherten, zeigte Theophanu ein so lebhaftes Interesse, daß Anastasia sie fragte, ob sie einen kurzen Aufenthalt wünsche. Nein, um Himmels willen keine Rast. Alles in ihr drängte nach Nimwegen. In der Kaiserpfalz hielt sich Willigis zu ihrem Empfang auf. Dort erwartete sie Nachrichten aus Frankreich. Sie verspürte keine Müdigkeit, nicht mehr die Gliederschmerzen, die sie unterwegs geplagt hatten. Eine innere Unruhe trieb sie an, zum Ziel zu gelangen, und fast schon bereute sie den zeitraubenden Wechsel vom Reisewagen aufs Schiff.

In Nimwegen handelte Theophanu mit ungebrochener Aktivität, zunächst jedenfalls. Sie empfing und entsandte Boten. Mit Willigis und Hildebald von Worms, der bald mit der Kanzlei eintraf, konferierte sie täglich.

Einen Grund zur Freude bot die Anwesenheit des Markgrafen Hugo von Tuszien, weil er, der mächtigste Fürst Italiens, seine dem Kaiser Otto erwiesene Treue, seine Verläßlichkeit längst auf Theophanu übertragen hatte. Der Markgraf war ihr seit der Romreise vertraut, ein erfahrener Ratgeber, dessen Begleitung nach Nimwegen Theophanu ausdrücklich gewünscht hatte. So viele bartlose geistliche Fürsten umgaben sie, daß es ihr Vergnügen bereitete, Hugo von Tuszien mit seinem gepflegten, schon grau durchsetzten Stutzbart bei der

Abendtafel im großen Saal der Kaiserpfalz an ihrer Seite zu sehen.

Der mit dem Markgrafen in Quedlinburg erschienene Erzbischof Johannes Philagathos war nach Piacenza zurückgereist. Nur einen Augenblick lang hatte Theophanu die Abreise ihres Philagathos schmerzlich berührt. Auf Philagathos warteten Verpflichtungen in Piacenza, in Langobardien, das war gut so. Theophanu wußte, was ihr Sohn von Philagathos hielt, wie er, der König, den eleganten Griechen trotz dessen sprachlicher Gewandtheit mißachtete. Schon unterwegs, nachdenkend, begann sie die Abneigung ihres elfjährigen Sohnes zu verstehen.

Sie staunte über sich selbst. Vor nicht allzu langer Zeit hätte sie viel darum gegeben, den Griechen wenn nicht ganz, so doch auf Zeit in ihrer Nähe zu halten, ihn täglich zu sehen. War sie eine andere, jetzt, in Nimwegen? Nicht Philagathos, auch nicht die Verhältnisse in Italien beschäftigten Theophanu, sondern allein die aktuellen Ereignisse in Frankreich und Niederlothringen.

Die Verbindung mit Reims, mit Frankreich war nicht unterbrochen. Nach jüngsten Meldungen war Gerbert beauftragt, die Anklage gegen den Erzbischof Arnulf, gezielt auf dessen Absetzung, zu formulieren. Niemand am Hof der Kaiserin zweifelte daran, daß Gerbert die stichhaltigsten Argumente vorbringen würde, eine Beweiskette, die den Karolingerbastard Arnulf verteufelte und ihn lebenslang im Gefängnisturm von Orléans festhalten würde.

Nur Gerbert konnte zwingende Gründe für die Amtsenthebung des Erzbischofs finden, mußte sie finden, weil einige französische Bischöfe und angesehene Scholastiker dem rücksichtslosen Vorgehen des französischen Königs Widerstand boten. Zu ihnen gehörte der einflußreiche Bischof Rothard von Cambrai, der in Nimwegen erschien und dem die Kaiserin aus guten Gründen erneut die Unantastbarkeit seines Bistums zusicherte, ebenso die schon früher verbrieften Zoll- und Münzrechte erneuerte.

Lothringische Bischöfe und Grafen, darunter zur Freude

Anastasias deren Gatte Gotfried von Namur, kamen nach Nimwegen, um der Kaiserin ihre Loyalität zu bezeugen, um sie in ihren Entscheidungen zu stärken. Man wußte, daß König Hugo Capet den Herzog Karl von Niederlothringen nach Orléans gebracht hatte, dort wie Arnulf einkerkern ließ und nicht daran dachte, den verhaßten Karolinger freizugeben.

So vieles drängte auf Theophanu ein, überschüttete sie, als stünde sie unter einem tosenden Wasserfall und wüßte nicht, wohin entfliehen.

An einem weniger von Amtsgeschäften besetzten Nachmittag ließ sie Otto von Niederlothringen zu einer Audienz holen. Er möge ohne ihren Sohn erscheinen, ließ sie ihm sagen.

Schlaksig, etwas verlegen, weil er nicht wußte, was ihn erwartete, näherte sich Otto im kleinen Audienzsaal der Kaiserin. Sie prüfte den Näherkommenden, fast belustigt über seine Unsicherheit, die sie niemals an ihm bemerkte, wenn sie ihn in Gesellschaft ihres Sohnes traf. Seit seiner frühen Kindheit lebte der mutterlos heranwachsende Otto am Hof, Spielgefährte, Lerngefährte ihres Sohnes. Aber wie anders wirkte neben dem kleineren, rotblonden, vitaleren König der blasse Herzogssohn mit seinen brennenden Augen, seinem starken, vollippigen Mund.

– Wie alt bist du? –

– Ich werde bald sechzehn. –

– Weißt du, was in Laon geschehen ist und was der französische König unternahm? –

– Ich weiß soviel, wie mir gesagt wurde. –

– Was hat man dir gesagt? –

– Daß der Herzog und der Erzbischof Arnulf durch Verrat in die Hand des Königs Hugo Capet fielen. –

– Hast du Verbindung mit deinem Vater, dem Herzog? –

Es war eine rhetorische Frage. Natürlich wußte Theophanu, daß sich der Herzog Karl seit Jahren um seinen Sohn nicht mehr kümmerte und Otto jede Begegnung mit dem Vater mied, seine Lebensweise verabscheute. Plötzlich empfand Theophanu ihr Frageverhör als dumm, als ungebührlich. Sie mußte für ihr Vorhaben andere, bessere Worte finden. Otto kam ihr zuvor.

– Wie könnte ich Verbindung haben mit dem Herzog, den Hugo Capet in Orléans gefangenhält? –

– Eben deswegen ließ ich dich rufen. Du sollst dich bereithalten, die Nachfolge als Herzog von Niederlothringen anzutreten. –

– Aber der Herzog lebt noch. –

– Er ist krank, wie wir erfuhren. Wie auch immer, Hugo Capet wird ihn nicht freilassen. Die Kaiserin wünscht mit Zustimmung der geistlichen und weltlichen Oberen Niederlothringens deine Nachfolge, ja betrachtet sie schon jetzt als unwiderruflich. –

Nicht lange nach ihrem Gespräch mit Otto, in der ersten Juniwoche, zwang ein Schwächeanfall Theophanu zur Absage weiterer Konferenzen. Ihre beiden griechischen Ärzte beschuldigten den Erzkanzler, er habe ihre Warnungen mißachtet und der Kaiserin die nötige Ruhe verweigert. Willigis fand den Vorwurf ungehörig. Die Kaiserin selbst habe zur Erfüllung der sie erwartenden Pflichten gedrängt. Keine Einzelheit, besonders Frankreich und Niederlothringen betreffend, schien ihr gering genug, um anderen überlassen zu werden. Offensichtlich hatte Theophanus Wille, die Angelegenheiten des Imperiums in Ordnung zu bringen, ihre Kräfte überfordert und zu einem Zusammenbruch geführt.

Weitaus schlimmer als die voraufgegangenen Warnsignale erwies sich der Rückfall, plagte Theophanu die Brustbeklemmung, durch Stiche in der Herzgegend und Atemnot vermehrt. Das Inhalieren heißer Dämpfe, durchsetzt von öligem Pflanzenextrakt, verhalf zur Linderung der Atemnot, der Schmerzen, ohne jedoch den Krankheitsverlauf zu beeinflussen.

Anastasia tupfte der fiebernd auf ihrem Krankenbett Liegenden den Schweiß von der Stirne. Theophanu verlangte nach Eudokia, ihrer alten Dienerin, und mußte von Anastasia hören, sie selbst habe die altersschwache und heimwehkranke Eudokia vor zwei Jahren nach Konstantinopel zurückgeschickt. Ach, ja. Die Stimme Anastasias, sich entfernend, verstummend, als Theophanu in einen Erschöpfungsschlaf sank, weckte Erinnerungen. Im Garten ihres Vaterhauses oberhalb des Bosporus, während unten Schiffe lautlos vorüberzogen, sah sie sich mit Anastasia einen Strauß roter und weißer Blumen pflücken. Sie hörte ihren Vater rufen. Konstantinos Skleros kam im silberbestickten Rock auf sie zu. Oder war es der robuste bärtige Basileus Tzimiskes? Er trug die Kleidung ihres Vaters, die gleichen Stiefel aus rotbraunem Saffianleder. Die kleine Theophanu fühlte sich genarrt. Wer von beiden holte sie, setzte mit ihr auf der Fähre über den Bosporus, um im anatolischen Bergland einen heilkundigen Anachoreten aufzusuchen?

Als sie erwachte, fiel ihr Blick auf zwei große brennende Kerzen nicht weit von ihrem Krankenlager. Sie erkannte ihren Sohn Otto, Anastasia und Imiza, Hugo von Tuszien, Hildebald von Worms, die Bischöfe Notker von Lüttich, Rothard von Cambrai und andere im Hintergrund stehende Personen. Willigis, das weiße erzbischöfliche Pallium um die Schultern gelegt, trat näher, reichte ihr die Wegzehrung, ein Partikel der geweihten Hostie, weil sie nur noch wenig flüssige Nahrung aufnahm.

Theophanu war hellwach und wieder bei klarem Verstand. Sie bat ihren Sohn näherzukommen, sagte ihm, er möge sich seiner Schwestern annehmen und sie bestehe darauf, in der Abtei des heiligen Pantaleon beigesetzt zu werden.

Sie verlangte, man möge ihr die Haare scheren und sie mit dem bereitliegenden schwarzen Wollhabit der Benediktinerinnen bekleiden. Sie zeigte auf den Smaragdring an ihrer Hand. Die Byzantinerin Theophanu, die sich so gern schmückte, wollte schmucklos diese Welt verlassen. Um ihren Kopf, entblößt von den schwarzschimmernden, langen, stets nach exotischen Essenzen duftenden Haaren, legte Anastasia die schwarze Haube der Nonnen.

Am 15. Juni 991 starb die Kaiserin Theophanu in ihrem einunddreißigsten Lebensjahr. Noch in der Erschlaffung zeigte ihr von der schwarzen Kapuze umrahmtes elfenbeinfarbenes Gesicht seine unberührte, eigensinnige Schönheit.

Der Tod, ein sanfter, ein leiser Tod, hatte es eilig, Theophanu aus diesem Leben in die andere Welt hinüberzuholen, so eilig, daß die merkwürdigsten Gerüchte über die Ursache ihres Sterbens aufkamen, wie das Gerücht von einer Vergiftung durch den französischen König. Aber Hugo Capets Arm reichte nicht bis ins niederrheinische Nimwegen.

Die Zeit stand still. Man erinnerte sich an die schreckenverbreitende Sonnenfinsternis vor einem Jahr, sprach von der Zeichenhaftigkeit und wußte doch, daß keine Analogie restlos aufgeht. Kein Ereignis, kein Tag, kein Sonnenuntergang und kein Leben gleicht haargenau einem anderen. Nichts wiederholt sich, nicht in der überdauernden Natur, nicht im begrenzten Menschenleben. Einzig der Tod gebärdet sich als endgültiger Gleichmacher.

Ein Rest des Unfaßbaren blieb und bewegte die in der Kaiserpfalz von Nimwegen Anwesenden, den König, die Fürsten und Amtsträger, die Frauen und die Bediensteten. Sie alle waren bestürzt, wie gelähmt und begriffen erst allmählich den unsagbaren Verlust für das Reich.

Nach dem Tode Theophanus

übernahm die aus Pavia gerufene Kaiserinmutter *Adelheid*, sechzigjährig, die Regentschaft für ihren unmündigen Enkel Otto. Willigis von Mainz und Hildebald von Worms standen ihr zur Seite. Nach Ottos Mündigwerden mit vierzehn Jahren zog sich Adelheid im September 994 zurück. Sie starb 999, in den letzten Jahren beschäftigt mit der Errichtung ihres Grabklosters Selz im Unterelsaß, wo sie beigesetzt wurde.

KONSTANTINOS SKLEROS, Theophanus Vater, starb nach kurzer Krankheit im März 991, wenige Monate vor Theophanu. Er lebte zuletzt auf seinen Besitzungen südlich von Adrianopel. Ob Theophanu vom Tode ihres Vaters erfuhr, ist nicht bekannt.

MATHILDE, Äbtissin von Quedlinburg, als Schwägerin Theophanus nächste und ihr wohlgesinnte Verwandte der Kaiserfamilie, gewann in den ersten Regierungsjahren ihres Neffen Otto Einfluß auf die Reichspolitik. Otto III. übertrug ihr bei seinem zweiten Romzug 997 die Regentschaft. Mathilde starb im Februar 999, vor ihrer Mutter Adelheid.

OTTO III., seit 994 als König herrschend, zog 996 zum ersten Mal nach Rom, um sich im Mai im Petersdom zum Kaiser krönen zu lassen. In Rom begegnete er Adalbert von Prag und Gerbert von Aurillac. Seine außergewöhnliche griechisch-lateinische Bildung verdankte Otto seiner Mutter Theophanu, seinen Lehrern, vor allem Philagathos, Bernward und Gerbert, der auch politischer Berater des jungen Kaisers wird. Macht und Geist vereinte Otto III. scheinbar mühelos. Er plante nichts Geringeres als die *Renovatio Imperii Romanorum*, die Erneuerung des römischen Imperiums mit der Hauptstadt Rom. Seine Reichsidee dokumentiert ein in der Abtei Reichenau zu Lebzeiten des Kaiers angefertigtes Bild, auf dem sich die gabenbringenden Personifizierungen von Rom, Gallien, Germanien und dem Slawenland dem thronenden rothaarigen Kaiser Otto III. nähern. Sein früher Tod mit einundzwanzig Jahren am 24. Januar 1002 machte seine kühnen Pläne zunichte.

ADELHEID, Theophanus 977 geborene erste Tochter, wurde 999 nach dem Tode ihrer Tante Mathilde deren Nachfolgerin als Äbtissin des Kanonissenstifts von Quedlinburg. Sie lebte am längsten von Theophanus Kindern und starb 1043, sechsundsechzig Jahre alt.

SOPHIA, Theophanus 978 geborene Tochter, verhielt sich schon bei ihrer Einkleidung 989 im Stift von Gandersheim eigensinnig, aufsässig. Fünf Jahre danach, als Kanonisse, verließ sie gegen den Willen der Äbtissin Gerberga und des Bischofs Bernward von Hildesheim ihr Stift, führte am Hof ihres Bruders Otto »ein ungebundenes, anstößiges Leben« (Thangmar), bis sie nach gut zwei Jahren zurückbefohlen wurde. 1002 trat Sophia die Nachfolge der Äbtissin Gerberga an, leitete ab 1011 in Personalunion als Äbtissin auch das Stift von Essen. Sie starb 1039.

MATHILDE, Theophanus 979 geborene Tochter, wurde im Kanonissenstift von Essen erzogen. Als einziges der Kinder Theophanus und Ottos II. heiratete sie, etwa dreizehnjährig. Theophanu gab noch vor ihrem Tode die Zustimmung zur Ehe Mathildes mit dem Pfalzgrafen Ezzo vom Niederrhein. Mathilde gebar sieben Töchter und drei Söhne. Sie stab 1025.

WILLIGIS, Erzbischof und Erzkanzler, hatte sich als zuverlässiger Freund und überlegener Staatsmann an der Seite Theophanus bewährt. Ihm verdankte Theophanu die Niederwerfung der gegen sie gerichteten Revolte Heinrichs des Zänkers. Der Erzkanzler blieb Theophanus Sohn Otto verbunden, wenn auch andere Berater wie Gerbert in den Vordergrund rückten. Willigis starb 1011.

PHILAGATHOS, Erzbischof von Piacenza, Theophanus Günstling, zeitweise ihr »lieber Begleiter« und Griechischlehrer des jungen Königs, wurde 996 von Otto III. als Brautwerber nach Byzanz entsandt. Sein Auftrag blieb erfolglos. Jedoch, beeinflußt von Byzanz, ließ sich der ehrgeizige Philagathos nach seiner Rückkehr in Rom von der antikaiserlichen Partei des Senators Johannes Crescentius zum Gegenpapst ernennen. Als Johannes XVI. trug er 997 nur kurze Zeit die Tiara. Der Kaiser, mit seinem Heer in Eilmärschen nach Rom gekommen, ließ den auf der Flucht ergriffenen Verräter blenden und verstümmeln. Eine römische Synode verurteilte Philagathos als Gegenpapst zu einem schmachvollen Umritt, rückwärts auf einem Esel sitzend, die Hände an den Schwanz gebunden, ehe man ihn in den Kerker warf, wo er nach 998 seiner Tortur erlag.

BERNWARD VON HILDESHEIM, der von Willigis empfohlene, von Theophanu hochgeschätzte Erzieher Ottos, wurde 993 zum Bischof von Hildesheim geweiht. Als Bischof geriet Bernward in den »Gandersheimer Streit«, noch zu Lebzeiten Theophanus ausgelöst durch Sophia, dann gesteigert zum Kompetenzstreit zwischen dem Erzbistum Mainz und dem Bistum Hildesheim, die beide Anspruch auf das Kanonissenstift Gandersheim erhoben – für Otto III. eine schwierige Situation, weil er jedem der Beteiligten von Kindheit an eng verbunden war; er schien jedoch in den letzten Jahren mehr Bernward als dem Mainzer Willigis zugeneigt zu sein. Während Willigis an Einfluß verlor, schätzte Otto den Bischof zunehmend auch als Berater. Bernward starb 1022, im Alter zwischen sechzig und fünfundsechzig Jahren.

GERBERT VON AURILLAC, der größte Gelehrte des frühen Mittelalters, von Theophanu seit der Disputation von Ravenna 981 bewundert, gab in seinem politischen Verhalten, seinem Wechsel von der kaiserlichen Partei zum französischen König Hugo Capet, Rätsel auf. Am 17. Juni 991, zwei Tage nach Theophanus Tod, ernannten die französischen Bischöfe Gerbert zum Erzbischof von Reims, ohne päpstliche Anerkennung. Erst Otto III., der Gerbert nach seiner Kaiserkrönung als Lehrer und Berater in seine Nähe holte, sorgte für die kanonische Legitimierung, indem er Gerbert 998 zum Erzbischof von Ravenna und 999 zum Papst wählen ließ. Gerbert nannte sich Silvester II. und trug die Tiara vier Jahre. Er starb 1003 in Rom.

ADALBERT VON PRAG, uneigennützig, liebenswert wie nur wenige Männer seiner Zeit, blieb nach Theophanus Tod Otto III. in besonderer Weise verbunden. Nur einige Male war der 983 von Willigs zum Bischof von Prag geweihte Slavnikide Theophanu begegnet, und seine in Rom 996 begonnene Freundschaft mit Otto währte kaum länger als ein halbes Jahr. Aber der junge Kaiser zeigte sich für die kontemplative und selbstlose Religiosität Adalberts nicht weniger empfänglich als für Gerberts Intellektualität. Der einundvierzigjährige Adalbert, von Boleslaw Chroby, dem Sohn des 992 gestorbenen Herzogs Mieszko von Polen, zur Mission bei den Pruzzen gerufen, erlitt am 23. April 997 den Märtyrertod. Otto beantragte die Heiligsprechung des Märtyrers und übernahm auf dem Weg zum Grab Adalberts in Gnesen den Demutstitel Servus Jesu Christi. Adalberts Einfluß wirkte weiter, im persönlichen Leben des jungen Kaisers Otto wie in seiner christlich-römischen Reichsidee, die auch den Osten einbezog.

Anmerkungen zur Datierung und zur Literatur

Bei den Datierungen, insbesondere bei der von früheren Darstellungen abweichenden Datierung der Geburtsjahre Theophanus, des Sohnes Otto und der Töchter, hielt ich mich an die jüngsten Veröffentlichungen: im zweibändigen Sammelwerk *Kaiserin Theophanu – Begegnung des Ostens und Westens um die Wende des ersten Jahrtausends*, hrsg. von Anton von Euw und Peter Schreiner (Köln, 1991); G. Wolf: »Nochmals zur Frage: Wer war Theophanu?« (in: *Byzantinische Zeitschrift*, 81/1988); Helmut Fußbroich: *Theophanu* (Köln, 1991).

Die Reisen, Aufenthalte und Begegnungen Theophanus und des kaiserlichen Hofes dokumentierten hilfreich (trotz verständlicher Lücken): G. Wolf: »Itinerar der Prinzessin Theophano/Kaiserin Theophanu« (in: *Archiv für Diplomatik* 35/1989) und die von K. und M. Uhlirz verfaßten *Jahrbücher des Deutschen Reiches unter Otto II. und Otto III.* (Bd. 1, 1902, Ndr. 1967; Bd. 2, 1954).

Ergänzend zur Ottonenzeit und zur Lebensgeschichte Theophanus verweise ich vor allem auf: H. Beumann: *Die Ottonen* (Stuttgart, 1987); H. Fichtenau: *Lebensordnungen des 10. Jahrhunderts* (Stuttgart, 1984); A. Nitschke: »Die Ottonen, ein Herrscherhaus aus Sachsen« (in: *Propyläen Weltgeschichte*, Bd. V, 1), und die ältere, wenn auch teilweise überholte Romanbiographie von Henry Benrath: *Die Kaiserin Theophano* (Stuttgart, 1940, Ndr. 1978).

Manche Anregung verdanke ich meinem kurz vor der Vollendung des Manuskripts gestorbenen Studienfreund Wilhelm Nyssen, seiner eindringlichen geistlich-geistigen und bilderklärenden Vermittlung zwischen Rom und Byzanz in Büchern wie *Ottonisches Erbe* und *Begegnung zwischen Rom und Byzanz um das Jahr 1000* (beide Köln, 1991).

Von den genutzten und zitierten Quellen seien genannt:

Thietmar von Merseburg: *Chronik*. Neu übertr. und erläutert von W. Trillmilch, Darmstadt, 1957.

Liudprand von Cremona: »Werke«. In: *Quellen zur Geschichte der sächsischen Kaiserzeit*. Neu bearb. von A. Bauer und R. Rau. Darmstadt, 1990.

»Widukinds Sachsengeschichte«. In: *Quellen zur Geschichte der sächsischen Kaiserzeit*. Neu bearb. v. A. Bauer und R. Rau, Darmstadt, 1990.

Ekkehard IV.: *St. Galler Klostergeschichten*. Übers. von H. F. Haefele, Darmstadt, 1991.

Den genannten Quellen und Werken, zumal dem Sammelwerk *Kaiserin Theophanu* mit thematisch breit gestreuten aufschlußreichen und fundierten Beiträgen verdanke ich Hilfe und Anregung. Nicht weniger Dank schulde ich den im folgenden zu einzelnen Kapiteln genannten ergänzenden Werken.

E. H.

1. Kapitel: Die Überfahrt

Zu Theophanus byzantinischer familiärer Herkunft: O. Kresten: »Byzantinische Epilegomena zur Frage: Wer war Theophano?«; G. Wolf: »Wer war Theophanu?« (beide in: *Kaiserin Theophanu*, Bd. II). Zur Vaterfamilie Theophanus: W. Seibt: *Die Skleroi* (Wien, 1976).

2. Kapitel: Liudprands letzte Aufzeichnung

Der eingeflochtene Bericht von Liudprands erster Brautwerbung im Jahre 968 stützt sich auf die Angaben bei: Liudprand von Cremona: »Werke« (Liudprands Gesandtschaft an den Kaiser Nikephoros Phokas in Konstantinopel).

3. Kapitel: In Rom

Zur Heirat in Rom: W. Ohnsorge: »Die Heirat Kaiser Ottos II. mit der Byzantinerin Theophano« (in: *Braunschweig. Jahrbuch* 54/1973).

4. Kapitel: Die Morgengabe

W. Deeters: »Zur Heiratsurkunde der Kaiserin Theophanu« (in: *Braunschweig. Jahrbuch* 54/1973); W. Ohnsorge: »Die Dotalurkunde für Theophanu« (w. o.)

Die Prunkfassung der Heiratsurkunde befindet sich im Niedersächsischen Staatsarchiv in Wolfenbüttel. Vollständige Übersetzung des lateinischen Textes bei: H. Fußbroich: *Theophanu* (Köln, 1991).

5. Kapitel: Der lange Weg nach Deutschland

Zum Aufenthalt im Kloster St. Gallen und zu Ekkehard Palatinus: Ekkehard IV.: *St. Galler Klostergeschichten* (w. o.)

15. Kapitel: Theophanu und die Dichterin

Für die Dichterin Hrotsvit wählte ich den im Deutschen gebräuchlichen Namen Roswitha. Die Schreibweise Hrotsvit ist zwar handschriftlich gesichert, doch wissen wir nicht, ob dies »ihr wirklicher Taufname war oder ihr erst zum Beginn ihres geistlichen Lebens zugeteilt wurde«: Bert Nagel in der umfassenden Einführung zu: Hrotsvit von Gandersheim: *Sämtliche Dichtungen* (München, 1966). Einen ergänzenden Einblick verdanke ich: F. Bertini: »Hrotsvith, die Dichterin« (in: *Heloise und ihre Schwestern*, hrsg. von F. Bertini. München, 1991).

Die Verse aus »Pelagius« in freier Übertragung.

Die Hinweise auf Liudprand und sein dem Bischof Recemund gewidmetes Werk entnahm ich: Liudprand von Cremona: »Werke« (w. o.), Vorrede zum Buch der Vergeltung.

18. Kapitel: Die Disputation von Ravenna

Zu Gerbert von Aurillac: K. Uhlirz: *Jahrbücher des Deutschen Reiches*, Bd. 1, S. 139–150 (mit Teilzitat von Ottos II. Eröffnungsrede der Disputation).

U. Lindgren: »Gerbert von Reims und die Lehre des Quadriviums« (in: *Kaiserin Theophanu*, Köln, 1991, Bd. II); H. Fichtenau: *Lebensordnungen des 10. Jahrhunderts*, S. 390–396. Zu Gerbert vor allem als Lehrer und Berater Ottos III.: P. E. Schramm: *Kaiser, Rom und Renovatio* (Leipzig, 1929, Ndr. 1992).

24. Kapitel: Verwirrspiele (Ergänzung)

Zu Lebzeiten Theophanus war der von Willigis empfohlene Bernward wohl der wichtigste Lehrer des jungen Königs Otto.

Zu Bernward: Thangmar: *Vita Bernwardi – Das Leben des Bischofs Bernward von Hildesheim*. Übers. nach dem von G. H. Petz edierten Kodex Hannover (Hildesheim, 1993).

H. J. Schuffels: »Bernward Bischof von Hildesheim«; J. Fleckenstein: »Das Kaiserhaus der Ottonen« (beide im Sammelwerk: *Bernward von Hildesheim und das Zeitalter der Ottonen*, hrsg. von M. Brandt und A. Eggebrecht, Hildesheim, 1993, Bd. 1).

25. Kapitel: Vor der Romfahrt

Zum »Gandersheimer Streit«, zuerst ausgelöst durch Sophia bei deren Einkleidung im Stift von Gandersheim (989): K. und M. Uhlirz: *Jahrbücher des Deutschen Reiches*, Bd. 2, S. 115–117. Ausführliche Schilderung bei: Thangmar: *Vita Bernward* (w. o.). 13–22. Kapitel. H. Goetting: »Bernward und der große Gandersheimer Streit« (in: *Bernward von Hildesheim und das Zeitalter der Ottonen*, w. o.).

29. Kapitel: Der leise Tod

Zum Grab Theophanus in St. Pantaleon in Köln: H. Fußbroich: »Metamorphosen eines Grabes. Grabstätten der Theophanu in der ehemaligen Benediktinerabtei Sankt Pantaleon« (in: *Kaiserin Theophanu*, w. o., Bd. II). H. Fußbroich: »Das Grab der Kaiserin in Sankt Pantaleon« (in H. Fußbroich: *Theophanu*, Köln, 1991).

Zeittafel

936–973	Otto I., der Große. Königskrönung in Aachen.
939	Aufstand von Ottos jüngerem Bruder Heinrich.
946	Tod von Ottos Gattin, der angelsächsischen Königstochter Edgitha.
948	Ottos Bruder Heinrich unterwirft sich und wird Herzog von Bayern.
951	Erster Italienzug Ottos I. Er heiratet Adelheid, die Tochter Rudolfs von Hochburgund und Witwe des Königs Lothar von Italien.
953	Bruno, jüngster Bruder Ottos I., wird Erzbischof von Köln und Erzherzog von ganz Lothringen.
954	Ottos I. außerehelicher Sohn Wilhelm wird Erzbischof von Mainz.
955	Geburt von Ottos I. und Adelheids Sohn Otto II.
um 960	Geburt von Theophano, der Tochter des Konstantinos Skleros und der Sophia Phokaina.
961	Otto II. wird in Aachen zum König gekrönt.
961–962	Zweiter Italienzug Ottos I. Seine Kaiserkrönung in Rom durch Papst Johannes XII.
963–969	Nikephoros II. Phokas, Basileus in Konstantinopel.
965	Erzbischof Bruno von Köln stirbt.
	Heirat von Ottos I. Stieftochter Emma, der

	Tochter Adelheids und Lothars von Italien, mit König Lothar von Frankreich.
966–972	Dritter Italienzug Ottos I. Eingriff in die römischen Verhältnisse. 967 wird Otto II. in Rom zum Mitkaiser gekrönt.
968	Synode von Ravenna. Durch Otto I. veranlaßte Gründung des Erzbistums Magdeburg.
	Liudprand von Cremona als Brautwerber für Otto II. in Konstantinopel. Nikephoros Phokas verweigert die Heirat mit der Kaisertochter Anna.
969–976	General Johannes Tzimiskes stürzt den Basileus Nikephoros Phokas und übernimmt die Herrschaft.
971	Brautwerbung Geros von Köln, der jedoch nicht die Kaisertochter Anna, sondern Theophano, die Nichte des Basileus Johannes Tzimiskes, dem jungen Kaiser Otto II. zuführt.
972	(Ostern) In Rom vermählt sich Otto II. mit Theophano, im lateinisch-deutschen Sprachraum Theophanu genannt.
973	Otto I. stirbt in Memleben und wird in Magdeburg neben der Kaiserin Edgitha beigesetzt.
973–983	Kaiser Otto II.
973	(November) Herzog Burchard von Schwaben stirbt.
	Otto, der Sohn des Herzogs Liudolf, Stiefneffe des jungen Kaisers, dessen und Theophanus vertrauter Freund, wird Herzog von Schwaben.
974	Erste Revolte Heinrichs II. von Bayern, des Zänkers, der sich wie sein Vater (der Bruder Ottos I.) gegen die Reichspolitik der Ottonen erhebt.
976	Flucht Heinrichs II. aus seiner Haft. Otto II. entzieht ihm das Herzogtum Bayern und übergibt es (um Kärnten verkleinert) Otto, dem Herzog von Schwaben.

976–1025	Am Bosporus herrscht aus der legitimen Makedonendynastie Basileios II. (zunächst mit seinem jüngeren Bruder Konstantinos, ab 985 als Alleinherrscher).
978	Heinrich der Zänker wird zu lebenslanger Haft in Utrecht verurteilt.
978	König Lothar von Frankreich erobert Aachen. Otto II. rückt im Gegenzug bis Paris vor. 980 Friedensschluß. Niederlothringen bleibt unter dem Karolinger Karl als Herzog dem Reich erhalten.
980	(Juli) Geburt von Otto III. im Forsthaus Ketil nahe Kleve.
980–983	Italienzug Ottos II. mit Theophanu und dem Sohn.
981	Disputation in Ravenna.
982	Niederlage Ottos bei Cotrone in Kalabrien. Auf dem Rückweg, Ende Oktober, stirbt Otto, der Herzog von Schwaben und Bayern.
983	Hoftag in Verona. Otto III. wird zum König gewählt.
	(7. Dezember) Otto II. stirbt in Rom und wird in der Peterskirche beigesetzt.
	(25. Dezember) Der dreijährige Otto III. wird in Aachen zum König gekrönt.
984	Heinrich der Zänker entkommt seiner Haft und bemächtigt sich des jungen Königs.
	Durch Erzbischof-Erzkanzler Willigis scheitert Heinrichs Revolte. Rückgabe des Kindes Otto an Theophanu im Sommer.
984–991	Kaiserin Theophanu, als Regentin für ihren Sohn anerkannt, bestimmt mit Hilfe von Willigis von Mainz die Reichspolitik.
985	Nach seiner Unterwerfung erhält Heinrich das Herzogtum Bayern zurück.
987–996	Hugo Capet als erster Nicht-Karolinger König von Frankreich.

988–989 Basileios II. besiegt mit Hilfe von Wladimir, dem Großfürsten von Kiew, den revoltierenden Bardas Skleros und seinen Helfer Konstantinos Skleros, Theophanus Vater. Basileios II. vermählt seine jüngere Schwester Anna mit Wladimir. Theophanu hört davon und von der beginnenden Christianisierung Rußlands bei ihrem Rombesuch.

989–990 Kaiserin Theophanu in Italien und Rom, ohne ihren Sohn. In Rom trifft sie Adalbert von Prag. Festigung der Kaiserherrschaft im Süden. Theophanu nennt sich »erhabene Kaiserin durch Gottes Gnade«.

991 (Ostern) Hoftag in Quedlinburg. Die versammelten Fürsten, darunter auch Herzog Mieszko von Polen und Hugo von Tuszien, bereiten der Kaiserin einen großen Triumph.

991 Herzog Karl von Niederlothringen und Erzbischof Arnulf von Reims geraten in die Gefangenschaft von König Hugo Capet. Karl stirbt in der Haft in Orléans um 993.

991 (15. Juni) Theophanu stirbt nach kurzer Krankheit in Nimwegen. Sie wird in St. Pantaleon in Köln beigesetzt.

991–994 Vormundschaft der Kaiserin Adelheid für ihren Enkel Otto.

994 Der mündige Otto III. tritt seine selbständige Herrschaft an.

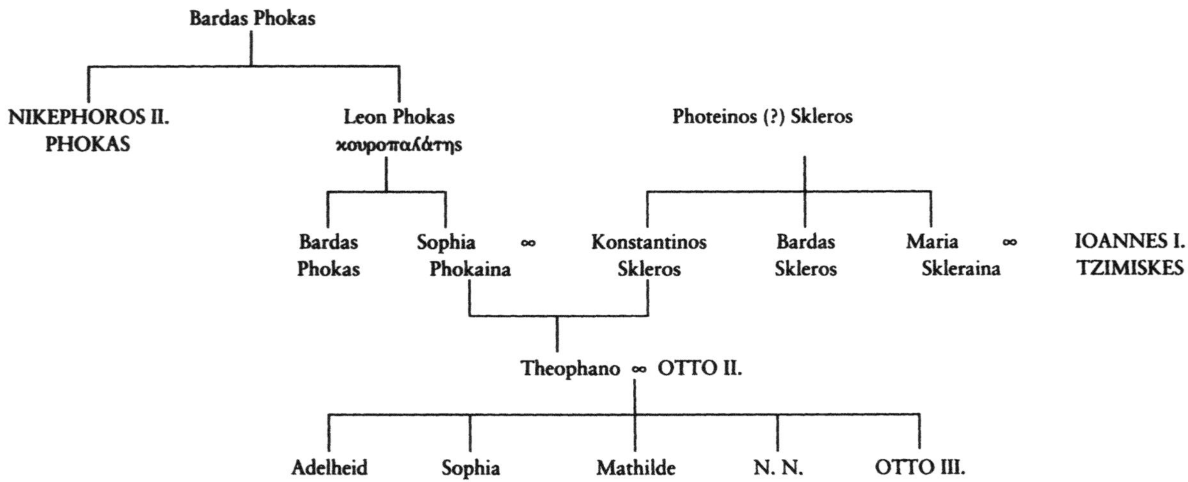

Stammtafel »Theophanu« nach Otto Kresten.
In: Kaiserin Theophanu, *Band II, Hrsg. Anton van Euw und Peter Schreiner, Köln, 1991.*

Stammtafel des sächsischen (= ottonischen = liudolfingischen) Kaiserhauses

- Otto I. 912–973, König 936, Kaiser 962
  ∞ 1. Edgitha v. England †946
  ∞ 2. Adelheid v. Burgund 931/2–999
  - (aus 1. Ehe) Liudolf 930–957, Herzog v. Schwaben 948 ∞ Ida v. Schwaben
    - Mathilde, Äbtissin v. Essen
    - Otto 954–982, Herzog v. Schwaben 973, Herzog v. Bayern 976
  - (aus 1. Ehe) Liudgard †953 ∞ Herzog Konrad der Rote †955
    - Otto, Herzog v. Kärnten
      - Brun v. Kärnten, Papst Gregor V.
      - Konrad, Herzog v. Kärnten
        - Salisches Kaiserhaus
  - (aus 2. Ehe) Otto II. 955–983, König 961, Kaiser 973 ∞ Theophanu †991
    - Adelheid, Äbtissin v. Quedlinburg, Gernrode, Gandersheim †1045
    - Sophia, Äbtissin von Gandersheim, Esse[n] †1039

Aus: Wiebke von Thadden: Tiza im Königsbann.
Deutscher Taschenbuch Verlag, München, 1986.

Heinrich I.
876–936
König 919
∞
Mathilde

Gerberga
∞
Ludwig IV.
nig d. Westfranken-
eichs (Frankreich)
†964
(Karolinger)

Heinrich
921(?)–955
Herzog v. Bayern 947
∞
Judith v. Bayern

Hadwig
∞
Hugo Capet
Herzog v. Franzien
†956
(Capetinger)

Bruno
925–965
Erzbischof v. Köln
u. (Erz)herzog von ganz
Lothringen 953

Hadwig
†994
∞
Herzog Burkhard
v. Schwaben

Heinrich
»der Zänker«
951–995
Herzog v. Bayern 955
∞
Gisela v. Burgund

Gerberga
Äbtissin von
Gandersheim

Mathilde
btissin von
uedlinburg
55(?)–999

Heinrich II.
»der Heilige«
973–1024
König 1002
Kaiser 1014
∞
Kunigunde
v. Luxemburg

Gisela
∞
Stephan »der Heilige«
von Ungarn

Mathilde
∞
Pfalzgraf Ezzo

Otto III.
980–1002
König 983
Kaiser 996

Brenner
DEUTSCHES REICH
UNGARN
Trient
MARK VERONA
und AQUILEJA
Aquileja
Verona
VENEDIG
Venedig
Mantua
KROATIEN
Canossa
ROMAGNA und
PENTAPOLIS
Venezianische Besitzungen
Florenz
Mgft.
TUSCIEN
Spoleto
Hzm.
SPOLETO
KIRCHENSTAAT
Rom
Tusculum
Civitate
Capua
Benevent
Bari
Gaeta
Melfi
Aversa
Neapel
Salerno
Tarent
Amalfi
Rossano
Cotrone
Palermo
Messina
Reggio
SIZILIEN
Taormina
Girgenti
Syrakus

KGR. DÄNEMARK
Ripen
Oldenburg
MARK DER BILLUNGER (937-982)
983
Hamburg
Lenzen
NORDMARK (937-982)
Havelberg
Bremen
FRIESLAND
HZM. SACHSEN
Brandenburg
MARK LAUSITZ
Posen
Gnesen
POLEN
Utrecht
Nimwegen
Minden
Münster
Hildesheim
Quedlinburg
Goslar
Paderborn
Grona
Riade
Merseburg
M. MERSE BG.
Meißen
MILZIENER
Bautzen
Breslau
Memleben
Naumburg
Zeitz
THÜRINGEN
MARK ZEITZ
MARK MEISSEN
HZM. NIEDER-
Köln
Aachen
Fritzlar
Fulda
Krakau
LOTHRINGEN
Frankfurt
Gelnhausen
Prag 973
Andernach
Mainz
Bamberg
Forchheim
BÖHMEN (1003-1004 polnisch)
Olmütz 975
MÄHREN
Laon
Reims
Ivois
Trier
Ingelheim
Rohr
Würzburg
Verdun
Speyer
HZM. FRANKEN
Regensburg
Passau
HZM. OBER-LOTHRINGEN
Straßburg
Augsburg
HZM. BAYERN
OSTMARK
Gran
KGR. FRANKREICH
HZM. SCHWABEN
Lechfeld
Salzburg
STEIERMARK
Basel
Konstanz
MARK KÄRNTEN
KGR. UNGARN
Brixen
(1027 an Bayern)
MGFT. VERONA
MARK KRAIN
KGR. BURGUND (ARELAT)
Verona
Venedig
KGR. KROATIEN (1089/91 ungarisch)
Pavia
Piacenza
Ferrara
Ravenna
Venezianische Besitzungen
Genua
ROMAGNA
KÖNIGREICH
Pisa
PENTAPOLIS
ITALIEN
KORSIKA
PATRIMONIUM
Rom
PETRI
Bari